LINDA LAEL MILLER

BIS DU DEINEM HERZEN GLAUBST

Roman

Ins Deutsche übertragen
von Katharina Braun

BASTEI LÜBBE

BASTEI-LÜBBE-TASCHENBUCH
Band 18 114

Erste Auflage:
April 1983

Deutsche Lizenzausgabe 1993
by Bastei-Verlag Gustav H. Lübbe
GmbH & Co., Bergisch Gladbach
Originaltitel: Fletcher's Woman.
Lektorat: Katharina Woicke
Titelillustration: Pino Daeni/
Agentur Schlück
Umschlaggestaltung:
Quadro Grafik, Bensberg
Satz: KCS GmbH,
Buchholz/Hamburg
Druck und Verarbeitung:
Brodard & Taupin, La Flêche,
Frankreich
Printed in France

ISBN 3-404-18114-X

Prolog

Providence, Staat Washington – 21. Mai 1889

Als der Schmerz intensiver wurde, ließ Rebecca McKinnon sich seufzend auf ihr Satinkissen zurücksinken. Mit Fingern, die ihr kaum gehorchen wollten, nahm sie den Brief vom Nachttisch an ihrem Bett und las ihn durch – vielleicht zum hundertsten Mal, seit sie ihn am Tag zuvor bekommen hatte.

Sorge erfüllte sie – und schwindelerregendes Erstaunen. *Ezra.* Nach all den Jahren hatte Ezra sie ausfindig gemacht. Und mit ihm bestimmt auch Rachel...

Tränen der Enttäuschung und Qual brannten in Rebeccas Augen. Würde Ezra Rachel sagen, was er wußte? Würde er so weit gehen, eine Begegnung zwischen Mutter und Tochter zu arrangieren?

Die Vorstellung ließ Rebecca erschauern; in ihren Schläfen begann es zu pochen. Sie schlug die rote Samtdecke zurück und rappelte sich auf, um auf mageren, zitternden Beinen das Zimmer zu durchqueren. Ihr einst so wohlgeformter, kurvenreicher Körper zeichnete sich jetzt hager und ausgezehrt unter der beigefarbenen Seide ihres Nachthemds ab.

Auf der Spiegelkommode wartete der Brandy – bernsteinfarbener Trost, in schimmerndem Glas gefangen.

Ein Frösteln erfaßte Rebecca, als sie die Flasche entkorkte und eine großzügige Menge Brandy in ein Glas goß.

In dem ohnehin schon düsteren Zimmer wurde es dunkel: der von der See aufkommende Sturm hatte Providence erreicht. Ein eisiger Wind heulte um die hölzernen Außenwände von Rebeccas Etablissement, kroch durch die Ritzen im Holzfußboden und drang wie eisige Nadeln in Rebeccas nackte Füße.

In einer spöttischen Geste hob sie ihr Glas und prostete Ezra zu, dem großspurigen Seemann, der verraten hatte, daß sie sich in einem Saloon in Seattle aufhielt – und trank auf ihre dahingeschwundene Jugend.

Als Rebecca ihre verschwommene Silhouette in dem alten, halbblinden Spiegel über der Kommode betrachtete, entrang sich ein Seufzer ihren Lippen.

Ihr langes, einst tiefschwarzes Haar war jetzt mit Silberfäden durchzogen, und aus ihren früher so lebhaften amethystblauen Augen war das Feuer längst gewichen. Heute hatten sie einen stumpfen, leeren, gleichgültigen Blick. Rebeccas Wangen waren hohl und auffallend blaß, ihre einst so vollen und ausdrucksvollen Lippen waren durch Jahre der Erniedrigung und Reue schmal geworden.

Wo war diese andere Rebecca geblieben? Was war aus der lebensfrohen, tapferen Frau geworden, die ihr so oft aus freundlicher blickenden Spiegeln zugelächelt hatte?

»Tot«, sagte Rebecca laut, stürzte den Brandy in einem Zug hinunter und verzog schmerzhaft das Gesicht. »Tot, tot, tot!«

Die Muskeln in ihren Schultern und in ihrem Nacken entspannten sich so schnell, wie der Brandy sich den Weg durch ihren Hals in ihren Magen brannte. Ein Schluchzen stieg in ihrer Kehle auf, das noch viel mehr schmerzte als die bösartige Krankheit, die an ihren Eingeweiden nagte und ihre Knochen und Muskeln zerfraß.

Die Schlafzimmertür öffnete sich mit einem leisen Krächzen – wann würde diese unmögliche Mamie endlich die Scharniere ölen lassen?

»Becky«, rief eine freundliche Männerstimme. »Was in dreiteufels Namen tust du da?«

Rebecca wandte den Kopf. Als sie den Mann sah, der hereingekommen war, ging eine Welle der Erleichterung durch ihren armen, geschwächten Körper.

»Griffin.«

Der junge Mann nahm sie in einer entschiedenen, beinahe herrischen Geste am Arm und führte sie zum Bett zurück, wo er sie mit den schnellen, ungeduldigen Bewegungen eines mißbilligenden Vaters zudeckte. Sein dunkles Haar schimmerte im schwachen Licht des Raums, als er den Kopf schüttelte, sein Gesichtsausdruck verriet liebevollen Ärger. Seine Augen, dunkel wie sein Haar, mieden Rebeccas Blick, als er sein Mitgefühl zu verbergen suchte.

Bewundernd betrachtete sie die schlanke, fast raubtierhafte Anmut seines jungen Körpers und wünschte sich inständig, auch noch einmal so jung und stark zu sein. Mit ihrer schmalen Hand, an der die Adern stark hervortraten, berührte sie zaghaft Griffins graue Seidenweste. »Wo hast du deinen Rock gelassen?«

Ein Lächeln erschien um Dr. Fletchers strengen Mund. »Unten hinter der Bar. Ich hoffe doch, daß deine Angestellten ihre Finger von meiner Brieftasche lassen werden?«

Getröstet vom Brandy und der Anwesenheit ihres Freundes, lehnte Rebecca sich in die Kissen zurück und seufzte leise. »Ich würde jeden auspeitschen lassen, der sich an deinem Besitz vergreift! Im übrigen führe ich ein anständiges Haus, Griffin Fletcher.«

Der junge Arzt lachte. »Ich bin nicht sicher, daß dir die braven Bürger von Providence darin zustimmen würden, Becky«, erwiderte er und setzte sich auf die Bettkante. »So. Warum hast du mich rufen lassen? Sind die Schmerzen schlimmer geworden?«

Rebecca richtete den Blick auf die vergoldeten Stuckarbeiten an der Zimmerdecke. »Du sagtest, du stündest in meiner Schuld, Griffin, nachdem ich letzten Winter in *Tent Town* ausgeholfen hatte. Hast du das ernst gemeint?«

»Selbstverständlich.«

Erst nach einem tiefen Atemzug wagte Rebecca den Doktor anzusehen. »Es betrifft meine Tochter, Griffin. Rachel.«

Griffin verzog keine Miene. »Was ist mit ihr?«

Nun schimmerten Tränen in Rebeccas Wimpern, und sie machte keinen Versuch, sie zu verbergen. Dazu war es ohnehin zu spät. »Ezra bringt sie her – nach Providence«, antwortete Rebecca leise und überreichte Dr. Fletcher den Brief, der auf ihrem Nachttisch gelegen hatte.

Griffin entfaltete ihn und überflog den Inhalt. Auch jetzt war keine Veränderung in seinem Mienenspiel festzustellen, daher war es schwer zu sagen, ob er sich als Verbündeter erweisen würde oder nicht. »Demnach müßte sie irgendwann im Laufe des heutigen Abends hier eintreffen«, stellte er nur fest.

Rebecca nickte. Eine Spur von Hysterie schwang in ihrer Stimme mit, als sie weitersprach, und sie schien Mühe zu haben, sich klar und folgerichtig auszudrücken. »Griff, sie wird in *Tent Town* leben, im Zeltlager – und dort ist Jonas – Jonas . . .!«

Griffin seufzte, doch kein erkennbares Gefühl flackerte in seinen dunklen Augen auf. Aber Rebecca wußte, daß ihm klar war, welche Bedrohung Jonas Wilkes darstellte, und sie wußte auch, wie sehr Griffin diesen Mann haßte. Und wenn irgend jemand Grund dazu hatte, dann Griffin Fletcher.

»Beruhige dich, Rebecca«, befahl er streng.

Rebecca zwang sich, ruhig zu bleiben, obwohl sie am liebsten aus dem Bett gesprungen wäre und etwas unternommen hätte – *irgend etwas* – um Ezra daran zu hindern, Rachel nach Providence zu bringen. »Rachel ist ein hübsches Mädchen, Griffin«, sagte sie schließlich und wählte ihre Worte mit Bedacht, damit sie nicht ihrer Kontrolle entglitten und in einem Schwall von Scham und Panik endeten. »Das weiß ich. Sie war schon ein schönes Kind. Und wenn sie Jonas' Interesse erregt . . .«

Ein Muskel zuckte an Griffins Kinn. ». . . hast du Angst, daß er sie in seine Sammlung aufnehmen wird«, beendete er den Satz für Rebecca.

Sie nickte nur, und ein spannungsgeladenes Schweigen

folgte. Dann sagte sie leise: »Wie es schon einigen anderen jungen Mädchen passiert ist, nicht wahr, Griff?«

Griffin sprang auf und wandte Rebecca den Rücken zu. Eine primitive Gewalttätigkeit schien plötzlich von ihm auszugehen; Rebecca konnte seinen inneren Kampf spüren, obwohl er sich tief in seinem Verstand und in seinem Herzen abspielte.

»Entschuldige«, sagte sie leise.

Griffins Schultern spannten sich unter seinem weißen Leinenhemd, er senkte den Kopf, und Rebecca hörte ihn tief einatmen. Schließlich drehte er sich zu ihr um und sah sie an. »Was verlangst du von mir?« fragte er heiser.

In Rebeccas Gesicht zuckte es, eine kleine Ewigkeit verging, bevor sie sich überwinden konnte, ihm zu sagen: »Heirate sie, Griffin. Wärst du bereit, Rachel zu heiraten?«

Die Bitte kam so unerwartet, daß es ihm zunächst die Sprache verschlug. »*Was*?«

Nur die Macht ihrer Verzweiflung gab Rebecca die Kraft weiterzusprechen. »Ich würde dich dafür bezahlen! Ich habe tausend Dollar gespart, Griffin, und da ist noch die Besitzurkunde über mein Geschäft . . .«

Ein humorloses Lachen entrang sich seiner Kehle, in einer höhnischen Gebärde hob er beide Arme. »Du bittest mich, eine Frau zu heiraten, die ich noch nie gesehen habe? Und im Ausgleich dazu soll ich tausend Dollar und ein Bordell erhalten?«

Nun verließ Rebecca doch das Bett und baute sich vor Griffin auf. Qual und Schwäche waren vergessen, ausgelöscht von der Angst, die in ihr tobte. »Jetzt hör mir mal gut zu, Griffin Fletcher, du arroganter Bastard! Ich mag vielleicht eine Hure sein – bei Gott, ich *bin* es! – aber meine Tochter – *Rachel*! – ist eine vollendete Dame! Hast du mich verstanden? Eine Dame!«

Kühle Anerkennung schimmerte in Griffins dunklen Augen, seine strengen Züge wurden weicher. »Ich bin sicher, daß Rachel alles ist, was ein Mann sich wünschen kann«, antwortete er ruhig. »Aber ich habe nicht die Absicht, überhaupt zu heiraten – weder deine Tochter noch irgendeine andere Frau.«

Grimmige Entschlossenheit klang aus seinen Worten, und

Rebecca senkte seufzend den Kopf. »Na schön«, sagte sie ergeben.

Griffin umfaßte sanft ihre mageren Schultern und führte sie zum Bett zurück.

Als er eine Spritze aus seiner abgeschabten schwarzen Ledertasche nahm, sie mit Morphium füllte und auf tödliche Luftblasen untersuchte, erhob Rebecca keinen Widerspruch.

»Ich will nicht, daß mein kleines Mädchen erfährt, daß ich ein Bordell führe«, flüsterte sie besorgt.

»Ich weiß«, erwiderte Griffin, während er ihr die Spritze verabreichte und dann vorsichtig die Nadel aus Rebeccas Vene zog.

Der Schmerz pochte und wühlte in ihr wie ein Orkan. So war es immer nach einer Injektion, der Schmerz wurde ganz plötzlich und auf unerträgliche Weise schlimmer, als wüßte er, daß er nun für eine kurze Zeit gezwungen wurde nachzulassen. »Lieber Gott«, murmelte Rebecca. »O Gott . . . Griffin – was soll ich nur tun?«

»Dich ausruhen«, erwiderte er kurz, nahm den Schirm aus bemaltem Porzellan von der Petroleumlampe und hielt ein brennendes Streichholz an den Docht. Die helle Flamme ließ die Dunkelheit im Raum ein wenig verblassen.

Es fiel Rebecca schwer, immer schwerer, wachzubleiben. Aber der schreckliche Schmerz ließ nach, ebbte ab wie die Flut dreihundert Meter vor Rebeccas Fenster, am Strand von Puget Sound.

»Wir haben dir geholfen«, beharrte sie, nur von einem einzigen Gedanken beherrscht. »Als im letzten Winter Lungenentzündung und Grippe in *Tent Town* wüteten, da haben meine Mädchen und ich dir geholfen. Du bist mir etwas schuldig, Griffin. Du schuldest mir etwas.«

Griffin zog eine lange schlanke Zigarre aus seiner Hemdtasche, steckte sie zwischen seine Zähne und bückte sich, um die Zigarre an Rebeccas Petroleumlampe anzuzünden. Die Glut funkelte rotgolden im schwachen Lichtschein, und der Porzellanschirm klirrte leise, als Griffin ihn wieder an seinem Platz befestigte. »Das weiß ich«, gab er ruhig zu.

»Würdest du mit Ezra reden? Würdest du ihm sagen, was aus Rachel werden könnte, falls Jonas Gefallen an ihr findet?«

Griffin nickte grimmig; ein nicht zu deutender, geistesabwesender Ausdruck lag dabei in seinen Augen.

Für den Augenblick kämpfte Rebecca noch gegen den lindernden Schlaf an, der sie zu überwältigen drohte, weil sie Griffin noch etwas zu sagen hatte. »Wenn Ezra nicht auf dich hören will, Griffin, dann gibst du Rachel diese tausend Dollar – Mamie wird dir zeigen, wo sie sind. Du gibst meiner Tochter dieses Geld und setzt sie auf das erste Dampfschiff, das in Providence anlegt . . .«

»Und wenn sie nun nicht fort will, Becky? Was soll ich dann tun? Sie fesseln und gegen ihren Willen an Bord bringen?«

»Wenn es nötig ist, ja. Du bist doch mein Freund?«

Griffin lachte rauh. »Das ist kein Freundschaftsdienst, Becky. Entführung nennt man so etwas.«

Rebeccas Lider wurden schwer, sie sah nur noch verschwommen, fühlte sich wie ein kleiner, glatter Stein, der geräuschlos in einem tiefen, dunklen Teich versank. »Du bist es mir schuldig, Griffin Fletcher«, sagte sie rasch, bevor sie ganz in den erlösenden Schlaf hinüberglitt. »Du schuldest es mir.«

1

Rachel McKinnon lag ganz still in der warmen Mulde, die ihr Körper sich geschaffen hatte, und hielt die Augen fest geschlossen.

Für einen langen, unvernünftigen Moment gelang es ihr, sich tatsächlich einzureden, daß sie sich gar nicht an diesem abstoßenden, verregneten Ort befand, sondern in einem wunderschönen Haus in Seattle; von dem man die Elliott Bay überblicken konnte.

Ja – sie stand an den spitzenverhangenen Fenstern ihres eigenen großen Salons mit seinen polierten Parkettböden, schaute hinaus und sah die großen Dampfboote in den Hafen einlaufen und auslaufen. Sonnenstrahlen glitzerten auf dem tiefblauen Wasser wie reines Silber ...

Es war der Geruch, der Rachel unsanft in die Realität zurückbeförderte – dieser furchtbare, stechende Geruch.

Er zwang sie, sich alles wieder zu Bewußtsein zu bringen.

Ein Stöhnen entrang sich ihrer Kehle, und sie schloß ganz fest die Augen. Aber die grimmigen Bilder ließen sich nicht vertreiben.

Ein Hektar Land voller Zelte, die sich wie ein schäbiges Regiment grauer Gespenster in der Nacht abzeichneten. Ratten mit glühend roten Augen, die zwischen den Pfützen herumschlichen, und wimmernde Kinder hinter dünnen Zeltwänden . . .

Tent Town.

Rachel erschauerte und kämpfte gegen die Panik an, die sie beim Erwachen und im Bewußtsein ihrer Lage überfiel. Als sie versuchte, sich ihr Traumhaus erneut ins Gedächtnis zurückzurufen, wollte das Bild sich nicht mehr einstellen. So öffnete sie die Augen und schloß sie gleich darauf wieder.

Aber die Realität wollte nicht weichen, brannte in tristen Farben hinter ihren Lidern und in ihrem Verstand. Sie würde so lange an diesem furchtbaren Ort bleiben müssen, wie es für ihren Vater Arbeit in Mr. Wilkes' Holzfällerlagern gab.

Eine Hand berührte sie sanft an der Schulter. »Rachel?«

Zorn erwachte in Rachel und pulsierte durch ihre Adern, aber dann war auch das vorbei. Sie liebte ihren Vater und wußte, daß ihre Armut ihn noch viel mehr quälte als sie selbst, denn Ezra McKinnon hegte große Hoffnungen und Träume für sein einziges Kind.

»Ich bin wach«, sagte sie leise und lächelte ihm zu.

Ein sanfter Regen trommelte eine traurige Melodie auf den verschlissenen Zeltstoff, aus den Nachbarzelten waren leise verschlafene Stimmen zu hören. Beide Geräusche zusammen erzeugten ein noch größeres Gefühl der Einsamkeit in Rachel.

Ezra McKinnon drehte ihr den Rücken zu, damit seine Tochter sich einigermaßen ungestört von ihrem schmalen Lager erheben konnte. Er war ein gedrungener kleiner Mann mit wirrem, grauem Haar, einem Vollbart und schalkhaften blauen Augen. Nun bückte er sich, um seinen Schlafsack aufzuheben, und sagte: »Es gibt eine Kantine, Rachel. Geh hin, dort kannst du frühstücken.«

Bemüht, die beißende Kälte zu ignorieren, strich Rachel ihr zerknittertes Kattunkleid glatt und suchte in dem kleinen Reisekoffer aus Korbgeflecht, der ihre gesamte Habe enthielt, nach einer Haarbürste. Damit bearbeitete sie ihr dunkelbraunes Haar so energisch, bis es glänzte wie reine Seide.

»Ich habe kein Geld, Papa. Angenommen, sie verlangen Geld von mir in der Kantine?«

Ezra räusperte sich, schlug die Zeltwand am Eingang zurück und spuckte in den Regen. Feuchtkalte Luft drang in das Zeltinnere. »Ich habe Mr. Wilkes danach gefragt, als ich den Vertrag unterzeichnete«, erwiderte Ezra ungeduldig. »Er sagte mir, daß mein Essen frei ist und deins von meinem Lohn abgezogen wird.«

Rachel flocht ihr dichtes Haar und steckte es mit kleinen Schildpattkämmen zu einem Chignon auf. »Du bleibst bis nächsten Sonntag in den Wäldern?« fragte sie, obwohl sie die Antwort bereits kannte. Sie war siebzehn Jahre alt, eine erwachsene Frau, und kam sich jetzt dennoch wie ein verängstigtes kleines Mädchen vor, ein Kind, das ohne Freunde, ohne Geld im Stich gelassen wurde – und das in einer Stadt, in der es anscheinend nie aufhörte zu regnen.

»Ja, Tochter. Bis Sonntag.«

Während Rachel noch überlegte, wie sie Ezra überreden konnte, nicht fortzugehen, hörte sie einen Wagen vorfahren.

Ezra küßte Rachel liebevoll auf die Stirn, und dann sagte er etwas sehr Eigenartiges: »Es wird hier alles anders werden, Rachel. Viel besser.«

Bevor sie fragen konnte, was er damit meinte, ging ihr Vater hinaus, um sich zu den anderen Arbeitern zu gesellen. Schreie, Gelächter und sogar einige Flüche ertönten, als die Männer dieser armseligen Zeltsiedlung ihre Plätze im Wagen einnahmen.

Bald schon würden sie hoch oben auf dem Berg sein, diese Ehemänner, Väter und Söhne, um Bäume für Mr. Wilkes zu fällen und zu zerkleinern. Schon bei ihrer Ankunft in der Nacht zuvor war dieser Berg Rachel wie ein bedrohliches Ungeheuer erschienen, so völlig verschieden von den anderen Bergen, die sie kannte.

Sie holte ihren blauen Wollschal aus dem Koffer und schlang ihn um Kopf und Schultern. Als sie das Zelt verließ und in den strömenden Regen hinaustrat, wurde der Gestank fast unerträglich.

Menschlicher Kot, der aus offenen Gruben drang, die sich vermutlich zu dicht am Zeltlager befanden.

Rachels Ekel brannte wie Säure in ihrer Kehle, ihrer Nase; am liebsten wäre sie zum Zelt zurückgelaufen – denn so häßlich es auch war, stellte es doch ihre einzige Zuflucht dar.

Aber es gab kein Entkommen vor dem quälenden Hunger, der an ihren Eingeweiden nagte, obwohl sie dem Erbrechen nahe war. Tapfer hob sie das Kinn und drängte die Tränen zurück, die sich hinter ihren Lidern sammelten und in ihrer Kehle brannten.

Überall um sie herum strömten Frauen aus den Zelten und scheuchten quengelnde Kinder auf das Zentrum dieser seltsamen Ansiedlung zu. Rachel folgte ihnen.

Auch bei der Kantine, stellte Rachel fest, handelte es sich um ein Zelt – wenn es auch größer war als die anderen und von vielen Petroleumlampen hell erleuchtet. Der Boden unter den grob gezimmerten Tischen war mit feuchtem Sägemehl bedeckt, das bei jedem Schritt an Rachels Schuhen kleben blieb.

Die anheimelnde Wärme, die der riesige schwarze Herd an einem Ende des Zelts ausstrahlte, drang in Rachels erfrorene Glieder, und der tröstliche Duft nach gebratenem Speck begrüßte sie wie ein liebevoller Freund. Sie vergaß sogar den ekelhaften Geruch draußen vor den Zeltwänden und gestattete sich zum ersten Mal einen tiefen Atemzug.

Der Hunger trieb Rachel an den Tisch, an dem das Essen ausgegeben wurde. Sie nahm sich einen blauen Emailleteller und eine Blechgabel und nannte einer dürren Frau ihren Namen, die ihn sogleich sorgfältig in ein Kontobuch eintrug.

Ein kleiner, unaufhörlich plappernder Chinese nahm Rachels Teller und legte drei Scheiben Speck, ein Ei und eine Scheibe geröstetes Brot darauf. Mit Kaffee bediente Rachel sich aus der großen Kanne am Ende des langen Tisches.

Schmale Bänke säumten die Eßtische. Rachel fand einen freien Platz ganz in der Nähe des warmen Herds.

Als sie ihre Mahlzeit betrachtete, empfand sie eine Mischung aus Schuldbewußtsein und Vorfreude. Ihr Vater hatte am Tag zuvor keinen Bissen zu sich genommen, und sie auch nicht, und nun war er schon auf dem Weg in die Wälder. Ob Mr. Wilkes sich darum kümmern würde, daß seine Männer etwas zu essen bekamen, bevor sie ihre harte Arbeit aufnahmen?

Die groben Holzbänke füllten sich mit strenggesichtigen Frauen mit müden Augen und lärmenden Kindern. Rachel zwang sich, daran zu glauben, daß ihr Vater schon bald eine sogar noch bessere Mahlzeit einnehmen würde, und begann zu essen. Sie kaute langsam und besonnen, um jeden einzelnen Bissen zu genießen.

Hier und da zerriß ein helles Kichern die rauchgeschwängerte Luft im Zelt. Rachel schaute sich verstohlen um, weil sie feststellen wollte, wer an einem solchen Ort leben und dabei noch lachen konnte. Mit einer solchen Frau wäre sie gern befreundet gewesen.

Rachel seufzte unwillkürlich. Es war lange her, seit sie sich lange genug an einem Ort aufgehalten hatte, um Freundschaften schließen zu können.

Als sie ihr Frühstück beendet hatte, brachte sie dem Chinesen das Geschirr zurück. Er riß es ihr aus der Hand und schleuderte es schimpfend in einen Waschkessel zu seinen Füßen. Offensichtlich ärgerte ihn Rachels Unkenntnis der Regeln, denn er redete laut und zornig in seiner ihr unverständlichen Sprache auf sie ein.

Rachel errötete beschämt, weil sie merkte, daß sämtliche Gespräche verstummt waren. Alle starrten sie an und schienen sie für sehr dumm zu halten. Als sie sich entschuldigen wollte, ließ ihr der Chinese keine Gelegenheit dazu und schnatterte und zeterte wie ein aufgebrachter kleiner Vogel.

Rachels Beschämung wich nun gerechtfertigter Empörung, doch bevor sie sich eine Antwort zurechtlegen konnte, wehte ein eisiger Wind ins Zelt. Das allgemeine Schweigen vertiefte sich, und sogar der Koch brach seine Schimpftirade ab.

»Probleme, Chang?« erkundigte sich eine kultivierte Stimme.

Rachel drehte sich um und erblickte einen schlanken, gutaussehenden Mann mit warmen braunen Augen und einem jungenhaften, glattrasierten Gesicht. Sein maßgeschneiderter Anzug, der etwas fehl am Platze wirkte zwischen soviel Kattun und

Popeline, war aus einem feinen dunklen Wollstoff gefertigt und mit funkelnden Regentropfen übersät.

»Nun?« beharrte der Mann ruhig, aber mit drohendem Unterton.

Der Chinese schluckte verlegen und senkte den Blick.

Rachel schwankte zwischen Mitgefühl und Ärger; es gab so viele Menschen, die keine Chinesen mochten, und sie fragte sich, ob dieser elegant gekleidete Gentleman zu ihnen gehören mochte. »Es ist nichts passiert«, wagte sie einzuwerfen.

Der feine Herr musterte sie neugierig, in seinen samtbraunen Augen flackerten Anerkennung und Belustigung auf. »So? Nachdem ich Chang schon zetern hörte, bevor ich meine Kutsche verließ, fällt mir das sehr schwer zu glauben.«

Chang schien durch und durch erschüttert, gab seinen Dialekt auf und bemühte sich um ein einigermaßen verständliches Englisch. »Missy nicht Teller abgeben!« rief er aufgeregt. »Bitte, Mr. Wilkes, Missy Teller nicht abgeben!«

Mr. Wilkes. *Jonas* Wilkes? Rachel war erstaunt und auch ein wenig eingeschüchtert. Nach allem, was ihr Vater ihr über Mr. Wilkes' uneingeschränkte Macht und seinen großen Reichtum erzählt hatte, hätte sie einen wesentlich älteren Mann erwartet.

Statt dessen schien er erst Anfang Dreißig zu sein, das weizenblonde Haar war tadellos geschnitten, und seine großen Augen und die kleine gerade Nase ließen ihn fast unschuldig wirken.

Doch Rachel vermutete schon, daß er kein Engel war.

»Mr. Chang hat ganz recht«, sagte sie, straffte die Schultern und hielt Mr. Wilkes' belustigtem Blick tapfer stand. »Ich habe meinen Teller wirklich nicht an den richtigen Platz gestellt.«

Mr. Wilkes tat, als schnappte er nach Luft und riß in gespielter Verblüffung die Augen auf. »Das, meine Liebe, ist tatsächlich ein unverzeihliches Verbrechen. Wie heißen Sie?«

Rachel zögerte, dann sagte sie: »Rachel McKinnon.«

Mr. Wilkes musterte Rachel von neuem; diesmal verweilte sein Blick auf ihren Brüsten und auf ihrer schmalen Taille. Als er sich wieder auf ihr Gesicht richtete, lag so etwas wie erstauntes Erkennen darin. »Rachel McKinnon«, wiederholte Mr. Wilkes nachdenklich.

Rachel spürte, wie ihr das Blut in die Wangen stieg. »Es tut mir leid, daß ich soviel Aufregung ausgelöst habe.«

Zu ihrer maßlosen Verblüffung legte Mr. Wilkes seine rechte Hand unter ihr Kinn und zwang sie, ihn anzusehen. Seine Haut war glatt und duftete nach einem würzigen Eau de Cologne, aber seine Berührung war alles andere als sanft. »Ich bin überzeugt davon, daß Sie überall Aufregung auslösen, wohin Sie auch gehen mögen, Sie kleine Range. Dafür sorgen schon Ihre veilchenblauen Augen.«

Rachel war verletzt, weil er sie ›Range‹ nannte, obwohl es durchaus liebevoll geklungen hatte. Aber Rachel war stolz, und diese so offensichtliche Kritik an ihrer ärmlichen Kleidung schmerzte. Sie drehte den Kopf und entzog sich seiner Hand. »Tut mir leid, daß Sie mich nicht präsentabel finden, Mr. Wilkes.«

Jonas Wilkes lachte. »Ach, präsentabel sind Sie schon, Sie kleine Range. Nach einem heißen Bad und mit anständigen Kleidern wären Sie durchaus . . .«

Weil Rachel sich zutiefst beleidigt fühlte, reagierte sie, ohne sich die möglichen Folgen auszumalen – sie hob die Hand und schlug Mr. Wilkes so hart ins Gesicht, daß sich ihre fünf Finger auf seiner Wange abmalten.

Das gespannte Schweigen im Zelt vibrierte geradezu.

Ein schreckenerregender Ausdruck trat in Jonas Wilkes' Augen, als er das zornige Mädchen vor sich betrachtete. Eine dünne weiße Linie umrahmte seine Lippen, er ballte ganz unbewußt die Fäuste. »Miss McKinnon, falls Sie das jemals wieder tun, werden Sie es bitterlich bereuen.«

Rachel war zutiefst verängstigt, aber auch zu stolz und starrsinnig, um es irgend jemanden, und schon gar nicht diesen Mann, merken zu lassen. »Mr. Wilkes, falls Sie jemals wieder abfällige Bemerkungen über meine Kleidung machen oder auch nur andeuten sollten, ich sei nicht sauber, werden *Sie* es bitterlich bereuen.«

Irgendeine mutige Seele lachte hell auf, aber falls Mr. Wilkes es gehört hatte, ignorierte er es. Sein Blick glitt herablassend über Rachels Gestalt und kehrte dann zu ihrem Gesicht zurück.

»Ihr Vater müßte Ezra McKinnon sein – der Säger, den ich letzte Woche in Seattle einstellte. Ist das richtig?«

Ein schmerzhafter Klumpen bildete sich in Rachels Kehle, als ihr ganz unvermittelt zu Bewußtsein kam, daß sie und ihr Vater von diesem Mann abhängig waren, um zu überleben. »Ja«, gab sie leise zu.

Mr. Wilkes zog ein dünnes Lederheft aus der Innentasche seines Rocks und machte eine Eintragung auf der ersten Seite.

Rachel mußte sich sehr beherrschen, um ihm nicht über die Schulter zu blicken. »Werden Sie meinen Vater jetzt entlassen?« fragte sie zaghaft nach einer Pause.

Mr. Wilkes lächelte großzügig. »Selbstverständlich nicht, Miss McKinnon. Das wäre doch sehr häßlich von mir, oder?«

Rachel suchte fieberhaft nach einer diplomatischen Erwiderung, aber ihr fiel beim besten Willen keine ein. »Danke.«

Noch einmal unterzog er sie einer ziemlich unverschämten Musterung. »Machen Sie sich nichts daraus, kleine Range«, sagte er, wandte sich dann abrupt ab und verließ das Zelt.

Erst als er fort war, wagte die Bevölkerung von *Tent Town* wieder aufzuatmen.

Eine magere Frau mit furchtsamen blauen Augen näherte sich Rachel als erste. »Sie haben Jonas Wilkes *geschlagen*!« sagte sie in einem Ton, der Erstaunen, Respekt und Bewunderung verriet.

Obwohl Rachel es insgeheim genoß, im Mittelpunkt der Aufmerksamkeit zu stehen, versteifte sie sich. »Er hat es selbst herausgefordert«, erwiderte sie trotzig.

Das spöttische Lachen, das sie schon zuvor vernommen hatte, erhob sich wieder über das Stimmengewirr, und Rachel sah nun, daß es von einer schlanken Indianerin stammte, die ganz in der Nähe stand. Sie hatte glatte braune Haut, trug ein besticktes Stirnband und ein fransenbesetztes Kleid aus weichem Rehleder. »Ich hoffe, die Götter sind Ihnen gnädig gesonnen, Glanzauge«, sagte sie und strich ihr langes schwarzes Haar zurück. »Denn Sie werden jetzt alle Hilfe brauchen, die Sie bekommen können.«

Die Frau, die Rachel zuerst angesprochen hatte, warf der

Indianerin einen gereizten Blick zu. »Hören Sie nicht auf Fawn«, wandte sie sich an Rachel. »Seit Fawn mit Buck Jimsons Wildwestshow durch die Gegend zieht, führt sie sich selbst schon wie eine Indianerin auf.«

»Ich *bin* Indianerin!« entgegnete Fawn hitzig. »Vergiß das nicht, Mary Louisa Clifford, sonst schleiche ich mich eines Nachts in dein Zelt und hole mir deinen Skalp!«

Mary Louisa schüttelte den Kopf und lächelte Rachel an. »Sie sollten besser vorsichtig sein bei Mr. Wilkes. Er kann sehr nachtragend sein.«

Rachel erschauerte. »Wird mein Vater seinen Job verlieren?«

Mary Louisa klopfte ihr beruhigend auf die Schultern. »Wenn er ein guter Arbeiter ist, dann nicht.«

Fawn trat mit funkelnden Augen näher. »Keine Frau schlägt Jonas Wilkes und bleibt ungeschoren. Denken Sie an meine Worte, Rachel. Er sinnt jetzt auf Rache.«

Kalte Angst erfaßte Rachel. Sollte sie Mr. Wilkes aufsuchen und ihn bitten, ihr zu verzeihen? Die Indianerin hatte vermutlich recht; ein so mächtiger Mann wie er würde nie ungestraft eine solche Beleidigung auf sich sitzen lassen.

Jonas Wilkes runzelte die Stirn und schlug gegen den heftigen Regen seinen Mantelkragen hoch. Es war ein Tag, an dem man besser zu Hause blieb, um ein gutes Buch zu lesen und vielleicht einen Brandy am Kamin zu trinken.

Oder man verbrachte den Tag mit einer Frau im Bett.

Jonas lächelte, als ihm das Mädchen in den Sinn kam – diese Rachel McKinnon. Seine Gefühle schwankten zwischen Zorn und Verlangen, als er daran dachte, wie sie ihn in aller Öffentlichkeit geohrfeigt hatte.

Er schlenderte weiter, wich den größten Pfützen aus und bahnte sich einen Weg durch die verschlissenen Zelte, in denen seine Arbeiter und ihre Familien untergebracht waren. Plötzlich schlug der Wind um und trieb ihm einen stechenden Geruch zu, der eine beständige Erinnerung an seine Sünden war.

Verdammtes Tent Town, dachte er und preßte ein blütenweißes Taschentuch vor Nase und Mund. Und dieser verdammte Griffin Fletcher, der ihn hierher bestellte, um mit ihm zu reden... Und dann diese verflixte Range mit den veilchenblauen Augen, dem unmöglichen Kattunkleid und den altmodischen Knöpfstiefelchen.

Ganz unvermittelt blieb er stehen, und aus seinem Verdacht wurde Überzeugung.

Rachel McKinnon... Sie mußte Beckys Tochter sein! Der Name allein hätte Zufall sein können, aber nicht diese Augen, dieses glänzende dunkle Haar und ihre stolze, fast arrogante Haltung!

Jonas lachte laut auf und ging dann weiter.

Er überquerte eine schlammbedeckte Straße und kletterte eine Böschung hinauf zu einer anderen. Daß Griffin Fletchers Einspänner schon von weitem zu erkennen war, als er sich den kleinen Häusern näherte, besserte seine Laune auch nicht.

Nicht zu fassen, daß Rebecca McKinnons Tochter in Tent Town leben sollte, inmitten all dieser schrecklichen, schlampigen Weiber und ihrer Brut!

Wieder lachte Jonas höhnisch auf.

Doch als er das Tor zu Fanny Harpers Vorgarten aufstieß, kam ihm ein anderer Gedanke. Rachel hatte ihn geschlagen, und das war eine Verfehlung, über die er nicht hinwegsehen durfte. Er würde klarstellen müssen, daß niemand Jonas Wilkes auf eine solche Art behandelte, ohne dafür zu bezahlen. Niemand.

Aber es war schon eigenartig, welche Gefühle Rachel in ihm erzeugte. Fast fühlte er sich hilflos in ihrer Nähe... Bei Gott, ja – sie gab ihm das Gefühl, hilflos zu sein wie ein Bergsteiger beim Abrutschen von einem steilen Hang.

Jonas' Magen verkrampfte sich; er glaubte wieder diese großen amethystfarbenen Augen zu sehen, wie sie sich vor Zorn verdunkelten, erinnerte sich wieder an das schimmernde dunkle Haar, das von schlichten Kämmen zusammengehalten wurde.

Und plötzlich war ihm klar, daß er Rachel begehrte.

Es zuckte ihm in den Fingern, als er an die entzückenden, verheißungsvollen Wölbungen ihrer festen kleinen Brüste dachte.

Jonas seufzte, richtete seinen Kragen und klopfte an Fannys Tür. Alles zu seiner Zeit, sagte er sich. Alles zu seiner Zeit.

Zuerst würde er Griffins Ruf nachkommen und dann eine Botschaft in die Berge schicken, daß Ezra McKinnon auf eine verantwortungsvollere Position befördert werden sollte.

2

Der Regen hatte sich zu einem kalten Nebel verdichtet, als Rachel das Kantinenzelt verließ, und so angestrengt sie sich auch umschaute, Mr. Wilkes war nirgendwo zu sehen.

Sie stellte fest, daß der Nebel sich lichtete und hinter den Gewässern von Puget Sound, weit hinter Seattle, die schneebedeckten Gipfel des Mount Rainier zu erkennen waren.

Irgendwie gab dieser Anblick ihr neuen Mut.

Rachel straffte die Schultern; sie würde Mr. Wilkes jetzt finden, um sich bei ihm zu entschuldigen.

Pferdewiehern machte sie auf eine Kutsche aufmerksam, ein elegantes schwarzes, bronzebeschlagenes Gefährt, von zwei schwarzen Hengsten gezogen, das nur Mr. Wilkes gehören konnte.

Rachel ging zögernd darauf zu. »Entschuldigen Sie«, sagte sie lächelnd zu dem mürrischen Kutscher auf dem Bock. »Könnten Sie mir bitte sagen, ob das Mr. Jonas Wilkes' Kutsche ist?«

Der Fahrer musterte Rachel zugleich verächtlich und verlangend und murmelte: »Einem verlausten Holzfäller gehört sie jedenfalls nicht, meine Süße.«

Rachel wich empört zurück. »Könnten Sie mir sagen, wo ich Mr. Wilkes finden kann – bitte?«

Der unverschämte, sie dreist anstarrende Mann zog in einer spöttischen Geste seinen Hut vor ihr. Er war unrasiert, und ihm fehlten mehrere Zähne. »Als ich den Boß das letzte Mal sah, verließ er gerade dieses stinkende Loch und ging auf seine Häuser zu.«

Häuser?

Als Rachel sich umwandte, bemerkte sie zum ersten Mal die schlichten, aber sauberen und hübschen kleinen Häuser. Es waren insgesamt vier, aus roten Backsteinen errichtet, und jedes verfügte über einen kleinen Vorgarten mit Rasen, der von einem weißgestrichenen Zaun umgeben war. Grauer Rauch kräuselte sich aus den Kaminen, solide braune Dachziegel hielten den Regen ab. Fawn, die Indianerin, betrat gerade eines dieser Häuser.

Einen Augenblick blieb Rachel betroffen stehen. Dann erwachte Neid in ihr, ein stechender, schmerzhafter Neid. Wie schön es wäre, in einem richtigen Haus zu leben, mit Holzböden, Feuer im Kamin und Betten mit Laken und Kissen ...

Doch sogleich rief sie sich zur Ordnung und verbannte diese albernen Träume aus ihren Gedanken. Du bist die Tochter eines armen Mannes, ermahnte sie sich, und irgendwann wirst du die Frau eines armen Mannes sein. Daher war es sehr unwahrscheinlich, daß sie je in einem feinen Häuschen wie jenen dort drüben leben würde.

»Hübsch, was?« bemerkte der Kutscher gedehnt.

»Ja«, erwiderte Rachel gepreßt, raffte ihre weiten Röcke und machte sich entschlossen auf den Weg zu jenen Häusern, wo Mr. Wilkes sich aufzuhalten schien.

Sie würde ihn um Verzeihung bitten, und – wenn das erledigt war – Tent Town erforschen. Vielleicht konnte sie sogar zum Strand hinuntergehen und Muscheln suchen wie damals in Seattle ...

Rachel vermißte Seattle, wo sie sechs Wochen lang mit ihrem Vater in Miss Flora Cunnings' zugiger Pension verbracht hatte. Die Stadt zu verlassen, war ihr sehr schwergefallen, aber man ging eben dorthin, wo es Arbeit gab.

Rachel seufzte leise und mußte sich zwingen, weiterzugehen. Providence und *Tent Town* zu erforschen, hatte plötzlich sehr viel von seinem Reiz verloren.

Immerhin, dachte sie, ist eine Holzfällerstadt wie die andere; das wußte sie aus bitterer Erfahrung, weil sie praktisch schon in allen zwischen Kalifornien und der Grenze zu Kanada gelebt hatte.

Ezra McKinnon war ein anständiger, fleißiger Mann, aber sobald sie sich länger als einen Monat in einer Stadt aufhielten, begann er rastlos zu werden. Dann fing das Trinken an, und es folgten das Glücksspiel und die Schlägereien.

Während Rachel die steile Böschung hinaufkletterte, dachte sie wie schon so oft an ihre Mutter, sah in Gedanken ein schmales, nervöses Gesicht vor sich, eine dichte Masse langen dunklen Haars und lavendelfarbene Augen.

Rebecca McKinnon hatte ihre Tochter und ihren Mann schon vor über zehn Jahren verlassen, und darüber nachzudenken, erlaubte Rachel sich nur selten. Und wenn, dann voller Qual und Verwirrung, aber auch mit einem gewissen Verständnis. Es war schließlich nicht leicht, ständig in Hütten, Wagen oder drittklassigen Pensionen zu hausen und nie etwas Hübsches zum Anziehen zu haben . . .

Rachel erreichte die obere Straße. Auch hier parkte eine kleine Kutsche, besser gesagt, ein Buggy, der von einer geduldig blickenden Fuchsstute gezogen wurde.

Rachel blieb stehen, um das Tier zu streicheln und Mut zu sammeln. Sie hatte keine Ahnung, in welchem der vier Häuser Mr. Wilkes zu finden war, weshalb ihr nichts anderes übrigblieb, als an allen vier Türen anzuklopfen. Mit klopfendem Herzen öffnete sie das Gatter zu dem Haus, vor dem der Buggy stand, und ging langsam auf die Tür zu.

Während Rachel sich eine wortreiche Entschuldigung zurechtlegte, sprang plötzlich die Tür auf, und Mr. Wilkes stürmte mit zorngerötetem Gesicht hinaus. Instinktiv wich Rachel ihm aus, wobei sie unglücklicherweise falsch auftrat, ihren linken Fuß verdrehte und das Gleichgewicht verlor. Mit einem Aufschrei stürzte sie seitlich in das regennasse Gebüsch.

Jonas Wilkes blieb stehen, und etwas von seinem Ärger wich aus seinem Gesicht. Er lächelte und reichte Rachel eine Hand.

Zu Tode beschämt nahm Rachel seine Hilfe an und ließ sich vom Arbeitgeber ihres Vaters auf die Füße ziehen. Schüchtern und mit hochrotem Gesicht und Tränen in den Augen dankte sie ihm und schaute besorgt an sich herunter. Ihr Kleid war völlig verschmutzt und an einigen Stellen von den scharfen Dornen des Rosenstrauchs zerrissen. Auch ihr Schal war ruiniert.

Mr. Wilkes' scharfe braune Augen funkelten belustigt. »Auch auf die Gefahr hin, mir eine zweite Ohrfeige einzuhandeln, Miss McKinnon, muß ich sagen, daß Sie dringend ein heißes Bad benötigen.«

Rachel schluckte ihre Tränen, aber das Gefühl, gedemütigt worden zu sein, blieb, und so wandte sie sich abrupt ab, um zu fliehen. Daß sie sich entschuldigen wollte, war vergessen.

Aber Mr. Wilkes ergriff blitzschnell ihren Arm und drehte sie zu sich herum. »Darf ich Sie Rachel nennen?« fragte er.

Die Frage überraschte sie so, daß sie ihn nur anstarrte.

Er lachte – ein warmer, herzlicher Ton, der Rachel an eines ihrer seltenen Weihnachtsfeste erinnerte, bei denen es Brandy mit dickem Schlagrahm und Zucker gegeben hatte.

Als Mr. Wilkes ihre Schultern umfaßte, wich sie erschrocken zurück, aber er hielt sie fest. »Es war meine Schuld, daß Sie gefallen und jetzt schmutzig sind«, meinte er sanft. »Möchten Sie nicht zu mir nach Hause kommen und ein heißes Bad nehmen?«

Rachel errötete vor Bestürzung, und wäre sie nicht so völlig fassungslos gewesen, hätte sie Mr. Wilkes bestimmt erneut geschlagen.

Rachels Empörung schien Jonas zu belustigen. »Ich will Sie nicht verführen, kleine Range«, sagte er lächelnd. »Meine Haushälterin wird dabei sein und über Ihre Unschuld wachen.«

Für einen Moment gestattete Rachel sich den Traum von einem heißen duftenden Bad und flauschig weichen Handtüchern ...

Und dann, ganz plötzlich, verwandelte der leichte Schauer sich wieder in einen wahren Sturzregen.

Rachel war bis auf die Haut durchnäßt, schmutzig und zitterte vor Kälte. Trotz ihrer Vorbehalte, diesen Mann irgendwohin zu begleiten – und schon gar nicht in sein Haus – ertrug sie einfach den Gedanken nicht, in ihr kaltes Zelt zurückzukehren, um dort in eine Decke eingewickelt abzuwarten, daß ihr Kleid trocknete. Ihr einziges anderes Kleidungsstück war ein häßliches Teil aus grobem Wollstoff, und bevor sie das anzog, hüllte sie sich noch lieber in eine Decke.

»Ich versichere Ihnen, daß Sie bei mir in Sicherheit sind«, drängte Mr. Wilkes sanft, und der Ausdruck in seinen Augen war warm und einladend.

Als Rachel Mr. Wilkes' Arm nahm und sich zu seiner Kutsche führen ließ, war sie überzeugt, daß sie von allen guten Geistern verlassen war. Er öffnete die Tür und half Rachel, einzusteigen. Als er ihr gegenüber auf den lederbezogenen Sitz sank, glaubte sie jedoch, so etwas wie verhaltene Ungeduld in seinem Blick zu sehen.

Fröstelnd legte sie den durchnäßten Schal ab und sagte: »Es gehört sich eigentlich nicht.«

Jonas Wilkes verschränkte die Arme und streckte die langen Beine aus. »Nein, kleine Range, das mag wohl sein. Aber warum sollte Rebecca McKinnons Tochter sich von einem solch prüden Konzept wie Anstand leiten lassen?«

Rachel starrte ihn an; das Blut dröhnte ihr plötzlich in den Ohren. »Sie kennen meine Mutter?« stieß sie hervor.

Jonas lachte, aber in seiner Antwort klang eine Spur Verachtung mit. »Wir sind Partner, Becky und ich. Oder vielleicht sollte ich sagen, wir *waren* es. Im Laufe der letzten Jahre hatten wir einige grundsätzliche Meinungsverschiedenheiten.«

Rachel vergaß die Kälte und ihre nasse Kleidung – ja, sie vergaß sogar, daß sie mit einem ihr Fremden in einer Kutsche saß. »Meine Mutter lebt hier – in Tent Town?«

»Ihre Mutter, kleine Range«, erwiderte Mr. Wilkes in nachsichtigem Ton, »würde sich nie dazu herablassen, einen solchen Ort auch nur zu betreten. Sie führt ein sehr – hm – angesehenes Etablissement am Stadtrand von Providence.«

Rachels Herz klopfte ihr bis zum Hals; ihre Kehle war wie ausgedörrt. »Bringen Sie mich zu ihr! Bitte, Mr. Wilkes!«

Gelassen schüttelte er den Kopf und maß Rachels durchnäßtes Kleid mit einem vielsagenden Blick. »Sie werden sich doch nicht in diesem Zustand Ihrer Mutter präsentieren wollen.«

Rachel nickte kläglich. »Nein.«

»Bald«, bemerkte Mr. Wilkes, halb zu sich und halb zu Rachel. »Sehr bald schon.«

Tausend Fragen brannten ihr auf der Zunge, die sie jedoch, zumindest im Augenblick, nicht zu stellen wagte. Sie war dankbar, als Mr. Wilkes ihr seinen Rock um die zitternden Schultern legte und sie sich in den warmen Stoff schmiegen konnte. Er roch angenehm nach Pfeifentabak, Regen und dem würzigen Eau de Cologne, das sie schon bei ihrer ersten Begegnung im Kantinenzelt an Mr. Wilkes wahrgenommen hatte.

»Das«, sagte er und deutete aus dem Kutschenfenster, »ist die Hauptstraße von Providence.«

Die sauberen kleinen Häuser, die die Bucht von Puget Sound säumten, waren von gepflegten Gärten umgeben und wirkten so anheimelnd, daß sich Rachels Gefühl der Einsamkeit auf unerträgliche Weise verstärkte. »Lebt meine Mutter hier?« erkundigte sie sich schüchtern.

Jonas Wilkes würdigte die Häuser keines Blickes. Er zündete sich eine Zigarre an und sagte nach einer langen Pause: »Nein. Nein, kleine Range, Ihre Mutter lebt in viel größerem Stil als hier. Es stört Sie doch hoffentlich nicht, wenn ich rauche?«

Rachel schüttelte den Kopf. In ›größerem Stil‹ zu leben als die Bewohner dieser hübschen Häuser konnte Rachel sich nicht vorstellen. Denn schließlich hatten alle ein festes Dach über dem Kopf und richtige Böden unter ihren Füßen. Rosensträucher blühten in den Gärten, und hölzerne Gehwege säumten die Straße.

Rachel schluckte. »Was für ein Mensch ist meine Mutter?«

Mr. Wilkes seufzte und zog nachdenklich an seiner Zigarre. »Rebecca ist eine Geschäftsfrau«, antwortete er schließlich.

Rachel lehnte sich verwirrt zurück. Es war ihr unbegreiflich, daß ihre Mutter zu einem gewissen Wohlstand gekommen war – und sogar ›in großem Stil‹ lebte – während sie und ihr Vater so oft verzweifelt ums Überleben hatten kämpfen müssen. »Sie wollen damit sagen, daß meine Mutter reich ist«, sagte sie vorsichtig.

Jonas lächelte. »Nicht reich. Höchstens gut gestellt.«

Höchstens gut gestellt. Rachel starrte auf ihre ausgetretenen Schuhe. Sie trug sie schon zwei Jahre, und nicht einmal damals, als sie sie bei einem Straßenhändler erstanden hatte, waren sie neu gewesen. Ihre Mundwinkel zuckten, aber sie brachte kein Wort über die Lippen.

Ganz unvermittelt streckte Mr. Wilkes die Hand aus und legte sie über Rachels. »Ich vermute, daß es Ihnen und Ihrem Vater nie so gut ergangen ist«, meinte er sanft.

Tränen schimmerten in Rachels Augen, als sie zu ihm aufsah. »Nein«, erwiderte sie erstickt. »Nie.«

Mr. Wilkes warf die Zigarre aus dem Fenster. »Ihr Glück wird sich bald wenden, kleine Range. Glauben Sie mir.«

Rachel starrte ihn an. Die Aussichtslosigkeit ihrer Lage war ihr leider nur zu gut bewußt. »Das glaube ich kaum, Mr. Wilkes«, erwiderte sie. »Mein Vater ist Holzfäller, und mein Mann – falls ich einen finde – wird auch Holzfäller sein.«

Jonas Wilkes' Blick war nachdenklich geworden und eine Spur zurückhaltend. »Wer weiß«, entgegnete er nur.

Aber Rachel war in Gedanken schon wieder bei dem Elend, das sie im Laufe der Jahre in den verschiedensten Holzfällerlagern erfahren hatte. Früher hatte sie sich damit abgefunden; aber nun, da sie wußte, wie anders ihr Leben gewesen wäre, wenn ihre Mutter sich um sie gekümmert hätte, wurde sie von quälendem Groll erfaßt.

Sie zog Mr. Wilkes' Rock noch fester um die Schultern und schloß die Augen. Als ein plötzliches Verlangen nach Schlaf sie überfiel, gab sie ihm nach.

Jonas zwang sich, die Landschaft zu betrachten, obwohl er sie in- und auswendig kannte. Ein fast unwiderstehlicher Drang quälte ihn, dieses zerzauste Mädchen ihm gegenüber zu betrachten, sich die zarte Biegung ihres Halses einzuprägen, die sanfte Wölbung ihrer Brüste und die schlanke Linie ihrer Schenkel. Sie zu berühren, wagte er nicht – noch nicht jedenfalls, nach der Szene mit Griffin Fletcher an diesem Morgen in Fanny

Harpers Häuschen –, aber er war wie besessen von dem Verlangen, Rachel zu besitzen. Doch wenn er sie zu lange betrachtete oder zu ausführlich, bestand Gefahr, daß er seinen Vorsatz, Distanz zu halten und zuerst ihr Vertrauen zu gewinnen, nicht mehr ausführen konnte.

Ihr regelmäßiges Atmen verriet ihm, daß sie schlief, und so etwas wie Zärtlichkeit erfaßte ihn. Aber das war ein Gefühl, gegen das er sich sehr schnell wappnete.

Rachel war anders als die anderen, das hatte er schon im ersten Augenblick gemerkt. Und gerade weil sie anders war, konnte sie ihm gefährlich werden, konnte Macht über ihn gewinnen und ihn zu ihrem Sklaven machen...

Noch keine Frau hatte je eine derartige Bedrohung für ihn dargestellt.

Die Kutsche bog scharf und ruckartig ab und riß Jonas aus seinen Träumereien. Doch erst als die Räder über die gepflasterte Einfahrt zu seinem Haus klapperten, wagte Jonas einen Blick auf Rachel.

Sie bewegte sich und stöhnte leise, und dieses Geräusch löste ein schmerzhaftes Ziehen in Jonas' Lenden aus.

Als die Kutsche hielt, erhob er sich, öffnete die Tür und hob Rachel McKinnon auf die Arme, um sie wie ein Kind über die breite Terrasse aus weißem Marmor ins Haus zu tragen.

Rachel erwachte, als sie die Schwelle überquerten, versteifte sich in Jonas' Armen und rief: »Lassen Sie mich sofort los!«

Doch Jonas wollte sie nicht loslassen, nie wieder. Schon diese harmlose Art, wie er sie in seinen Armen hielt, weckte ein Verlangen und eine Sehnsucht in ihm, die tiefer ging, als er je geglaubt hätte. Nur unter Aufbietung seiner ganzen Selbstbeherrschung gelang es ihm, Rachel nicht die Treppe hinaufzutragen, sie dort auf sein Bett zu legen und sich, ohne die Folgen zu bedenken, in ihrer Süße und in ihrem Feuer zu verlieren.

Denn Feuer steckte in ihr, zweifellos. Jonas spürte, wie es sein Herz und seine Seele versengte, selbst dann noch, als er Rachel absetzte und eine spöttische Verbeugung vor ihr machte.

Sie konnte ihm mehr als gefährlich werden. Sie war eine tödliche Gefahr.

»Wie Sie wünschen«, sagte er mit einer Stimme, die er selbst nicht wiedererkannte.

Rachel sah aus wie ein zerrupfter kleiner Vogel. »Nur weil ich herkam, um ein Bad zu nehmen, Mr. Wilkes«, sprudelte es aus ihr hervor, »heißt das noch lange nicht, daß ich . . . daß ich . . .«

Jonas kämpfte noch immer gegen das wilde, quälende Verlangen an, das ihn beherrschte, aber er lächelte. »Natürlich«, meinte er.

Sie entspannte sich ein wenig und begann sich umzusehen. Mit Augen, die ganz dunkel wurden vor Ehrfurcht, betrachtete sie die Eingangshalle mit dem schwarzweißen Marmorboden, der bunt verglasten Decke und den mit Schnitzereien verzierten Teakholzwänden. Ein riesiger Kristalleuchter verbreitete ein helles, aber sanftes Licht.

Jonas war so bezaubert von Rachel, daß er sich vermutlich nicht gerührt hätte, wenn nicht plötzlich seine Haushälterin, Mrs. Hammonds, erschienen wäre und Rachel verwundert angestarrt hätte.

Mit einer ausladenden Geste deutete Jonas auf seinen durchnäßten Gast. »Wie Sie sehen, braucht diese junge Dame dringend ein Bad. Sorgen Sie bitte dafür, daß sie eins bekommt.«

Die Haushälterin preßte die Lippen zusammen. »Jonas Wilkes . . .«

Aber Jonas schlenderte schon aus dem Haus, überquerte die breite Veranda und trat in das Unwetter hinaus.

Dort streckte er lachend beide Arme aus und hielt sein Gesicht in den Regen.

3

Fanny Harper wand und krümmte sich auf dem Bett, warf den Kopf zurück und flehte Gott um Gnade an.

Griffin Fletcher seufzte und rollte seine Hemdsärmel auf, während Fannys verängstigter Mann kochendes Wasser hereinbrachte.

Wieder schrie Fanny gellend auf und bat Gott um Hilfe.

Resolut verdrängte Griffin aus seinen Gedanken die Auseinandersetzung, die er eben mit Jonas geführt hatte, und konzentrierte sich auf die Aufgabe, die ihn erwartete.

»Können Sie ihr nicht die Schmerzen nehmen, Doc?« flüsterte Sam Harper. Er war leichenblaß. Obwohl Sam noch ein junger Mann war, höchstens fünfunddreißig, wirkte er alt und gebeugt, was auf die harte Arbeit in den Wäldern und den Mangel an vernünftiger Ernährung zurückzuführen war. Das eine in Verbindung mit dem anderen beraubte die Männer ihrer Jugend und ihrer Kraft.

Griffin schüttelte den Kopf und begann seine Hände und Arme zu desinfizieren.

Harper schob sich näher heran; seine Augen spiegelten die

Qualen wider, die seine Frau erlitt. »Sie könnten ihr Laudanum geben!« meinte er anklagend.

Griffin maß Sam mit einem ärgerlichen Blick. »Wenn ich das täte, bestünde Gefahr, daß das Baby einschläft und erstickt. Außerdem wissen Sie verdammt gut, daß ich niemanden leiden lasse, wenn ich es irgendwie verhindern kann!«

Fanny schrie wieder schrill, und über ihnen trommelte der Regen auf das Dach.

Sam Harper, der nichts mehr zu entgegnen wußte, floh in stummem Entsetzen aus dem Raum und zog die Tür hinter sich zu. Einen Moment später fiel eine andere Tür ins Schloß.

Griffin ging zum Bett und zog die zerknitterte, schweißfeuchte Decke von Fannys Körper. Dann untersuchte er sie im Schein der flackernden Petroleumlampe.

Tränen strömten über das Gesicht der Frau, aber sie tat ihr Bestes, um stillzuliegen und die Schmerzen auszuhalten. Aber die Würde, die ihre Haltung sonst auszeichnete, und die elfenhafte Schönheit, die sie vermutlich überhaupt erst in diese Lage gebracht hatte, waren von ihr gewichen.

»Bald?« fragte sie flehend.

»Bald«, versprach Griffin leise.

Wieder wurde Fanny von einer Wehe erfaßt, und diesmal führte Griffin ihre suchenden Hände an das eiserne Bettgestell über ihrem Kopf. Sie umklammerte es, bis ihre Knöchel weiß hervortraten, als die riesige Wölbung, die ihr Bauch war, heftig zu zucken begann.

Griffin wartete geduldig mit ihr und wünschte, es gäbe etwas, um ihre Schmerzen zu lindern.

»Am liebsten würde ich sterben«, keuchte Fanny.

Unter anderen Umständen wäre Griffin empört gewesen; für ihn war der Tod ein unerbittlicher Feind, ein Ungeheuer, das er ständig bekämpfte und nie besiegen konnte. »Nein«, sagte er leise.

Das Baby kam fünf Minuten später zur Welt, und wie alle Harperkinder vor ihm war es tot, bevor es aus Fannys erschöpftem Körper in Griffins wartende Hände glitt. Nicht einmal der Atem, den der Arzt in seine Lungen preßte, konnte es wiederbeleben.

Trotz allem wusch Griffin das Kind sorgfältig und wickelte es in eine Decke. Unbändiger Zorn schnürte ihm die Kehle zu, als er den kleinen Körper beiseite legte, und am liebsten hätte er alle Möbel im Raum umgestoßen und sämtliches Porzellan zerschmettert.

»Und dieses hier?« flüsterte Fanny in einem Ton, der hoffnungslose Verzweiflung verriet. Griffins Qual, sein Schmerz waren so übermächtig, daß er fast nicht zu einer Antwort fähig war. »Tut mir leid, Fanny«, sagte er leise.

»Das Baby war nicht von Sam«, gestand die Frau, während sie mit fiebernden Augen an die Decke starrte. Ihr dichtes, rötlichbraunes Haar war feucht und klebte an ihren wachsbleichen Wangen.

Griffin wusch noch einmal gründlich seine Hände, trocknete sie und verabreichte Fanny eine großzügige Dosis Laudanum.

Sie schluckte die Medizin dankbar und wandte dann den Kopf ab. »Es ist Gottes Strafe«, murmelte sie. »Gott hat mein Baby sterben lassen, weil ich schlecht bin.«

Griffin, der Fanny gerade untersuchte, runzelte geistesabwesend die Stirn. Irgendwie war die Blutung viel zu stark. »Sie sind nicht ›schlecht‹, Fanny, und ich bezweifle, daß Gott etwas damit zu tun hat – auf die eine oder andere Weise.«

Fanny wurde ganz still – beängstigend still. »Es war meine Sünde, die den Herrgott gegen mich aufgebracht hat.«

Griffin holte eine Nadel aus seiner Arzttasche und hielt sie in die tanzende Flamme der Lampe. Als sie abgekühlt war, fädelte er Katzendarm ein und nähte den Riß in Fannys Fleisch.

Gott. Immer redeten sie von Gott, lobten ihn, wenn alles gut ging, und beklagten ihre eigene menschliche Natur, wenn etwas danebenging. Wenn es wirklich einen Gott gab – was Griffin aufgrund der Ordnung und Symmetrie des Universums durchaus für möglich hielt – schien Er jedenfalls kein übermäßiges Interesse für die Menschheit aufzubringen.

»Ruhen Sie sich jetzt aus, Fanny«, sagte Griffin.

Aber Fanny begann leise zu weinen, obwohl sie den Stich der Nadel gar nicht spüren konnte. »Das Baby war nicht von Sam!« beharrte sie unter Tränen.

Griffin schaute zu dem reglosen Bündel in der Decke herüber, und das Herz drehte sich ihm um für dieses winzige Menschenkind, das nie die Sonne auf seinem Gesicht spüren würde.

»Ich bin Arzt, Fanny«, fuhr er auf, »kein Priester.«

»D-dieser Mann . . . Er ist ein Teufel! Wir alle glauben, er sei ein Mensch, aber das ist er nicht! Er ist der Sohn des Teufels.«

Für den Teufel brachte Griffin noch weniger Interesse auf als für Gott. »Jonas?« entgegnete er seufzend, während er die Fäden verknotete und an die unverkennbare Ähnlichkeit des Babys mit Jonas Wilkes dachte.

Fanny nickte, ihr leises Weinen verwandelte sich in schrilles Geheul. »Er soll verdammt sein – verdammt in alle Ewigkeit!«

Griffin, der mühsam Ruhe bewahrt hatte, atmete erleichtert auf, als seine Patientin in einen unruhigen Schlaf fiel. Aber selbst das, dachte er, war ihrer Realität noch vorzuziehen.

In der Küche schenkte Griffin sich eine Tasse Kaffee ein und ging damit in das kleine, sehr saubere und aufgeräumte Wohnzimmer, wo im Kamin ein Feuer brannte.

Jonas. Immer wieder Jonas.

Eine Schulter gegen den steinernen Kaminsims gestützt, nippte Griffin nachdenklich an dem starken, bitteren Kaffee und fragte sich, ob die Warnung, die er Jonas erteilt hatte – sich von Beckys Tochter fernzuhalten –, irgendeine Wirkung zeigen würde.

Bei Jonas war das schwer zu sagen.

Fannys bevorstehende Geburt hatte Griffins ganze Aufmerksamkeit beansprucht, und er hatte keine Zeit gehabt, Jonas in aller Deutlichkeit klarzumachen, wie ernst es ihm gemeint war. Aber Zeit hatte er ja leider eigentlich nie genug.

Griffin trank den Kaffee aus und brachte die Tasse in die Küche zurück, wo er sie in die Spüle setzte und klares Wasser hineinpumpte, bis die Tasse überlief.

Alle Annehmlichkeiten, dachte er. Jonas stattet seine Frauen mit allen Annehmlichkeiten aus.

Dieser Gedanke und die Erinnerung an das Kind erzeugten eine bittere, hilflose Wut in ihm und ließen Haß und Frustration in ihm aufsteigen. Er fluchte verhalten.

Die Haustür ging auf, als Griffin gerade seinen Mantel nahm. Sam Harper stand triefendnaß in der Tür und schaute Griffin fragend an. Reverend Winfield Hollister, ein großer hagerer Mann mit sanften Augen und blassen Gesichtszügen, begleitete ihn.

Griffins Stimme klang sogar in seinen eigenen Ohren rauh und unsicher. Er hatte den Tod so oft gesehen; warum konnte er nicht lernen, ihn zu akzeptieren?

»Das Baby ist tot«, sagte er.

Field Hollister legte eine Hand auf Harpers Schulter, sagte jedoch nichts. Das war eine der Eigenschaften, die Griffin am meisten an seinem Freund schätzte – daß er wußte, wann etwas zu sagen war und wann man besser schwieg. Im allgemeinen jedenfalls.

»Und Fanny?« fragte Harper flehend. »Wie geht es Fanny?«

Griffin starrte einen Moment lang an die Decke und wünschte, den Mann belügen oder ihm die Wahrheit wenigstens verschweigen zu können. »Sie lebt«, erwiderte er schließlich. »Aber sie hat zuviel Blut verloren und ist sehr, sehr schwach.«

Der Holzfäller stolperte blindlings durch den Raum in Fannys Schlafzimmer. An den Ort ihres Verrats.

»Du hast getan, was du konntest«, stellte Field fest.

Griffin seufzte. »Ja.«

Der Priester faltete seine Hände. »Fanny wird es also nicht überleben?«

Griffin schüttelte den Kopf, und die Spannung legte sich wie eine eiserne Faust um seinen Nacken. Weil er etwas tun mußte, schaute er auf die Uhr in seiner Westentasche. Unglaublich – aber es war erst neun Uhr morgens.

Field räusperte sich. »Sie befindet sich in Gottes Hand«, sagte er, als regelte das alles.

Griffin bedachte seinen Freund mit einem vernichtenden Blick. »Verdammt, Field, heb dir das für deine Schäfchen auf, ja?«

Hollister legte seinen schäbigen Mantel ab und zog eine abgenutzte Bibel aus der Tasche. Griffin konnte sehen, daß irgendeine innere Vorbereitung in ihm stattfand; er kannte diesen Gesichtsausdruck, und seine Wirkung auf ihn selbst war stets die gleiche.

Ein unbehagliches Schweigen entstand zwischen den beiden Männern, bis Griffin schließlich sagte: »Es tut mir leid.«

Mitgefühl stand in Fields Augen und mehr Verständnis, als Griffin erwartet hätte. »Unsinn«, meinte er ein bißchen schroff, dann trat ein wachsamer Ausdruck in seinen Blick, als erinnerte er sich plötzlich an etwas. Wieder räusperte er sich.

»Versprich mir, daß du ruhig bleiben wirst.«

Griffin spürte, wie er sich innerlich versteifte. »Was ist, Field? Liegt Becky im Sterben?«

Field ging auf Fannys Zimmer zu. »Nein. Aber Fawn Nighthorse hat mir gerade gesagt, daß Jonas das Mädchen hat. Sie sah Rachel in seine Kutsche steigen.«

Griffin fühlte etwas Entsetzliches in sich erwachen. »Rachel? War sie sicher, daß es sich um Rachel handelte?«

»Ja. Absolut sicher.«

Griffin schnappte sich seinen Mantel und seine Tasche und stürmte zur Tür. »Ich komme wieder«, knurrte er. Dann stürzte er in den Regen hinaus.

Rachel errötete, als die füllige Haushälterin sie kritisch musterte.

»Möchten Sie eine Tasse Tee?« fragte die Frau nach langem Schweigen. »Es wird etwas dauern, bis das Badewasser heiß ist.«

Tee. Rachel konnte sich nicht entsinnen, wann sie das letzte Mal einen derartigen Luxus genossen hatte. »Ja, bitte.«

»Dann kommen Sie mit«, erwiderte die Haushälterin seufzend.

Rachel folgte ihr in ein großes, elegantes Eßzimmer. Hier waren die polierten Holzböden mit kostbaren Teppichen bedeckt, und die geschmackvoll tapezierten Wände zierten wertvolle Ölgemälde. Ein massiver Leuchter hing über einem Eßtisch aus polierter Eiche. Sechs Flügeltüren aus Glas führten in einen Garten, in dem Rosen blühten und Wasser aus einem Marmorspringbrunnen sprudelte.

Rachel dachte an das Zelt, in dem sie ihr Frühstück eingenommen hatte, und lächelte wehmütig.

»Ich bin Mrs. Hammond«, erklärte die Haushälterin brüsk, während sie Rachel durch das Eßzimmer in die größte, sauberste Küche führte, die Rachel je gesehen hatte.

»Mein Name ist Rachel«, erwiderte sie etwas verspätet, nachdem sie sich staunend umgesehen hatte. »Rachel McKinnon.«

Mrs. Hammond drehte sich überrascht um. »McKinnon«, wiederholte sie sinnend. »McKinnon . . . Der Name kommt mir bekannt vor.«

Rachel zuckte die Schultern. »So ungewöhnlich ist er nicht.«

»McKinnon?« Mrs. Hammond schüttelte ihren ergrauten Kopf. »Das hört man nicht so oft wie ›Smith‹ oder ›Jones‹.«

Rachel war sehr eingeschüchtert – von ihrer Umgebung, von Mr. Jonas Wilkes und von dieser so streng wirkenden Haushälterin. Nervös strich sie mit der Hand über ihr zerknittertes, feuchtes Kleid. »Es ist sehr nett, daß Sie sich soviel Mühe machen.«

Während Mrs. Hammond den Tee aufbrühte, erwiderte sie mit ganz unerwarteter Freundlichkeit: »Es macht mir keine Mühe. Hier – kommen Sie an den Herd, während ich Ihnen etwas Trockenes zum Anziehen suche.«

Rachel trat dankbar neben das große, schimmernde Ungeheuer von Herd. »Danke.«

»Und machen Sie sich keine Sorgen um Ihr ruiniertes Kleid«, rief Mrs. Hammond ihr zu, während sie durch die Schwingtür ins Eßzimmer hinüberging. »Wir haben bestimmt einige Sachen hier, die Ihnen passen werden.«

Zitternd vor Kälte drängte Rachel sich noch näher an den Herd. Als Mrs. Hammond etwa fünf Minuten später zurückkam, brachte sie ein langes Flanellnachthemd mit. »Dort vorne ist ein kleines Ankleidezimmer«, sagte sie. »Wie wäre es, wenn Sie Ihre nassen Sachen ausziehen würden, während ich uns Tee einschenke?«

Mit schamhaft gesenktem Blick nahm Rachel ihr das Nachthemd aus der Hand und ging gehorsam hinaus.

Das Ankleidezimmer verfügte über eine große Emaillebadewanne, zwei bequeme Sessel und einen Wandschirm aus bemalter Seide, hinter dem man sich entkleiden konnte. Beeindruckt trat Rachel dahinter und zog das verhaßte Kattunkleid und ihre völlig durchnäßte Baumwollunterwäsche aus. Das weiche Flanellnachthemd fühlte sich herrlich warm auf ihrer Haut an.

Wie müßte es sein, ständig solche Kleidungsstücke zu tragen und außerdem noch ein Bad zu haben, das ausschließlich für derartige Verrichtungen zur Verfügung stand und eingerichtet war? Ob ihre Mutter so lebte?

Rachel lächelte unwillkürlich. Bei Miss Cunningham in Seattle hatte sie sich in einem großen Waschzuber mitten in der Küche gebadet, von der ständigen Angst begleitet, einer der anderen Mieter könne erscheinen.

Nach einem tiefen Atemzug eilte sie in die Küche zurück, wo Mrs. Hammond bereits Tee eingeschenkt hatte.

Rachel kam sich fast wie eine Lady vor.

Nach der ersten Tasse starken, würzigen Tees sehnte Rachel sich nach einer zweiten, lehnte jedoch ab, als Mrs. Hammond sie ihr anbot. Ihr Erscheinen und Aufenthalt in diesem Haus war auch so schon skandalös genug; es war besser, ihren Sünden keine zusätzlichen Verfehlungen hinzuzufügen.

Eine halbe Stunde später sank sie ehrfürchtig und entzückt in das duftende heiße Wasser, das sie und Mrs. Hammond erhitzt und eimerweise in die Badewanne geschüttet hatten. Rachel blieb ein paar herrliche Minuten einfach liegen und begann dann ihren Körper und ihr Haar mit einer Seife einzureiben, die nach wilden Blumen roch.

Endlich sauber und zum ersten Mal seit Wochen richtig warm, verbarg Rachel ihr Haar unter einem zu einem Turban geschlungenen Handtuch und ließ sich bis zum Kinn ins warme Wasser sinken. Unter der duftenden Oberfläche war gerade noch das winzige Muttermal neben ihrer linken Brustspitze zu erkennen.

Und da hörte sie das Stimmengewirr. Worte konnte sie nicht verstehen, aber es waren zwei Männer, die miteinander stritten, und ab und zu warf Mrs. Hammond eine schrille Bemerkung ein.

Rachel begann zu zittern, und während sie noch überlegte, wie sie sich verhalten sollte, sprang die Tür zum Badezimmer auf, und ein zornig blickender, dunkelhaariger Mann stand auf der Schwelle.

»Ziehen Sie sich an!« brüllte er.

Entsetzt schlug Rachel beide Hände über die Brüste und ließ sich noch tiefer ins Wasser sinken.

»Sofort!« fügte der Mann herrisch hinzu.

Rachel fehlten die Worte; sie konnte nur zustimmend nicken.

Der Mann schien befriedigt. Nach einem ungeduldigen Blick auf Rachel, der ihr bis auf den Grund ihrer Seele ging, drehte er sich um und schloß die Tür.

Rachel kletterte aus der Wanne, kauerte sich hinter die Spanische Wand und trocknete sich blitzschnell ab. Das Herz schlug ihr bis zum Hals, als sie die Tür erneut aufgehen hörte.

Aber es war nur Mrs. Hammond, die hereinkam, um Rachel einen ganzen Stapel Kleidung zu bringen: seidene Unterwäsche, Strümpfe und ein lavendelfarbenes Kleid aus einem weichen, leise raschelnden Material.

Mrs. Hammond schwieg, und erst als Rachel vollständig angezogen war, wagte sie, sich flüsternd nach dem Fremden zu erkundigen. »Wer ist dieser Mann? Was macht er hier?«

Die Haushälterin seufzte. »Das, meine Liebe, war Dr. Griffin Fletcher. Und ich fürchte, er will Sie mitnehmen.«

Rachel wich entsetzt zurück. »Warum?«

Mrs. Hammond zuckte die Schultern. »Das mag der liebe Himmel wissen. Er ist ein bißchen grob, mein Kind, aber kein schlechter Kerl.«

»E-er hat kein Recht . . .«

»Recht oder nicht Recht, wir alle werden die Hölle erleben, wenn Sie nicht tun, was er sagt«, stellte Mrs. Hammond fest. Und damit verließ sie auch schon den Raum und schloß die Tür.

Rachel biß sich auf die Lippen und schaute sich suchend um. Aber das einzige Fenster des Raums war verschlossen, und als sie mit aller Kraft am Riegel zerrte, mußte sie feststellen, daß er klemmte.

Wieder ging die Tür auf, und der Mann mit den dunklen, zornigen Augen stand dort und beobachtete Rachel. Dann reichte er ihr ihre alten, schlammbespritzten Schuhe. »Ziehen Sie die an.«

Rachel hob trotzig ihr Kinn und ging zu ihm.

Jonas' Zorn drohte ihn fast zu ersticken, aber er beherrschte sich, als sein alter Feind Rachel durch die Küche ins Foyer und aus dem Haus scheuchte.

Denn Jonas fürchtete sich, Griffin herauszufordern, und diese Furcht machte seine Niederlage nur noch bitterer.

Mrs. Hammond stand in sturem Schweigen am Herd und rührte in einer Suppe.

»Lassen Sie McKay die Indianerin holen«, sagte Jonas nach einem kurzen, spannungsgeladenen Schweigen.

»Aber Jonas . . .«

»Die *Indianerin*«, zischte Jonas. »Fawn Nighthorse.«

Mrs. Hammond bedachte ihn mit einem mißbilligenden Blick. »Aber es ist mitten am Tag. Was soll Tom ihr denn sagen?«

Jonas wirbelte herum und stieß mit einer Hand die Schwingtür auf. »Daß ihre Miete fällig ist«, antwortete er.

4

Rachel warf einen verstohlenen Blick auf den Mann, der neben ihr auf dem Sitz des Buggy saß. Sein Gesicht war angespannt vor Ärger, genau wie sein Mund.

Dr. Griffin Fletcher. Rachel war froh, daß Mrs. Hammond ihr seinen Namen genannt hatte; *er* war jedenfalls nicht so höflich gewesen, es zu tun.

»Warum tun Sie das?« fragte sie.

Dr. Fletcher wandte ihr seine dunklen, unduldsamen Augen zu, seine Stimme klang wie entferntes Donnergrollen, als er kühl entgegnete: »Was hat Jonas Ihnen angeboten?«

Rachel errötete. »Wie bitte?« fragte sie verblüfft.

»Ach, nichts«, knurrte der Arzt und konzentrierte sich wieder darauf, den Buggy über die nasse Straße zu lenken.

Rachel schloß die Augen und betete stumm um eine wunderbare, schnelle Rettung.

Dr. Fletcher schien ihre Anwesenheit vollkommen vergessen zu haben, was Rachel auf seltsame Weise verstörte. Sie haßte diesen Mann – hatte ihn auf den ersten Blick nicht leiden können –, und doch sehnte sie sich nach seiner Beachtung.

»Ich möchte wissen, wohin Sie mich bringen«, sagte sie kühl.

Jetzt schaute er sie an, ließ seinen Blick über ihr halbdurchnäßtes Kleid gleiten und dann über ihr Gesicht. »Ihnen ist kalt«, sagte er anklagend, dann legte er seinen Rock ab und warf ihn Rachel zu.

Sie legte die Jacke um ihre Schultern. »Ich will wissen, wohin . . .«

Sein Mund verzog sich zu einem humorlosen Lächeln. »So? Das finde ich interessant.«

»Sind Sie immer so unfreundlich und unangenehm, Dr. Fletcher?«

»Nur an guten Tagen«, erwiderte er. »Gehen Sie immer mit Männern wie Jonas Wilkes nach Hause?«

Rachel war so gedemütigt, daß ihr für einen Moment die Worte fehlten. Dann sagte sie in gemessenem Ton: »Mr. Wilkes war sehr freundlich zu mir.«

Grimmige Belustigung verriet sich in Dr. Fletchers dunklen Augen. »Oh, er ist ein feiner Kerl«, entgegnete er gedehnt, während sein Blick von neuem zu der nun fast durchsichtigen Seide ihres Kleids glitt. Die Belustigung in seinen Augen wich einem anderen, nicht zu deutenden Gefühl. »Hübsches Kleid«, bemerkte er.

Da Rachel nicht so naiv war, seine Worte als Kompliment aufzufassen, schwieg sie, anstatt ihm zu danken.

Die kleine Stute trabte lustlos weiter durch den Regen, und irgendwann kam wieder Providence in Sicht. Aber der Buggy hielt vor keinem der hübschen Häuser, die Rachel vorher so bewundert hatte, sondern fuhr weiter bis zu dem kleinen Häuschen am Rande von *Tent Town*, wo Rachel Mr. Wilkes vorher begegnet war.

»Kommen Sie lieber mit herein und wärmen Sie sich auf«, riet Dr. Fletcher, während er vom Bock sprang und seine alte Arzttasche ergriff.

Rachel schaute zu den im Wind flatternden Zelten hinüber und fand sie nach dem Luxus in Mr. Wilkes' Haus noch weniger einladend. Und dieser unnahbare Doktor neben ihr, dieser grimmige, abweisende Mann . . . Plötzlich und völlig gegen ihren Willen fragte sie sich, ob es je einer Frau gelungen sein mochte, die Mauer zu durchbrechen, hinter der er sein Herz zu verbergen schien.

Das Innere des kleinen Hauses war warm und sauber, jedoch nur schwach erleuchtet. Alles deutete auf die Nähe des Todes hin, und Rachel zog Dr. Fletchers Rock fröstelnd fester um die Schultern.

Ein dünner, erschöpfter Mann stand neben dem flackernden Kaminfeuer, mit hängenden Schultern, das Gesicht im Schatten verborgen. Rachels Unterlippe zitterte, als sie merkte, daß er weinte; sein heiseres Schluchzen sagte alles aus über das Leben in und um diese Holzfällerlager.

Dr. Fletcher durchquerte still den Raum und betrat ein Zimmer. Rachel und der weinende Mann blieben allein zurück.

Einen Augenblick später kam ein anderer, sehr freundlich blickender Mann aus dem Zimmer, in dem Dr. Fletcher verschwunden war. Sein Lächeln war traurig, als er Rachel grüßte. »Hallo«, sagte er und reichte ihr die Hand, die rauh war und voller Schwielen.

Mit einiger Verwirrung nahm sie seinen abgetragenen Priesterkragen zur Kenntnis. Ihrer Erfahrung nach redeten Priester viel und laut; aber arbeiten sah man sie nur selten. Die Hände dieses Mannes bewiesen allerdings das Gegenteil. Er war ein Mann, der oft die Axt geschwungen haben mußte und bestimmt auch mit einer Säge umzugehen verstand.

Seine sanften Augen lächelten Rachel an, obwohl sein Mund ernst und traurig blieb. »Ich bin Reverend Hollister«, stellte er sich vor. Und dann, ohne Rachels Antwort abzuwarten, ging er hinaus und kehrte einen Moment später mit einer Decke und einer Haarbürste zurück.

Das erinnerte Rachel an ihr aufgelöstes Haar, und sie errötete, als sie Bürste und Decke in Empfang nahm. »Danke«, flüsterte sie.

Der Mann am Kamin hörte auf zu weinen und verließ das Haus, ohne die Tür hinter sich zu schließen. Rachel konnte sehen, wie er durch den strömenden Regen lief und über den Zaun sprang.

Reverend Hollister schloß sanft die Tür. »Sams Baby wurde

tot geboren«, erklärte er in mitfühlendem Ton. »Und vor wenigen Minuten hat er auch seine Frau verloren.«

Rachels Augen wurden feucht. »O nein«, flüsterte sie und empfand den Verlust der toten Frau und ihres Babys so heftig, als ob sie sie gekannt hätte.

Es entstand ein kurzes Schweigen. Dann wandte Rachel sich ab, hängte den Rock des Doktors über einen Haken beim Kamin und wickelte sich in die Decke, die Reverend Hollister ihr gegeben hatte. Mit energischen, beinahe heftigen Bewegungen begann sie ihr Haar zu bürsten.

Eine Ewigkeit schien vergangen zu sein, bevor Dr. Fletcher aus dem Sterbezimmer kam und neben Rachel ans Feuer trat. Die breiten Schultern unter dem durchnäßten Hemd waren angespannt, seine schönen, trotzigen Lippen fest zusammengepreßt.

»Es tut mir leid«, sagte sie.

Für einen winzigen Moment schien seine Abwehr nachzulassen, doch kaum spürte er Rachels Blick, versteifte er sich wieder. Seine Augen wurden völlig ausdruckslos, und kein Wort kam über seine Lippen.

Ein schrecklicher Gedanke kam Rachel plötzlich. »W-war es, weil Sie fortmußten? Ist sie gestorben w-wegen mir?«

Der Arzt schüttelte den Kopf. »Sie überschätzen Ihre Bedeutung, Miss McKinnon. Es gab nichts mehr, was getan werden konnte, ob ich nun hier war oder nicht.«

Rachel war zu verletzt, um zu antworten, aber Reverend Hollister sagte empört: »Griffin!«

Etwas von der beängstigenden Spannung schien aus Dr. Fletchers Körper zu weichen, aber er sprach noch immer nicht. Der Widerschein des orangeroten Feuers tanzte auf seinen versteinerten Zügen, als er in die Flammen starrte.

Rachel holte tief Luft und sagte: »Ich glaube, ich gehe jetzt besser. Ich möchte niemandem im Wege sein . . .«

Sie hätte nie gedacht, daß Dr. Fletcher sie noch mehr erstaunen könnte, als es ohnehin geschehen war, aber jetzt ergriff er ihren Arm und zog sie so dicht an sich, daß sie durch ihren Rock seinen harten Schenkel spüren konnte.

»Möchten Sie sich nicht Ihr neues Zuhause ansehen, Rachel?« fragte er in einem Ton, der sie erschreckte und in Zorn versetzte. »Es ist jetzt nämlich frei. Ein Wort zu Ihrem guten Freund Jonas, und Sie können in aller Bequemlichkeit leben!«

Da sie nicht wußte, wovon er sprach, versuchte sie, sich ihm zu entziehen und stellte fest, daß es unmöglich war. Ihr Herz klopfte zum Zerspringen. Hätte Reverend Hollister nicht so schnell eingegriffen und sie befreit, wäre sie wohl ohnmächtig geworden.

»Griffin«, sagte der Priester. »*Das reicht*!«

Einen Moment lang starrten die beiden Männer sich böse an, und die sowieso schon unerträgliche Spannung im Raum nahm alarmierende Ausmaße an. Ein leises Schluchzen entrang sich Rachels Kehle, und sie flog herum, rannte aus dem Haus und die glitschigen Eingangsstufen hinunter.

Das Tor widerstand ihren Versuchen, es zu öffnen, und schon spürte sie eine Hand auf ihrem Arm. Als sie sich umdrehte, schaute sie in die zornigen, verdammenden Augen von Dr. Griffin Fletcher.

Er war bis auf die Haut durchnäßt. Regenwasser strömte über sein Gesicht, und durch sein nasses Hemd konnte Rachel sein dunkles Brusthaar sehen. Die Gefühle, die dieser Anblick in ihr auslöste, waren noch viel erschreckender als alles andere, was sie an diesem Tag schon erlebt hatte.

Sie war zu fassungslos, um etwas zu sagen oder zu tun. Sie konnte ihn nur anstarren und sich über die Gefühle wundern, die in ihr tobten.

Dr. Fletcher schien den Regen nicht zu spüren; er stand einfach da und schaute Rachel lange an. Dann legte er ihr ganz unvermittelt – und völlig unerwartet – die Hände auf die Schultern.

Ich begehre ihn, dachte Rachel voller Entsetzen, aber mit Überzeugung. Lieber Gott, trotz der Art, wie er mich behandelt hat, begehre ich ihn!

Aus lauter Verzweiflung hob sie das Kinn und schrie Griffin über den heulenden Sturm und Regen zu: »Ich gehe nach Hause!«

Wortlos ließ Fletcher sie los.

Obwohl ihr größter Wunsch war, bei ihm zu bleiben, wandte Rachel sich ab und schlenderte in Richtung Tent Town. Nur einmal drehte sie sich um, und da sah sie, daß er noch immer am Gartentor stand und ihr nachschaute.

Fawn Nighthorse zitterte, als sie gerufen wurde, bemühte sich jedoch, ihren Widerwillen nicht zu zeigen. Denn falls McKay glaubte, sie fürchtete sich, würde er sich freuen – und *die* Befriedigung wollte sie ihm nicht geben.

So folgte sie Jonas' Diener und sah dabei, daß Griffin Fletchers Buggy vor Fannys Tor stand.

Im ersten Moment überlegte sie, ob sie zu ihm laufen sollte. Er würde sie beschützen, zweifellos, aber dann beschloß sie, seine Hilfe doch nicht in Anspruch zu nehmen. Griffin hatte schon genug Ärger, so wie es war, und Fawn besaß triftige Gründe, nicht noch mehr Aufmerksamkeit auf die Situation zu ziehen.

McKay hatte ein zweites Pferd mitgebracht, und Fawn schwang sich geschickt auf seinen Rücken. McKay grinste.

Fanny erwiderte sein Grinsen. *Bastard,* dachte sie dabei.

Sie schlugen einen flotten Galopp an, durchquerten einen Wald und knappe fünfzehn Minuten später eine Lichtung.

Fawn erlaubte sich einen sehnsüchtigen Blick auf das große Haus aus grauem Granit, in dem Griffin Fletcher lebte. Wenn sie sich beeilte und die Stute zum Äußersten antrieb, erreichte sie das Haus vielleicht und konnte sich darin in Sicherheit bringen, bevor McKay sie einholte.

Sie schluckte hart. Aber morgen – und übermorgen? Ewig konnte sie sich nicht vor Jonas verstecken, und Griffin, dieser wundervolle Narr, würde es nicht einmal versuchen.

Der Regen schien nachzulassen, was Fawn sehr bedauerte. Am liebsten hätte sie sich jetzt eine gewaltige Sturmflut gewünscht, die Jonas Wilkes auf immer und ewig verschlucken würde.

Aber vermutlich kann er schwimmen, dachte sie bitter.

McKay ritt einen steilen Hügel hinauf, und Fawn folgte ihm. Als sie die Kuppe erreichten, legten beide eine Pause ein, um Atem zu holen und einen Blick auf Jonas' Königreich zu werfen.

McKay deutete voller Stolz auf das palastartige Haus aus roten Backsteinen, während Fawn bei diesem Anblick nur Furcht empfand.

Ich hätte Field Hollister nicht sagen sollen, daß Jonas das Mädchen mitgenommen hat, dachte sie wehmütig. Verdammt, jetzt stand zu befürchten, daß Field es Griffin erzählt hatte und er schon auf dem Wege war, Beckys Tochter vor Schande und Erniedrigung zu bewahren!

Fawn richtete sich im Sattel auf und streckte ihre langen Beine. Bevor dieser Tag zu Ende geht, werde ich wünschen, nie geboren zu sein! dachte sie besorgt.

McKay warf ihr einen belustigten Blick zu. »Komm schon, Injun. Der Boß hat einiges mit dir vor.«

»Habe ich Ihnen schon einmal gesagt, was meine Leute mit Schlangen wie Ihnen tun, McKay?« versetzte Fawn.

McKay wurde blaß. »Halt den Mund.«

Aber Fawn sprach noch lauter, als die Pferde die Böschung hinabstiegen. »Zuerst lassen wir ihnen von unseren alten Frauen die Haut abziehen . . .«

McKay spornte seinen Hengst zu einem Galopp an, und Fawns Gelächter hallte höhnisch durch die Berge.

Allein in ihrem Zelt, zog Rachel die nassen Sachen aus und hüllte sich in eine Decke. Tränen brannten hinter ihren Lidern, aber sie drängte sie entschieden zurück.

Als sie auf ihrem schmalen Lager lag, überfielen sie die verwirrendsten Gefühle, und da der Ärger sie warmhielt, versuchte sie, sich jedes einzelne schroffe Wort ins Gedächtnis zu rufen, das Dr. Fletcher zu ihr gesagt hatte.

Aber langsam ebbte der Ärger ab, und sie begann sich auszumalen, wie es sein mochte, sich Griffin hinzugeben.

Was die uralten Riten zwischen Mann und Frau betraf, hatte

sie eine recht klare Vorstellung von der Theorie, diese Dinge in der Praxis jedoch noch nie erfahren. Ihr Vater hatte sie immer wieder streng gewarnt, daß sie für immer befleckt sein würde, wenn sie sich vor der Heirat mit einem Mann einließ.

In Oregon hatte Rachel ein Mädchen gekannt, das vom Sohn eines Ladenbesitzers ›befleckt‹ worden war. Die ganze Sache hatte damit geendet, daß Wilma einen dicken Bauch bekam, etwas Gutes zu essen und ein festes Dach über dem Kopf.

Für einen Moment überlegte Rachel, sich ebenfalls ›beflecken‹ zu lassen, aber dann verwarf sie die Idee. Es war ein schrecklich verwirrender und anstrengender Tag gewesen. Rachel weinte und wälzte sich mit der dünnen Decke herum, bis sie endlich in einen unruhigen Schlaf fiel.

Griffin blieb am Eingang des Zelts stehen, das Chang ihm gezeigt hatte, und fuhr sich entnervt durch das feuchte Haar. Er mußte wahnsinnig sein, zu dem Mädchen zu gehen, vor allem, wenn man bedachte, welche Wirkung sie vom ersten Augenblick auf ihn gehabt hatte ...

Trotzdem konnte er nicht zulassen, daß sie in Tent Town blieb – dann wäre sie Jonas hilflos ausgeliefert. Und Becky verließ sich darauf, daß Griffin für Rachels Sicherheit eintrat.

Er fluchte verhalten. Rachel schien nicht gerade begeistert über die Rettung aus Jonas' luxuriöser Lasterhöhle gewesen zu sein. Vielleicht gefiel ihr der Kerl sogar ...

»Rachel?« fragte er leise.

Keine Antwort, was eine plötzliche und namenlose Furcht in ihm erzeugte. Angenommen, Jonas hätte sie bereits zurückgeholt? Angenommen, er streichelte in diesem Augenblick ihre entzückenden kleinen Brüste und ...

Griffin schlug den Zeltstoff beiseite und trat ein.

Durch nichts war er auf den Anblick vorbereitet, der sich ihm bot. Rachel lag schlafend auf der schmalen Pritsche, die dünne Decke war verrutscht, ein schlanker Schenkel schimmerte im schwachen Lampenlicht, und ihre linke Brust war vollkommen entblößt. Neben der rosigen Knospe zeichnete sich ein winziges, diamantförmiges Muttermal ab.

Eine kleine Ewigkeit verging, bevor Griffin sich rühren oder wenigstens atmen konnte. Nie, noch nie zuvor in seinem Leben hatte er eine Frau derart begehrt wie dieses aufsässige, hitzköpfige kleine Mädchen mit den veilchenfarbenen Augen.

Er versuchte, die Angelegenheit unpersönlich zu betrachten; immerhin gab es nichts an diesem entzückenden schlanken Körper, was er noch nie gesehen hätte.

Ich bin Arzt, mahnte er sich.

Aber Rachel war keine Patientin.

Er wandte sich ab, und in seinem Innersten fochten die verschiedensten Züge seiner sehr komplexen Natur einen harten Kampf aus. Der ehrenhaftere Teil von ihm siegte schließlich, und nach einem harten inneren Kampf bückte Griffin sich und zog die Decke über Rachels nackte Brust und ihren verführerischen Schenkel.

Dafür würde es andere Momente geben, das wußte er – und wartete schon sehnsüchtig darauf. Sehnsüchtig und voller Verzweiflung.

5

Vor der breiten Doppeltür zu Jonas' Salon holte Fawn tief Atem. Vielleicht würde es gar nicht so schlimm werden, wie sie vermutete; vielleicht fanden die dramatischen Szenen, die sie erwartete, überhaupt nicht statt.

Aber falls Jonas tatsächlich wußte, daß sie, Fawn, verschuldet hatte, daß Griffin von Rachels Fahrt in Jonas' Kutsche erfahren hatte ... Dann mochte ihr der liebe Himmel beistehen!

Fawn lehnte die Stirn an das polierte Mahagoni des Türrahmens. Nicht zum ersten Mal in ihrem ereignisreichen Leben wünschte sie, sich nie von ihrem Stamm getrennt zu haben, um bei den Hollisters zu leben, eine Schule zu besuchen und sich einen Platz in der Welt der Weißen zu schaffen ...

Sie lachte leise und wehmütig. Es gab keinen Platz für sie in dieser Welt, obwohl sie mindestens so gut schreiben, lesen und rechnen konnte wie jeder andere von ihnen. Sie war Jonas Wilkes' Frau – mehr nicht.

Fawn hob den Kopf. Na schön. Dann war sie also Jonas' Frau, und im übrigen auch nur eine unter vielen. Aber sich darüber zu grämen, wäre sinnlos gewesen; sie konnte jetzt nicht mehr zu ihrem Stamm zurück, und ihr Stolz erlaubte ihr auch nicht, zu Buck Jimsons Wildwestshow zurückzukehren, um sich anstarren zu lassen wie ein seltenes Tier.

Irgendwie würde sie einen Weg finden müssen, zwischen beiden Welten zu leben. Und auch wenn sie weder Indianerin noch Weiße sein konnte, blieb sie immer noch Fawn Nighthorse. Und ihre Fähigkeit zu träumen hatte sie auch noch nicht verloren.

Sie erschrak, weil die Salontür plötzlich aufsprang, und ihre Angst vertiefte sich, als sie das bösartige Funkeln in Jonas' braunen Augen sah.

»Wie nett von dir, meiner so kurzfristigen Einladung zu folgen, Miss Nighthorse«, bemerkte er spöttisch.

Fawn unterdrückte ein Schaudern. Jonas war ein attraktiver Mann und geschickter als die meisten Liebhaber, und trotzdem verursachte ihr der Gedanke, von ihm angefaßt zu werden, eine Gänsehaut. »Ich habe alles liegenlassen und bin sofort gekommen«, erwiderte sie, bemüht, ihre Niederlage mit soviel Hohn wie möglich zu verschleiern.

Ein ironisches Lächeln spielte um Jonas' Lippen. »Komm herein«, forderte er Fawn auf. In seiner linken Hand hielt er ein gefülltes Brandyglas.

Fawn schob sich an ihm vorbei, wie sie einem Berglöwen oder Bären ausgewichen wäre. Ihre innere Anspannung ließ sie kaum zum Atmen kommen.

Im Salon drehte sie sich zu ihm um. »Jonas, ich wollte es nicht . . .« begann sie hilflos. »Ich hätte nichts sagen dürfen . . .«

Das makellose Weiß von Jonas' Hemdkragen schien in seine Wangen zu kriechen, sein Gesicht verlor jegliche Farbe. Seine Augen waren wie goldenes Feuer, seine Hände umklammerten hart das Brandyglas. »Du!« donnerte er.

Unendliches Entsetzen überwältigte Fawn und erdrückte sie. Ihr Verdacht hatte sich also als richtig erwiesen; Field war sogleich mit der Neuigkeit zu Griffin gegangen, und Griffin war vermutlich hierhergestürmt, um Rachel McKinnon abzuholen, bevor Jonas die geplante Verführung in Szene setzen konnte. Doch was sie zu spät erkannte, war, daß Griffin sie nicht verraten hatte — das hatte sie selbst getan.

Sie wich einen Schritt zurück. »Jonas, ich . . .«

Doch Jonas durchquerte mit wenigen Schritten den Raum. »Ich hätte es mir denken können«, sagte er in einem Ton, der bedrohlicher war, als wenn er sie angeschrien hätte. »Du hast Rachel in meine Kutsche steigen sehen und bist geradewegs damit zu Griffin gelaufen!«

Fawn schüttelte energisch den Kopf. »Nein, nein, Jonas. Ich habe es nur Field erzählt. Und das tut mir jetzt sehr leid.«

Jonas wandte sich so unvermittelt von ihr ab, daß sie sich für einen Moment der Hoffnung hingab, mit einer Strafpredigt davonzukommen.

Aber dann schleuderte er das Brandyglas durch das Zimmer, wo es am marmornen Kaminsims zerschellte und der Alkohol ins Feuer spritzte, wo er zischend konsumiert wurde.

Genau wie Fawn konsumiert werden würde.

Jonas' Augen blickten flach und ausdruckslos, als er sich wieder zu ihr umdrehte. Es würde schlimm werden.

»Zieh dich aus«, sagte er.

Fawn zitterte, als sie die ledernen Bänder an ihrem Nacken löste, aber dann wurde sie von einer seltsamen Ruhe erfaßt, einer Geistesabwesenheit, mit deren Hilfe sie ihr ganzes Leben lang die schlimmsten Momente überstanden hatte. Das Rehlederkleid sank zu Boden und enthüllte Fawns schlanke Glieder.

Für einen Moment schien Jonas wie erstarrt. Fawn spürte seine Blicke auf ihrem Körper und wußte, daß der flackernde Feuerschein auf ihrer zimtfarbenen Haut tanzte und einen uralten Zauber bewirkte, der stets ein primitives Verlangen in dem Mann vor ihr erzeugte.

Doch der Bann war schnell gebrochen. Jonas stieß sie grob auf das große Bärenfell vor dem Kamin und warf sich brutal auf sie.

Zu anderen Zeiten war Jonas' unersättliche Gier noch mit einer gewissen Sanftheit gekoppelt gewesen, was Fawn ermöglicht hatte, sich einzureden, er sei der Mann, nach dem ihre Seele verlangte. Aber diesmal war es anders.

Jonas' Zähne schlossen sich rücksichtslos um ihre empfindsamen Brustspitzen, seine Hände glitten grob über ihren Körper. Fawn schloß die Augen und stählte sich innerlich gegen den unausweichlichen Moment des Eindringens.

Aber das blieb aus. Jonas' Glied, eben noch so eifrig und beharrlich, schrumpfte von einem Augenblick zum anderen und blieb reglos an der kühlen, glatten Haut ihrer Schenkel liegen.

Und da beging Fawn Nighthorse den dritten unverzeihlichen Fehler dieses Tages. »Der weiße Krieger hat keinen Speer zum Werfen«, sagte sie.

Obwohl sie ihre unüberlegten Worte augenblicklich bereute, war es zu spät.

Jonas packte mit beiden Händen ihren Kopf, riß ihn hoch und stieß ihn dann wieder hart gegen den Fußboden. Seine linke Faust, schon immer die gefährlichste, traf Fawn mitten ins Gesicht. Ein entsetzlicher Schmerz schoß durch ihren Kopf, und sie spürte Blut auf ihren Lippen.

Noch ein Schlag. Und noch einer. Der Schmerz war so heftig, daß er Fawn blendete, aber nicht ein einziges Wort kam über ihre Lippen. Es war wie eine Erlösung, als sie das Bewußtsein verlor.

Noch bevor sie die Augen öffnete, spürte Rachel, daß sie nicht allein im Zelt war. Jemand war da und beobachtete sie.

Kalte Angst schnürte ihr die Kehle zu; sie blieb ganz still liegen und wagte sich nicht zu bewegen.

Leise Ungeduld klang in der Stimme mit, die das unheimliche Schweigen brach. »Schon gut, Miss McKinnon, ich bin nicht gekommen, um Sie zu schänden.«

Das war doch nicht möglich! »Griffin Fletcher!« flüsterte Rachel betroffen, als sie den Mann erkannte, der am Fußende ihrer Pritsche hockte. Plötzlich fielen ihr all die sündigen Dinge ein, die sie in ihren Träumen mit ihm getan hatte, und sie errötete heftig.

Er schien ihre Verlegenheit nicht zu bemerken; er stand einfach auf und wandte ihr den Rücken zu. »Ziehen Sie sich an. Sie können hier nicht mehr bleiben.«

»Wie bitte?« begehrte Rachel auf. »Was soll das heißen?«

»Sie haben mich schon verstanden«, entgegnete Dr. Fletcher gelassen. »Ziehen Sie sich jetzt an, sonst tue ich es.«

Da sie nicht den geringsten Zweifel hegte, daß er dazu fähig war, stand Rachel auf und zog das verhaßte braune Wollkleid aus ihrem kleinen Koffer.

Es war zerknittert und roch nach Feuchtigkeit und Moder, aber Rachel zog es trotzdem an, und das so schnell wie möglich. »Wofür halten Sie sich eigentlich?« fragte sie empört, während sie ihr langes Haar bürstete und aufsteckte. »Mein Vater wird davon erfahren, das schwöre ich Ihnen. Er ist ein starker Mann und wird nicht begeistert sein, wenn ich ihm erzähle, wie Sie mich belästigt haben! Er wird Sie . . .«

Ein leises Lachen unterbrach Rachels Tirade. Das Blut stieg ihr in die Wangen, als Dr. Fletcher sich umdrehte und sie ansah.

»Er wird was?« erkundigte er sich schmunzelnd.

»Er wird . . . er wird Sie . . .« Da Rachel nicht sicher war, wie Ezra reagieren würde, erfand sie rasch etwas. »Er wird Ihnen bei lebendigem Leibe die Haut abziehen und den Hunden Ihre Eingeweide vorwerfen!«

Fletchers aufreizendes Grinsen vertiefte sich. »Sie jagen mir schreckliche Angst ein, Miss McKinnon«, erwiderte er gelassen.

Rachel war entmutigt und verängstigt. »Wenn ich hier nicht bleiben kann, wo dann?« erkundigte sie sich zaghaft.

»Das, meine Liebe, ist das Problem Ihrer Mutter. Und Sie ahnen gar nicht, wie dankbar ich dafür bin.«

Sämtliche anderen Emotionen in Rachel wurden verdrängt von den seltsamen Gefühlen ihrer Mutter gegenüber. Einerseits haßte sie diese Frau und wollte sie weder sehen noch ihre Stimme hören; andererseits quälten sie unendlich viele Fragen, die nur Rebecca McKinnon beantworten konnte.

»Sie bringen mich zu ihr?« fragte sie betont gelassen.

»Mit Vergnügen«, erklärte Dr. Fletcher mit einer angedeuteten Verbeugung und zeigte auf die Zelttür.

Rachel schritt hocherhobenen Kopfes voran.

In unmittelbarer Strandnähe gelegen, erhob sich Rebecca McKinnons ›Etablissement‹ mitten aus einem Zedern- und Ulmenwäldchen. Ein vergoldetes Schild kündigte dem Besucher an, daß er hier ›*Bei Becky*‹ war, aber schon das laute Pianogeklimper, das aus den offenen Schwingtüren drang, verriet Rachel, um welche Art von Lokal es sich hier handelte.

»Ein Saloon!« sagte sie betroffen.

Fast so etwas wie Mitgefühl flackerte in den Augen des jungen Arztes auf. »Ja«, erwiderte er zögernd und seufzte schwer, bevor er fortfuhr: »Ihre Mutter ist schwerkrank, Rachel. Ich möchte, daß Sie das nicht vergessen.«

Rachel konnte nur zustimmend nicken.

Als Dr. Fletcher sie vom Buggy hob und ihr seinen Arm anbot, nahm sie dankend an. Obwohl sie es nicht gewöhnt war, sich auf jemanden zu stützen, war sie nun dankbar für die Kraft, die von diesem so schroffen Mann ausging.

Das Innere des Saloons war weitaus eleganter, als Rachel vermutet hätte. Der Fußboden bestand aus echtem Holz, die Wände waren mit rotem Samt bezogen, und hinter der langen Theke aus poliertem Mahagoni glitzerte ein Spiegel, der sich an der ganzen Wand entlangzog.

Rachel sah sich in diesem Spiegel und zuckte erschrocken zusammen. Sie sah aus wie ein Waisenkind im Kleid einer erwachsenen Frau.

Gerade, als sie glaubte, ihren anfänglichen Schock überwunden zu haben, stürmten zwei Frauen lachend durch die Tür ins Freie. Beide trugen auffallende, sehr extravagante Frisuren und derart eng geschnittene Kleider, daß ihre vollen Brüste das Mieder zu sprengen drohten.

Rachel errötete bis unter den Haaransatz und richtete ihren Blick hilfesuchend auf Dr. Fletcher. Aber seine Augen verrieten nichts als leises Mitgefühl und heimliche Belustigung, und Rachel versteifte sich und flüsterte: »Tanzmädchen!«

»Mindestens«, erwiderte der Arzt, zog Rachel am Arm weiter und geleitete sie zu einer steilen Holztreppe.

Die erschütternde Realität traf Rachel zwischen dem ersten

und dem zweiten Stock. Dort blieb sie wie angewurzelt stehen und sagte bestürzt: »Dieses Haus... Es ist... es ist ein...«

»Bordell«, ergänzte Dr. Fletcher. Aber sein Blick, der auf ihrem Gesicht ruhte, war jetzt ruhig und seltsam eindringlich.

Tränen der Verwirrung sammelten sich in Rachels dichten Wimpern, und einen schrecklichen Moment lang befürchtete sie, ihr würde übel werden.

»Sie hätten es mir sagen können!« warf sie Griffin vor.

Er zuckte nur die breiten Schultern. »Wie?«

Darauf hatte Rachel keine Antwort, und obwohl sie am liebsten die Flucht ergriffen hätte, ließ sie sich von dem Arzt die Treppe hinauf und über einen langen düsteren Gang führen.

Er klopfte an eine der zahlreichen Türen, und als eine schwache Stimme »Herein!« rief, öffnete er die Tür.

Rachel wäre auf dem Korridor zurückgeblieben, wenn Griffin sie nicht in das Zimmer hineingezogen hätte.

Dort ließ er ihren Arm los und trat neben das Bett. »Hallo, Becky.«

Rachel konnte die schmale Gestalt unter den Decken kaum erkennen, aber sie wußte, daß dieses menschliche Gerippe mit dem zerzausten Haar und den wachsbleichen Wangen ihre Mutter war. Und ganz unbewußt wich sie zurück – vor der Krankheit und vor allem, was sie in den vergangenen Minuten erfahren hatte.

Die Stimme dieser so gespenstisch wirkenden Frau war nur ein heiseres Flüstern, als sie sich mit zornig funkelnden Augen an den Doktor wandte. »Du Schuft – du hast sie hergebracht!«

Der Arzt schien völlig ungerührt. »Ich mag dich auch, Becky. Und ja – das ist Rachel.«

Die schwere Decke knisterte leise, als die Frau sich aufrichtete und verlangte: »Nun zünde schon eine Lampe an, verdammt! Was geschehen ist, ist geschehen, da möchte ich sie wenigstens sehen.«

Das Lampenlicht erhellte den Raum nur schwach, aber immerhin genug, so daß beide Frauen sich erkennen konnten.

Griffin Fletcher warf Rachel noch einen prüfenden Blick zu, dann ging er hinaus.

»Komm her«, sagte Rebecca. Es war gleichzeitig ein Befehl und eine Bitte.

Rachel näherte sich dem Bett. Trotz der verheerenden Auswirkungen der Krankheit war die einstige Schönheit ihrer Mutter noch immer in ihren Zügen wahrzunehmen.

Rebecca lachte ganz unvermittelt. »Wenn das nicht das scheußlichste Kleid ist, das ich je gesehen habe!«

Rachel ertrug es nicht mehr; sie ließ sich neben dem Bett auf die Knie fallen und rief: »Warum?«

Rebecca seufzte. »Warum was? Warum ich fortgegangen bin? Warum ich hier lebe? Weil ich damals nicht glücklich war, Rachel.«

Rachel erstickte fast an ihrem Zorn und Schmerz, aber dennoch gelang es ihr, die Frage zu stellen: »Und *das* hier macht dich glücklich? Glücklicher, als bei Papa und mir zu leben?«

»Nein«, erwiderte Rebecca mit schmerzlicher Aufrichtigkeit. »Nein, aber als ich das erkannte, war es schon zu spät. Ich würde dich nie wieder verlassen, Rachel, wenn ich noch einmal alles ungeschehen machen könnte.«

»Aber warum hast du es getan?«

»Weil ich nie wußte, ob es genug zu essen geben würde – unter anderem. Aber ich wußte, daß dein Vater für das Notwendigste sorgen und sich darum kümmern würde, daß du zur Schule gingst. Das hat er doch getan, oder?«

Rachel senkte den Kopf. »Ja«, bestätigte sie leise.

Daraufhin wechselte Rebecca rasch das Thema. »Du mußt fort aus Providence, Rachel. Und zwar sofort.«

»Wohin denn?« entgegnete sie und wunderte sich, wie vernünftig ihre Stimme klang, denn nichts lag ihr in diesem Augenblick ferner als Vernunft.

»Irgendwohin. San Francisco, Denver – sogar New York. Aber du mußt fort von hier, Rachel.«

Langsam richtete Rachel sich auf. »Wenn du befürchtest, daß ich dein Leben durcheinanderbringe . . .«

Tiefe Qual stand in den eingesunkenen amethystfarbenen Augen. »Mein Leben ist nicht mehr wichtig, aber deins schon. Ich werde dir das Geld geben, das ich mir erspart habe, und damit kannst du woanders ein neues Leben anfangen. Meine Freunde werden das Geschäft verkaufen, wenn der Moment gekommen ist, meine Schulden bezahlen und den Rest an dich überweisen.«

Rachel war entsetzt, aber auch gerührt. »Das könnte ich nicht«, flüsterte sie.

»Aber du wirst es tun«, beharrte ihre Mutter. »Du bist jetzt eine Frau, Rachel, und kein kleines Mädchen mehr. Es wird Zeit, daß du ein anständiges, seßhaftes Leben führst.«

Rachel begriff nicht, was sie hörte. »Mußt du sterben?« fragte sie leise.

Rebecca wirkte jetzt sehr erregt und krümmte sich unter den Schmerzen, die sie bisher zu verbergen versucht hatte. »Das hat Griffin mir gesagt, und von mir aus kann es gar nicht schnell genug geschehen.«

Tränen strömten über Rachels Wangen, sie vergaß ihren Groll und ihren Haß, vergaß sogar, daß diese Frau ein Bordell führte. Rebecca war ihre Mutter, und sie liebte sie.

»Komm her, Kind«, sagte Rebecca, streckte ihre Hand nach Rachel aus und zog sie in die Arme.

Rachel ließ sich von ihr umarmen, und als beider Tränen versiegten, wischte sie sich über die Augen, strich ihr unmögliches Kleid glatt und ging hinunter, um Dr. Fletcher zu holen.

Rebecca war sichtlich schwächer geworden während Rachels kurzer Abwesenheit und schien die Verschlechterung ihres Zustands beinahe zu begrüßen. Ihre Blicke verließen Rachels Gesicht nur einmal ganz kurz, als Rebecca hörte, wie Doktor Fletcher seine Arzttasche öffnete.

Sie schüttelte den Kopf, als sie die Spritze sah. »Nein, Griffin. Ich möchte jeden Moment bewußt erleben – jeden Augenblick.«

Griffin legte die Spritze widerspruchslos zurück und trat ans Fenster, wo er auf die Bucht hinausstarrte.

Ein letztes Aufflackern ihres einstigen Temperaments war in

Rebeccas müden Augen zu erkennen, als sie Rachels beide Hände nahm. »Du mußt fortgehen – versprich es mir. Es gibt hier einen Mann, einen schrecklichen Mann . . .«

Unfähig, etwas zu sagen, nickte Rachel nur.

Wenige Minuten später war Rebecca McKinnon tot.

6

Rachel war zutiefst erschüttert. Sie stand zitternd in einer Ecke des Zimmers, während Dr. Fletcher Rebeccas leblose Augen schloß und ihr Gesicht mit dem Laken bedeckte.

Ein seltsames Schweigen erfüllte lange Zeit den Raum, dann sagte Griffin Fletcher leise: »Es tut mir leid.«

Aber Rachel, die noch immer gegen ihre Tränen ankämpfte, hörte nur die Stimme ihrer Mutter: *»Es gibt hier einen Mann, einen schrecklichen Mann ...«*

Sie erinnerte sich an die schroffe, beinahe haßerfüllte Art, wie Rebecca Dr. Fletcher begrüßt hatte, und dachte an all die unschönen Dinge, die er gleich zu Anfang ihrer Bekanntschaft getan und gesagt hatte. Vielleicht hatte ihre Mutter ihn damit gemeint?

Aber sicher konnte Rachel nicht sein; allem äußeren Anschein zum Trotz glaubte sie, eine gewisse Zuneigung zwischen diesen beiden Menschen gespürt zu haben. Und im Moment hatte sie auch gar keinen Platz in sich für andere Gefühle als den grenzenlosen Schmerz, den sie empfand. Zweimal habe ich dich verloren, dachte sie, während ihre Blicke auf der stillen Gestalt unter den Laken und Decken ruhten.

Rachel kämpfte noch mit der Erkenntnis, daß jetzt keine Hoffnung mehr bestand, keine Chance, daß Rebecca von neuem in ihr Leben treten würde, reuig und von der Überzeugung geleitet, ihr nun eine Mutter sein zu wollen. Und irgendwie fühlte sie sich aufgrund dieses Wissens noch einsamer als je zuvor in ihrem Leben.

Griffin wußte, daß der Tod eine Erlösung für Becky war, und doch trauerte er um sie. Er würde ihre bedingungslose Freundschaft vermissen, ihre grenzenlose Offenheit und ihren scharfen Verstand.

Trotz allem hätte er laut aufgelacht, wenn dieses erschütterte Mädchen nicht im Raum gewesen wäre. Verdammt, Becky, dachte er, nun hast du es trotzdem noch geschafft, nicht wahr? Du bist fort, Ezra ist in den Bergen, und ich muß mich um das Kind kümmern!

Doch das einzige, was Griffin sich gestattete, war ein tiefer Seufzer. In Gedanken ging er noch einmal alle Fakten durch und kam immer wieder zum selben störenden Resultat: Er konnte Rachel weder in diesem Bordell zurücklassen, noch konnte er sie wieder in Tent Town abliefern, wo sie leichte Beute für Jonas Wilkes sein würde.

»Verdammt!« sagte er, und dieses Wort überraschte ihn ebenso sehr wie Rachel.

Das Mädchen verließ ganz unvermittelt die Ecke, in der es gestanden hatte, und trat mit zornig blitzenden Augen vor ihn hin. »Wie können Sie es wagen, im Angesicht des Todes zu fluchen?«

Griffin wollte sich entschuldigen, aber bevor er dazu kam, spürte er Rachels flache Hand auf seiner Wange. Der Schlag war so hart, daß er vor Verblüffung schwankte und Rachel betroffen ansah.

Aber dann begann er zu verstehen, zog das Mädchen in seine Arme und ließ zu, daß sie sich an seiner Schulter ausweinte.

Etwas Hartes, Kaltes um Fletchers Herz löste sich dabei. Fast hätte er Rachel von sich gestoßen, als ihm dieses leider nur allzu vertraute Gefühl zu Bewußtsein kam, aber sein Bedürfnis, sie zu schützen und zu trösten, war stärker.

Jonas schritt unruhig vor dem Kamin seines Salons auf und ab. Er hatte die Indianerin zu hart geschlagen; ihre Prellungen würden für alle Welt sichtbar sein, und der Schlaf, der sie jetzt gefangen hielt, war nicht natürlich. Dafür atmete sie zu unregelmäßig, und wenn sie sich auf dem Brokatsofa bewegte, kamen erschreckend gutturale Laute von ihren Lippen.

Die kleine Dirne konnte sterben. Der Gedanke verfolgte Jonas wie ein unerbittliches Raubtier; er wurde ihn nicht los, so oft und so weit er auch den Raum durchquerte.

Jetzt blieb er stehen, starrte sein Gesicht im Spiegel über dem Kaminsims an und wandte sich seufzend ab.

Jonas war ein Mann von beinahe grenzenloser Macht, aber wenn dieses Mädchen starb, würde er sich vor einem Gericht wegen Mordes verantworten müssen. Und vielleicht sogar gehängt werden.

Die Salontür öffnete sich leise krächzend, und Mrs. Hammond trat ein. Ihr rundliches Gesicht verzerrte sich vor Empörung, als sie das leblose Mädchen auf dem Sofa sah. »Ich lasse den Arzt holen«, sagte sie nach langem, zornigem Schweigen.

Jonas schaute seine Haushälterin nicht an und schenkte sich einen Brandy ein. »Gute Idee«, murmelte er.

Aber obwohl er Mrs. Hammond nicht ansah, spürte er ihren Blick wie ein glühendes Eisen auf seinem Rücken.

»Du bist ein Ungeheuer, Jonas Wilkes«, stellte die Frau furchtlos fest. »Ein brutales Ungeheuer!«

Jonas zuckte leicht zusammen, drehte sich jedoch nicht zu der Frau um, die ihn aufgezogen hatte. Sie würde ihm schon verzeihen, wie sie das bisher immer getan hatte. »Das ist alles, Mrs. Hammond«, erklärte er mit einer Autorität, die er nicht empfand.

Griffin schlenderte die Einfahrt zu Jonas' Haus hinauf. Er hatte es nicht eilig und dachte schmunzelnd an die Auseinandersetzung von diesem Morgen. Die Feindseligkeit zwischen ihm und Jonas Wilkes ging weit, weit zurück und war so abgrundtief, daß keiner der beiden Männer an eine Versöhnung dachte.

Jonas öffnete selbst, sein Verhalten war das eines besorgten, etwas geistesabwesenden Freundes. Er führte Griffin durch die weitläufige Halle in den Salon.

Griffin wußte nicht, warum er gerufen worden war. McKay hatte ihm nur gesagt, daß er dringend in Mr. Wilkes' Haus benötigt wurde.

Doch nun, als er Fawn Nighthorses bewußtlose Gestalt erblickte, entrang sich ein wütender Laut seinen Lippen. »Jesus!« murmelte er, ging rasch zu Fawn und fühlte ihren Puls. »Was hast du ihr angetan?«

Jonas zuckte mit den Schultern, während Griffin mit geschickten Fingern Fawns Brustkorb abtastete. »Hat McKay es dir nicht gesagt? Sie ist die Treppe heruntergefallen.«

Griffin zwang sich, seinen mörderischen Zorn zu unterdrücken, als er eins von Fawns Lidern hob und dann das andere. Es war gut möglich, daß sie innere Verletzungen hatte, und ihre Unterlippe mußte auf jeden Fall genäht werden. »Du verdammter Schuft«, sagte er, ohne aufzusehen.

Jonas, der ans Fußende des Sofas getreten war, entgegnete ungerührt: »Indianern fällt es schwer, sich unterzuordnen, wie du sicher weißt.«

Griffin holte eine Flasche mit Alkohol aus seiner Tasche und begann die Wunden in Fawns zerschlagenem Gesicht zu reinigen. »Halt's Maul, du verdammter Hurensohn!« meinte er bedrohlich leise. »Hol mir lieber heißes Wasser und ein sauberes Tuch.«

Doch Jonas rührte sich nicht. »Aber Griffin – ich dachte, wir wären Freunde.«

Mrs. Hammond kam herein, mit schamrotem Gesicht und sichtlich bestürzt, und brachte eine Schüssel mit kochendem Wasser und mehrere Handtücher. Doch ihre Anwesenheit unterbrach die Unterhaltung der beiden Erzfeinde nicht.

»Freunde?« höhnte Griffin, während er Katzendarm durch eine Nadel zog und sie desinfizierte. Fawn zuckte zusammen, als die Nadel in ihr Fleisch eindrang, bewegte sich und schlug die großen braunen Augen auf.

Griffin atmete erleichtert auf. »Wie fühlst du dich?« erkundigte er sich sanft.

Fawn schüttelte mühsam den Kopf. »Nicht gut, Griffin. Aber bitte keine Vorhaltungen.«

»Keine Vorhaltungen«, versprach er.

Fawn lächelte, was sie sehr viel Mühe zu kosten schien. »Wie fühlst *du* dich, Griffin?«

»Das wirst du gleich sehen«, erwiderte er, stand auf, drehte sich zu Jonas um und richtete seinen ganzen Schmerz und seine ganze Qual auf diesen ihm so verhaßten Mann. Das erstickte Krachen, mit dem seine Faust Jonas' Magen traf, empfand Griffin als äußerst erlösend.

Jonas krümmte sich stöhnend, und Mrs. Hammond schrie auf, als sei sie selbst geschlagen worden.

Langsam richtete Jonas sich wieder auf. Kalter Haß stand in seinen Augen, als er Griffin anstarrte.

Doch dann lachte Jonas ganz unerwartet. »Mich zusammenzuschlagen wird nicht die Dämonen vertreiben, die dich quälen, Griffin. Nichts kann das. Übrigens sah Rachel ganz entzückend aus heute, findest du nicht? Vielleicht sollte ich ihr auch den Rest von Athenas Kleidern geben.«

Blut pochte in Griffins Schläfen, und hilfloser Zorn ließ ihn die Fäuste ballen. Athenas Name traf ihn wie eine Flamme, die ihn zu verschlingen drohte. Ein Schrei mörderischer Wut stieg in seiner Kehle auf, und blind vor Haß und Verzweiflung stürzte er sich auf Jonas.

Aber darauf war Jonas vorbereitet. Eine schmale Klinge blitzte in seiner linken Hand auf; seine rechte winkte Griffin heran. »Komm nur, Griff. Laß es uns endlich austragen.«

Fawns schriller Schrei zerriß die Stille. »Nein, Griffin – bitte. Tu es nicht . . .«

Aber Griffin konnte sich nicht mehr beherrschen; sämtliche Vernunft hatte ihn verlassen, war wie ausgelöscht. Nur Haß, Schmerz und Verrat existierten noch in seiner Welt. Jonas das Messer abzunehmen, war ein Leichtes für ihn, und dann verschwamm alles vor Griffins Augen.

Als er wieder klar denken konnte, lag Jonas zusammengekrümmt auf dem Fußboden, hielt sich stöhnend den Unterleib, und aus seinen Mundwinkeln strömte helles rotes Blut.

Griffin empfand Übelkeit bei seinem Anblick – aber keine Reue und auch kein Mitleid.

Mrs. Hammond war neben Jonas auf die Knie gefallen und zitterte vor Angst und Zorn. Mit einem vernichtenden Blick auf Griffin stieß sie hervor: »Sie sind auch nicht besser als er, Griffin Fletcher!«

Griffin wandte sich ab, nahm seine Arzttasche, hob die sehr erstaunte Fawn auf seine Arme und verließ das Haus.

»Sie können ihn nicht einfach so liegenlassen!« kreischte Mrs. Hammond.

Statt einer Antwort schloß Griffin mit einem Fußtritt die Haustür hinter sich.

Rachel ertrug es nicht, im Sterbezimmer ihrer Mutter zu bleiben, bis der Bestattungsunternehmer kam, und so schlich sie die Treppe hinunter in den jetzt verlassenen Saloon und trat hinaus ins Freie. Es regnete wieder, aber diesmal nur schwach, und Rachel empfand das kühle Naß fast als Erleichterung.

Dr. Fletcher hatte ihr zwar befohlen, im Haus zu bleiben, bis er von seinem Notruf zurückkehrte, aber Rachel hielt es einfach nicht länger aus.

Da Tent Town wie stets wenig Anziehungskraft auf Rachel ausübte und sie auch keine Freunde besaß, die sie besuchen konnte, ging sie am Haus ihrer Mutter vorbei und schlug einen Pfad ein, der in die Wälder führte.

Schon lange, bevor Rachel den Strand von Puget Sound erreichte, hörte sie das Meeresrauschen und die hereinkommende Flut, die sich in großen zornigen Wellen an der Felsküste brach. Die von schweren Kabeln zusammengehaltenen Baumstämme, die auf der wildbewegten See dahintrieben, erinnerten Rachel an ihren Vater. Mit sehnsüchtigem Blick starrte sie zu dem großen Berg hinüber, auf dem sie Ezra vermutete, und flehte ihn stumm an, zu ihr heimzukehren. Noch nie zuvor in ihrem Leben hatte sie ihren Vater so dringend gebraucht wie jetzt.

Was sollte aus ihr werden, wenn ihrem Vater bei seiner

gefährlichen Arbeit in den Bergen etwas zustieß? Wenn er nicht zu ihr zurückkam? Wohin sollte sie sich dann wenden?

Ihre Mutter hatte Rachel gedrängt, aus Providence fortzugehen und an einem anderen Ort ein neues Leben zu beginnen. Doch während Rachel aufs Meer hinausstarrte, begann sie einzusehen, daß sie Rebeccas Wunsch unmöglich erfüllen konnte. Sie konnte und wollte ihren Vater nicht allein lassen. Er war genauso auf sie angewiesen wie sie auf ihn.

Nachdenklich wandte Rachel sich um. Über den Baumwipfeln war das geteerte Dach des Saloons zu erkennen, der einmal ihrer Mutter gehört hatte und nun in ihren Besitz übergegangen war. Ein wenig Geld hatte Rebecca ihr auch hinterlassen – was bedeutete, daß Rachel nun ein eigenes Dach über dem Kopf hatte und etwas Kapital, wenn auch bestimmt nicht viel.

Nein, sie würde Providence nicht verlassen. Mit dem ererbten Geld würde sie den Saloon – oder das Bordell – in eine achtbare Pension und ein echtes Heim verwandeln. Solch unerwarteter Reichtum würde die ewige Wanderlust im Herzen ihres Vaters vielleicht lindern; dann konnten sie für immer hierbleiben und ein glückliches, seßhaftes Leben führen.

Rachel würde Freunde haben, in die Kirche gehen und all jene Bücher und schönen Kleider kaufen, von denen sie schon immer geträumt hatte. Mit der Zeit würde sie ein geachtetes Mitglied der Gemeinschaft werden. Vielleicht heirate ich sogar, dachte sie und errötete, als ihr Dr. Fletcher dabei in den Sinn kam.

Nicht ihn! schwor sie sich im stillen. Doch sein Bild ließ sich nicht verdrängen, es haftete in ihrem verwundeten Herz, als hätte es dort jemand festgeklebt.

Plötzlich hörte sie das leise Schnappen eines Zweigs, und Rachel entdeckte Griffin Fletcher auf dem Pfad, der vom Haus zum Strand hinunterführte. Als Griffin Rachel sah, blieb er abrupt stehen und betrachtete sie müde und unglücklich. An seiner Wange zuckte ein Muskel, und seine Haut war tiefblaß unter der ausgeprägten Sonnenbräune.

Rachel verspürte ein unwiderstehliches Bedürfnis, zu ihm zu laufen, ihn in die Arme zu nehmen und zu trösten wie ein kleines Kind, doch Griffin brach den Bann mit der schroffen Bemerkung: »Es wird Zeit, uns auf den Weg zu machen.«

Rachel funkelte ihn ärgerlich an. »Ich kann es kaum erwarten, herauszufinden, wohin Sie mich diesmal schleppen wollen, Doktor!«

Die Bemerkung hatte eine seltsame Wirkung auf ihn; etwas von der Trauer in seinen Augen verblaßte, und ein zaghaftes Lächeln erschien um seinen Mund. Plötzlich knisterte es zwischen ihnen, und eine erotische Spannung entstand, die sie die tragischen Ereignisse des Tages vergessen ließ.

Schließlich streckte Griffin seine Hand nach Rachel aus. »Wissen Sie, Rachel, als ich zur Welt kam, haben meine Eltern mich nicht ›Doktor‹ genannt. Ich heiße Griffin.«

Rachel hielt sich störrisch zurück; seine ausgestreckte Hand erschien ihr auf einmal eher bedrohlich als einladend. »Sie sind unmöglich«, murmelte sie. »Wohin wollen Sie mich diesmal schleppen?«

Er zog eine dunkle Augenbraue hoch, hielt seine Hand noch immer ausgestreckt und sagte mit leisem Spott: »Das Essen ist gut, und das Dach hält den Regen ab – brauchen Sie mehr zu wissen?«

»Und ob, Dr. Fletcher!«

»Griffin«, berichtigte er sie.

»Na schön – Griffin!«

Er schien nachgiebiger zu werden. »Sie werden ein paar Tage in meinem Haus verbringen ... Unter dem strengen Schutz meiner guten Freundin und Haushälterin Molly Brady.«

Aus Neugierde und weil sie wußte, daß jeglicher Protest Zeitverschwendung gewesen wäre, begleitete Rachel Griffin zu seinem Haus. Es war recht groß, aus Natursteinen erbaut und von blühenden Apfelbäumen umgeben. Goldener Lampenschein drang einladend aus allen Fenstern.

Aber Rachel war eher betroffen als erfreut über das Licht. Wer anders als eine liebende Ehefrau würde sich die Mühe machen, sämtliche Lampen gegen die beginnende Dämmerung anzuzünden?

Sie schluckte, als Griffin Fletcher ihr vom Buggy half und

Pferd und Wagen einem schlaksigen Jungen übergab. Rachel war bisher nie auf die Idee gekommen, Griffin könnte verheiratet sein, und fand die Möglichkeit alles andere als erfreulich.

»Ich verstehe nicht, wie ich dieses Haus übersehen konnte«, bemerkte sie, um ihre Verlegenheit zu überspielen. »Ich muß heute doch mindestens schon zweimal daran vorbeigekommen sein.« Dabei warf sie einen vielsagenden Blick auf die Straße, die auch zu Jonas Wilkes' Haus führte.

Griffins dunkle Augen verdüsterten sich. »Jonas' Haus ist eben beeindruckender«, antwortete er, während er ein eisernes Tor öffnete und Rachel hindurchdrängte. »Wahrscheinlich hatten Sie noch zu viele Backsteine und Marmor im Kopf, um mein Haus zu bemerken.«

Es lag etwas Beleidigendes in der Art, wie er es sagte, aber Rachel war viel zu nervös, um darauf einzugehen. »Es wäre besser, wenn ich zu meinem Zelt zurückkehrte«, sagte sie unsicher.

Griffin lachte, aber es lag kein Humor darin und keine Wärme. »Sie reden, als hätten Sie diese Möglichkeit, Miss McKinnon. Aber glauben Sie mir – die haben Sie nicht.«

Rachel war zu müde, um es auf eine Kraftprobe mit diesem mürrischen Mann ankommen zu lassen, und erwiderte etwas schnippisch: »Ich glaube nicht, daß Ihre Frau sich über einen unerwarteten Hausgast freuen wird.«

Obwohl Griffin rasch den Kopf abwandte, hatte Rachel den aufflackernden Zorn in seinen Augen gesehen – und noch etwas anderes, das viel, viel tiefer ging.

»Ich habe keine Frau«, entgegnete er schroff, als sie die Steinstufen zur Veranda hinaufstiegen.

Rachel war über sich selbst erstaunt. Wieso hatte sie einerseits das dringende Bedürfnis, diesen unerträglichen Tyrannen gegen das Schienbein zu treten, und war andererseits imstande, eine solch ausgelassene Freude über die Tatsache zu empfinden, daß er nicht verheiratet war?

Von innen wirkte Dr. Fletchers Haus genauso geschmackvoll und anheimelnd wie von außen. Es war makellos sauber, hübsch eingerichtet und hatte hohe Zimmerdecken und auf Hochglanz polierte Holzfußböden.

Sogar in Gegenwart ihres wortkargen Gastgebers fühlte Rachel sich hier willkommen. Es war fast, als zöge das Haus selbst sie an sein Herz, um ihr Trost zu spenden und Kraft zu vermitteln.

Griffin riß sie aus ihren angenehmen Gedanken, indem er seine Arzttasche krachend auf einem Stuhl absetzte und ungeduldig rief: »Molly!«

Eine schlanke, bezaubernd schöne Frau mit zimtfarbenem Haar und humorvollen grünen Augen erschien in dem breiten Flur. Sie muß Ende Dreißig sein, dachte Rachel, aber sie gehört zu dem Typ Frau, der nie alt wird.

»Dem Himmel sei gedankt!« rief Molly freudestrahlend aus. »Du hast endlich wieder eine Frau mit nach Hause gebracht!«

Rachel stellte fest, daß Molly Brady ihr auf Anhieb sympathisch war.

7

Jonas versuchte, sich aus den Kissen zu erheben und versagte kläglich. Der stechende Schmerz in seinem Unterleib verstärkte sich, Schweißtropfen erschienen auf seiner Stirn und Oberlippe, und alles, aber auch wirklich alles tat ihm weh.

Sein Atem brannte so heiß in seinen Lungen, daß er ihm fast die Kehle versengte. Griffin, dachte Jonas erbittert. Er war es, der mich so zugerichtet hat . . .

Jonas spürte, wie seine Wut ein wenig den Schmerz verdrängte, und fluchte lautstark.

Sogleich öffnete sich die Zimmertür, und schwaches Lampenlicht drang in den dunklen Raum. McKay. Jonas konnte schon den Geruch, den dieser Mann ausströmte, nicht ertragen. Ekelhaft, dachte er angewidert.

»Brauchen Sie einen Whiskey oder sonst etwas, Boß?«

Jonas schloß die Augen. »Holen Sie den Arzt.«

Ein metallisches Geräusch erregte seine Aufmerksamkeit, er sah, daß McKay seine Flinte an den Türrahmen gelehnt hatte. Insgeheim mußte Jonas darüber lachen – dieser Narr schien auf dem Korridor Wache gestanden zu haben!

McKay stellte die Lampe auf Jonas' Nachttisch. »Aber es war

Dr. Fletcher selbst, der Sie so zugerichtet hat!« gab er zu bedenken.

Jonas' Schmerzen wurden immer unerträglicher. »Tun Sie, was ich sage!« schnappte er. »*Holen Sie den Arzt*!«

McKay verschwand, und Jonas streckte stöhnend den Arm aus, um seine Taschenuhr vom Nachttisch zu nehmen. Fast zehn Uhr.

Während er wartete, dachte er an seine Mutter und die großen Hoffnungen, die sie einst in ihn gesetzt hatte, als sie ihm diese Uhr schenkte. Tja . . . tut mir leid, Mama, dachte er mit grimmiger Belustigung.

Er hörte das quälend langsame Ticken der großen Standuhr unten in der Halle und verlor irgendwann jegliches Zeitempfinden. Die Schmerzen kamen nun in Wellen und hinterließen nach jedem Anfall ein Gefühl von Schwäche, das Jonas für alles andere unempfänglich machte.

Endlich erschien ein großer Schatten in der Tür. Ohne etwas zu sagen, stellte Griffin seine Arzttasche ab, schlug die Bettdecke zurück und unterzog Jonas einer gründlichen Untersuchung.

Jonas ließ sie schweigend über sich ergehen, bis Griffin eine Spritze aufzog. »Weißt du was, Griffin? Du bist ein anständiger Mensch«, stellte er dann fest.

»Ich bin ein verdammter Narr«, erwiderte Griffin, während er seinem Erzfeind die lindernde Injektion verabreichte.

»Richtig«, stimmte Jonas zu.

Griffin legte die Spritze in seine Tasche zurück. »Die Schwellung wird in zwei, drei Tagen nachlassen«, sagte er. »Bis dahin allerdings wirst du deine ›romantischen Abenteuer‹ zurückstellen müssen.«

»Und was ist mit der unförmigen Masse, in die du mein Gesicht verwandelt hast?«

»Auch das wird sich leider wieder bessern.«

Jonas lachte, als der Schmerz allmählich nachließ. »Zu schade, Griffin, daß wir Feinde sind!«

Griffin ließ seine Arzttasche zuschnappen und zog spöttisch die Augenbrauen hoch. »Keine Sentimentalitäten, Jonas. Auch meine Geduld hat Grenzen.«

Da Jonas sich schon erheblich besser fühlte, richtete er sich zu einer sitzenden Stellung auf. »Grenzen? Ich wußte gar nicht, daß du überhaupt Geduld besitzt. Aber sei ehrlich – habe ich wirklich keinen bleibenden Schaden zu befürchten?«

Griffin lächelte. »Nein – es sei denn, du belästigst Fawn von neuem. Oder Rachel.«

Jonas ignorierte die Bemerkung. »Warum bist du hergekommen, Griffin – nach allem, was geschehen ist?«

Griffin stand schon an der Tür. »Weil es meine Pflicht ist.«

»Bleib. Trink etwas.«

»Warum? Ist der Brandy vergiftet?«

Jonas runzelte die Stirn. »Ich würde gern einen Waffenstillstand mit dir vereinbaren, Griffin. Wir befinden uns schon viel zu lange im Kriegszustand. Ganz ehrlich gesagt . . .«

»Ehrlich? Das warst du in deinem ganzen Leben noch nicht!« warf Griffin ein. Sein Unbehagen war ihm anzusehen. »Was willst du wirklich, Jonas?«

»Rachel McKinnon.«

Griffins Züge verhärteten sich. »Vorher bringe ich dich um!«

Jonas seufzte. »Das wäre mir sehr unangenehm. Außerdem liebe ich Rachel.«

»Aber sicher doch, Jonas! Nachdem du sie einen Tag kennst, bist du bereit, ihr ewige Treue zu schwören . . . Richtig?«

Jonas lachte. »Du glaubst wohl nicht an Liebe auf den ersten Blick? Oder liegt es daran, daß du vielleicht selbst nicht ganz immun gegen Rachels Charme bist?«

Jetzt lachte sogar Griffin. Aber es war ein rauher, schroffer Ton. »Sie ist doch noch ein Kind, Jonas! Ein kleines Mädchen.«

»Sie ist siebzehn. Dreizehn Jahre jünger als du und ich.«

»Genau.«

»Sie ist eine Frau, Griffin. Eine erwachsene Frau.«

»Das ist Ansichtssache.«

Jonas wußte, daß seine Schwäche ihm einen Vorteil verschaffte, und war entschlossen, ihn zu nutzen. »Rachel ist ganz bezaubernd, Griffin. Vielleicht sogar noch schöner als Athena.«

Griffin schloß die Augen, und Jonas dachte: Schon seltsam,

welche Macht dieser Name noch immer über diesen Mann besitzt! Denn Griffin sah aus wie ein Mensch nach einem Magendurchschuß.

»Nun, Griffin?« drängte Jonas. »*Ist* sie schöner als Athena?«

Griffin starrte ihn düster an. »Ja«, antwortete er und stürmte zur Tür hinaus.

Jonas schlug die Decken zurück, stand auf und hinkte zu seinem Sekretär. Dort öffnete er eine Flasche Whiskey, setzte sie an den Mund und trank, bis er auch den letzten Rest von Schmerz nicht mehr so heftig empfand.

Rachel lag ganz still unter den weichen Decken – zum ersten Mal seit Wochen in einem richtigen Bett und mit einem wunderbar satten Gefühl im Magen, das sie Molly Bradys hervorragendem Abendessen zu verdanken hatte. Auf das Dach trommelte zwar der Regen, und die Luft war kühl und feucht, aber Rachel war es sehr angenehm warm in dem flauschigen Nachthemd, das Molly ihr geliehen hatte.

An die Ereignisse dieses Tages zurückzudenken, wagte Rachel noch nicht, weil sie die Erinnerung daran jetzt nicht ertragen hätte. Aber dafür ließ sie die Stunden in Dr. Fletchers Haus in Gedanken noch einmal an sich vorüberziehen...

Das Abendessen hatten sie nicht in Dr. Fletchers Eßzimmer eingenommen, sondern in der großen, gemütlichen Küche an einem mächtigen runden Eichentisch. Es hatte reichlich zu essen gegeben, und alles war so frisch und appetitlich angerichtet gewesen, daß Rachel herzhaft zugegriffen hatte.

Am Tisch hatten Molly Brady gesessen, ihr geistig behinderter Sohn Billy, der schon recht groß war, Dr. Fletcher und Rachel selbst. Als sie sich die Szene noch einmal ins Gedächtnis zurückrief, dachte sie lächelnd, daß sie diese eigentlich ganz alltägliche Mahlzeit wahrscheinlich in ihrem ganzen Leben nicht mehr vergessen würde.

Molly war eine lebhafte, humorvolle Frau, die Rachel auf Anhieb sympathisch gewesen war, obwohl sie sich manchmal fragte, ob Mollys Beziehung zu Dr. Fletcher vielleicht nicht doch über Putzen, Kochen und Waschen hinausging.

Seufzend zog Rachel die schweren Laken bis unters Kinn. In welchem der Schlafzimmer mochte Fawn Nighthorse liegen, die Indianerin, der sie heute morgen zum ersten Mal in Tent Town begegnet war?

Obwohl sie nicht selbst anwesend war, hatte Fawn doch den ganzen Abend lang im Mittelpunkt der allgemeinen Aufmerksamkeit gestanden. Molly hatte ihr mehrmals ein Tablett hinaufgebracht, und Dr. Fletcher suchte sie häufig in ihrem Zimmer auf. Jedesmal, wenn er zurückkam, hatte er sehr grimmig gewirkt.

Rachel wußte nicht, ob Fawn krank war oder einen Unfall erlitten hatte, und sie wagte nicht, danach zu fragen.

Doch nun, als sie allein in ihrem stillen Zimmer lag, wurde sie von heftiger Eifersucht erfaßt, und eine überwältigende Einsamkeit bemächtigte sich ihrer.

Dr. Fletcher – Griffin – war fortgefahren, und seine Abwesenheit war so deutlich zu spüren, daß Rachel den Eindruck hatte, als hielte sogar das Haus den Atem an, während es auf Griffins Rückkehr wartete.

Irgendwann fiel irgendwo eine Tür zu. Das Haus atmete auf, und plötzlich war alles wieder ganz normal. Auf seltsame Weise getröstet, schloß Rachel die Augen und schlief friedlich ein.

Griffin erwachte schon im Morgengrauen. Ein neuer Tag. Gott, wie sehr er manchmal wünschte, die Zeit möge lange genug stehenbleiben, damit er einmal seine Gedanken ordnen konnte!

Während er sich wusch, rasierte und ankleidete, kreisten seine Gedanken um Rachel, die in dem Zimmer gegenüber von seinem schlief. Ein urplötzliches, überwältigendes Verlangen nach ihr erfaßte ihn, bemächtigte sich seiner und verdrängte all seine guten Absichten.

Ich bin jetzt frei, sagte er sich. Es besteht kein Grund, warum ich mich nicht zu ihr hingezogen fühlen sollte . . .

Von einer unerklärlichen Unruhe getrieben, trat er ans Fenster und schaute in den hellen klaren Tag hinaus. Was mochte es sein, was ihn an seiner Neigung zu Rachel derart beunruhigte? Aber das war eine Frage, die schnell beantwortet war: seine Angst, wieder zu lieben.

Griffin straffte die Schultern, wandte sich vom Fenster ab und verließ das Zimmer.

Auf dem Korridor blieb er stehen, weil es ihn mit jeder Faser seines Körpers zu Rachel hinzog. Doch schon wenige Sekunden später hatte er genügend Kraft gesammelt, um weiterzugehen und nach Fawn zu sehen.

Ihr Zimmer war leer; alles sah so sauber und unberührt aus, als wäre sie nie im Haus gewesen.

Griffin empfand eine Mischung aus Ärger und Belustigung, aber überrascht war er nicht. Schon als kleines Mädchen hatte es Fawn nie länger als zwei Stunden an irgendeinem Ort gehalten.

Kopfschüttelnd ging Griffin die Treppe zur Küche hinunter.

Molly stand schon vor dem gewaltigen Herd und rührte in einem gußeisernen Kessel.

Sie lächelte schwach, als Griffin eintrat, und wischte sich das vom Wasserdampf feuchte Haar aus der Stirn. »Was ist mit dem McKinnon-Mädchen?« fragte sie.

Griffin machte eine angedeutete Verbeugung und entgegnete lachend: »Auch ich wünsche dir einen schönen guten Morgen, Molly.«

Die Haushälterin schüttelte den Kopf und füllte heißen Haferbrei in eine Schale, während Griffin sich Kaffee einschenkte.

»Sie ist ein hübsches Ding«, fuhr Molly fort. »Ich kann mir schon vorstellen, was diese veilchenfarbenen Augen bei einem Mann anrichten.«

Griffin setzte sich an den runden Tisch und streute Zucker auf seinen Haferbrei. »Sie ist noch ein halbes Kind«, antwortete er unwillig.

Molly lachte. »Ha!« sagte sie nur spöttisch.

»Sie ist erst siebzehn«, stellte Griffin fest, während er ein ungewöhnlich starkes Interesse für das Sahnekännchen zeigte.

»Richtig«, stimmte Molly heiter zu. »In ihrem Alter war ich bereits ein Jahr verheiratet und hatte meinen William schon geboren.«

Griffin aß seinen Brei und schwieg verbissen.

Doch Molly war nicht einzuschüchtern. »Das arme Ding – wie verloren und verwirrt sie gestern abend wirkte! Ich möchte wetten, daß du dich gar nicht erst bemüht hast, sie über alles aufzuklären, Griffin!«

»Das kann ihr Vater tun. Ich werde ihn heute aufsuchen.«

»So?« entgegnete Molly spitz. »Du weißt, daß für den Ritt in die Berge ein ganzer Tag draufgeht! Und wenn du inzwischen hier gebraucht wirst?«

Mit einem Gleichmut, den er nicht empfand, zuckte Griffin die Schultern. Er wußte selbst, daß es besser wäre, wenn er nicht fortritt – vor allem, wo die Möglichkeit bestand, Field an seiner Stelle hinzuschicken. Aber Griffin hatte das Gefühl, den langen Ritt, die Distanz, die Zeit zu brauchen.

»Ich komme zurück, sobald ich kann. Bis dahin sorge bitte dafür, daß Rachel im Haus oder in der Nähe bleibt. Jonas liegt zwar flach und hat große Schmerzen in gewissen Körperteilen, was aber keineswegs bedeuten muß, daß er nicht etwas versuchen wird.«

Molly schenkte Griffin Kaffee nach. »Hör mal«, sagte sie behutsam, »ich weiß, daß du eng mit Becky McKinnon befreundet warst und ihr versprochen hast, Rachel vor Jonas zu schützen. Aber angenommen, Rachel fühlt sich zu ihm hingezogen? Immerhin ist Jonas ein attraktiver und sehr wohlhabender Mann. Diese Eigenschaften könnten für ein Mädchen, das sein ganzes Leben in Armut verbracht hat, durchaus ausschlaggebend sein.«

Griffin stieß seine Tasse fort und bespritzte dabei das blütenweiße Tischtuch. Dann holte er Hut und Rock von einem Haken an der Tür. »Jonas würde sie zerstören«, sagte er flach.

Molly reichte Griffin seine abgenutzte Arzttasche. »Vielleicht liebt er sie ja«, bemerkte sie nachdenklich.

»Liebe?« Griffin riß zornig die Tür auf. »Jonas weiß gar nicht, was das ist!«

Molly hob warnend einen Finger. »Wer im Glashaus sitzt, sollte nicht mit Steinen werfen, Griffin. Denn dich treibt das Wort ›Liebe‹ doch auch nur in die Flucht!«

Statt einer Antwort knallte Griffin die Tür hinter sich zu.

Als Rachel erwachte, stellte sie verwundert fest, daß sie überhaupt nichts fühlte – weder Trauer um ihre Mutter noch Wut auf Griffin, und auch keine Einsamkeit mehr. Eine umfassende Leere schien sich in ihrem Inneren ausgebreitet zu haben.

Das hübsche Haus war kühl und still, als sie sich auf den Weg in die Küche machte.

Molly Brady begrüßte sie mit einem warmen Lächeln und einem vorsichtigen, fragenden Blick. »Hier, setzen Sie sich und essen Sie etwas«, forderte sie Rachel in ihrem sanften irischen Tonfall auf.

Rachel lächelte schwach, dankte Molly für den warmen Haferbrei und setzte sich zum Essen hin. Der grobe Wollstoff ihres Kleids kratzte bei jeder Bewegung, aber das war ihr egal. Alles war egal. Molly setzte sich einen breitkrempigen Strohhut auf. »Rachel?«

Rachel schaute geistesabwesend auf. »Ja?«

»Willkommen.«

Tränen schnürten Rachels Kehle zusammen, was merkwürdig war, da sie doch überhaupt gar nichts mehr fühlte.

Molly mußte etwas gespürt haben, denn sie legte den Hut rasch wieder ab und setzte sich zu Rachel an den Tisch. »Ich glaube, Sie brauchen ganz dringend jemanden zum Reden, Rachel.«

»Es ist so eigenartig«, gestand Rachel zögernd. »Soviel ist gestern geschehen, und doch empfinde ich nichts . . .«

»Das wird noch kommen«, meinte Molly und legte eine ihrer geröteten Hände auf Rachels Handgelenk.

Rachel schluckte und senkte den Blick. »Was für ein Mensch ist Dr. Fletcher?« fragte sie.

Die Haushälterin seufzte. »Ein guter – ein starker, verantwortungsbewußter Mann.«

»Aber er ist auch arrogant und abweisend!« Ganz unvermittelt kehrten Rachels Gefühle zurück. »Hören Sie, Molly, ich habe nichts von ihm verlangt. Ich bin nur zu Mr. Wilkes' Haus mitgefahren, weil er mich eingeladen hatte, ein Bad zu nehmen ...«

Sanfte Belustigung spiegelte sich in Mollys grünen Augen wider, aber auch etwas anderes, was sehr viel beunruhigender war. »Ja?«

»Es war alles völlig harmlos – ich war nämlich in den Schlamm gestürzt und wußte nicht, wo ich sonst hätte baden sollen! Aber wie auch immer, jedenfalls kam Griffin – Dr. Fletcher – hereingestürmt und zerrte mich praktisch aus dem Haus. Und seitdem hört er nicht auf, mich herumzukommandieren und zu beleidigen.«

Molly verschränkte lächelnd die Arme. »Taktgefühl hat nie zu Griffins hervorstechendsten Eigenschaften gehört. Er ist ein sehr direkter Mensch.«

»Aber mit welchem Recht befiehlt er mir, wo ich bleiben soll und wo nicht, und warum bringt er mich her?«

»Ich werde mich bemühen, es Ihnen zu erklären, Rachel. Griffin und Ihre Mutter waren gute Freunde, und er mußte ihr versprechen Sie zu beschützen.«

»Beschützen? Wovor?« entgegnete Rachel entgeistert.

»Vor Mr. Jonas Wilkes«, erwiderte Molly, und ein düsterer Blick trat in ihre sonst so lebhaften, heiteren Augen.

Rachel glaubte, wieder ihre Mutter zu hören: *Es gibt hier einen Mann, einen schrecklichen Mann ...* Hatte sie damit etwa Mr. Wilkes gemeint und gar nicht Dr. Fletcher? Wie verwirrend das alles war. »Warum sollte Mr. Wilkes mir etwas antun wollen?«

Molly wirkte entschieden unbehaglich und senkte ganz unbewußt die Stimme. »Wir wissen nicht, ob er es will, Rachel. Aber ich vermute, daß er Gefallen an Ihnen gefunden hat – und das ist sehr gefährlich für Sie.«

Rachel seufzte. Waren denn alle verrückt geworden? Was konnte ein Mann von Jonas' Reichtum und Macht von der Tochter eines Holzfällers wollen? »Dr. Fletcher haßt ihn – und ich glaube, meine Mutter haßte ihn auch.«

Molly nickte. »Richtig. Wahrscheinlich befürchtete Becky, Jonas könne Sie als Mittel zum Zweck benutzen, um sich für gewisse Meinungsverschiedenheiten, die er mit ihr hatte, an ihr zu rächen. Was Griffin betrifft, so hat er gute Gründe für seinen Haß, obwohl mir lieber wäre, wenn er sie endlich vergessen würde.«

»Welche Differenzen hatten Mama und Mr. Wilkes denn?«

Molly schwieg einen Moment, bevor sie antwortete: »Jonas Wilkes ist einer der mächtigsten und einflußreichsten Männer im Staate Washington, Rachel. Doch es ist ihm nie gelungen, Ihre Mutter zu beherrschen, wie er so viele andere Leute beherrschte. Sie fürchtete ihn einfach nicht – jedenfalls nicht, bis Sie auftauchten.«

Rachel schwieg eine Zeitlang, um diese Informationen zu verarbeiten, aber dann sagte sie: »Haßt er deshalb auch Dr. Fletcher – weil er ihn nicht beherrschen kann?«

»Ich bin sicher, daß das hinzukommt«, stimmte Molly zögernd zu. »Aber bei den beiden ist es noch viel mehr, und es begann schon lange, bevor Jonas den Berg erbte.«

Etwas in Mollys Verhalten ließ Rachel ihre Worte mit Bedacht auswählen. »Es hat etwas mit der Qual zu tun, die Dr. Fletcher nicht zur Ruhe kommen läßt, nicht wahr?«

Molly wurde ganz plötzlich unruhig, sprang auf, strich ihre Schürze glatt und band ein leuchtendgelbes Tuch um ihr Haar. Der Strohhut lag vergessen auf einem Stuhl. »Ich habe schon viel zuviel gesagt, Rachel, und draußen wartet der Garten. Sie sollten sich ausruhen, hat Griffin gesagt, aber wenn Sie lieber lesen möchten, finden Sie Hunderte von Büchern in Griffins Arbeitszimmer.«

8

Rachel, die ihren Traum erfüllt sah, endlose Reihen von Büchern zur Auswahl zu haben, zögerte nicht lange, Mollys Vorschlag anzunehmen.

Sie wurde nicht enttäuscht. Hohe Regale säumten die Wände des schönen, wenn auch etwas nüchtern eingerichteten Raums, und Rachel schritt mit ehrfürchtiger Miene die langen Reihen von Büchern ab. Es war eine Menge medizinischer Fachliteratur darunter, aber auch eine stattliche Anzahl von Klassikern, und hier und da fanden sich sogar Abenteuer- und Liebesromane. Und alle Bücher, die zu diesem letzten Genre gehörten, trugen auf der ersten Seite die saubere Inschrift: »*Louisa G. Fletcher.*«

Rachel fragte sich, wer Louisa Fletcher sein könnte, wußte jedoch, daß sie mit ihrer Neugier leben mußte, da sie Griffin nicht fragen wollte, wer Louisa war, und Molly es ihr sicher nicht verraten würde.

So setzte Rachel sich schließlich in einen großen Ledersessel und schlug eine spritzige französische Novelle auf. Der Morgen verging in wohliger Untätigkeit; für einige Stunden zumindest war es Rachel gestattet, die grimmige Wirklichkeit ihres Lebens zu vergessen. Während dieser wunderbaren Atempause verwandelte ihr kratzendes Wollkleid sich in eine traumhafte Seidenrobe, aus ihrer Armut wurde Reichtum, und ihre Einsamkeit verdrängten elegante Herren in feinen Maßanzügen, die kamen, ihr die Aufwartung zu machen.

Rachels Augen blickten verträumt, ihre Wangen waren gerötet vor Aufregung über die Abenteuer ihrer Heldin, als sie plötzlich merkte, daß sie nicht allein war und in das lächelnde Gesicht von Reverend Hollister blickte.

»Verzeihen Sie«, sagte er freundlich. »Ich scheine Sie bei einer äußerst interessanten Lektüre gestört zu haben.«

Verlegen steckte Rachel einen Finger zwischen die Seiten und klappte das Buch zu. »Nehmen Sie doch bitte Platz«, forderte sie den Priester schüchtern auf.

Mit der Unbefangenheit eines häufigen, stets willkommenen Besuchers ließ sich der Reverend Rachel gegenüber in einen der tiefen Ledersessel sinken. Und Rachel ahnte plötzlich, daß dieser Mann der beste und – mit Ausnahme von Molly Brady vielleicht – auch der einzige Freund war, den Griffin Fletcher hatte.

Das Schweigen wurde langsam peinlich, und Rachel brach es als erste. »Ich fürchte, Dr. Fletcher ist nicht hier«, sagte sie in bedauerndem Ton.

Reverend Hollister schien sich etwas unbehaglich in seiner Haut zu fühlen. »Eigentlich wollte ich Sie sehen, Miss McKinnon«, sagte er mit abgewandtem Blick, um gleich darauf wieder in Schweigen zu verfallen.

Rachel hätte ihn am liebsten an seinem abgeschabten Kragen gepackt und geschüttelt. Aber sie beschränkte sich auf ein: »Ja?«

Field Hollister wirkte ganz starr vor innerer Anspannung, und Rachel war erstaunt, als er aufstand und ihr seinen breiten Rücken zuwandte. »Miss McKinnon, es gibt einfach keine zartfühlendere Methode, es Ihnen beizubringen. Es ist von größter Wichtigkeit, daß Sie Providence so schnell wie möglich verlassen.«

Während Rachel betroffen schwieg, wandte der Priester sich ihr wieder zu, und sie erschauerte unter der Eindringlichkeit seines Blicks.

Er seufzte, starrte einen Moment lang an die Zimmerdecke und fuhr dann fort: »Miss McKinnon . . .«

Ganz plötzlich wurde sich Rachel ihrer schäbigen Kleidung, des schlechten Rufs ihrer verstorbenen Mutter und ihrer eigenen, völlig unpassenden Anwesenheit in Dr. Fletchers Haus bewußt. Ein Kloß formte sich in ihrer Kehle, ihr Magen krampfte sich schmerzhaft zusammen. »Rachel«, sagte sie erstickt. »Bitte nennen Sie mich Rachel.«

Der Priester nahm wieder Platz und musterte sie betrübt. »Rachel«, stimmte er zu. »Mein Name ist Winfield, obwohl Griffin ihn schon vor langer Zeit auf ›Field‹ abgekürzt hat.«

Rachel nickte. »Field«, wiederholte sie. »Ich . . . Ich bin nicht wie meine Mutter, falls Sie deshalb wollen, daß ich fortgehe«, sagte sie leise.

Tiefes Mitgefühl zeichnete sich auf den Zügen des Priesters ab, und ein leiser Vorwurf klang in seiner Stimme mit, als er entgegnete: »Rachel, Ihre Mutter war in mancher Hinsicht eine bewundernswerte Frau. Und obwohl ich selbstverständlich nicht mit ihrem . . . ihrem Beruf einverstanden war, habe ich sie doch als Freundin sehr geschätzt.«

Rachel senkte kurz den Blick, dann schaute sie entschlossen auf. »Wissen Sie, ich fühle mich wirklich nicht sehr willkommen hier. Alle reden nur davon, daß ich wieder fortgehen soll.«

Field legte seine große Hand auf die kleine von Rachel. »Fühlen Sie sich bitte nicht ausgestoßen«, sagte er leise, bevor er ganz unvermittelt aufsprang und eine unruhige Wanderung durch den Raum begann. »Vielleicht hätte ich nicht kommen und Ihnen gar nichts sagen sollen . . .«

Rachel richtete sich sehr gerade auf. »Field, was *wollten* Sie mir sagen?«

Der große Mann blieb vor ihr stehen und runzelte die Stirn. »Sie sind Mr. Wilkes schon begegnet«, stellte er fest. »Und natürlich kennen Sie auch Griffin. Rachel, geraten Sie um Gottes willen nicht zwischen diese zwei!«

Rachels Erstaunen wurde höchstens noch von ihrer Verwirrung übertroffen. »Zwischen sie?« wiederholte sie verständnislos.

Field hatte seine Wanderung wieder aufgenommen. »Ich habe es vermasselt, das kann ich sehen!« murmelte er und schüttelte in derart komischer Verzweiflung den Kopf, daß Rachel lachen mußte.

»Das klingt ja, als sei ich eine Trophäe, Field! Wollen Sie allen Ernstes behaupten, es könnte zwischen Griffin und Jonas zu einem Streit um mich kommen?«

Angesichts von Rachels Belustigung schien Hollister sich ein wenig zu beruhigen. Zumindest setzte er sich wieder. »Es könnte viel tragischer werden als das, Rachel«, sagte er ernst. »Jonas Wilkes will Sie haben, Rachel, das steht eindeutig fest. Und mein Instinkt sagt mir, daß Griffin Sie mindestens ebenso anziehend findet.«

Rachel schaute unwillkürlich an ihrem alten, viel zu weiten Kleid herab, betrachtete ihre klobigen Schuhe und lachte schallend, weil sie Hollisters Worte beim besten Willen nicht ernst nehmen konnte.

Field seufzte, ließ sich wieder auf seinen Sessel fallen und wartete mit sichtlicher Ungeduld darauf, daß Rachel aufhörte zu lachen. Schließlich sagte er gereizt: »Glauben Sie mir, Rachel, wenn Sie wüßten, wie zerbrechlich der Friede zwischen diesen beiden Männern ist, würden Sie nicht lachen.«

Hollisters Ernst ernüchterte Rachel. »Reverend Hollister – Field – ich denke wirklich nicht ...«

»Sie sollten lieber *nach*denken!« fiel der Priester ihr ins Wort. »Sie sind eine sehr schöne junge Frau. Weder Jonas noch Griffin sind dumm genug, um das zu übersehen.«

Rachel war überzeugt, nie etwas Alberneres gehört zu haben, aber natürlich schmeichelte es ihr. Für einen Moment gestattete sie sich daher, diese Vorstellung zu genießen.

Aber dann straffte sie die Schultern und sagte ruhig: »Ich habe nicht die Absicht, Providence zu verlassen. Meine Mutter hat mir etwas Geld und ihr Haus hinterlassen, und ich bin fest entschlossen, beides zu nutzen.«

Field war leichenblaß geworden und starrte Rachel betroffen an.

Tapfer unterdrückte sie einen zweiten Lachanfall. »Ganz

offensichtlich habe ich einen falschen Eindruck erweckt«, erklärte sie, um eine ernste Miene bemüht. »Ich beabsichtige natürlich nicht, das ... Handwerk meiner Mutter fortzusetzen. Ich möchte eine Pension eröffnen. Mein Vater und ich werden dort leben und sehr viele – vermute ich – der Frauen, die jetzt noch in Tent Town hausen.«

Field Hollister erholte sich erstaunlich schnell. »Ich verstehe«, sagte er, räusperte sich und errötete bis unter beide Ohren.

Rachel fand, daß er ein liebenswerter Mensch war, und wollte ihn beruhigen. »Field, machen Sie sich bitte keine Sorgen mehr um Mr. Wilkes und Dr. Fletcher. Schauen Sie mich doch an! Ich bin die Tochter eines armen Holzfällers. Ich habe weder schöne Kleider noch eine gute Ausbildung oder ein schönes Gesicht. Was könnten schon Männer wie diese beiden an *mir* finden?«

Field Hollister blickte eine ganze Weile einfach nur vor sich hin. Als er sich schließlich erhob, schien er Schwierigkeiten zu haben, in die Wirklichkeit zurückzufinden. »Gott behüte die Unschuldigen«, sagte er mehr zu sich selbst.

Rachel öffnete wieder das Buch, in dem sie gelesen hatte, und stellte schüchtern eine Frage: »Wer ist Louisa G. Fletcher?«

»Sie war Griffins Mutter«, antwortete der Reverend und seufzte.

Eine ungeheure Erleichterung erfaßte Rachels Herz. »Wie war sie?« wollte sie wissen.

Field lächelte bei der Erinnerung. »Sehr schön, sehr praktisch veranlagt und – genau wie ihr Sohn – oberflächlichem Geplauder ausgesprochen abgeneigt.« Dann, mit ein paar höflichen, wenn auch etwas kühlen Worten, verabschiedete sich der junge Priester.

Rachel schlug das Buch auf, das sie vor Hollisters Besuch so fasziniert hatte, und mußte denselben Abschnitt gleich dreimal lesen, bevor sie begriff, worum es ging. Sie war plötzlich nicht mehr fähig, sich auf die Handlung des Romans zu konzentrieren.

Gereizt klappte sie das Buch zu und legte es beiseite. Ihr eigenes Leben erschien ihr plötzlich sehr viel interessanter.

Die Mittagssonne schien grell vom blauen Himmel, als Griffin in das Holzfällerlager ritt. Einige Männer standen müßig vor der Kantinenbaracke, aber die meisten, das wußte Griffin, waren bei der Arbeit weiter oben auf dem Berg.

Griffins Kehle war plötzlich wie zugeschnürt angesichts einer Erinnerung, die sich ihm aufdrängte und nicht weichen wollte. Er stieg vom Pferd und band es an einen Pfosten vor der Kantine. Der Geruch von Sägemehl, das Fallgeräusch eines riesigen Baums, der zerschmetterte Körper seines Vaters, als er von seinen Kameraden ins Lager getragen wurde – all das kehrte wie immer mit Macht zurück.

Jack Swenson, der Koch, erschien in der Tür der baufälligen Baracke, einen Topf unter dem Arm, in dem er mit einem Holzlöffel rührte. »Was bringt Sie denn her, Doc?« erkundigte er sich verwundert. »Wir hatten heute keine Unfälle.«

Unvernünftigerweise erlaubte Griffin sich einen Blick in Swensons Kochtopf. Was er augenblicklich bereute. »Ich hörte, daß ihr einen Mann namens McKinnon im Lager habt. Soviel ich weiß, ist er Säger.«

Swenson schnaubte verächtlich und spuckte einen Strahl Tabaksaft aus. »McKinnon ist kein Säger mehr, Doc. Seit heute morgen gibt er die Anweisungen.«

Diese Neuigkeit verursachte Griffin Unbehagen. Warum sollte Jonas den Mann als Säger einstellen und ihn schon nach einem einzigen Arbeitstag befördern?

»Wo ist er jetzt?«

»Ich kann mir nicht vorstellen, was Sie von dem wollen könnten«, entgegnete Swenson und musterte Griffin mit unverhohlener Verachtung. »Er ist nicht krank.«

Griffin seufzte, nahm seinen Hut ab und wischte sich mit dem Hemdsärmel über die Stirn. Der alte Swenson hatte ihm nie verziehen, daß Griffin sich entschieden hatte, Arzt zu werden, statt das Holzgeschäft seines Vaters zu übernehmen. »Wo ist McKinnon?« beharrte er.

Swenson schob sein Kinn vor. »Hab' ihn nirgendwo gesehen.«

Griffin fluchte.

Swenson grinste widerstrebend. »Vielleicht steckt ja doch etwas vom alten Fletch in dir, Junge. Wir haben uns schon oft gefragt, ob deine Mama nicht damals deinem Alten einen Bastard untergeschoben hat.«

Griffin schloß die Augen und zählte bis zehn. Als er seine Gefühle wieder unter Kontrolle hatte, sagte er ruhig: »Falls du nicht an deinem eigenen Schweinefraß ersticken willst, Swenson, solltest du lieber dein Maul halten.«

Der alte Mann drückte einem verblüfften Holzfäller Topf und Löffel in die Hand und humpelte wütend über die Veranda auf Griffin zu. »Du glaubst wohl, du könntest es mit dem alten Swen aufnehmen, du grüner Junge?«

Griffin verdrehte die Augen. »Du weißt verdammt gut, daß ich es kann, du alter Narr!«

Vorsichtig stieg Swenson die altersschwachen Holzstufen hinunter und starrte blinzelnd in die gleißende Sonne. »Dann kremple doch die Ärmel auf und versuch es mal!«

»Ach, Scheiße«, murmelte Griffin.

»Hast du etwa Angst vor mir, Little Fletch?«

Ein allgemeines Stöhnen erklang aus der kleinen Gruppe von Männern, die sich um Griffin und Swenson geschart hatten.

Griffin löste erst einen Manschettenknopf, dann den anderen. Um mitzuspielen, krempelte auch er die Ärmel auf. Schaust du zu, Pa? dachte er dabei. Nach all den Jahren kann ich noch immer keinen Fuß auf diesen Berg setzen, ohne irgendeinem Veteranen beweisen zu müssen, daß ich dein Sohn bin.

»Na schön, Swenson«, sagte er laut. »Wer springt diesmal für dich ein?«

Sofort trat einer der neuen Männer vor. Die anderen hatten das Ritual schon unzählige Male gesehen, bewahrten jedoch bewundernswert ernste Mienen.

Der blonde Mann war einen Kopf größer als Griffin, hatte einen enorm breiten Brustkasten und machte ein Gesicht, als stünde seine eigene Ehre auf dem Spiel.

Griffin hätte beinahe laut gelacht. »So, Sie tragen also jetzt die Kämpfe des Alten aus?«

Sonnenstrahlen fingen sich im Haar des Holzfällers und ließen es rot aufleuchten. Mit fassungsloser Miene schaute er sich unter den anderen Männern um. »Ich werde jedenfalls nicht herumstehen und zuschauen, wie ein Mann, der halb so alt ist wie Swenson, ihn zusammenschlägt!« erklärte er heldenhaft.

Griffin winkte ihn lässig heran. »Komm her, Greenhorn. Swen gibt ja doch nicht eher Ruhe, bis es soweit ist.«

Der Mann wirkte verunsichert und verletzt. »Und wer soll hier das *Greenhorn* sein?«

»Du«, erwiderte Griffin schmunzelnd.

Zum Entzücken aller Umstehenden bewegte ›Greenhorn‹ sich drohend vorwärts. Sein erster Schlag traf Griffin wie der Tritt eines Ochsen in die Magengegend und raubte ihm den Atem. Aber diese erste Niederlage war nur Teil der Zeremonie.

Der zweite Schlag war voraussehbar, und Griffin wich ihm mühelos aus, während er überlegte, ob er das Schauspiel noch eine Weile weiterführen sollte; es war weiß Gott langweilig genug im Lager, und die Männer brauchten Unterhaltung.

Aber diese selbstlosen Überlegungen wären ihm fast zum Verhängnis geworden, denn ›Greenhorns‹ rechte Faust traf Griffins Kinn, ein stechender Schmerz durchfuhr seinen Kopf und erfaßte seinen Nacken und seine Schulterblätter. Sein Verstand verweigerte ihm den Gehorsam, und der tödliche Tanz begann.

Plötzlich war Griffin kein Mann mehr, sondern ein Junge, befand sich nicht in einem Holzfällerlager, sondern an Bord eines jener Schiffe, an denen sein Vater Anteile besaß und die die Route San Francisco–Seattle fuhren.

Dort, auf dem glitschigen, schlingernden Deck hetzte La Ferrier ihn weiter, drängte ihn vorwärts, während er die tödlichen Regeln aufrief, eine nach der anderen, und Griffin drangsalierte, bis sein Körper und sein Geist zu einer einzigen Kraft zusammenwuchsen. Und bis Griffin Fletchers Füße mit den Stiefeln zu tödlicheren Waffen wurden, als Hände es je hätten sein können.

Als Griffin endlich zu sich selbst zurückfand, lag das Opfer von Swensons Unterhaltungssucht reglos auf dem Boden, eine Kopfhälfte mit gerinnendem, dunkelrotem Blut bedeckt. Nur die leise Bewegung seines enormen Brustkastens deutete darauf hin, daß er noch lebte.

Griffin taumelte, und jemand leerte einen Eimer mit eiskaltem Wasser über ihm aus.

Der Mann, der den leeren Eimer in der Hand hielt, hatte lebhafte junge Augen, obwohl sein Kopf- und Barthaar schon stark ergraut war. »Verdammt!« murmelte er fast andächtig. »Wo haben Sie denn diese Kampftechnik gelernt?«

Griffin war nicht imstande, darauf zu antworten, und als er sah, was er Swensons unschuldigem Retter angetan hatte, wurde ihm so übel, daß er hastig auf die andere Seite eines Werkzeugwagens stolperte und sich dort so lange übergab, bis sein Magen leer war.

Der bärtige Mann ließ ihn nicht aus den Augen, und als Griffin zurückkam, drückte er ihm einen vollen Wassereimer in die Hand.

Griffin spülte seinen Mund und leerte das restliche Wasser über seinem dröhnenden Kopf aus. Mit heiserer Stimme bedankte er sich bei dem Bärtigen.

Die blauen Augen des Mannes blickten wachsam, aber nicht mißtrauisch. Er reichte Griffin eine schwielenbedeckte Hand. »Mein Name ist McKinnon.«

Griffins Lachen blieb zunächst in seiner Kehle stecken und hörte sich wie ein gequältes Kichern an, bevor es zu einem donnernden Gelächter anschwoll. »Fletcher«, stieß er hervor, als er endlich zu einer Antwort fähig war. »Griffin Fletcher.«

Es war dunkel draußen, und es gefiel Rachel gar nicht, daß Molly Brady ständig aufstand, um ans Fenster zu treten und zur Scheune hinauszustarren. Nach wem hielt sie Ausschau? Nach Dr. Fletcher? Oder wartete sie auf diese Indianerin, Fawn Nighthorse?

Rachel war über ihr Verschwinden sehr enttäuscht gewesen; sie hätte Fawn gern näher kennengelernt, um ihr Fragen zu stellen – über so viele Dinge, so viele Menschen.

»Gott sei Dank!« rief Molly plötzlich und erschreckte mit

ihrem Ausruf sowohl Rachel wie den stillen Jungen mit den leeren Augen, der neben ihr am Tisch saß und aß.

Die Küchentür ging auf, und Dr. Fletcher kam herein. Rachel war so perplex, als sie die starke Prellung an seinem Kinn sah, daß sie ganz unwillkürlich aufsprang.

Doch Dr. Fletcher würdigte sie keines Blickes, und das verletzte Rachel so, daß sie erst etwas verspätet merkte, daß der Mann, der hinter Griffin hereinkam, ihr Vater war.

»Papa!« rief sie aus und warf sich in seine starken Arme.

Ezra McKinnon lächelte mit liebevoller Belustigung auf seine Tochter herab. »Na, das ist aber eine freudige Begrüßung«, meinte er gerührt.

Und erst jetzt fiel Rachel wieder alles ein; sie spürte, wie sie blaß wurde und ihr die Tränen kamen.

Ezra drückte sie an sich. »Schon gut, meine Kleine«, meinte er. »Ich weiß, daß deine Mama gestorben ist.«

Rachel wehrte sich nicht gegen das verzweifelte Schluchzen, das sie schüttelte. Als der Sturm abebbte, als sie und ihr Vater ihn gemeinsam überstanden hatten, war sie so erschöpft, daß sie sich kaum noch auf den Beinen halten konnte.

Ezra führte sie behutsam zu einem Stuhl an dem schweren Eichentisch und setzte sich dicht zu ihr. Und erst jetzt fiel ihr auf, daß sie allein in dem großen Zimmer waren.

»Wir werden von hier fortgehen«, sagte Ezra tröstend, seine Stimme ganz rauh vor unterdrückten Gefühlen. »Jetzt wäre es sinnlos für uns, zu bleiben.«

Rachel schluckte und fragte sich, wie ihr Vater die Neuigkeiten aufnehmen würde. Dann nahm sie ihren ganzen Mut zusammen und erzählte Ezra, daß Rebecca ihr ein Haus und etwas Geld hinterlassen hatte. Sie könnten sich nun endlich ein Heim schaffen, erklärte sie tapfer, es bestünde kein Anlaß mehr, ewig von einer häßlichen Stadt zur nächsten weiterzuziehen.

Die Antwort ihres Vaters und sein harter, entschlossener Gesichtsausdruck verletzten sie über alle Maßen. »Kommt nicht in Frage, Tochter«, entgegnete er schroff. »Nach allem, was Griffin Fletcher mir heute erzählt hat, gibt es nichts auf der Welt, was mich hier noch halten könnte!«

Rachel versteifte sich vor Enttäuschung. »Was hat er dir denn so Schreckliches erzählt, Papa?«

»Das ist unwichtig, Rachel. Sobald Becky ein anständiges Begräbnis erhalten hat und wir ihr unseren Respekt erwiesen haben, ziehen wir weiter. Und das ist alles, Rachel.«

Ja, das ist dann wohl alles, dachte Rachel mit sinkendem Mut.

9

Eingeschüchtert stand der Bote im Salon am Kamin. In dieser eleganten Umgebung kam er sich in seiner groben Arbeitshose und dem abgetragenen Flanellhemd völlig fehl am Platze vor.

Jonas, der einen Hausmantel aus goldbesticktem Samt trug, schenkte Brandy für sich ein und einen für seinen Besucher. »Nun, Peterson, was gibt's?« fragte er mit kaum verhohlener Ungeduld.

Petersons Blick schweifte durch den kostbar ausgestatteten Raum, und sein Adamsapfel rutschte auf und ab. »Swenson meinte, Sie würden wissen wollen, daß McKinnon fort ist. Er hat heute seine Arbeit aufgegeben.«

Jonas nahm die Information erstaunlich ruhig auf. »Nach einem ausführlichen Gespräch mit Griffin Fletcher vielleicht?«

Ein aufreizendes Grinsen überzog Petersons unscheinbares Gesicht. »Haben Sie Fletcher je kämpfen sehen, Boß?«

Ein bitteres Lachen entrang sich Jonas' Lippen. Der Schmerz, der noch immer in seinem Unterleib wütete, war Antwort genug auf diese Frage. »Also war Griffin im Lager. Wen hat er sich diesmal vorgenommen?«

Peterson knetete einen ohnehin schon formlosen Hut in seinen Händen. »Diesen rothaarigen Werkzeugschmied, der im letzten Monat zu uns kam – Dobson heißt er.«

Jonas schüttelte den Kopf. Die Ironie des Ganzen war einfach köstlich. Würde Griffin morgen wieder in die Berge reiten, um den heute angerichteten Schaden zu beheben? »Ist der Mann verletzt?«

Peterson nickte. »Swenson mußte ihm eine Kopfwunde nähen, und er will nichts essen. Aber abgesehen davon geht es ihm gut.«

Jonas nippte an seinem Brandy. »Swensons Fraß kann keiner essen. Hat McKinnon gesagt, warum er nicht bleiben will?«

»Er hat überhaupt nichts erklärt – sagte nur, er wolle das Geld, das ihm zusteht, und dann ist er mit dem Doc verschwunden.«

»Aha«, murmelte Jonas und setzte sich vorsichtig in seinen Lieblingssessel. Aber selbst so ließ ihn der Schmerz leise aufstöhnen. »Trinken Sie Ihren Brandy und machen Sie sich wieder auf den Weg, Peterson. Und danken Sie Swenson von mir.«

Mrs. Hammond kam herein, als Peterson gerade hinausging. »Was machen Sie denn hier unten?« fragte sie mit einem ärgerlichen Blick auf Jonas. »Sie sind nicht in der Verfassung ...«

Jonas schloß die Augen. »Wo ist McKay?« fragte er scharf.

»Woher soll ich das wissen?« entgegnete Mrs. Hammond spitz.

Jonas seufzte. »Schaffen Sie ihn mir her. Ich will ihn sehen.«

Die stille Wut, die sich auf Mrs. Hammonds Zügen abzeichnete, veranlaßte Jonas zu einem Lächeln. Wie schon so oft fragte er sich, warum diese Frau blieb, Jahr um Jahr, obwohl sie doch ganz offensichtlich alles mißbilligte, was er tat.

»Wenn Sie glauben, Sie könnten um diese Zeit eine Frau ...«

Jonas lachte. Eine Frau! Es würden noch Tage vergehen, bevor er an diese Art von Belustigung denken konnte. »Beruhigen Sie sich, Mrs. Hammond. Dank Dr. Fletcher steht diese süße Aussicht völlig außer Diskussion. Heute nacht werde ich Ihnen keinen Anlaß zu moralischer Entrüstung bieten.«

Mrs. Hammond runzelte die Stirn und ging wortlos hinaus.

Jonas schenkte sich noch einen Brandy ein und stürzte ihn in einem Zug hinunter. Also war Griffin zu McKinnon gegangen und hatte ihn gewarnt, daß seine Tochter sich in Gefahr befand, ihre Unschuld an das Ungeheuer Jonas Wilkes zu verlieren! Er fluchte so laut, daß es im Zimmer widerhallte.

Dann schloß er die Augen und ließ Rachels Bild vor sich erstehen. Es wäre sicher besser gewesen, wenn er zuließe, daß McKinnon sie von hier fortbrachte, das war Jonas klar. Aber schon die Vorstellung, sie könne nicht mehr in greifbarer Nähe sein, erfüllte ihn mit einem unerträglichen Gefühl der Leere.

Großer Gott, was hatte sie aus ihm gemacht? Welchen Zauber hatte sie angewandt, um Gefühle in ihm erwachen zu lassen, von denen er sich geschworen hatte, sie sein Leben lang zu meiden?

Jonas öffnete erst wieder die Augen, als McKay hereinkam.

»Was gibt es, Boß?«

Ruhig erteilte Jonas den Befehl.

Ezra McKinnon stand auf der mondbeschienenen Veranda des Arzthauses und setzte sich mit seiner eigenen Trauer auseinander. Wie war es möglich – wie konnte Becky tot sein?

Haltsuchend umklammerte er das Geländer. Wie dumm von ihm, sich von diesem zweiten, diesmal so endgültigen Verlust derartig erschüttern zu lassen! Welchen Grund hatte er schon, um Becky zu trauern? Es hatte ihn damals fast umgebracht, als sie fortgegangen war und ihn und ihr Kind achtlos verlassen hatte ...

Ein rauhes Schluchzen entrang sich Ezras Kehle. Andere, noch tiefere Schluchzer wollten folgen, aber Ezra McKinnon drängte sie entschieden zurück.

Ein Drink wäre jetzt angebracht. Ja – ein Drink und eine willige Frau.

Ezra straffte die Schultern und ging zur Scheune hinüber, wo er den grauen Wallach sattelte, den er sich im Holzfällerlager ausgeliehen hatte. Im Halbdunkel des Hofs zeichnete er das Wilkessche Brandzeichen mit einem Finger nach und spuckte verächtlich auf den Boden. *Nur über meine Leiche, du Lump,* schwor er dem Mann, dem Holzkönig, der glaubte, die Tochter eines anständigen Mannes benutzen zu können, als wäre sie ein Nichts.

Die schon vertraute Medizin wirkte so gut wie eh und je. Becky hat es sehr gut allein geschafft, dachte McKinnon, als er zwei Stunden später den Saloon verließ. Rachels ehrgeiziger Plan, das Haus in eine Pension zu verwandeln, fiel ihm wieder ein, und er lachte leise in sich hinein.

McKinnon bestieg den Grauen und ritt in die Finsternis hinaus. Heute würden sie in Dr. Fletchers Haus übernachten, Rachel und er, um dann morgen früh – nach einem letzten Abschied von Becky – für immer aus Wilkes' Reichweite zu verschwinden. Ezra hatte gehört, daß es oben in Kanada immer Arbeit für Holzfäller und Säger gab.

Die Reiter umringten ihn ganz plötzlich, nicht das geringste Geräusch hatte Ezra gewarnt. Es waren sechs, soweit er das im Dunkeln erkennen konnte, und ihre Gesichter waren mit Tüchern verhüllt. McKinnon verfluchte den feuchten Boden, der den Hufschlag ihrer Pferde gedämpft hatte.

Rachel erwachte mit tränenfeuchten Wangen.

Zu oft würde sie heute Abschied nehmen müssen: von ihrer Mutter; von ihrem Traum, endlich ein eigenes Heim zu haben – und von Griffin Fletcher. Zum ersten Mal kam ihr der Gedanke, sich gegen die Entscheidung ihres Vaters aufzulehnen.

Angenommen, sie weigerte sich einfach fortzugehen? Was würde dann geschehen?

Die Morgensonne schien hell ins Gästezimmer, und Rachel haßte sie, haßte sich selbst und haßte ihren Vater. Sie hatte seiner Autorität nichts entgegenzusetzen, war seinen Entscheidungen hilflos ausgeliefert. Und diese Kontrolle, diese uneingeschränkte Macht über ihre Person würde irgendwann an einen ihr jetzt noch unbekannten Ehemann übergehen, ohne daß sie etwas dagegen unternehmen konnte. Niemals in ihrem Leben würde sie imstande sein, eigene Entscheidungen zu treffen.

Dieses Wissen erfüllte sie mit einem bitteren, hilflosen Zorn, und sie begann zum ersten Mal zu verstehen, warum ihre Mutter damals davongelaufen war.

Rachel holte tief Atem und stand entschlossen auf. Zumindest würde sie nun nicht ganz mittellos dastehen, denn ohne das Geld, das ihre Mutter ihr hinterlassen hatte, würde sie Providence auf keinen Fall verlassen. Und vielleicht würde ihr Leben in Zukunft ein wenig leichter sein. Sie konnte sich einige Bücher kaufen, etwas Neues zum Anziehen und vielleicht – aber auch nur vielleicht – fand sie sogar einen Mann, der ihr eine gewisse persönliche Freiheit einräumen würde.

Als Molly Brady eintrat und Rachel ihre besorgte Miene sah, wurde Rachel von einer unerklärlichen Panik erfaßt. »Was ist, Molly?« fragte sie bestürzt.

Bei Rachels Anblick kehrte etwas Farbe in Mollys ungewöhnlich blasse Wangen zurück. »Rachel, haben Sie Ihren Vater heute morgen schon gesehen?«

Der Raum schien plötzlich erfüllt mit bösen Vorahnungen. Unfähig, etwas zu erwidern, schüttelte Rachel nur den Kopf.

Molly bemühte sich tapfer, ihre Besorgnis zu verbergen. »Nun ja, es besteht bestimmt kein Grund zur Sorge. Der Doktor und Billy sind schon losgeritten, um ihn zu suchen.«

Rachel ließ sich auf die Bettkante sinken.

Molly setzte sich neben sie, nahm Rachels eisige Hände in ihre und sagte beruhigend: »Keine Angst, mein Kind. Er würde doch bestimmt nicht ohne Sie abreisen, oder? Und daß er in die Berge zurückgekehrt ist, glaube ich eigentlich auch nicht.«

Trotz der eben noch herbeiersehnten Unabhängigkeit bekam Rachel Angst, weil sie ihren Vater liebte. »I-ich dachte, er wollte die Nacht hier im Haus verbringen . . .«

»Ja, das haben wir alle angenommen, Rachel«, sagte Molly sanft. »Aber er hat nicht in seinem Bett geschlafen, und das Pferd, mit dem er hergeritten ist, steht auch nicht im Stall.«

Rachel schluckte. »Er hat mich verlassen. Ich weiß es, Molly.«

Die Haushälterin schlang mitfühlend einen Arm um Rachels Schultern, sagte jedoch nichts.

Einige Stunden später stand Rachel in ihrem viel zu weiten

braunen Kleid am Grab ihrer Mutter, einsam und allein inmitten der zahlreichen Trauergäste, die sich eingefunden hatten. Ezra McKinnon war nicht unter ihnen.

Nachdem Field Hollister seine Grabrede gehalten hatte, führten Molly und Dr. Fletcher Rachel fort. Warum kann ich nicht weinen, dachte sie wild und drehte sich noch einmal zum Grab ihrer Mutter um, in das gerade der schlichte Sarg aus Kiefernholz hinabgelassen wurde.

Ein Schrei durchbrach die Stille, Rachels Knie zitterten und gaben unter ihr nach. Und erst in dem Moment, als Griffin sie auf seine Arme hob, merkte sie, daß der Schrei aus ihrem eigenen Mund gekommen war. Dann wurde es schwarz vor ihren Augen.

Griffin saß im Sessel hinter seinem Schreibtisch und umklammerte ein Glas mit Whiskey. Tiefe Qual durchbohrte ihn – seine eigene Qual und die von Rachel.

Was war los mit ihm? Warum konnte er seinen eigenen Schmerz nicht von ihrem trennen?

»Griffin?«

Er schaute auf und sah Field in der Tür stehen. »Haben sie McKinnon schon gefunden?« fragte er mit leiser, rauher Stimme.

Fields Blick glitt über den doppelten Whiskey in Griffins Hand, bevor er sich setzte. »Keine Spur von ihm. Und du kannst es dir nicht leisten, deine Sorgen in Alkohol zu ertränken, alter Freund«, mahnte er sanft.

Griffin nahm absichtlich einen großen Schluck. »Etwas stimmt hier nicht, Field. McKinnon wäre nie einfach so verschwunden – nicht ohne seine Tochter.«

Field seufzte. »Ist es nicht möglich, daß er die Verantwortung für sie einfach nicht mehr tragen wollte?«

Griffin stürzte den Inhalt seines Glases in einem Zug hinunter. »Nein, verdammt, es ist unmöglich! Er hat sie zu sehr geliebt.«

Ein kurzes, gespanntes Schweigen folgte. Field brach es als

erster. »Es ist nicht, was du denkst, Griffin. Falls McKinnon tot wäre, hätte man seine Leiche gefunden. Oder wenigstens das Pferd.«

Griffin maß seinen Freund mit einem zornigen Blick. »So dumm ist Jonas nicht.«

Field Hollister war bestimmt kein Freund von Jonas Wilkes, aber trotzdem schlug er mit der Faust auf Griffins Schreibtisch und schrie: »Nicht alle Probleme auf dieser Welt beginnen und enden mit Jonas Wilkes, Griffin! Du bist ja wie besessen von dem Mann!«

»Er hat McKinnon umgebracht.«

»Griffin, jetzt sei doch mal vernünftig! Er hätte es gar nicht gekonnt. Dank deiner ›liebevollen‹ Vorsorge hat er sein Haus seit zwei Tagen nicht verlassen!«

Griffin wollte wieder nach der Flasche greifen, unterließ es dann aber. »Du hast also davon gehört?« murmelte er beschämt.

»Selbstverständlich. Mrs. Hammond hat es mir erzählt. Und die Sache mit dem Holzfäller weiß ich auch.«

Griffin ignorierte den Hinweis auf die Vorfälle vom Tag zuvor und fragte gereizt: »Hat Mrs. Hammond dir auch gesagt, was Jonas mit Fawn Nighthorse gemacht hat?«

Field wurde blaß, sein Adamsapfel zuckte.

»Das würde dir nämlich deine selbstgerechte Empörung nehmen, alter Freund!«

Field war aufgesprungen. »Sag es mir!«

»Glaub mir, Field, du willst es gar nicht wissen. Ich habe sie hergebracht, aber sie war wohl doch nicht so schwer verletzt, wie ich dachte, weil sie wieder fortgegangen ist.«

»*Fortgegangen*? Aber wo . . .«

Griffin zuckte mit den Schultern. »Wer weiß?«

Field wandte sich rasch ab, aber Griffin hatte die alte Qual in seinen Augen aufflackern sehen.

Als der Priester sich wieder umdrehte, wirkte er äußerlich ganz ruhig. »Und nun, Griffin? Was wirst du wegen Rachel unternehmen?«

Ein stechender Schmerz fuhr durch Griffins Schädel und

hämmerte in seinen Schläfen. »Ich hatte noch keine Zeit, darüber nachzudenken«, sagte er und wich Fields Blick aus. »Sie ist jedenfalls nicht in der Verfassung, jetzt abzureisen.«

»Unsinn! Laß Molly ihre Sachen packen, und ich bringe sie selbst nach Seattle und sehe zu, daß sie dort unterkommt.«

»Seattle?« entgegnete Griffin scharf. »Warum setzt du sie nicht gleich vor Jonas' Haustür ab?«

Field seufzte resigniert. »Ich frage mich allmählich, ob du nicht genauso besessen von ihr bist wie er.«

Eine unerträgliche Unruhe erfaßte Griffin, er stand auf, trat an den Kamin und wandte seinem Freund den Rücken zu. »Ich kann nicht zulassen, daß er sie anrührt, Field«, murmelte er rauh.

»Gut, aber dann sei wenigstens vernünftig, Griffin! Laß mich sie irgendwohin bringen, wo sie vor ihm sicher ist!«

Griffin umklammerte mit beiden Händen den Kaminsims und senkte den Kopf. »In ein paar Tagen, Field. Sie braucht Zeit.«

»Wirklich, Griffin?« fragte Field beschwörend. »Oder bist du es, der Zeit braucht?«

Die Frage traf Griffin wie ein Faustschlag. Er versuchte, darauf zu antworten, aber es gelang ihm nicht.

Und plötzlich war Field neben ihm und schaute ihm prüfend ins Gesicht – und sah Dinge, die Griffin vor ihm zu verbergen suchte.

»Lieber Himmel, Griffin – es stimmt also, nicht wahr? Du willst sie selbst!«

Griffin schloß gequält die Augen. »Ja«, flüsterte er rauh.

Field bemühte sich, sehr sanft zu sprechen. »Sei vorsichtig, mein Freund«, warnte er. »Sei sehr, sehr vorsichtig.«

Griffin löste sich vom Kamin und straffte seine müden Schultern. »Darauf kannst du dich verlassen, Field.«

»Und versprich mir, daß du sie nicht benutzt. Du weißt so gut wie ich, daß alles, was Jonas haben will, einen unwiderstehlichen Reiz auf dich ausübt.«

Griffin wandte den Blick ab. »Das ist etwas ganz anderes.«

Field legte ihm eine Hand auf die Schulter. »Wenn Rachel dir etwas bedeutet, hast du zwei Möglichkeiten. Du kannst sie bitten, dich zu heiraten, oder du kannst ihr helfen, in einer anderen Stadt Fuß zu fassen. Aber triff diese Entscheidung sehr sorgfältig, Griffin, und vor allem schnell!«

Griffin nickte stumm und hörte, wie Field sich abwandte und hinausging. Die Entscheidung war längst getroffen. Sobald Rachel reisefähig war, würde er sie persönlich nach Seattle bringen und ihr eine Passage für das erste Schiff besorgen, das den Hafen verließ.

Am Samstag morgen hatte Jonas sich fast vollständig von seinem Zusammenstoß mit Griffin erholt und war bester Laune. Der Ausdruck schockierten Zorns, der auf Molly Bradys Gesicht erschien, als sie die Haustür öffnete und Jonas auf der Schwelle stehen sah, erheiterte ihn ungemein.

»Guten Tag«, sagte er fröhlich und zog seinen Hut vor ihr.

Rot vor Zorn versuchte Molly, die Tür vor ihm zu schließen, aber er stellte gelassen einen Fuß dazwischen.

»Ich möchte Rachel sehen«, verlangte er. »Und zwar sofort.«

Molly war deutlich anzusehen, daß sie nicht die Absicht hatte, seinem Wunsch zu entsprechen. »Ich lasse Sie nicht in ihre Nähe, Jonas Wilkes! Das arme Ding hat auch so schon genug Probleme.«

Jonas widerstand dem Impuls, seine Hand um Mollys hübschen Hals zu legen und zuzudrücken, und zwang sich zu einem charmanten Lächeln. »Aber Molly . . .«

»Schon gut, Molly«, mischte sich plötzlich eine klare, entschiedene Stimme ein, die sowohl Molly als auch Jonas zusammenfahren ließ. »Lassen Sie Mr. Wilkes herein – bitte.«

Jonas erholte sich schneller von seiner Überraschung als Molly, und so gelang es ihm auch, sie zu überrumpeln. Blitzschnell schob er sich an ihr vorbei ins Haus zu Rachel.

Wie schön sie ist – sogar in diesem unmöglichen braunen Kleid, dachte Jonas. Und widerstand wieder einmal dem ungestümen, heftigen Begehren, das ihn überfiel. »Das mit Ihrer Mutter tut mir leid«, sagte er sehr sanft.

Tränen glitzerten in ihren schönen Augen. »Danke.«

Jonas war so hingerissen von dem Anblick, daß ihn ein ganz neues Gefühl für diese Frau erfaßte: der Wunsch, sie zu beschützen und wieder zum Lächeln zu bringen. »Rachel, lassen Sie uns doch eine Ausfahrt in meiner Kutsche machen! Sie brauchen frische Luft.«

Ein leises Lächeln überzog ihr blasses Gesicht. »Oh – das wäre wunderschön, Mr. Wilkes!«

»Mein Name ist Jonas«, berichtigte er sie lächelnd.

Eine entzückende Röte stieg in ihre Wangen. »Jonas«, wiederholte sie schüchtern.

»Einen Moment!« stieß Molly hervor, als sie endlich ihre Stimme wiederfand. »Sie werden sie nirgendwohin mitnehmen, Jonas Wilkes!«

Eine unmißverständliche Warnung lag in dem Blick, den er auf Molly richtete. »Ich verspreche Ihnen, mich wie ein Gentleman zu verhalten, Mrs. Brady. Und ich denke, Sie und Dr. Fletcher haben Miss McKinnon lange genug wie eine Gefangene gehalten.«

Molly sah Rachel flehend an. »Gehen Sie nicht mit, Rachel ... Bitte, bleiben Sie hier!«

Rachel hob trotzig das Kinn und hielt kühl Mollys besorgten Blicken stand. »Ich kann selbst auf mich aufpassen, Mrs. Brady. Und ich werde nicht auf die Ausfahrt in Mr. Wilkes' Kutsche verzichten.«

Molly, ganz blaß vor Ärger und Enttäuschung, gab schließlich nach. »Das wird dem Doktor aber nicht gefallen«, warnte sie.

Rachel nahm den Arm, den Jonas ihr bot. »Das mag schon sein«, entgegnete sie nur, bevor sie sich von Jonas aus dem Haus und zu seiner Kutsche führen ließ.

10

Erst als die Kutsche sich in Bewegung setzte, erinnerte Rachel sich wieder an Field Hollisters Worte: *Jonas Wilkes will Sie haben, Rachel. Das steht fest.* Und dann fiel ihr auch Molly Bradys Bemerkung ein: *Ich bin ziemlich sicher, daß Sie ihm gefallen.*

Rachel hob das Kinn und erwiderte Jonas' ruhiges, freundliches Lächeln. Angenommen, Field und Molly hätten recht? Was wäre so schlimm daran?

Ganz unvermittelt erstand Griffin Fletchers Bild vor ihr, und obwohl sie es sich beim besten Willen nicht eingestehen wollte, wurde ihr auf quälende Weise bewußt, wie sehr sie Griffin begehrte. Denn obwohl seine schroffe, gefühllose Art sie abstieß, übte seine überlegene Kraft eine unwiderstehliche Anziehungskraft auf sie aus.

Voller Unbehagen bewegte sie sich auf ihrem Sitz und schaute aus dem Fenster.

»Was ist, Rachel?« erkundigte sich Jonas besorgt. »Tut es Ihnen jetzt leid, daß Sie mitgefahren sind?«

Rachel, die gerade an Griffin Fletcher gedacht hatte, wie er mit durchnäßtem Hemd im Regen gestanden und sie schamlos auf seine Brust gestarrt hatte, errötete heftig. »Ich habe an meinen Vater gedacht«, erwiderte sie leise. »Es beunruhigt mich, daß er ohne mich fortgegangen ist. Es ist sehr seltsam und paßt überhaupt nicht zu ihm.«

Jonas' männlich-schöne Züge verrieten aufrichtiges Mitgefühl. »Vielleicht hatte er etwas Wichtiges zu erledigen und kehrt bald zurück.«

Rachel senkte den Blick. »Nein«, flüsterte sie, denn plötzlich empfand sie Gewißheit. »Nein, er wird nicht mehr zurückkommen.«

Als Jonas sanft ihr Kinn berührte und ihr Gesicht anhob, wehrte sie sich nicht. »Was macht Sie so sicher?« fragte er ruhig.

»Er wäre nie fortgegangen, ohne es mir zu sagen«, antwortete sie traurig. »Er war fest entschlossen, mich von hier fortzubringen, obwohl ich ihn anflehte, zu bleiben und mit mir in Mutters Haus zu leben.«

Jonas zog eine Augenbraue hoch. »Sie möchten also in Providence bleiben?«

Rachel nickte.

»Und in einem Bordell leben?«

Rachel vermutete, daß die Reaktion dieses Mannes auf eine zustimmende Antwort interessant sein mußte, aber sie konnte sich nicht dazu überwinden, sie zu geben. »Ich hatte vor, das Haus in eine Pension zu verwandeln.«

»Und nun haben Sie Ihre Pläne geändert?«

Rachel nickte. »Ja. Dr. Fletcher und Molly wollen mich unbedingt fortschicken, und ohne meinen Vater will ich hier nicht bleiben. Sobald ich das Geld bekomme, das meine Mutter mir hinterlassen hat, und ich arrangiert habe, daß der Saloon verkauft wird, fahre ich nach Seattle.«

Jonas' Augen verdüsterten sich, sein Lächeln wirkte plötzlich erzwungen. »Was wollen Sie denn in Seattle machen, Rachel?«

»Ich werde mir Arbeit beschaffen und nach meinem Vater suchen.«

Jonas betrachtete Rachels zerknittertes braunes Kleid und wechselte dann abrupt das Thema. »Wo ist das hübsche lavendelfarbene Kleid, das Sie trugen, als Sie mein Haus verließen?«

Rachel errötete bei der Erinnerung an Griffins stürmisches Eindringen in Jonas' Haus und stammelte beschämt: »I-ich glaube, e-es muß noch in Tent Town sein. W-wissen Sie, es war naß geworden, und Dr. Fletcher hat mir keine Gelegenheit gegeben, es abzuholen . . .«

»Sie sahen sehr hübsch darin aus«, erwiderte Jonas nach einem langen, unangenehmen Schweigen. Aber in seinen Augen lag ein derart leerer, abwesender Ausdruck, daß Rachel den Eindruck hatte, als befände er sich in Gedanken ganz woanders und erinnerte sich an irgendeine sehr schmerzhafte, tragische Begebenheit.

Aus dem Bedürfnis heraus, etwas zu sagen, das ihn zu ihr zurückbrachte, bemerkte sie schüchtern: »Wenn wir in Tent Town halten würden, könnte ich das Kleid holen, um es zu waschen und Ihnen zurückzugeben.«

Der geistesabwesende Ausdruck in seinen Augen verschwand, und Jonas lächelte sie an. »Natürlich halten wir in Tent Town. Aber Sie brauchen mir das Kleid nicht zurückzugeben, Rachel. Es steht Ihnen sehr viel besser als mir«, fügte er scherzhaft hinzu.

Ein heilsames Lachen stieg in Rachels Kehle auf, und zum ersten Mal seit langer, langer Zeit empfand sie so etwas wie Freude. Das wunderschöne Kleid gehörte ihr! »Vielen Dank«, sagte sie gerührt.

»Ich habe noch andere Kleider, Rachel. Wollen Sie sie haben?«

Ihr war nicht bewußt, daß ihre Augen vor Freude über die Aussicht ganz groß geworden waren. »Das könnte ich nicht annehmen . . .«

»Natürlich können Sie das. Und Sie würden mir damit sogar einen großen Gefallen erweisen. Die Kleider nehmen zuviel Platz in Anspruch und sind . . . schmerzliche Erinnerungen für mich.«

Rachel war begeistert, obwohl ein winziger Zweifel an ihr nagte. Wem mochten diese Kleider ursprünglich gehört haben? »Eine schmerzliche Erinnerung?« wiederholte sie nachdenklich.

Jonas seufzte. »Ja. Aber Sie diese herrlichen Sachen tragen zu sehen, würde mir vieles erleichtern.«

»Wirklich?« meinte sie entzückt.

»O ja. Sagen Sie, daß Sie sie nehmen werden, Rachel.«

Jonas hatte sein Angebot auf derart geschickte Weise vorgebracht, daß Rachel sich fast großmütig vorkam, als sie zustimmte.

Und so kam es dazu, daß sie zwei Stunden später mit zahlreichen Reisekoffern zu Griffin Fletchers Haus zurückkehrte, als stolze Besitzerin einer Unmenge von Kleidern, seidener Unterwäsche, spitzenbesetzter Nachthemden, feiner Seidenblusen und passender Röcke.

McKay, Jonas' Kutscher, schleppte die Truhen grinsend an Molly Brady vorbei, die so verblüfft war, daß sie zunächst kein Wort über die Lippen brachte.

Rachel stand schon auf der Treppe und umklammerte vor lauter Aufregung das Geländer. »Ich habe solch wunderschöne Sachen bekommen, Molly!« rief sie glücklich. »Warten Sie, bis Sie sie gesehen haben! Und morgen, nach der Messe, findet ein Picknick . . .«

»So?« unterbrach Molly sie kühl, als sie endlich wieder Worte fand. »Und was hat das mit Ihnen zu tun, Miss McKinnon?«

»Alles!« entgegnete Rachel stolz. »Mrs. Hammond wird uns einen Korb vorbereiten, und es wird Hühnchen geben und Schokoladenkuchen . . .«

»Und eine Menge Ärger«, stellte Molly nüchtern fest, bevor sie sich abwandte, um in die Küche zurückzukehren. »Mehr Ärger, als Sie in Ihrem jungen Leben gesehen haben, Miss McKinnon!«

Rachel zuckte mit den Schultern und stürmte die Treppe hinauf und in ihr Zimmer. Morgen werde ich die weiße Seidenbluse tragen, beschloß sie, und dazu einen schwarzen Rock aus schimmerndem Satin.

Erschöpft ließ Griffin sich in seinen Schreibtischsessel fallen und griff nach der Whiskeyflasche. Er hatte Fawn gesehen; wenigstens brauchte er sich erst einmal keine Sorgen mehr um sie zu machen. Sie wohnte im Augenblick in Beckys Haus und erholte sich unter der Fürsorge von Mamie, der schwarzen Köchin.

Griffin legte die Füße auf die breite Schreibtischplatte, schloß die Augen und ging in Gedanken noch einmal seine heutigen Krankheitsfälle durch.

»Griffin?« erklang Mollys sanfte Stimme von der Tür her.

Unwillig schlug er die müden Augen auf, aber als er sah, wie aufgeregt seine Haushälterin wirkte, winkte er sie herein. »Hallo, Molly«, sagte er.

Sie rang die Hände, und ihre Augen blitzten. Beides waren schlechte Zeichen.

»Was gibt's denn jetzt schon wieder?« fragte Griffin seufzend.

»Es betrifft Rachel . . .«

Griffin begann ein heftiges Bedürfnis nach viel mehr Whiskey zu verspüren. »Ja?«

Molly schlich in das Zimmer, als näherte sie sich einer Ladung Dynamit, die jeden Augenblick explodieren konnte. »Ich habe versucht, sie aufzuhalten, Griffin, das schwöre ich.«

Griffin schloß die Augen. »Weiter!« sagte er ungeduldig.

Mollys nächste Worte überstürzten sich förmlich. »Jonas Wilkes ist mit ihr in seiner Kutsche ausgefahren, und sie kam mit Truhen voller Kleider zurück. Und morgen will sie mit Jonas ein Picknick machen, hat sie gesagt!«

Seiner Haushälterin zuliebe nahm Griffin die Neuigkeiten ruhig auf. »Ist sie jetzt hier?« erkundigte er sich mit erzwungener Gelassenheit.

»Ja, sie ist oben und probiert ihre neuen Kleider an.«

Nun kostete es Griffin doch erhebliche Überwindung, ruhig zu bleiben. »Schicken Sie sie zu mir«, sagte er scharf. »Und noch etwas, Molly . . . Falls Sie sie schreien hören, kommen Sie bitte sofort herein und schütten mir kaltes Wasser ins Gesicht!«

Molly lachte leise und eilte mit raschelnden Röcken hinaus.

Griffin füllte sein leeres Glas auf und trat ans Fenster. Eine Kutschenfahrt, ein paar Kleider, ein Picknick – was interessierte es ihn?

Aber etwas begehrte in ihm auf. Nicht schon wieder, dachte er. Nicht schon wieder.

»Dr. Fletcher?« fragte sie schüchtern, leise.

Griffin zwang sich dazu, sich ganz langsam umzudrehen, und dann dauerte es einen Moment, bis er begriff, was er sah. Doch dann traf ihn die Erkenntnis härter als ›Greenhorns‹ Faustschlag im Holzfällerlager.

Zorn hämmerte in Griffins Kehle und drehte ihm den Magen um, als er Rachel in dem rosafarbenen Taftkleid sah, das ihm leider auf nur allzu schmerzliche Weise vertraut war.

Rachel wurde blaß, als sie ihn fluchen hörte, und sie wich einen Schritt zurück. Nur die Bestürzung, die sich auf ihrem Gesicht widerspiegelte, hielt Griffin davon ab, auf sie zuzugehen und ihr das Kleid vom Leib zu reißen.

»Das hat Jonas Ihnen geschenkt?« sagte er anklagend.

Rachel nickte eifrig. »Ich dachte, es sei nicht wichtig. Niemand zog die Kleider an. Er sagte, sie seien eine schmerzliche Erinnerung . . .«

»Ja, das kann ich mir vorstellen. Ziehen Sie das Kleid aus.«

»Was?« entgegnete Rachel empört. »Ich denke gar nicht daran! Es ist mein Kleid, und ich trage es, solange ich will!«

Griffin schloß die Augen vor Rachels Anblick – oder dem des Kleides – und holte tief Atem. Eine elfenhaft zarte blonde Schönheit, die dieses rosa Taftkleid trug, drängte sich in seine Gedanken. »Mach dich nicht lächerlich, Griffin«, neckte ihn ihre melodische Stimme, die ihm mit erschütternder Klarheit im Gedächtnis verblieben war. »Ich liebe nur dich . . . Du weißt, daß du der einzige bist, den ich liebe.«

»Hure«, murmelte Griffin, womit allerdings nicht Rachel gemeint war, sondern die bezaubernde blonde Hexe, die sich nicht aus seiner Erinnerung verdrängen ließ.

Ein Aufschrei, dann traf ihn eine kleine zarte Faust ins Gesicht, hämmerte gegen seine Brust. Griffin, der fast erstickte an einem alten, sinnlosen Groll, öffnete verwirrt die Augen, ergriff Rachels schmale Handgelenke und wehrte ihren Angriff ab.

Mit großen, verwundeten Augen schaute sie zu ihm auf. »Ich hasse Sie!« flüsterte sie in hilflosem Zorn.

»Sagen Sie das nicht.« Es war ein Befehl – und eine Bitte.

Rachel zappelte; er hielt sie fest. »Sie haben mich eine Hure genannt!« wisperte sie fassungslos.

»Nein«, sagte er und schloß die Augen.

»Lügner! Ich habe es gehört!«

Griffin zwang sich, Rachel anzusehen. »Was Sie gehört haben, bezog sich nicht auf Sie«, erklärte er schroff, und obwohl jeder vernünftige Instinkt ihn drängte, Rachel von sich zu stoßen und sich vom tödlichen Zauber ihrer Nähe zu befreien, zog er sie an sich. So fest, daß er ihre Brüste an seinem Körper spürte und die gefährliche Verlockung ihrer warmen Schenkel. Er legte beide Hände um ihr Gesicht, neigte den Kopf und küßte sie.

Sie wehrte sich nur kurz, dann fühlte er etwas ungeheuer Machtvolles von ihrem Körper auf seinen übergehen. Sie wurde weich und nachgiebig in seinen Armen, ihre Lippen waren sanft und einladend.

Griffin gab Rachel so unvermittelt frei, daß sie ein wenig taumelte. »Haben Sie es bei Jonas auch so geschafft?« fragte er gedehnt und mit einer Grausamkeit, die beabsichtigt war.

Tränen glitzerten in ihren langen Wimpern und rannen über ihr stolzes Gesicht. »Sie – Sie Wüstling! Sie bösartiger, wollüstiger . . .«

Griffin lächelte kalt. »Arroganter Schuft«, schloß er für sie.

Rachel wich mit geballten Fäusten vor ihm zurück. »Ich hasse Sie, ich verachte Sie . . . Und ich hoffe, daß Sie in der Hölle schmoren werden!«

Griffin stützte die Hände in die Hüften und ließ seinen Blick anmaßend über Rachels Körper gleiten. »Wenn ich Sie das Kleid noch einmal tragen sehe, Miss McKinnon«, sagte er, »reiße ich es Ihnen vom Leib. Ist das klar?«

Entsetzen erfüllte ihre schönen, veilchenfarbenen Augen, sie drehte sich um – und stieß mit Field Hollister zusammen.

Er umfaßte ihre bebenden Schultern und bewahrte sie vor einem Sturz. »Rachel, was ist . . .?« fragte er besorgt und schaute grimmig zu Griffin hinüber. »Du!« sagte er dann entrüstet zu Griffin.

Der machte eine angedeutete Verbeugung, schenkte sich Whiskey nach und hob sein Glas zu einem spöttischen Toast. »Auf Becky McKinnons Tochter!«

Rachel stieß plötzlich einen Schrei aus; ein schriller, gequälter Ton, der sofortige, grenzenlose Reue in Griffin erzeugte. Er wollte ihr sagen, daß es ihm leid tat, aber aus irgendeinem Grund schaffte er es nicht. Er starrte sie nur an, als sie sich langsam aus Fields sanftem Griff löste und sich zu Griffin umdrehte.

»Ja, ich bin Becky McKinnons Tochter«, sagte sie rauh und stolz. »Und das können Sie auffassen, wie Sie wollen.«

Dann verließ sie fluchtartig den Raum, und Griffin schloß die Augen, als er ihre gehetzten Schritte auf der Treppe hörte.

»Hast du den Verstand verloren, Griffin?« herrschte Field ihn an.

Griffin seufzte. »Schon möglich.«

»Entschuldige dich bei ihr!« verlangte der junge Priester.

Doch Griffin schüttelte den Kopf. »Nein. Es ist besser, wenn sie mich haßt. Das macht es einfacher.«

Field war außer sich vor Zorn. »Für dich vielleicht!« brummte er. »Aber was ist mit ihr? Eine solch gemeine Behandlung hat sie nicht verdient, und das weißt du selbst, Griffin!«

»Laß dir all die Kleider zeigen, die Jonas ihr geschenkt hat. Athenas Kleider.«

Hollister preßte die Lippen zusammen. »Das ist es also«, murmelte er. »Aber sie hat doch keine Ahnung . . .«

Griffin ging zu seinem Medikamentenschrank und öffnete die Glastüren. Dann, obwohl alles in perfekter Ordnung war, begann er methodisch aufzuräumen.

Rachel hätte nie gedacht, daß es möglich war, derartige Schmerzen zu ertragen und dennoch zu leben. Sie hockte auf ihrem Bett und ließ die Tränen ungehindert über ihre Wangen strömen.

»Hure«, hatte er gesagt und: »Auf Beckys Tochter . . .«

Bittere Galle stieg Rachel in die Kehle, und zum ersten Mal in ihrem Leben erfuhr sie, was Haß war – Haß auf sich selbst, auf ihre Mutter, aber am meisten auf Dr. Griffin Fletcher.

Ein behutsames Klopfen ertönte an der Tür.

»Lassen Sie mich in Ruhe«, sagte Rachel flach.

»Kommt nicht in Frage«, antwortete Molly Brady. »Und ich habe einen Schlüssel, falls ich einen brauchen sollte.«

Auf zitternden Beinen schlich Rachel zur Tür und öffnete.

Das Mitgefühl in Mollys Blick tröstete sie. »Er hat nicht Sie gemeint, Rachel.«

»So? Wen denn?« fuhr sie auf.

»Das ist nicht wichtig, und es steht mir auch nicht zu, darüber zu reden. Ich habe versucht, Sie zu warnen, Rachel, aber Sie wollten ja nicht auf mich hören. Gott weiß, was jetzt geschehen wird.«

»Das kann ich Ihnen sagen!« erwiderte Rachel zornig. »Ich werde meine Sachen packen und dieses Haus verlassen!«

»Tun Sie das nicht, Rachel«, sagte Molly flehend. »Sie haben meine erste Warnung ignoriert, hören Sie wenigstens auf meine zweite. Bitte! Gehen Sie nicht fort.«

Rachel antwortete nicht darauf, sondern betrachtete nur die Stapel teurer Kleider, die überall im Raum verteilt lagen. Zum ersten Mal in ihrem Leben machte sie die Erfahrung, wie belastend Besitz sein konnte.

Nun?« fragte Molly gespannt. »Was werden Sie tun?«

»Ich weiß es nicht«, log Rachel.

Aber Stunden später, als es endlich still wurde im Haus, packte Rachel so viele Kleider ein, wie sie tragen konnte, und schlich in die kühle Nacht hinaus.

Da Mrs. Hammond sich schon zurückgezogen hatte, öffnete Jonas selbst. Der Ausdruck, den er auf Griffin Fletchers Gesicht sah, erschreckte ihn zunächst, aber dann dachte er an den

Triumph, den er heute errungen hatte, und schöpfte neuen Mut daraus.

»Hallo, Griffin«, sagte er schmunzelnd.

Griffin drängte sich an ihm vorbei und blieb stirnrunzelnd in der Halle stehen. »Wo ist sie?«

Jonas lächelte spöttisch. »Wo ist wer?«

Griffin packte ihn an den Rockaufschlägen – aber dann ließ er die Hände wieder sinken und trat zurück.

Obwohl Jonas wußte, wie gefährlich es war, konnte er sein Lachen nicht bezwingen. Es kam aber auch ganz unbewußt, geboren aus dem Haß auf Griffin und dem Wunsch, ihn endlich auf den Knien zu sehen. »Rachel!« sagte er. »Glaubst du, sie läge in meinem Bett?«

»Falls sie dort ist, bringe ich dich um!« schwor Griffin, und die Qual, die dabei in seinen Augen stand, erfüllte Jonas mit maßloser Befriedigung.

»Dann kann ich ja aufatmen. Sie ist nämlich nicht hier.«

Griffins unheilverkündender Blick glitt zur Treppe, eine Sekunde später stürmte er die marmornen Stufen hinauf.

Jonas blieb unten stehen und sprach ein stummes Dankgebet. Dann lachte er und rief seinem Erzfeind nach: »Du machst dich lächerlich, Griffin – schon wieder!«

Im oberen Stockwerk wurden Türen aufgestoßen – oder aufgetreten; ein Geräusch, das bittersüße Erinnerungen wachrief. Du wirst Rachel hier nicht finden, dachte Jonas erleichtert. Was mein Glück ist, wie es scheint . . .

Irgendwann kam Griffin wieder herunter. Er wirkte nicht einmal verlegen. »Jonas, falls du weißt, wo Rachel ist, sagst du es mir besser. Und zwar schnell.«

Jonas kannte die Denkweise seines Feindes; so intelligent Griffin auch sein mochte, litt er doch unter einer gewissen noblen Naivität. Griffin würde das Offensichtliche kurz bedenken, um es dann als völlig ausgeschlossen abzutun.

Aus einem Instinkt heraus sprach Jonas es laut aus, in harmlosem, hilfsbereitem Ton. »Ich glaube, sie könnte bei Becky sein.«

Griffins Rückschlüsse verrieten sich in seinem Blick, und

ebenso deutlich der Zweifel, der sie verdrängte. Jonas mußte sich sehr zusammennehmen, um seine Befriedigung zu verbergen, als er Griffin höflich eine gute Nacht wünschte. Aber kaum hatte er die Tür hinter ihm geschlossen, brach Jonas in schallendes Gelächter aus.

11

Im hellen Licht des Morgens wirkte das Bordell gar nicht mehr so furchteinflößend wie in der Nacht zuvor, als Rachel dort Zuflucht gesucht hatte. Die Holzfäller, die abends den Saloon bevölkert hatten, waren alle fort, die Pianomusik verstummt, und die Mädchen schliefen in ihren Zimmern.

Rachel wusch sich, zog die weiße Seidenbluse und den schwarzen Satinrock an und gab sich ganz besondere Mühe mit ihrem Haar. Sie summte zufrieden vor sich hin, als sie die kleine Küche im Erdgeschoß betrat.

»Sie sehen aber hübsch aus, Miss Rachel!« grüßte Mamie, die schwarze Köchin, sie freundlich und schenkte ihr Kaffee ein.

Rachel lächelte. Sie hatte sich noch nie so wohl gefühlt wie an diesem Morgen. »Danke«, erwiderte sie.

Mamie klapperte mit Töpfen und Pfannen, und bald begann es nach gebratenen Eiern und frisch aufgebackenem Brot zu duften.

Rachel, die hungrig wie ein Wolf war, aß gerade, als Fawn Nighthorse in die Küche kam.

»Guten Morgen!« rief Rachel erfreut, die die Indianerin sofort erkannt hatte.

Fawn musterte sie aus schmalen Augen, dann dämmerte Erkennen in ihrem Blick. »Rachel!« rief sie verblüfft.

Rachel nickte und kicherte, als sie Fawns Fassungslosigkeit bemerkte.

Fawn ließ sich auf den nächsten Stuhl fallen und schüttelte ungläubig den Kopf. Ihr mitternachtsschwarzes Haar fiel ihr offen auf die Schultern. »Weiß Griffin, daß Sie hier sind?« fragte sie in leisem, beinahe ehrfürchtigem Ton.

»Nein! Und es geht ihn auch gar nichts an!«

Fawn warf Mamie einen dankbaren Blick zu, als die dicke, plötzlich sehr besorgt wirkende Frau einen Becher Kaffee vor sie hinstellte. Dann wandte sie sich wieder Rachel zu, und in ihrem Blick stand eine unmißverständliche Warnung, als sie sagte: »Er wird Sie übers Knie legen, wenn er Sie hier findet!«

Die bloße Vorstellung genügte, um eine Wut in Rachel aufkommen zu lassen, wie sie sie noch nie zuvor an sich erlebt hatte.

Doch bevor sie protestieren konnte, hob Fawn die Hand. »Sagen Sie es nicht – ich weiß schon, was Sie denken. Aber falls einer so etwas wagen sollte, dann Griffin, wenn er Sie hier findet. Ich würde es an Ihrer Stelle nicht darauf ankommen lassen.«

Obwohl Rachel zuversichtlich lächelte, war sie doch etwas beunruhigt über die Sicherheit, die in Fawns Stimme mitgeklungen hatte. Bevor sie jedoch etwas entgegnen konnte, sprang die Küchentür auf, und Jonas Wilkes erschien auf der Schwelle. In seinem maßgeschneiderten grauen Anzug wirkte er für diese frühe Morgenstunde viel zu elegant.

Als seine braunen Augen Fawns schwarzen begegneten, schien eine unsichtbare Explosion den Raum zu erschüttern. Doch kaum erblickte Jonas Rachel, verwandelte sich der Sturm in seinem Blick in freundliche Besorgnis. »Also hatte ich richtig geraten, kleine Range. Sie haben sich hier versteckt. Sind Sie bereit?«

Rachel hatte es so eilig, der feindseligen Atmosphäre in der Küche zu entkommen, daß sie beim Aufstehen fast ihre Kaffeetasse umgestoßen hätte.

Auch Fawn erhob sich langsam, den Blick auf Jonas' gelassenes, zufriedenes Gesicht gerichtet. »Einen Moment, Jonas . . .«

Mit höflichem Desinteresse musterte er Fawns unförmiges Flanellnachthemd. »Schön, daß Sie sich ganz offensichtlich auf dem Wege der Besserung befinden, Miss Nighthorse«, sagte er, um dann stirnrunzelnd die saubere Naht an ihrer Unterlippe zu berühren. »Ich hoffe nur, daß es dabei bleibt.«

Rachel hätte schwören können, daß Fawn unter der Bräune ihrer Haut erblaßte. Ohne ein weiteres Wort ließ sie sich auf ihren Stuhl zurücksinken.

Jonas nickte ihr geistesabwesend zu, als bestätigte er etwas, was die Indianerin gesagt hatte.

Die Situation entnervte Rachel, weil sie spürte, daß hier etwas von sehr viel tieferer Bedeutung vorging, als es den Anschein hatte. Aber als Jonas ihr den Arm reichte und sie anlächelte, verdrängte sie ihre unguten Gefühle und begleitete ihn aus der Küche in den hellen Sonnenschein hinaus.

»Wie kamen Sie darauf, daß ich hier sein könnte?« fragte sie, als sie in Jonas' Kutsche Platz nahm.

Er zuckte mit den Schultern. »Niemand kann lange unter einem Dach mit Griffin Fletcher leben, meine kleine Range. Er ist nämlich leider ziemlich dreist.«

»Das weiß ich«, stimmte sie wehmütig zu. »Ich trug gestern eines der Kleider, die Sie mir geschenkt hatten – eins aus wunderschönem rosa Taft –, und als er mich darin sah, explodierte er.«

Jonas sah aus, als hätte er gern gelacht, aber dann erschien ein wachsamer Ausdruck in seinen Augen. »Was hat er gesagt?«

Die bloße Erinnerung daran ließ Rachel heiß erröten. »Er sagte, ich wandelte auf den Spuren meiner Mutter«, antwortete sie wahrheitsgemäß, ohne jedoch den kurzen, leidenschaftlichen Kuß zu erwähnen, den Griffin ihr aufgezwungen hatte.

Jonas schüttelte betrübt den Kopf. »Machen Sie sich nichts daraus, Rachel. Griffin sieht so ziemlich alle hübschen Frauen auf die gleiche Weise.«

Diese Information beschäftigte Rachel noch, als die Kutsche vor der weißgetünchten Kirche hielt.

Gleich zu Anfang und sehr zu ihrem Ärger stelle Rachel fest, daß die eleganten Damen aus der Stadt sich von den ärmlicher gekleideten Frauen aus Tent Town distanzierten. Verstohlene Blicke in Rachels Richtung aus der Gruppe der Privilegierten; ganz unverhohlenes Anstarren von der anderen Seite her.

Rachel hob trotzig ihr Kinn und lächelte gewinnend den gutaussehenden Mann an ihrer Seite an, der ihr galant den Arm reichte und sie zu einer Bank in der Nähe des Eingangs führte. Mit einem boshaften und doch liebenswerten Lächeln flüsterte er ihr zu: »Falls er heute einen seiner Höllenfeuer- und Verdammnistage hat, können wir immer noch eiligst die Flucht ergreifen.«

Die Bemerkung belustigte Rachel zwar, aber dennoch freute sie sich darauf, Field Hollisters Predigt zu hören.

Als er sich nach den ersten Orgelklängen erhob und seine Gemeinde betrachtete, glitt sein Blick gleichmütig über Jonas' andächtig erhobenes Gesicht hinweg. Auf Rachel hingegen verweilte er mit fast beängstigender Eindringlichkeit.

Als Field seine Aufmerksamkeit endlich von ihr abwandte und die kluge, einfühlsame Predigt begann, die Rachel von ihm erwartet hatte, klang seine Stimme merkwürdig gepreßt.

Seine sanften, eindringlichen Worte rührten sie, aber sie war auch erleichtert, als die Messe zu Ende war. Fields Blicke waren während der Predigt immer wieder zu ihr abgeschweift, und jedesmal hatte sie zornige Verdammnis in ihren blauen Tiefen gelesen.

Jetzt stand Field zu ihrem großen Unbehagen an der offenen Kirchentür und begrüßte seine Schäfchen.

Rachel hätte viel dafür gegeben, sich unbemerkt an ihm vorbeistehlen zu können, aber das war unmöglich. Jonas war im Gang stehengeblieben, um mit einem stattlichen grauhaarigen Herrn zu sprechen, und die anderen Gläubigen hatten die Kirche in der Zwischenzeit verlassen.

»Wo haben Sie gesteckt?« fragte Field Rachel leise. »Griffin ist halb verrückt vor Sorge!«

»Griffin ist mehr als halb verrückt«, entgegnete Rachel.

Fields Blick glitt zu Jonas. Ein zorniges Funkeln erschien in seinen Augen, aber er bemühte sich noch immer, leise zu sprechen. »Rachel, Sie waren doch nicht etwa ... Sie haben doch nicht ...«

Sie errötete heftig. »Natürlich nicht!« erwiderte sie empört.

Der Priester seufzte. »Entschuldigen Sie. Aber wir haben Sie überall gesucht ...«

»Außer im Saloon meiner Mutter«, unterbrach Rachel ihn gereizt.

Field berührte sanft ihren Arm. »Hauptsache, es ist Ihnen nichts zugestoßen. Ich bin froh, daß ...«

»Daß was?« mischte Jonas sich plötzlich ein.

Etwas Schreckliches blitzte in Fields Augen auf. »Hat meine Predigt Ihnen gefallen, Jonas?« konterte er. »Wenn ich gewußt hätte, daß Sie hier sind, hätte ich einen anderen Text gewählt.«

Jonas' Lächeln wirkte erzwungen. »Die Predigt war gut, Reverend. Und wenn Sie uns jetzt bitte entschuldigen würden ...«

Field schüttelte den Kopf und wandte sich verbittert ab, als Jonas Rachels Arm nahm und sie hinausgeleitete.

Eine bedrückende Szene bot sich ihren Augen, als sie die große Wiese hinter der Pfarrei erreichten, auf der das sonntägliche Picknick stattfand. Auch hier schien ein unüberwindbarer Abgrund zwischen den Bewohnern der Stadt und denen von Tent Town zu bestehen, und während die einen prallgefüllte Picknickkörbe auspackten und Weinflaschen entkorkten, mußten die anderen sich mit einem Stück Brot und einer Flasche Wasser begnügen.

Als sie sich auf die Decke setzte, die Jonas für sie ausbreitete, war Rachel klar, daß sie heute bestimmt nichts essen würde.

»Was ist, Rachel?« unterbrach Jonas' sanfte Stimme ihre traurigen Überlegungen.

»Diese Kinder dort«, flüsterte sie bedrückt, weil ihr die Leere, die diese Kinder beherrschte, leider nur allzu gut bekannt war; eine Leere, die – wenn überhaupt – nur sehr wenig mit Essen zu tun hatte. »Wir haben so viel, Jonas, und sie haben nichts.«

Lächelnd berührte er ihr Kinn. »Und wenn wir das nun ändern würden, kleine Range? Könnten Sie dann den Tag genießen?«

Rachel nickte überrascht.

Jonas sprang auf, eilte von einer Picknickdecke zur nächsten und verhandelte mit den Leuten, worauf sich die ganze Szenerie wie durch Zauberhand zu verschieben begann. Dicke Stadtfrauen mit geröteten Gesichtern schleppten einen ansehnlichen Teil ihres mitgebrachten Essens zu den verwunderten, teilweise sogar mißtrauischen Bewohnern von Tent Town hinüber. Und obschon die beiden Gruppen sich nicht wirklich vermischten, fand doch eine gewisse Annäherung statt.

Rachels Schritt war sehr beschwingt, als sie das meiste von Mrs. Hammonds Hühnchen, eine Kirschtorte und einen halben Schokoladenkuchen zu den Holzfällerfamilien hinübertrug.

Auf dem Rückweg zu Jonas wurde sie von Field Hollister aufgehalten. »Habe ich mir das nur eingebildet?« fragte er fassungslos.

Rachel zuckte mit den Schultern. »Es war Jonas' Idee.«

Field wirkte angenehm überrascht. »Sie scheinen einen bemerkenswerten Effekt auf ihn zu haben, meine Liebe.«

Rachel lachte warm und schüttelte den Kopf. Aber ihre Erwiderung blieb ihr in der Kehle stecken, denn Griffin Fletcher schlenderte auf sie zu – kalkweiß im Gesicht und ganz steif vor Zorn.

In der Hoffnung, einen Beschützer in ihm zu finden, blickte Rachel Field flehend an. Aber er verschränkte die Arme, und sein Blick schien auszudrücken: »Ich habe es Ihnen ja gesagt.« Aus purer Verzweiflung drehte Rachel sich hilfesuchend nach Jonas um.

Aber die Decke, auf der er eben noch geruht hatte, war leer und Jonas nirgendwo zu sehen.

Verängstigt und im Bewußtsein der tiefen Stille, die sich über die Wiese gesenkt hatte, drängte Rachel sich näher an Field heran.

»Wagen Sie ja nicht, hier eine Szene zu machen!« flüsterte sie Griffin zu, als er schon dicht bei ihr war.

Er packte Rachels Arm. Er tat ihr nicht weh, aber seinem Griff war dennoch nicht zu entkommen. Seine Stimme war gefährlich leise. »Einverstanden«, sagte er. »Darf ich dann eine kleine Konferenz unter der Weide dort drüben vorschlagen?«

Rachel, die Griffins Blick gefolgt war, fand den Baum, der auf der anderen Seite eines Fischteichs lag, viel zu weit entfernt. »Ich weiß nicht . . .« begann sie zögernd.

»Entweder das oder ein Drama, das die Stadt nie vergessen wird«, erwiderte er mit einem falschen Lächeln.

Rachel bemühte sich, gelassen zu wirken, als er sie am Teich vorbei und hinter die schützenden Zweige einer Trauerweide zog.

Dort packte er Rachel ganz unvermittelt an den Schultern und stieß sie hart gegen den Baumstamm. »Wo zum Teufel haben Sie gesteckt?« herrschte er sie an.

Rachel hatte Angst, hielt es jedoch für besser, es Griffin nicht zu zeigen. »Ich brauche Ihnen nichts zu erklären!«

Er lächelte spöttisch. »Nein, Rachel, das brauchen Sie vielleicht wirklich nicht. Die Tatsache, daß Sie mit Jonas hier sind, dürfte wohl erklären, wo Sie heute nacht waren.«

»Sie sind genauso schlimm wie Field!« fuhr Rachel auf. »Ich habe im Haus meiner Mutter geschlafen!«

Griffin brauchte seine Verachtung nicht in Worte zu fassen; die wütende Belustigung in seinem Blick war ausdrucksvoll genug.

Rachel war zutiefst verletzt. Sie hob ihren schwarzen Rock und zeigte ihm die Samtschuhe, die sie im Zimmer ihrer Mutter gefunden hatte. »Sehen Sie!« sagte sie und haßte sich selbst für diesen verzweifelten Versuch, ihm die Wahrheit ihrer Aussage zu beweisen. »Sie gehörten meiner Mutter . . .«

Jonas umrundete den Teich und kam mit schnellen Schritten auf sie zu, was Griffin mit beängstigender Befriedigung zu erfüllen schien. »Gut, daß Sie die richtige Schuhgröße haben, um in Beckys Fußstapfen zu treten«, erwiderte er höhnisch.

Rachel, die unter seinen brutalen Worten zusammengezuckt war, stürzte fast, als Griffin sie abrupt losließ und davonschlenderte.

Jonas und Griffin begegneten sich auf dem Pfad, aber ob sie miteinander sprachen, war aus der Entfernung nicht festzustellen.

Der Tag war Rachel jedenfalls gründlich verdorben. Als Griffin mit Field Hollister zusammentraf und einen von aufgeregten Gesten begleiteten Wortwechsel mit ihm begann, hatte Rachel genug. Sie drehte sich blindlings um und ergriff die Flucht.

Aber der glitschige Teichrand gab unter ihren Füßen nach. Bevor sie stürzte, hörte sie eine heisere Stimme Dr. Fletchers Namen schreien. Die Stimme erstarb, als das schlammige Teichwasser über ihrem Kopf zusammenschlug.

Strampelnd und spuckend kam Rachel wieder auf die Beine. Ihre nasse Seidenbluse und ihr hauchdünnes Mieder klebten an ihrem Körper, in ihren Haaren hatten sich faulende Blätter verfangen.

Der hingerissene Ausdruck in Jonas Wilkes' Gesicht veranlaßte sie, an sich herabzuschauen. Ihre Brüste, die rosigen Spitzen – ja, selbst das winzige Muttermal waren so klar zu erkennen, als wäre sie splitternackt gewesen.

Zitternd vor Kälte und Scham schlug Rachel die Arme vor die Brust und blieb stur im knietiefen Wasser stehen, bis Jonas leise lachte und ihr den Rücken kehrte.

»Warten Sie hier«, sagte er, und in seiner Stimme klang immer noch Belustigung mit, aber auch etwas anderes, was Rachel jedoch nicht zu deuten vermochte. »Ich bringe Ihnen eine Decke.«

Als Jonas fort war, stieg Rachel aus dem Wasser und drückte ihr Gesicht an den harten Stamm der Weide. Ein trockenes Schluchzen schüttelte sie. Griffin hatte sie wieder einmal in sinnloser Wut angegriffen. Und nun war sie auch noch in den Teich gefallen und hatte die schönsten Kleider ruiniert, die sie je besessen hatte!

Sie hörte ihn nicht kommen, und seine Worte erschreckten sie.

»Rachel, es tut mir leid.«

Die Arme noch immer schützend über der Brust verschränkt, drehte sie sich um und schaute zu den vertrauten dunklen Augen auf.

Griffin lachte zärtlich, als er ein nasses Blatt aus ihren Haaren zupfte. »Sie sind so schön«, sagte er leise. »Sogar mit Moos in Ihrem Haar. Kommen Sie, wir machen eine Fahrt mit dem Wagen.«

Rachels Mund zuckte; aber kein Wort kam über ihre Lippen.

»Beeilen Sie sich, ja? Ich werde auf dem Berg gebraucht, und falls Jonas zurückkommt, bevor wir weg sind, können Sie mit einer häßlichen Auseinandersetzung rechnen«, sagte er, wobei er ihre Schultern umfaßte.

Noch ein wenig benommen ließ Rachel sich von Griffin Fletcher durch dichtes Gestrüpp, Farne und niedrige Haselnußsträucher führen. Dahinter öffnete sich eine Lichtung, wo zwei Pferde, ein offener Wagen und ein nervöser Fahrer warteten.

Es war sicher nicht korrekt, Jonas ohne Erklärung zu verlassen, aber Rachel hatte nicht die Kraft – und auch nicht den Wunsch – sich zur Wehr zu setzen.

Sie waren auf dem steilen Ochsenpfad, der zu den Holzfällerlagern führte, schon ein gutes Stück vorangekommen, als Rachel endlich ihre Stimme wiederfand. Eingehüllt in eine alte Pferdedecke, beugte sie sich zu dem so widersprüchlichen, schweigsamen Mann vor, der neben ihr saß, und fragte ihn: »Warum nehmen Sie mich mit?«

Griffin zupfte ein weiteres Blatt aus ihrem hoffnungslos zerzausten Haar. »Weil ich Sie nicht dort zurücklassen konnte, kleine Elfe. Sie wären entweder ertrunken, bevor der Tag zu Ende ging, oder jemand hätte Ihnen Gewalt angetan«, antwortete er lächelnd.

Rachel zog eine Braue hoch. »Und jetzt bin ich in Sicherheit?«

Griffin lachte, zuckte mit den Schultern und wandte den Blick ab.

Rachel musterte kopfschüttelnd ihre ruinierten Schuhe und hoffte inständig, daß die Sonne durch die alte Pferdedecke drang und ihre Bluse trocknete, bevor sie das Holzfällerlager erreichten.

12

Es war gegen vier Uhr, als der Wagen ins Lager rumpelte, und Rachels Bluse war längst getrocknet.

Das Camp war wie so viele andere, die Rachel schon gesehen hatte – eine Ansammlung verwitterter Hütten, Wagen und Zelte. Das baufällige Kantinengebäude befand sich irgendwo in der Mitte und verriet sich durch den grauen Rauch, der aus dem Kamin aufstieg.

Griffin schnitt eine Grimasse, als der Fahrer die Pferde anhielt. Ganz offensichtlich haßte Griffin diesen Ort, und Rachel fragte sich warum. Sicher, das Lager war häßlich und sehr einsam gelegen, aber daran müßte Griffin doch gewöhnt sein . . .

Ein freudiges Prickeln erfaßte sie, als er ihre Taille umfaßte und sie vom Wagen hob. Doch als ihre Blicke sich begegneten, las sie eine so unmißverständliche Warnung in seinen dunklen Augen, daß sie vor Scham errötete.

»Bleiben Sie in meiner Nähe«, befahl er schroff, und als Rachel die neugierigen Blicke der umstehenden Männer sah, vergaß sie ihren Protest und folgte Griffin in die Kantine.

Der Raum war schwach erleuchtet, und es roch nach ranzigem Speck, Petroleum und Schweiß. Ein grauhaariger, hagerer alter Mann lag flach ausgestreckt auf einem Tisch in der Mitte des Raums.

»Was ist?« fragte Griffin sichtlich gereizt.

»Ich habe so schlimme Bauchschmerzen, Little Fletch . . . Ich glaube, ich muß sterben.«

Griffins Antwort war ein rauhes Lachen, dann tastete er grob den Bauch des alten Mannes ab, bis dieser laut aufschrie.

»Lassen Sie dieses Stochern sein!« kreischte er. »Sie bringen mich noch um!«

»Mund halten«, versetzte Griffin kalt.

Rachel schloß bestürzt die Augen.

»Was ist los mit mir, Doc?« jammerte der alte Mann.

»Sie sind ein gieriger alter Bastard, das ist alles. Sie haben zuviel von Ihrem eigenen schlechten Essen in sich hineingestopft.«

»Dann habe ich keinen entzündeten Blinddarm?«

»Ihrem Blinddarm geht es blendend.«

Als Rachel sich umdrehte, hatte der alte Mann sich aufgerichtet und wirkte zutiefst enttäuscht. Aber dann sah er Rachel und musterte sie mit unverhohlener Bewunderung. »Verdammt«, stöhnte er, »haben Sie nicht etwas in Ihrer Tasche, was mich zwanzig oder dreißig Jahre jünger macht, Doc?«

Griffin warf Rachel einen Blick zu, der Belustigung und sogar eine gewisse Zärtlichkeit verriet. »Das ist Rachel McKinnon, Jack. Rachel – Sie haben Jack Swenson vor sich, den schlechtesten Koch der ganzen Nordwestküste.«

Rachels Name schien den alten Mann nachdenklich zu stimmen. »McKinnon, sagten Sie? Verwandt mit Ezra?«

»Seine Tochter«, erklärte Griffin und forderte Rachel mit einem warnenden Blick auf, sich still zu verhalten.

Swensons Augen blickten wachsamer als vorher, und er schaute Rachel nicht mehr an. »Oh. Ich habe McKinnon nicht mehr gesehen.«

Griffin lehnte sich mit verschränkten Armen an einen Tisch. »Niemand hat Sie danach gefragt«, entgegnete er gedehnt.

Rachel hatte ein beunruhigendes Gefühl im Magen, aber

bevor sie etwas sagen konnte, brachte Griffin sie erneut mit einem Blick zum Schweigen.

»Gibt es hier auch jemanden, der ernsthaft krank ist?« erkundigte er sich schroff.

Swenson war beleidigt und antwortete nur höchst widerstrebend. »Dobson geht's nicht so gut – der rothaarige Bursche, den Sie sich letztes Mal vornahmen.«

Als Rachel Griffin einen fragenden Blick zuwarf, beobachtete sie verwundert, wie seine Gesichtszüge sich verhärteten und jeglichen Ausdruck verloren. »Wo finde ich ihn?« schnappte Griffin.

Swenson erklärte es widerwillig, und Griffin legte den Weg so eilig zurück, daß Rachel Mühe hatte, ihm zu folgen.

In einer Baracke, die aus vier windschiefen Holzwänden und einem sägemehlbestreuten Fußboden bestand, lag Dobson still auf einer schmalen Pritsche in einer Ecke, in die kaum Licht drang.

Dobsons rotes Haar war verfilzt bis auf die Kopfhaut, an seiner Stirn hoben sich unregelmäßige schwarze Stiche von der blassen Haut ab. Die Knöchel an den großen Händen waren wund, ein schmutziger alter Lappen bedeckte seinen massiven Brustkasten.

Griffin maß Swenson, der ihnen nachgehumpelt war, mit einem vernichtenden Blick. »Warum bin ich nicht benachrichtigt worden?«

Swenson zuckte nur mit den Schultern und ging hinaus.

Mitleid erfaßte Rachel, als sie Dobson betrachtete. »Das haben Sie angerichtet?« fragte sie Griffin entsetzt.

Doch er beugte sich bereits über den Verwundeten, nahm ihm den schmutzigen Verband ab und runzelte die Stirn, als er die häßlichen Stiche an der Stirn sah. »Gehen Sie in die Kantine zurück und holen Sie mir sauberes, heißes Wasser«, befahl er Rachel.

Als sie wenig später damit zurückkam – und das einzige saubere Tuch mitbrachte, das Swenson hatte finden können –, begann Griffin mit großer Behutsamkeit die Wunden des jungen Mannes zu reinigen. »Falls Sie einen Unterrock anhaben«, sagte er zu Rachel, »brauche ich ihn.«

Nach einem unsicheren Blick auf die offene Tür griff Rachel unter ihren Rock und zog das verlangte Kleidungsstück herab.

Ohne ein Wort des Dankes zerriß Griffin den schönen, handbestickten Taftunterrock in breite Streifen, mit denen er Dobsons Rippen bandagierte. Als er noch einmal die Stiche an der Stirn untersuchte, begann er laut zu fluchen.

»Was ist?« flüsterte Rachel erschrocken.

»Seide«, meinte er. »Die Idioten haben Seide genommen.«

Rachel schluckte. »Ist das falsch?« fragte sie, als Griffin eine braune Flüssigkeit auf die schlecht vernähte Wunde tupfte.

»Ja«, erwiderte er ungeduldig. »Seide ist unhygienisch.«

Ganz unbewußt strich Rachel über die zarte Seide ihrer Bluse. »Ich finde Seide wundervoll«, flüsterte sie.

Worauf Griffin sie endlich eines Blickes würdigte – der sogar überraschend zärtlich war. »Für Kleider ist es schon in Ordnung. Aber für Wunden, kleine Elfe, braucht man Katzendarm.«

Dobson bewegte sich und stöhnte wie ein verwundetes Tier.

»I-ich glaube, ich muß hinaus«, murmelte Rachel, weil sie Übelkeit in sich aufsteigen fühlte.

»Gut. Aber bleiben Sie in der Nähe.«

Die Sonne wanderte schon nach Westen, als Rachel zum blauen Himmel aufschaute. Wie spät mochte es sein? Fünf Uhr? Sechs? Wenn sie nicht bald den Heimweg antraten, würde es dunkel sein.

Sie lehnte sich an die Holzwand der Baracke und atmete den vertrauten Duft der Kiefern ein, die das Lager umgaben. Ein halbes Dutzend Männer hockten in der Nähe auf Baumstümpfen und Obstkisten und spielten irgendein Kartenspiel.

Rachel wartete eine Weile, bevor sie sich ihnen näherte und ganz offen fragte: »Hat jemand von Ihnen in letzter Zeit einen Mann namens McKinnon gesehen?«

Entnervendes Schweigen. Mehrere der Männer starrten Rachel dreist an.

»Und wer will das wissen?« entgegnete schließlich ein älterer Mann mit breiten Schultern und unglaublich muskulösen Oberarmen.

»Ich«, erwiderte Rachel kühl. »Seine Tochter.«

Ein blonder Mann mit einer breiten Zahnlücke rappelte sich vom Boden auf. »Wie wäre es, wenn wir uns ein stilles Plätzchen suchen würden, Süße, um uns in Ruhe darüber zu unterhalten?«

Der kräftige Mann, der zuerst gesprochen hatte, warf ihm einen warnenden Blick zu. »Hast du aus Dobson nichts gelernt, Wilbur?«

Wilbur setzte sich widerstrebend. »Sind Sie Fletchers Frau?« wollte er wissen und spuckte die Worte aus, als hätten sie einen unangenehmen Geschmack.

Rachel errötete, doch einschüchtern ließ sie sich nicht. »Ja«, log sie dreist. »Und ich würde Ihnen raten, höflicher zu sein.«

Wilbur wurde blaß und starrte auf die Karten in seiner Hand.

Würdevoll drehte Rachel sich um und schlug die Richtung zur Kantine ein. Fletchers Frau – was für ein faszinierender Gedanke!

Ein eifriger Swenson servierte ihr Kaffee und beglückte sie mit prahlerischen Erzählungen über seine Erlebnisse in Holzfällerlagern. Seit vierzig Jahren arbeite er nun schon in den Bergen, behauptete er, zuerst für Big Mike Fletcher, dann für Jonas Wilkes.

Die Erwähnung von Griffins Familiennamen erregte Rachels Interesse. »War Big Mike Doktor Fletchers Vater?«

Swenson nickte grollend. »Ja, und ein feiner Kerl war er, der Mike, nicht so ein Dandy wie sein eingebildeter Sohn. O nein, Sir, so war Mike ganz und gar nicht! Er besaß Schiffe, und die fuhr er auch – und wir haben ihn sogar Bäume fällen sehen. Es hat ihm fast das Herz gebrochen, als sein eigenes Fleisch und Blut sich gegen ihn wandte.«

»Gegen ihn wandte?« hakte Rachel behutsam nach.

»Der junge Fletch haute ab nach Schottland. Wollte nichts zu tun haben mit dem Holzgeschäft des alten Mike.« Swenson schüttelte betrübt den grauen Kopf. »Aber natürlich war er nicht zu stolz, das Geld anzunehmen, das Mike ihm für seine teure Ausbildung schickte. Als Griffin dann endlich zurückkam

– mit dem jungen Hollister zusammen – war er schon so von seiner Rolle als feiner Gesellschaftsarzt überzeugt, daß er keine Säge mehr anpackte.«

Rachel hörte zu, ohne sich ihr Interesse jedoch anmerken zu lassen. »Ich dachte, der Berg hier hätte schon immer Mr. Wilkes gehört«, meinte sie nach einer langen Pause.

Swenson schien sich allmählich für das Thema zu erwärmen. »O nein, Sir! Wilkes – Jonas Senior, meine ich – machte sein Geld im Chinahandel. Es wird gemunkelt, er hätte auch geschmuggelt. Jedenfalls baute er irgendwann das große Haus hier und holte Frau und Kind aus San Francisco.«

»Wie kommt es dann . . .« platzte Rachel unüberlegt heraus, bevor sie es verhindern konnte. Dann nahm sie sich zusammen. »Müßte das Geschäft dann nicht Griffin gehören . . . Ich meine, Dr. Fletcher?«

Der alte Mann errötete vor Empörung. »Griffin wollte das Geschäft ja gar nicht haben! Er und sein Daddy hatten einen Riesenstreit darüber – hier bei uns im Lager. Der alte Fletch hat den Jungen fast totgeprügelt damals, und trotz allem wollte er nichts vom Bäumefällen oder Sägen hören. Darauf stürmte Fletch wütend in den Wald zu seinen Arbeitern, und sein Herr Sohn folgte ihm.«

Tiefe Trauer verdüsterte Swensons müdes altes Gesicht. »Mike kam an jenem Tag ums Leben, und viele sagen, der Junge sei schuld gewesen, weil er seinen Vater in den Wahnsinn getrieben hat. Als Fletchs letzter Wille verlesen wurde – Griffins Mama war schon gestorben, als er noch studierte – stellte sich heraus, daß der Junge nichts als das Haus und die Schiffsanteile erben sollte, falls er nicht mit der Quacksalberei aufhörte und wie ein richtiger Mann auf dem Berg mitarbeitete.«

Rachel schloß die Augen und bedauerte sowohl Griffin wie auch diesen herrschsüchtigen alten Tyrannen, der sein Vater gewesen war. Aber sie sagte nichts, um Swensons fieberhaften Redestrom nicht zu unterbrechen.

Und tatsächlich hielt der alte Mann noch eine Überraschung für sie bereit. »Jonas Wilkes bekam das Holzgeschäft, weil er der Sohn von Mrs. Fletchers einziger Schwester war.«

Jetzt glaubte Rachel endlich den Grund für die Feindseligkeit zu kennen, die zwischen Jonas und Griffin bestand. Es war unfaßbar, daß sie Cousins sein sollten – die Söhne zweier Schwestern.

Swenson schaute in anerkennendem Schweigen zu, wie McKinnons Mädchen die Küchenbaracke verließ und hocherhobenen Hauptes an den glotzenden Waldratten vorbeiging, die ihren Sonntagspoker spielten. Vielleicht hätte er doch noch die Frau erwähnen sollen – aber das wäre sicher nicht korrekt gewesen.

Der alte Swenson war schließlich kein Narr – er kannte Little Fletchs aufbrausenden Charakter so gut wie jeder andere. Es wäre sinnlos gewesen, ausgerechnet diese Geschichte aus der Versenkung zu holen. Nein, Sir, so dumm war Swenson nun wirklich nicht!

Seine Blicke folgten Rachel, bis er sie nicht mehr sehen konnte, und er wünschte ihr, daß sie nicht allen Ernstes hoffte, ihren Daddy noch einmal wiederzusehen.

Rachel blieb einen Moment in der Barackentür stehen und beobachtete Griffin, der, den Kopf in den Händen vergraben, auf einer leeren Pritsche neben Dobson saß.

Sie glaubte Griffin nun besser zu verstehen, obwohl es noch immer sehr vieles gab, was sie verwirrte. Sein Haß auf Jonas Wilkes war ihr – obwohl er ihr ungerechtfertigt erschien – jetzt zumindest kein Rätsel mehr.

Jonas war sehr freundlich zu ihr gewesen, und Rachel mochte ihn. Als sie sich jetzt vorstellte, daß er sie vielleicht verzweifelt auf dem Picknick suchte, hatte sie Gewissensbisse.

»Wenn wir nicht bald aufbrechen, wird es dunkel sein«, sagte sie deshalb ungewollt scharf.

Griffin stand auf und streckte sich gähnend. »Ich fürchte, wir werden hier die Nacht verbringen müssen.«

Rachel umklammerte ganz unbewußt den Türrahmen. »Was?«

Griffin lächelte müde – und viel zu wissend für Rachels Geschmack. »Tut mir leid, Elfe. Es geht nicht anders. Dobson hat Fieber. Ich fürchte, daß es eine Gehirnerschütterung ist.«

Die köstliche Angst, die Rachel plötzlich ergriff, ließ sie anklagend entgegnen: »Die er Ihnen zu verdanken hat!«

Griffin ignorierte die Bemerkung und kam langsam näher. »Jonas wird doch wohl auch eine Nacht ohne Sie auskommen, oder?«

Rachel hob die Hand, um Griffin zu ohrfeigen, aber er wehrte den Angriff mühelos ab. Ein langes, gespanntes Schweigen folgte.

Irgendwann lockerte Griffin seine Umklammerung, und sein Daumen begann zärtliche Kreise auf der empfindlichen Haut an der Innenseite ihres Handgelenks zu beschreiben. Rachel spürte, wie ein wohliges Erschauern durch ihren Körper ging.

»Wo werde ich schlafen?« fragte sie leise.

Griffin legte einen Arm um ihre Taille und zog sie sanft an sich. Als sie seinen harten Körper spürte, schrie plötzlich alles in ihr danach, mit diesem Mann vereint zu sein – eine nicht mehr zu trennende Verbindung mit ihm einzugehen.

Ein leises Stöhnen entrang sich ihr, als seine Lippen ihre Schläfe streiften, dann die zarte Haut hinter ihrem Ohr und die Höhlung an ihrem Hals. Griffins zärtliche Worte weckten ungeahnte Sehnsüchte in ihr und trieben sie dazu, sich ihm in stummer Hingabe anzubieten.

Doch plötzlich schob er sie auf Armeslänge von sich fort, und Rachel fühlte sich einsam und zurückgestoßen. »Griffin . . .«

Er legte sanft seinen Zeigefinger auf ihre Nasenspitze. »Nicht jetzt, kleine Elfe. Später, fürchte ich . . . Aber nicht jetzt.«

Ihr Verlangen nach ihm war so übermächtig, daß sie das Thema wechselte, damit sie ihn nicht anflehte, sie zu berühren und sie zu lieben. »Ich weiß jetzt, warum du Jonas nicht magst«, erklärte sie mit bebender Stimme.

Griffin zog eine Augenbraue hoch. »So?« entgegnete er ohne großes Interesse und legte beide Hände um ihre Taille.

Rachel schluckte, als seine Hände langsamer höherglitten

und dort verharrten, wo die weiche Wölbung ihrer Brust begann. »S-swenson hat mir von dem T-testament erzählt . . .«

Griffin lachte. Das vergnügte Funkeln in seinen Augen bewies, daß er genau wußte, welche Gefühle er in Rachel auslöste, und es sehr genoß. »Ach ja, das Testament. Der große Verlust des Holzimperiums. Was mich angeht, kann Jonas es gern behalten.«

Rachels Brustspitzen versteiften sich fast schmerzhaft unter Griffins sanften Händen und drängten sich ihm verlangend entgegen. »Aber . . . wenn es das nicht ist . . . Was dann?«

»Das Holzgeschäft war mir nicht wichtig, Rachel. Jonas hat mir etwas anderes genommen, was mir sehr viel bedeutete.«

Rachel trat zurück, entfernte sich aus seiner Reichweite und hob das Kinn. »Eine Frau?« fragte sie mutig.

Griffin wandte sich ab, seine Züge verhärteten sich, und er sprach kein Wort mehr, selbst als sie die Baracke längst verlassen hatten.

Es wurde ein Abend, der nicht enden wollte.

Zuerst mußte Swensons ungenießbares Essen ertragen werden, und während der gesamten Mahlzeit warfen Wilbur und die anderen Männer Rachel mehr oder weniger verstohlene Blicke zu und ganz unverhohlen neidische in Griffins Richtung. Als dann endlich der Moment gekommen war, sich für die Nacht zurückzuziehen, führte Griffin Rachel zu einer schäbigen Hütte, streifte flüchtig ihren Mund mit seinen Lippen und ging dann auf die nächste Baracke zu, in der Dobson schlief, sein Patient.

Mit dem bedrückenden Gefühl, abgewiesen worden zu sein, betrat Rachel die Hütte. Anscheinend hatte hier jemand saubergemacht, und neben dem aufgeschüttelten Stroh und den Decken auf dem Boden brannte eine Lampe.

Rachel zog sich bis auf ihre spitzenbesetzten langen Unterhosen und ihr Mieder aus, trauerte einen Moment ihrem wunderschönen Taftunterrock nach, und legte sich dann auf das behelfsmäßige Lager.

Durch die Ritzen in der Hüttendecke konnte Rachel die silbernen Sterne glitzern sehen. Sie blies die Öllampe aus und blieb reglos auf der Decke und dem Stroh darunter liegen, den Blick zum Himmel erhoben.

Als etwa eine Stunde später knarrend die Hüttentür aufging, verspürte sie nur einen flüchtigen Moment lang Angst. Der Schatten, der den Eingang ausfüllte, war ihr auf tröstliche Weise vertraut.

Griffins Stimme war leise und sehr behutsam. »Wenn du vorhast, nein zu sagen, Rachel, dann tu es jetzt.«

Sie schwieg.

»Bist du wach?« fragte er.

Rachel lachte leise. »Hellwach«, antwortete sie.

13

Rachel war froh, daß die Dunkelheit ihre flammendroten Wangen verbarg und die nächtlichen Geräusche von draußen lauter waren als ihre ängstlichen Atemzüge. Sie lauschte angespannt, als Griffin sich auszog; das Stroh raschelte leise, als er sich neben ihr ausstreckte.

Behutsam begann er sie zu küssen, drängte sanft ihre Lippen auseinander, und Rachel stöhnte lustvoll auf bei diesem so neuen, unbekannten Vergnügen. Sie wollte zärtlich Griffins Kopf umfassen, aber er hielt ihre Handgelenke fest.

Während seine Lippen ihr Kinn und ihren Hals hinunterglitten, zog er das hauchdünne Mieder herab und entblößte Rachels feste kleine Brüste, deren rosige Spitzen sich im kühlen Lufthauch steil aufrichteten. Als Griffins Lippen sich um eine schlossen, seufzte Rachel vor Vergnügen auf. Aber auch jetzt ließ Griffin ihre Hände nicht los.

Rachel bog ihm einladend ihre Hüften entgegen. Jetzt würde er sie sicher nehmen . . .

Aber es erwarteten sie noch ganz andere Wunder . . . Griffin ließ Rachels Hände los, um ihr die langen Unterhosen abzustreifen, und dann spürte sie seine Finger auf dem seidenweichen Haar zwischen ihren Schenkeln.

Rachel stöhnte vor Entzücken, als Griffins Lippen ihre intimste Körperstelle berührten und ein solch überwältigendes Verlangen in ihr auslösten, daß ihr Körper wie von heftigen Explosionen erschüttert wurde.

Auf dem Höhepunkt stieß sie einen heiseren Schrei aus und blieb dann ganz still liegen.

Unglaublicherweise lachte Griffin. »Das wird sie eine Weile am Reden halten«, neckte er Rachel.

Aber es kümmerte sie nicht, ob die Holzfäller ihren Schrei gehört hatten. Im Augenblick brachte sie für nichts anderes Interesse auf als für dieses wundervolle Ritual, in das Griffin sie einführte.

Er schien es zu merken, ließ sich vorsichtig auf ihr nieder und drang sanft in sie ein. Ein winziger, stechender Schmerz durchzuckte Rachel, bevor das lustvolle Pochen in ihrem Körper erneut begann.

Es steigerte sich mit jeder ihrer Bewegungen, mit jedem erstickten Schrei, bis beide von einer Welle der Ekstase erfaßt und auf den Gipfel der Gefühle getragen wurden.

Rachel schlief.

Griffin lauschte auf ihre leisen, regelmäßigen Atemzüge und haßte sich dafür, sie auf diese Weise benutzt zu haben. Er war so sicher gewesen, daß sie keine Jungfrau mehr war – so verdammt sicher.

Aber sie war noch unberührt gewesen, und das Wissen vermittelte ihm das Gefühl, ein gewissenloser Dieb zu sein. Er hatte kein Recht, sie zu begehren, besaß nichts von Bedeutung, was er ihr anbieten konnte.

Ein Mondstrahl streifte ihr Gesicht, und Griffin schloß gequält die Augen.

Was konnte er ihr schon bieten? Treue? Ja, denn der bloße Gedanke, Rachel jederzeit aufsuchen zu können, falls es ihn nach ihr verlangte, hätte ohnehin jede andere Frau uninteressant für ihn gemacht. Ein gemütliches Heim, Geld ... und Lust. Und davon nicht zu knapp.

Aber sie verdiente mehr, viel mehr. Sie verdiente Liebe, doch dieses edle Gefühl hatte Griffin leider nicht mehr zu bieten. Er brachte es einfach nicht mehr auf.

Noch während sein früherer Entschluß, Rachel aus Providence fortzubringen, sich festigte, erfaßte ihn dieses überwältigende, hungrige Verlangen nach ihr von neuem. Und als er nach ihr griff, erwachte sie und kam ihm entgegen, warm, anschmiegsam und auf rührende Weise eifrig.

Jonas Wilkes brachte kein Interesse auf für den neuen Tag; dazu war er viel zu abgespannt von der schlaflos verbrachten Nacht.

Wo war Rachel geblieben? Die Frage quälte ihn jetzt nicht weniger als während der langen, unruhigen Nacht. Er hatte höchstpersönlich Beckys Saloon und Tent Town nach ihr abgesucht, während seine Männer Field Hollister befragt hatten, Molly und sogar Chang, den chinesischen Koch.

Wo immer sie auch sein mochte, sie war bei Griffin. Zum tausendsten Mal seit Rachels Verschwinden schloß Jonas die Augen und überließ sich der Verzweiflung, die ihn überfallen hatte.

Mrs. Hammond brachte ihm gebratenen Speck und Eier. »Sie haben kein Auge zugetan, nicht wahr?« stellte sie fest.

Jonas stieß den Teller fort. »Ich bringe ihn um. Wenn er sie angerührt hat, bringe ich den Kerl um!«

Jonas' früheres Kindermädchen und jetzige Haushälterin nahm sich die Freiheit, sich zu ihm an den Tisch zu setzen. »Wen?«

Jonas zündete sich eine Zigarre an. »Griffin«, erwiderte er düster. »Griffin Fletcher, Mrs. Hammond.«

Während er dies sagte, kam Jonas plötzlich etwas in den Sinn, was er vorher übersehen hatte. Jemand hatte Griffins Namen geschrien als Rachel in den Teich gestürzt war ...

Natürlich! Griffin war auf den Berg gerufen worden und hatte Rachel mitgenommen. Aber Jonas war so außer sich gewesen, daß ihm diese einfache Lösung gar nicht eingefallen war.

Vielleicht war sie ja nicht einmal freiwillig mitgegangen.

Der blinde Zorn, der Jonas erfaßte, überwog sogar seine Müdigkeit. Er sprang auf und stürmte aus dem Haus – eine besorgte Mrs. Hammond und jegliche Vernunft zurücklassend.

McKay kam gerade in den Hof geritten. »Wilson und ich haben die ganze Nacht Wache gehalten, Boß. Drüben bei Fletcher ist niemand außer Molly und ihrem Kind.«

»Gut, dann holen Sie Wilson und Riley und wen Sie sonst noch auftreiben können«, ordnete Jonas an. »Ich weiß jetzt, wo sie sind. Wenn Griffin den Berg hinunterkommt, werden wir ... ein paar Worte mit ihm reden.«

McKay verzog das Gesicht. »Und das Mädchen?«

Jonas litt bei der Erinnerung an Rachel, aber er dachte nicht daran, einem Rohling wie McKay seine Gefühle zu offenbaren. »Ihr darf nichts geschehen, unter gar keinen Umständen. Der Mann, der Hand an sie legt, wird meine Peitsche spüren. Ist das klar?«

McKay nickte. »Ich bin nicht sicher, daß es eine gute Idee ist, sich mit Fletcher anzulegen«, murmelte er voller Unbehagen.

»Wollen Sie Ihren Job behalten?« konterte Jonas.

»Ich hole Ihr Pferd«, erwiderte McKay und wendete schnell sein eigenes.

Als Rachel erwachte, war Griffin nicht mehr bei ihr. Im ersten Augenblick wurde sie von einer solchen Panik erfaßt, daß sie sich abrupt aufrichtete und nach ihm rufen wollte.

Aber dann fiel ihr Dobson ein. Griffin war sicher bei seinem Patienten.

Rachel zog sich an und richtete ihr Haar, so gut es ging. Die Erinnerung an die Nacht ließ sie erröten. Rachel McKinnon, du hast dich ›beschmutzen‹ lassen, dachte sie lächelnd.

Das Lager war praktisch verlassen. Von höher oben auf dem Berg drangen das Kreischen der Sägen und die Stimmen der Arbeiter herab.

»Morgen, Miss«, rief Swenson ihr zu, als Rachel an der Kantine vorbeiging. »Ein herrlicher Tag heute, was?«

Rachel stimmte zu, daß es ein schöner Tag sei, ignorierte jedoch den wissenden Blick in den Augen des alten Mannes.

Griffin befand sich in der Baracke bei Dobson, dessen Zustand sich auffallend gebessert hatte. Als Rachel hereinkam, sah sie, daß Dobson nicht nur wach war, sondern auch über irgend etwas lachte, was Griffin erzählte. Ob sie sich über meine schamlose Hingabe lustigmachen? fragte sie sich voller Unbehagen.

Griffin erhob sich bei ihrem Eintreten und lächelte sie an, doch trotz dieses Lächelns wies sein Gesicht den gleichen grimmigen Ausdruck auf wie schon bei ihrer Ankunft im Lager.

Verletzt senkte Rachel den Blick und verschränkte die Hände. »Wann brechen wir auf?« fragte sie und haßte sich für das Zittern in ihrer Stimme.

Griffin hob sanft ihr Gesicht zu sich empor. »Könntest du noch eine von Swensons Mahlzeiten ertragen?« entgegnete er freundlich.

Seine Berührung und die ruhige Anerkennung in seinen Augen trösteten sie etwas. »Wenn du es kannst, kann ich es auch.«

Kurz darauf saßen Rachel und Griffin sich am Kantinentisch gegenüber und tauschten ein Lächeln aus, während sie klebrigen Haferbrei herunterwürgten.

Später ließ Griffin die Pferde anspannen und hob Rachel galant auf den Wagen.

Die Fahrt den Berg hinunter war lang und gefahrenreich, sogar bei Tageslicht. Sie hatten schon fast die halbe Strecke hinter sich gebracht, als sich ihnen eine herrliche Aussicht auf den Puget Sound und das dahinterliegende Providence bot.

»Schau mal«, flüsterte Rachel. »Ich kann Fields Kirche sehen.«

Griffin schaute in die gleiche Richtung, aber sein Blick wurde plötzlich wachsam. »Hast du das gesehen?« murmelte er.

Rachel spähte hart in Richtung Kirche und sah etwas Silbriges aufleuchten. »Was ist das? Ein Spiegel?« fragte sie erstaunt.

Griffin sicherte die Bremse und sprang vom Wagen, ohne etwas zu erwidern. Rasch schirrte er die Pferde ab.

»Was machst du da?« fragte Rachel betroffen.

»Kannst du reiten?« sagte Griffin, während er sich auf den bloßen Rücken eines der beiden Kutschpferde schwang.

»Es wird mir wohl nichts anderes übrigbleiben«, erwiderte Rachel, die noch nie in ihrem Leben auf einem Pferd gesessen hatte.

Griffin führte das zweite Pferd am Zügel zu Rachel, die noch auf dem Wagen saß. »Steig auf«, befahl er knapp.

Sie glitt gehorsam auf den Pferderücken und zog ihren Rock herunter, so weit es ging. »Was ...«

Aber Griffin hatte sein Pferd schon in das dichte Unterholz geführt, das den ganzen Berg bedeckte. Rachels Tier folgte ihm.

Der Abstieg war langsam, jagte Rachel aber dennoch Angst ein. Sie waren schon mindestens eine Stunde geritten, als sie ihrer Frustration endlich Ausdruck gab. »Griffin, wenn du mir nicht endlich sagst ...«

Er drehte sich grinsend zu ihr um. »Das ist eine lange, komplizierte Geschichte, Miss McKinnon. Sagen wir nur, daß Field einst den gleichen Trick benutzte, um mich zu warnen, daß mein Vater auf dem Weg in die Berge war, um mich zu verprügeln.«

Rachel rümpfte die Nase. »Das hätte er nie alles mit einem Spiegel sagen können.«

»Hat er auch nicht. Mein Vater holte mich ein und prügelte mich, bis mir Hören und Sehen verging. Erst danach hat Field mir erklärt, was das Signal bedeutete.«

Rachel lachte. »Was hattest du denn Schreckliches angestellt?«

Wieder grinste Griffin. »Es ging um einen Aufsatz, den ich in der Schule geschrieben hatte – über meine liebe alte Großmutter, wie sie aus der Alten Welt herübergekommen war, eine Stellung als Hausmädchen annahm und die Ehe ihrer Herrschaft zerstörte.«

Rachel lachte noch mehr. »Hat sie das wirklich getan?«

»Ja, aber ich durfte es niemandem erzählen.«

Sie sahen den Spiegel noch zweimal aufblitzen, bevor sie den

Fuß des Bergs erreichten und gemächlich in den Wald hinter Field Hollisters Pfarrei einbogen.

Als sie die Pferde am Teich trinken ließen, kam Field aus dem Haus gestürzt, das Gesicht gerötet vor Ärger und Erleichterung. »Verdammt noch mal, Griffin . . .« stieß er hervor.

Griffin unterbrach ihn lachend. »Beruhige dich, Field. Ich habe deine Botschaft verstanden. Diesmal jedenfalls.«

Trotz seines Ärgers stimmte Field nun in sein Lachen ein.

Während Rachel sich in einem Gästezimmer frischmachte, unterhielten Griffin und Field sich in der großen Küche der Pfarrei.

»Wo haben sie gewartet, Field?«

»Am Fuß des Bergs, vermute ich. Mollys Junge brachte mir heute morgen eine Nachricht, derzufolge Jonas' Leute die ganze Nacht vor deinem Haus Posten bezogen hatten. Das kam mir etwas seltsam vor, und so ritt ich an Jonas' Haus vorbei und sah, daß er dort eine halbe Armee versammelt hatte. Den Rest konnte ich mir denken.«

»Vermutlich hast du mir das Leben gerettet«, antwortete Griffin, obwohl er selbst in diesem Augenblick nur an die wundervolle Nacht mit Rachel denken konnte. Um seine Gedanken nicht zu verraten, wandte er sich rasch ab.

Aber er war nicht schnell genug gewesen. »Verdammt, Griffin!« sagte Field und trat vor seinen Freund. »Du hast es getan, nicht wahr? Du hast das Mädchen kompromittiert!«

Die Scham, die Griffin bereits empfand, war größer als jegliches Schuldgefühl, das Field in ihm erwecken konnte. »Weil ich nicht dachte, daß sie noch Jungfrau war!« erwiderte er unfreundlich.

Fields sonst so sanfte Stimme klang heiser vor Empörung. »Du Idiot, Griffin – du starrsinniger Idiot! Du wolltest damit doch bloß Jonas ärgern!«

Griffin zuckte mit den Schultern und wich den zornigen Blicken seines Freundes aus. »Was mir ja auch gelungen ist«, erwiderte er mit einer Gelassenheit, die er gar nicht empfand.

Rachel stand wie angewurzelt in der Diele vor Hollisters Küche. »Du hast das Mädchen kompromittiert! Du wolltest damit bloß Jonas ärgern!« Die Worte klangen grausam in ihren Ohren wider, aber sie schmerzten nicht so sehr wie Griffins Antwort.

»Was mir ja auch gelungen ist!«

Als Rachel wieder fähig war, sich zu bewegen, schlich sie sich aus der Pfarrei und rannte durch die Wälder zu Beckys Saloon. Irgendwann während ihrer Flucht bemerkte sie, daß der große Dampfer ›Statehood‹ im Hafen lag.

»Mamie!« rief sie, als sie sich in der Küche des Saloons erschöpft auf einen Stuhl fallen ließ. »O Mamie, wo sind Sie?«

Die freundliche schwarze Frau kam herbeigeeilt, ihr rundes Gesicht ganz bekümmert. »Aber Rachel! Was in aller Welt . . .?«

Rachel war noch ganz atemlos. »Ich . . . Es liegt ein Schiff im Hafen – ich brauche das Geld . . .«

»Aber wieso . . .«

Rachel sprang auf und lief nervös in der großen Küche auf und ab. Tränen strömten über ihre Wangen. »Bitte, Mamie, ich habe keine Zeit . . . Es muß schnell gehen . . .«

Ohne die erstaunten Blicke der Saloonmädchen und ihrer männlichen Gäste zu beachten, stürmte Rachel die breite Treppe in den ersten Stock hinauf. Im Zimmer ihrer Mutter fand sie einen großen Koffer, in den sie alle Kleider stopfte, die sie aus Griffins Haus mitgebracht hatte.

Seine Stimme traf sie wie ein Schwerthieb. »Du brauchst dich nicht zu beeilen, Rachel. Der Dampfer legt erst in einer Stunde ab.«

Langsam drehte sie sich zu Griffin Fletcher um. Sein Anblick erfüllte sie mit einem würgenden Schmerz. »Du . . . Du . . .«

Ihre Stimme versagte ihr den Dienst. Aber es gab ohnehin keine Worte, die verletzend genug gewesen wären, und so zwang Rachel sich, das Packen wieder aufzunehmen.

»Ich sorge dafür, daß die Truhen, die du in meinem Haus

zurückgelassen hast, rechtzeitig an Bord gebracht werden«, sagte Griffin, dann war er fort.

Rachel setzte sich auf eine samtbezogene Bank, vergrub ihr Gesicht in beiden Händen und weinte bitterlich.

Als der Dampfer aus dem Hafen von Providence auslief, war Rachel an Bord.

Mit beiden Händen umklammerte sie die Reling und prägte sich den Anblick des Kais, der hübschen kleinen Häuser davor und des Friedhofs ein, der auf einem grünen Hügel über Tent Town lag.

»Auf Wiedersehen«, sagte sie leise.

Mamie Jenkins glaubte, noch nie soviel Leid im Gesicht eines Mannes gesehen zu haben, wie jetzt bei Griffin Fletcher. Er wirkte gebrochen, als er bei ihr am Küchentisch saß und so tat, als tränke er den Kaffee, den sie ihm eingeschenkt hatte.

Mein Gott, dachte Mamie. Er liebt das Mädchen!

»Warum folgen Sie ihr nicht, anstatt hier wie ein Narr herumzusitzen?« sagte sie.

Griffin schüttelte den Kopf. »Es ist besser, sie gehen zu lassen, Mamie. Glauben Sie mir.«

»Störrischer Esel«, knurrte Mamie, als sie sich bückte, um Kartoffeln aus einem Korb zu nehmen. »Verfluchter, störrischer Esel!«

»Vielen Dank.«

Mamie begann wütend Kartoffeln zu schälen. »Was glauben Sie eigentlich, wie oft im Leben Sie noch Liebe finden werden, Griffin?«

»Wenn ich Glück habe, nie mehr«, sagte er, stand auf und ging.

Es war dunkel draußen, und Billy war froh, daß Field Hollister schon beim ersten Klopfen an der Tür erschien.

»Griffin?« fragte er nach einem Blick auf den Jungen besorgt.

Billy nickte. »Mama bittet Sie, schnell zu kommen, weil wir nicht mit ihm fertig werden.«

»Das kann niemand«, antwortete Field und seufzte so schwer wie Molly, wenn ihr Teig nicht aufging. Aber er machte sich wenigstens mit Billy auf den Weg.

14

Nach einer Fahrt, die nicht enden zu wollen schien, lief die ›Statehood‹ endlich in den Hafen von Seattle ein. Aber hier fühlte Rachel sich fast noch einsamer als auf dem Schiff, denn alle anderen Passagiere wurden von Freunden oder Familienangehörigen abgeholt, während sie ihren schweren Koffer ganz allein über den Kai schleppen mußte.

Aber Rachel preßte die Lippen zusammen und machte sich mit einem wehmütigen Lächeln auf den Weg in die bescheidene Wohngegend, in der sich Miss Flora Cunninghams Pension befand.

Sie hatte fast vergessen, wie laut Seattle war, im Gegensatz zu Providence, wo man nichts anderes als das rhythmische Geräusch der Maschinen aus Jonas Wilkes' Sägemühle hörte und hier und da das heisere Tuten der Dampfschiffe auf dem Kanal.

Rachel hob das Kinn und schleppte ihren Koffer tapfer weiter die Anhöhe hinauf, während sie wünschte, daß die gleiche Taubheit, die sie in ihren Füßen spürte, auch auf ihr Herz übergreifen möge.

Du hast dich zum Narren gemacht in Providence, ermahnte

sie sich streng – eine Holzfällertochter, die es gewagt hatte, sich mit Männern wie Jonas Wilkes und Griffin Fletcher einzulassen! Welche Belustigung sie damit verursacht haben mußte, nicht nur bei diesen beiden welterfahrenen Männern, sondern auch unter den Damen, die in ihren gemütlichen Salons den Tee einnahmen und pinkfarbene Rosen in den Vorgärten züchteten.

Tränen brannten in Rachels Augen. Närrin, schimpfte sie sich mit einer Grausamkeit, die sie keiner anderen lebenden Kreatur zugemutet hätte. Jetzt weißt du, warum Papa dich davor warnte, mit einem Mann zu schlafen – jetzt weißt du es. Und was du getan hast, wird dich für den Rest deines Lebens zeichnen; kein anständiger Mann wird dich je haben wollen.

Und dennoch prickelten Rachels Brüste noch von der Erinnerung an Griffins Liebkosungen und die Ekstase, die sie erfaßt hatte, als er seine warmen Lippen um ihre Brustspitzen schloß. Noch immer meinte sie seine Leidenschaft zu spüren, vereint mit ihrer eigenen.

Erst als sie das handgemalte Schild vor Flora Cunninghams Pension sah, riß Rachel sich aus ihren wehmütigen Erinnerungen. »*Zimmer frei*«, stand dort, und Rachel atmete erleichtert auf, als sie es sah.

Miss Cunningham begrüßte sie mit überschwenglicher Begeisterung und führte sie nach einer kurzen Unterhaltung zu einem unter der Treppe eingebauten kleinen Raum.

Doch dann schien sie wohl selbst zu merken, daß die jetzt so elegant gekleidete Rachel vielleicht ein besseres Zimmer vorgezogen hätte, und sagte verlegen: »Das ganze obere Stockwerk wird von einem einzigen Gast bewohnt – Kapitän Douglas Frazier von der ›China Drifter‹.«

»Hoffentlich ist er ein ruhiger, anständiger Mensch«, bemerkte Rachel, weil etwas in ihr nach Widerspruch verlangte.

Miss Cunningham nickte eifrig. »O ja, er ist ein Gentleman, der Kapitän! Und natürlich können Sie sich oben ein anderes Zimmer aussuchen, sobald die ›China Drifter‹ ausläuft.«

Rachel reichte ihr den kleinsten Geldschein, den sie besaß,

um für zwei Wochen Unterkunft mit Verpflegung vorauszuzahlen, und war sehr belustigt über die fast verzweifelte Reaktion der Wirtin.

»Das kann ich nicht wechseln!« rief Miss Cunningham, obwohl sie es ganz offensichtlich kaum erwarten konnte, das Geld zu nehmen.

»Dann stört es Sie doch sicher nicht, wenn ich erst morgen zahle, nachdem ich bei der Bank war?« fragte Rachel und gab sich den Anschein, als seien derartige finanzielle Transaktionen kein unbekanntes Terrain für sie.

Doch eine innere Stimme warnte sie: Du wirst wie eine Närrin dastehen, wenn du keine Arbeit findest und all das Geld ausgegeben hast! Dann kannst du nicht mehr so tun, als wärst du etwas anderes als ein Holzfällerbalg!

Kaum war Rachel in ihrem Zimmer allein, verschloß sie die Tür und suchte ein sicheres Versteck für das Bündel Geldscheine, das Mamie ihr übergeben hatte. Nach kurzer Suche fand sie ein Loch im Putz hinter ihrem Bett, das jeder geschickte Dieb schon nach wenigen Minuten auch gefunden hätte, aber sie war einfach zu müde, um weiterzusuchen. Außerdem mußte sie sich ausruhen, falls sie an diesem Abend in Skid Road, dem Vergnügungsviertel von Seattle, auf die Suche nach ihrem verschwundenen Vater gehen wollte.

Doch kaum hatte sie sich ausgezogen, gewaschen und auf das schmale Bett gelegt, erstand Griffin Fletchers Bild vor ihren Augen. Und so sehr sie sich bemühte, es ließ sich nicht verdrängen.

Doch irgendwann war ihr Bedürfnis nach Ruhe stärker, denn sie schlief ein und begann zu träumen. Von Providence – und von einem schlichten Strohlager und dem Mann, der sie darauf geliebt hatte ...

Als das Geräusch schwerer Stiefel auf der Treppe Rachel weckte, war es stockfinster in dem kleinen Zimmer in Flora Cunninghams Pension. Rachel wischte die Tränen von ihren Wangen und befahl sich, stark zu sein.

Vielleicht hätte sie sich in diesem winzigen Zimmer verkrochen wie ein verwundetes Tier, wenn Miss Cunningham nicht an die Tür geklopft und gerufen hätte, daß das Abendessen serviert sei.

Rachel hatte trotz ihrer traurigen Verfassung Hunger, und sie wußte, daß sie in den nächsten Stunden, Tagen und Wochen ihre ganze Kraft brauchen würde. Schließlich wollte sie Arbeit finden und, falls möglich, etwas über ihren verschwundenen Vater in Erfahrung bringen. Und wenn das erledigt war, konnte sie anfangen, ihre zerbrochenen Hoffnungen wieder zusammenzusetzen.

Kapitän Douglas Frazier erhob sich galant, als die Meerjungfrau das Eßzimmer betrat. Sie trug ein bezauberndes Kleid aus grünem Musselin und zeigte ein tapferes, wenn auch erzwungen wirkendes Lächeln. Ihr Haar, das sie zu einem dicken Zopf geflochten hatte, ruhte wie ein dickes Tau auf ihrer rechten Schulter.

In all seinen Jahren auf See und an Land hatte Kapitän Frazier nie ein entzückenderes Wesen erblickt. Und wenn sie ihr gebrochenes Herz auch wie ein Banner vor sich hertrug – nun, so etwas zu ändern, gab es immer Mittel und Wege.

»Guten Abend«, sagte er mit einem charmanten Lächeln. »Ich bin Kapitän Douglas Frazier.«

Die traurigen veilchenfarbenen Augen musterten ihn freimütig, aber das störte den Kapitän nicht. Mit seinen siebenunddreißig Jahren war er ein attraktiver Mann – mit dichtem, rotbraunem Haar, einem gepflegten Schnurrbart und blauen Augen, die selbst dann zu lachen schienen, wenn sein Mund ernst blieb.

»Kapitän Frazier, das ist Miss Rachel McKinnon!« stellte Flora Cunningham vor, die sichtlich stolz auf ihren neuen Gast war.

Douglas nickte höflich. »Sehr erfreut, Miss McKinnon.«

Das Mädchen errötete und setzte sich auf den Platz, der ihm zugewiesen wurde. »Ganz meinerseits, Kapitän Frazier«, antwortete sie, bevor sie ihre Aufmerksamkeit auf die Austernsuppe richtete.

Gebrochenes Herz oder nicht, dachte Kapitän Frazier amüsiert, ihren Appetit hat sie jedenfalls nicht verloren. Während er Rachel verstohlen beobachtete, fragte er sich, wer der Schuft sein mochte, der diesem Mädchen so weh getan hatte, daß ihre Augen gehetzt und traurig blickten wie bei einem verwundeten jungen Reh . . .

Und dann traf Douglas einen Entschluß. Er würde Miss Rachel McKinnon ins feinste Restaurant dieser aufstrebenden Grenzstadt ausführen, gefolgt von einem Besuch im Opernhaus. Und das schon sehr bald.

Ja – ein bißchen Freude würde sie schon wieder heilen und auf die Aufgabe vorbereiten, die er sich für Rachel vorstellte.

Rachel fand Kapitän Frazier sympathisch, ohne jedoch den Wunsch zu verspüren, ihn näher kennenzulernen. Während des gesamten Abendessens gab sie nichts über sich preis, obwohl der Kapitän nicht aufhörte, sie mit geschickten, raffinierten Fragen zu bombardieren. Von ihrem Schweigen unbeeindruckt, begann der gutaussehende rothaarige Mann Geschichten über seine Erfahrungen auf See und in fremden Häfen zum Besten zu geben. Er erzählte Rachel vom fernen, geheimnisumwobenen China und den Eingeborenen auf Hawaii, die sich an Feiertagen zu Ehren ihrer heidnischen Götter mit den bunten Federn tropischer Vögel schmückten.

Trotz ihrer Müdigkeit, ihrer Trauer und des nagenden Verdachts, daß sie ihren Vater nie wiedersehen würde, war Rachel fasziniert. Kapitän Fraziers Erzählungen waren lebhaft und anschaulich; fast glaubte Rachel, die schönen, braunhäutigen Menschen von Hawaii mit eigenen Augen zu sehen.

»Es gibt doch sicher auch Städte dort«, bemerkte sie einmal.

»Dörfer«, verbesserte der Kapitän. »Aber eines Tages wird es wohl auch Städte geben, leider, und dann werden die Inselbewohner Fremde in ihrem eigenen Land sein – wie es den Indianern ergangen ist.«

Rachel dachte an die schöne, temperamentvolle Fawn Nighthorse und wurde traurig. »Ich hoffe nicht«, sagte sie leise.

»Es ist unvermeidlich, meine Liebe«, erwiderte der Kapitän.

Vermutlich hat er recht, dachte Rachel, was sie nur noch trauriger stimmte. Denn schließlich wußte sie jetzt selbst, wie es war, zwischen zwei Welten zu leben und in keine dieser Welten zu gehören.

Jonas und seine Männer warteten schon über zwei Stunden am Fuß des Bergs. Jemand mußte Griffin gewarnt haben, das war klar.

Innerlich zerriß sein Zorn Jonas fast, aber vor den Männern ließ er sich nichts anmerken. Sie brauchten das nicht zu wissen.

»Was meinen Sie, Boß?« fragte McKay mit leiser Ungeduld.

»Ich glaube, wir erledigen die Sache mit Dr. Fletcher ein andermal«, erwiderte Jonas, bemüht, seine Wut hinter Resignation zu verbergen. »Vielleicht lieber nachts im Dunkeln.«

McKay grinste dumm und zeigte seine faulen Zähne.

Er liebt diese nächtlichen Aufträge, dachte Jonas angeekelt. Aber mit einem derartigen Überfall rechnete Griffin wahrscheinlich sowieso – Rache und Vergeltung scheuten nun mal das Licht des Tages.

Während Jonas das Signal zum Rückzug gab, lächelte er in sich hinein. Vielleicht sollte man nicht ganz so durchschaubar sein . . .

McKay lenkte sein Pferd neben Jonas' Araberhengst. »Wir kommen nicht an ihn heran, wenn er sich in seinem Haus verkriecht«, stellte er mürrisch fest.

»Das wird er nicht tun. Dazu ist er zu stolz und viel zu stur. Nein, er wird sich schon sehen lassen, sobald er sicher sein kann, daß wir ihn nicht mit dem Mädchen erwischen.«

»Soll er sterben?« fragte McKay nach kurzem Schweigen.

Jonas schaute gereizt zum Himmel auf und bedachte McKay dann mit einem vernichtenden Blick. »Nein, McKay, das soll er nicht.«

»Und warum nicht?«

»Weil ich will, daß er lebt! Erstens ist er der einzige Arzt im Umkreis vieler Meilen, und zweitens mein Cousin.« Er soll zusehen, wie Rachels Bauch sich mit meinen Babies rundet, dachte Jonas gehässig. Ich will ihn leiden sehen...

McKay war sichtlich enttäuscht, aber zu Jonas' Erleichterung hörte er wenigstens auf zu reden.

Ein Bild drängte sich in Jonas' gequältes Gehirn – Rachel. Hochschwanger. Mit seinem Kind.

Die Vorstellung hatte nicht das geringste mit seiner Rache an Griffin zu tun; nein, das würde nur ein kleineres Vergnügen sein, verglichen mit der Tatsache, Rachel seine Kinder gebären zu sehen und ihre süße Hingabe zu genießen, wann immer ihn danach verlangte. Was sehr häufig der Fall sein würde.

Jonas lächelte und gestand sich wehmütig ein, sich verliebt zu haben. Aber danach fiel es ihm erheblich leichter, Pläne zu schmieden.

Field, der Griffins Anfälle von Zerstörungswut kannte, rechnete mit dem Schlimmsten, als er das Arbeitszimmer seines Freundes betrat – und er wurde nicht enttäuscht.

Der große Eichenschreibtisch war umgestürzt, die Schubladen lagen herum wie abgetrennte Gliedmaßen. Der Fußboden war übersät mit Büchern und mit Resten der schweren Samtportieren, die in Stücke gerissen und in alle Richtungen geschleudert worden waren.

Mitten in diesem Chaos hockte Griffin Fletcher.

Field hatte seinen Freund schon bei anderen Wutanfällen erlebt – als Louisa Fletcher gestorben war und nach Athenas Verrat –, aber kein einziger der anderen war mit diesem hier zu vergleichen.

»Gib mir die Flasche, Griff«, sagte Field ruhig.

Griffin hob sie lächelnd an die Lippen und trank munter weiter.

Field seufzte, fing Molly Bradys Blick auf und bedeutete ihr, hinauszugehen.

Nach einem letzten besorgten Blick in Griffins Richtung tat sie, was Field verlangte. Stumm vor Angst folgte Billy ihr und zog die Tür des Arbeitszimmers hinter sich zu.

Field wußte, daß es sinnlos war, mit Griffin zu argumentieren; dazu war es schon zu spät. Er konnte nur abwarten, bis der Sturm vorüber war. Aber er bückte sich und begann die Bücher aufzuheben.

»Weißt du, was du bist?« fragte Griffin mit schwerer Zunge. »Du bist ein Flicker.«

Field sah nicht auf. »Tatsächlich?«

Es folgte eine lange Pause. »Weißt du, wie lange ich Rachel kenne, Field? Sechs Tage.«

Field untersuchte den zerrissenen Einband eines Buchs über griechische Philosophie. »Gott hat die Welt in sechs Tagen geschaffen, Griffin. Offensichtlich läßt sich eine Menge erreichen in dieser Zeitspanne.«

Griffin lachte nur, aber es klang nicht fröhlich.

15

Nach einem heißen Bad, das Miss Cunningham nur widerwillig bereitgestellt hatte und auch bloß unter der Bedingung, daß es extra bezahlt wurde, fühlte Rachel sich schon bedeutend wohler.

Da sie sich für diesen Morgen eine Menge vorgenommen hatte – sie wollte zur Bank gehen und am Hafen nach dem Gepäck fragen, von dem Griffin versprochen hatte, es an Bord bringen zu lassen –, wählte sie mit Sorgfalt ihre Kleidung aus. Sie entschied sich für einen schlichten Rock aus marineblauem Satin, eine weiße Bluse und eine seidene Weste. Ihr Haar flocht sie zu einem Zopf und steckte es zu einem dicken Chignon auf.

Als sie den kleinen Speisesaal betrat, schaute Kapitän Frazier lächelnd von einer Ausgabe der ›Seattle Times‹ auf. »Guten Morgen, Miss McKinnon«, sagte er erfreut.

Rachel nickte ihm freundlich zu.

Kapitän Frazier schien sehr angetan von ihrer Erscheinung, wie sein Blick verriet. »Sagen Sie jetzt nur nicht, daß Sie sich ins Arbeitsleben stürzen wollen, Rachel!«

Rachel verzieh ihm den unpassenden Gebrauch ihres Vornamens und setzte sich an ihren Platz. »Ich muß arbeiten, Kapitän Frazier. Ich habe keine andere Wahl.«

»Unsinn!« stellte er heiter fest. »Sie brauchen bloß einen Ehemann. Einen reichen Ehemann.«

Bei Fraziers Worten überfiel Rachel die entsetzliche Einsamkeit, die sie die ganze Nacht gequält hatte, von neuem. Ihr Appetit war verflogen, sie sprang auf, nahm sich ihre Handtasche und ihren Hut und verließ fluchtartig das Speisezimmer.

Doch Kapitän Frazier holte sie in der Halle ein. »Verzeihen Sie mir, Rachel«, bat er. »Ich wollte Sie nicht verärgern.«

Obwohl sie nicht sicher war, ob ihre Stimme fest genug klang, entgegnete sie rasch: »Das haben Sie nicht, Kapitän . . .«

»Unsinn. Natürlich hat meine dumme Bemerkung Sie gestört. Ich habe mich sehr schlecht benommen; es tut mir leid.«

Rachel lächelte schwach. »Wollen Sie wirklich die Schuld für mein unmögliches Verhalten auf sich nehmen? Ich hätte nicht so herausstürzen sollen; das war dumm von mir. Und wenn Sie mich jetzt bitte entschuldigen würden – ich habe viel zu erledigen.«

Kapitän Frazier reichte ihr seinen Arm. »Erlauben Sie?«

Rachel zog eine Braue hoch und wich zurück. »Erlauben? Was?«

Der Kapitän lachte schallend. »Ach, Rachel, Rachel! Gerade, als ich dachte, Sie müßten in einer namhaften Schule im Osten erzogen worden sein, stellen Sie mir eine derartige Frage!«

Rachel blinzelte ihn mißtrauisch an. »Machen Sie sich lustig über mich?«

Douglas Frazier nahm sich zusammen. »O nein, meine Liebe, das würde ich mir nie erlauben! Aber sagen Sie mir doch – wenn Sie wirklich die Tochter eines Holzfällers sind, wie Miss Cunningham mir anvertraute, wie kommt es dann, daß Sie sich so gewählt ausdrücken?«

Rachels maßloser Stolz war sofort verletzt. »Erstens, Kapitän, ist es nichts Schlimmes, die Tochter eines Holzfällers zu sein, und zweitens – wenn ich gut spreche, dann liegt es wohl daran, daß ich auch gut lese!«

»Ich verstehe«, erklärte der Kapitän ernst, aber seine Augen funkelten vor Belustigung. »Ich war sehr ungalant. Verzeihen Sie mir bitte.«

Rachel wurde ungeduldig und war gleichzeitig sehr beschämt über ihren Ausbruch. »Hören Sie, ich muß jetzt wirklich gehen . . .«

»Ich auch.« Kapitän Frazier verbeugte sich charmant. »Meine Kutsche wartet, Rachel. Lassen Sie sich von mir mitnehmen in die aufregende Welt des Handels.«

Es war sicher nicht korrekt, in seiner Kutsche mitzufahren. Aber Rachels Schuhe waren zu eng, und ihre Füße schmerzten . . .

»Ich würde Sie sehr gern begleiten, Kapitän«, entgegnete sie würdevoll. Er lachte leise, und seine blauen Augen zwinkerten humorvoll, als er ihr von neuem seinen Arm bot. »Dann lassen Sie uns auswandern«, meinte er.

»Was bedeutet, daß wir jetzt gehen«, stellte Rachel fest.

Wieder lachte er warm. »Richtig.«

Es war ein klarer, warmer Morgen, die Elliott Bay schimmerte in der Ferne wie ein riesiger, in Silber und Gold gefaßter Edelstein. Aber auch Kapitän Fraziers Kutsche, die höchstwahrscheinlich gemietet war, bot einen prächtigen Anblick. Sie glitzerte in der hellen Morgensonne und wurde von vier schwarzen Hengsten gezogen.

Rachels Stimmung besserte sich erheblich, als das elegante Gefährt über Seattles schlechte Straßen rumpelte, und weil sie wußte, daß der Abend vermutlich weniger erfreulich sein würde, ließ sie ihren euphorischen Gefühlen freien Lauf.

Zu ihrer großen Erleichterung befanden sich die Koffer, die sie in Griffins Haus zurückgelassen hatte, tatsächlich in der Gepäckaufbewahrung des Hafens. Während sie sich bemühte, den Gedanken abzuschütteln, wie Griffin die Koffer auf die ›Statehood‹ gebracht hatte, lächelte sie Kapitän Frazier an, der vorschlug, seinen Kutscher mit Rachels Gepäck zu Miss Cunninghams Pension zu schicken.

Douglas Frazier ergriff ihre Hände, als Rachel ihm dankte. »Kommen Sie jetzt allein zurecht?«

Rachel nickte und dachte mit Vergnügen an das Geld in ihrer Tasche, die neuen Schuhe, die sie damit kaufen würde, und den Job, den sie vielleicht schon heute fand.

»Gut«, meinte der Kapitän freundlich. Dann wandte er sich ab und schlenderte zum Kai hinunter.

Rachel fand die Schuhe aus weichem Rehleder, die sie sich immer gewünscht hatte, in einem Geschäft in der Front Street und erstand sie stolz. Als sie das geschmeidige Leder an ihren Füßen spürte, war sie plötzlich ganz sicher, daß es ein guter Tag werden würde.

Kurze Zeit später eröffnete sie ein Konto bei der Handelsbank und ging von da aus zu einem Warenhaus weiter, wo sie einen Roman kaufte, parfümierte Seife und ein Päckchen Haarnadeln. Im letzten Augenblick fügte sie ihren Einkäufen noch Schreibpapier, Feder und Tinte hinzu. Vielleicht konnte sie, nachdem eine gewisse Zeit verstrichen war, an Jonas schreiben, um ihm für seine Güte zu danken und sich für ihr Verschwinden während des Picknicks zu entschuldigen. Auch Molly würde sie schreiben, beschloß Rachel, denn sie war – in gewisser Weise jedenfalls – ihre Freundin.

Wie sich dann herausstellte, war die Suche nach Arbeit erheblich weniger angenehm als die kleine Einkaufstour. Sie war sogar ausgesprochen entmutigend.

In der Bank, wo sie das Konto eröffnet hatte, wurde sie abgewiesen, weil sie nicht mit einer Schreibmaschine umgehen konnte. In einer Matratzenfabrik war man der Meinung, sie sei zu zart für eine solche Arbeit. In einem Teesalon, wo eine Bedienung gebraucht wurde, erklärte die Besitzerin ganz unverblümt, daß sie nur ein unscheinbareres Mädchen einstellen würde – um ihre weiblichen Gäste bei Laune zu halten.

Gegen Mittag war Rachel müde und verzweifelt. Sie stand mitten auf dem Bürgersteig, den Tränen nahe, und überlegte, wie dumm sie gewesen war anzunehmen, es sei so einfach, Arbeit zu finden.

»Rachel?«

Sie schaute auf und blickte erfreut in das lächelnde, besorgte Gesicht von Kapitän Frazier. »Douglas!« rief sie erleichtert aus.

Er nahm ihren Arm und führte sie über die Straße in ein sauberes kleines Restaurant. »Ich bin ja so erleichtert«, gestand er, als sie an einem Tisch Platz nahmen. »Ich befürchtete schon, Sie würden mich den Rest meines Lebens mit ›Kapitän‹ ansprechen! Aber sagen Sie mir doch – hat Ihr Stirnrunzeln zu bedeuten, daß Sie keine Arbeit gefunden haben?«

Rachel nickte unglücklich. »Ich habe überall gefragt. Entweder soll ich Schreibmaschine schreiben, oder sie wollen mich größer und kräftiger. In einem Teesalon auf der Marion Street wollten sie mich sogar häßlicher!«

Douglas lachte mitfühlend und legte seine große Hand beruhigend auf Rachels. »Was würden Sie denn gern tun, Rachel?«

»Alles.«

Douglas zog eine Augenbraue hoch. »Alles sicher nicht.«

Rachel errötete. »Nun ja – alles, was nicht falsch wäre.«

Douglas lächelte. »Es gibt vieles, was falsch wäre für Sie, Rachel, ganz einfach, weil es zu unbedeutend wäre. Sie sind dazu geboren, die Herrin eines schönen Heims zu sein und Mutter der Kinder eines großen Mannes.«

Jetzt lachte Rachel. Aber in Gedanken sah sie Jonas Wilkes, auf der Decke ausgestreckt und zu ihr auflächelnd. Die Erinnerung war ungemein ernüchternd. »Ich bin, wie Sie schon sagten, die Tochter eines Holzfällers.«

Douglas blieb ganz ernst. »Viele reiche Männer wären glücklich, Sie zur Frau zu nehmen, Rachel. Ich könnte Ihnen einige solcher Männer vorstellen.«

Rachel fand seine Worte ein bißchen beängstigend. »Ich könnte keinen Mann heiraten, den ich nicht liebe«, sagte sie lahm.

Ein Muskel an Douglas' Wange zuckte. »Liebe«, meinte er verächtlich. »Das ist etwas, wovon man in albernen Büchern liest. Aber die Welt ist ein harter Ort, an dem nur praktisches Denken zählt.«

Das stimmte wohl, denn Rachel hatte sie nie anders erlebt. Aber daß Liebe auch außerhalb von Romanen existierte, wußte sie dennoch – das hatte sie auf höchst unglückliche Weise selbst entdeckt.

Sie schluckte und dachte an das Mädchen in Oregon, das sich mit dem Sohn des Händlers eingelassen hatte. Lieber Himmel, und wenn nun schon Griffin Fletchers Kind in ihr heranwuchs? Dann konnte sie nicht mit soviel Glück rechnen wie jenes Mädchen in Oregon, denn sie war ganz allein auf sich gestellt ...

»Rachel?« Douglas' Stimme brachte sie abrupt in die Wirklichkeit zurück. »Sie sind so blaß – woran dachten Sie gerade?«

Rachel kämpfte mit den Tränen. »Es ist nichts, Douglas. Ich bin nur ein bißchen entmutigt.« Und vielleicht schwanger ...

Er berührte sanft ihre Wange. »Wenn es Ihnen so viel bedeutet, kann ich mit Freunden sprechen. Ich kenne einige Geschäftsleute.«

Rachel errötete. »Das wäre sehr nett, aber ... Dann wäre ich Ihnen verpflichtet.«

Douglas lachte. »Richtig, meine Liebe, das wären Sie. Und ich würde darauf bestehen, daß Sie sich heute abend von mir zum Essen ausführen lassen und danach in die Oper.«

Rachel machte große Augen. »In die Oper? Was würden wir sehen?«

Douglas betrachtete sie mit nachsichtiger Belustigung. »In dieser Stadt? Vielleicht einen abgerichteten Bären oder einen Holzfäller, der Lieder auf der Säge spielt.«

Rachel merkte, daß er nur scherzte, und lachte mit ihm. »Sie sollten wissen, Sir«, sagte sie hochnäsig, »daß Seattle schon merkwürdigere Vorstellungen gesehen hat.«

Douglas hob seine Kaffeetasse und prostete ihr zu. »Daran hege ich keinen Zweifel, meine Liebe«, stimmte er zu, winkte einen Kellner herbei und bestellte das Mittagessen.

Später begleitete er Rachel zu einem Ladenbesitzer, den er kannte. Rachel wurde vorgestellt und dann der Betrachtung von Seidenbändern und Tuchballen überlassen, während sich die beiden Männer ins Hinterzimmer zurückzogen.

Fünf Minuten später hatte Rachel eine Arbeit als Verkäuferin. Aber besonders glücklich war sie darüber nicht, weil sie die Vermutung hegte, daß Douglas ihren neuen ›Chef‹ erst hatte überreden müssen, sie zu nehmen. Der Gedanke hinterließ einen schlechten Geschmack in ihrem Mund, aber da sie es sich nicht leisten konnte, die Stellung abzulehnen, nahm sie sie dankend an.

Mr. Turnbull, der ein fliehendes Kinn hatte und einen Scheitel genau in der Mitte seines spärlichen braunen Haars, wies Rachel an, pünktlich um acht Uhr am nächsten Morgen zu erscheinen.

Zurück bei Miss Cunningham, verdrängte Rachel ihr Unbehagen und packte Papier und Feder aus. »*Liebe Molly*«, begann sie in ihrer sauberen, zierlichen Handschrift. »*Seit heute habe ich Arbeit . . .*«

Der Brief war ziemlich umfangreich, als Rachel ihn in den blauen Umschlag steckte. Am Abend, wenn sie nach Skid Road ging, um nach ihrem Vater zu suchen, würde sie den Brief bei einer Reederei abgeben und sich vergewissern, daß er so schnell wie möglich befördert wurde.

Rachel war schon ein gutes Stück von Miss Cunninghams Pension entfernt, als ihr einfiel, daß der Kapitän sie zum Dinner und in die Oper eingeladen hatte. Sie blieb eine volle Minute lang stehen und rang mit sich, wofür sie sich entscheiden sollte.

Aber schließlich setzte sie doch ihren Weg in Richtung Hafen und Skid Road fort. Bis sie wußte, was mit ihrem Vater geschehen war, würde sie ja doch keine Ruhe finden. Douglas würde es sicher verstehen, wenn sie es ihm erklärte.

Die ›Statehood‹ lag im Hafen, und Rachel nutzte die Gelegenheit, dem Kapitän, der müßig an der Reling lehnte, ihren Brief an Molly mitzugeben. Dann, aus einem plötzlichen Einfall heraus, fragte sie ihn, ob er sich vielleicht an einen Passagier namens Ezra McKinnon erinnerte, der möglicherweise innerhalb der letzten Tage mit der ›Statehood‹ nach Seattle gekommen war.

Zu ihrer Enttäuschung erinnerte der Kapitän sich weder an den Mann noch an den Namen, versprach jedoch, die Augen offenzuhalten und alles, was er über Ezras Verbleib hören sollte, an Rachel weiterzugeben.

Rachel dankte ihm und ging tapfer in Richtung Skid Road weiter.

Die Absätze ihrer neuen Schuhe klickten auf dem hölzernen Bürgersteig, und mehrmals blieben vorübergehende Seeleute oder Holzfäller stehen, um sie anzustarren. Rachel ging schneller und hielt sich von den Schatten fern, die die Gebäude am Kai warfen.

Der erste Saloon befand sich in einer derart baufälligen Hütte, daß das Licht durch die Ritzen in den Holzwänden wie goldene Streifen nach außen drang. Unter dem Hüttenboden gluckerte das Wasser, und der Geruch nach Algen und toten Muscheln vermischte sich mit Tabakrauch und dem Gestank nach Schweiß und Whiskey und billigem Parfum.

Rachel brauchte ihren ganzen Mut, um die Schwingtür aufzustoßen und einzutreten.

16

Das Sägemehl auf dem Fußboden war aufgeweicht und mit Tabaksaft verklebt. Rachel dachte an ihre schönen neuen Schuhe und stöhnte innerlich.

Dann ermahnte sie sich seufzend, daß ihr Vater gefunden werden mußte. Wenn er der Bürde, die eine erwachsene Tochter darstellte, überdrüssig war, na schön, das war in Ordnung, denn sie führte ja nun auch ihr eigenes Leben. Aber sie sehnte sich nach einem richtigen und aufrichtigen Abschied – und einer Erklärung. Nach all den Jahren liebevoller Fürsorge erschien es ihr doch äußerst merkwürdig, daß Ezra sie ohne ein Wort des Abschieds verlassen hatte.

Ein Blick bewies ihr, daß sie ihn in diesem Lokal nicht finden würde, aber es waren andere Leute da, die vielleicht wußten, wo er jetzt arbeitete.

Rachel wollte sich gerade einer Gruppe von Holzfällern nähern, als eine plumpe Hand ihren Arm ergriff. Eine blonde Frau in einem schmuddeligen gelben Kleid stand neben ihr und starrte sie entschieden unfreundlich an.

»Hören Sie«, sagte sie, »wenn Sie einen Mann hier haben,

wäre es nicht angebracht, sich in aller Öffentlichkeit mit ihm zu zanken. Männer nehmen so etwas leicht übel.«

Rachel hob das Kinn. »Ich bin hier, um mich nach einem Mann namens Ezra McKinnon zu erkunden. Kennen Sie ihn?«

Die Blondine senkte den Blick. »Und wenn es so sein sollte?«

Ungeduld erfaßte Rachel und Ekel vor dem Ort und dem Geruch. »Er ist mein Vater«, sagte sie kühl. »Ich muß ihn finden.«

Die Prostituierte betrachtete ihre Hände. »Ezra war nicht mehr in der Skid Road, seit Jonas Wilkes ihn nach Providence mitgenommen hat. Ich muß es schließlich wissen. Er sagte immer zu mir: ›Candice, mein Liebling, du bist zu gut für ein Lokal wie dieses. Du solltest dich selbständig machen.‹«

Rachel bemühte sich, nicht die Augen zu verdrehen. Schließlich hatte sie kein Recht, ihren Vater zu kritisieren, schon gar nicht nach ihrer Nacht mit Griffin Fletcher. »Ihre beruflichen Pläne interessieren mich nicht«, erwiderte sie kalt. »Aber mein Vater schon. Falls Sie ihn sehen oder etwas von ihm hören, schicken Sie bitte eine Nachricht zu Miss Flora Cunningham in der Cedar Street.«

Candice warf den Kopf in den Nacken und musterte schmollend Rachels teure Kleidung. Die Frage stand so klar zwischen ihnen im Raum, daß sie nicht ausgesprochen zu werden brauchte: Warum sollte ich?

Rachel war nicht in ihrem Element in dieser Umgebung, und ihr Mut ließ nach. Wieder hob sie trotzig das Kinn. »Ich zahle Ihnen zehn Dollar, wenn Sie mir Bescheid geben«, sagte sie, in Antwort auf die unausgesprochene Frage.

Dann wandte sie sich mit ruhiger Würde ab und trat in die angenehm kühle Nacht hinaus.

Es wäre sinnlos gewesen, an diesem Abend noch andere Lokale aufzusuchen; Rachel wußte instinktiv, daß Candice die Wahrheit gesagt hatte und Ezra nicht in der Stadt war.

Griffin Fletcher erwachte mit schwerem Kopf und starker Übelkeit. Molly war da und musterte ihn mißbilligend.

»Wurde ja auch langsam Zeit, Griffin! Ein ganzer Tag verschwendet!«

Griffin stöhnte. »Was für einen Tag haben wir heute?«

»Mittwoch«, erwiderte sie spitz. »Der neunundzwanzigste Mai achtzehnhundertneunundachtzig . . .«

Griffin stieß einen groben Fluch aus und richtete sich auf. »Du liebe Güte, ich weiß, welches Jahr wir haben!« fuhr er auf.

»Tatsächlich? Das ist immerhin etwas. Nur gut, daß keiner Sie gebraucht hat, Doktor Fletcher.«

Griffin betrachtete das Frühstück auf dem Tablett, das Molly hereingebracht hatte, und wandte rasch den Kopf ab. Sogar der gerechtfertigte Zorn seiner Haushälterin war erträglicher als der Anblick von gebratenen Eiern mit Speck. »Vielleicht bin ich nicht so unersetzlich in dieser Stadt, wie wir beide glauben, Molly.«

Sie richtete sich zu ihrer vollen, unbeeindruckenden Größe auf. »Vielleicht nicht«, erwidert sie kurz, marschierte ärgerlich hinaus und schlug die Tür so heftig zu, daß Griffins Kopf noch stärker dröhnte.

Der Duft von Kaffee ließ ihn einen zweiten Blick auf das Tablett riskieren. Er griff nach dem Becher und trank langsam daraus, während er über seinen Sündenfall nachdachte.

Rachel war fort – mit dieser Tatsache mußte er sich abfinden, und wenn sie noch so sehr schmerzte. Wenn er sie nur nicht auf diese Weise hätte verletzen müssen – sie abreisen lassen in dem Glauben, er hätte sie nur benutzt und nichts für sie empfunden!

Denn so war es nicht – er liebte Rachel wie nie zuvor eine Frau in seinem Leben. Schon vom ersten Augenblick an, als er sie in Jonas' Badewanne gesehen hatte, hatte er es gespürt, aber erst jetzt konnte er damit aufhören, das Gefühl zu leugnen, und sich endlich damit auseinandersetzen.

Der Verlust würde ihn sein Leben lang quälen, das war ihm klar. Aber viel grausamer wäre es, Rachel zurückzuholen, wie er es ersehnte, und sie Jonas' gefährlichen Leidenschaften auszusetzen.

Griffin trank seinen Kaffee und stand auf. Er hatte Krankenbesuche zu machen.

Der Himmel war grau und verhangen, der Berg in dichtem Nebel verborgen, als Griffin mit seiner Tasche aus dem Haus trat. Aber er schüttelte das ungute Gefühl ab, das ihn erfaßte, und ging entschlossen auf die Scheune zu.

Dort wartete sein Pferd, aufgezäumt und gesattelt. Er führte den Hengst hinaus und schwang sich in den Sattel. »Billy?« rief er noch einmal halbherzig, weil er dem Jungen für seine Fürsorge danken wollte. Er hatte ganz richtig vermutet, daß Griffin heute lieber reiten wollte, als seinen Einspänner zu benutzen.

Aber Billy antwortete nicht. Griffin schlug seinen Kragen hoch und zuckte mit den Schultern. Wahrscheinlich steckte der Junge irgendwo in den Wäldern, wo er die seltsamen, einsamen Spiele betrieb, die ihm sein beschränkter Verstand eingab.

Die Stille des Walds kam Griffin heute sehr gelegen, aber mehr aus praktischen Erwägungen. Er konnte Zeit gewinnen, indem er den schmalen Pfad nahm, der zwischen den Bäumen hindurchführte, anstatt die Straße zu benutzen, und es war anzunehmen, daß er niemandem begegnen würde. Er brauchte diese kurze Abgeschiedenheit, um sich zu sammeln und sich seinen Patienten so zu zeigen, wie sie es von ihm erwarteten.

Griffins Pferd wieherte schrill, als sie den verborgenen Teich umrundeten, den Billy so liebte, und sich den beiden großen Felsen näherten, die direkt dahinter lagerten.

Griffin lächelte, als er sich daran erinnerte, daß Billy Soldaten in diesen riesigen Felsen sah und glaubte, daß sie auf beiden Seiten den Pfad bewachten. Aber statt dessen erschwerten sie einem Reiter nur das Durchkommen.

Die Männer überfielen ihn im gleichen Augenblick, als er die beiden Felsen passiert hatte und auf eine kleine, düstere Lichtung hinausritt. Er fluchte, als der feuchte Boden auf ihn zukam.

Benommen rappelte sich Griffin auf ein Knie auf, aber da traf ihn ein Gewehrlauf an der linken Schläfe.

Der Schlag raubte ihm die Sicht, und seine Kopfschmerzen nahmen unerträgliche Ausmaße an. Wieder rappelte er sich mühsam auf und spürte den Regen, der auf seinen Nacken tropfte.

Wie viele waren es? Er konnte nicht klar sehen, aber er schätzte, den Schatten nach zu urteilen, daß es sechs oder sieben Männer waren, die ihn umringten.

»Paßt auf, daß er nicht trifft«, warnte einer der Männer.

Griffin schwankte. Ein Stiefeltritt traf ihn gegen die Brust und zwang ihn wieder auf die Knie. Als er verhalten fluchte, schmeckte er Blut auf seiner Zunge. »Ist es das, was du mit McKinnon gemacht hast, Jonas?« sagte er.

Hände packten Griffins Arme, zerrten ihn auf die Beine und hielten ihn fest. Ein dichter grauer Nebel sammelte sich vor seinen Augen, und seine Füße wollten seinen Befehlen nicht gehorchen. Er spürte mehr, als er es sah, daß Jonas näherkam, aber er sah den blaugrauen Lauf eines Gewehrs aufblitzen.

»Guten Morgen, Griffin«, sagte Jonas freundlich.

Der stechende Schmerz in Griffins Kopf und Rippen hinderte ihn für den Moment am Sprechen. Es gelang ihm nur, wütend aufzustöhnen. Irgendwo hinter ihm tänzelte sein Hengst und wieherte erregt.

Etwas Hartes – vermutlich der Kolben von Jonas' Gewehr – prallte gegen sein Gesicht. Ein neuer Schmerz zerriß Griffins Kopf, und er spürte, wie die Knie unter ihm nachgaben.

»Bringt ihn auf die Beine!« rief Jonas.

Griffin versuchte, sich zu wehren, als seine Angreifer ihn aufrichteten, aber es war sinnlos. Er kämpfte die Galle nieder, die in seiner Kehle aufstieg.

Jonas' Zorn trieb auf ihn zu wie eine unsichtbare Wand, gefolgt von einer Faust. Aber Griffin spürte keinen Schmerz mehr.

Er lachte rauh. »Du verdammter Schuft, Jonas! Aber du kommst zu spät – viel zu spät.«

»Laßt ihn los«, befahl Jonas von irgendwoher aus der dröhnenden Leere.

Griffin schwankte, als seine Arme losgelassen wurden, aber etwas von seinem Sehvermögen kehrte zurück, und kalter Zorn erfaßte ihn, als Jonas die Finger in seinem Haar verschränkte und Griffins Kopf zurückriß.

Jonas bückte sich und lächelte in Griffins zerschlagenes

Gesicht. »Ich finde sie, Griffin – das verspreche ich dir. Seattle ist nicht groß genug, um sie zu verbergen. Aber Rachel ist ein anderes Thema, für einen anderen Tag. Dieses kleine Rendezvous heute war nur dazu gedacht, dir dein Geschenk von letzter Woche zurückzugeben.«

Griffin hob einen schmerzenden, bleischweren Arm, um Jonas abzuschütteln. Das Schimpfwort, das er ausstieß, ging im Rauschen des Regens unter.

Jonas stand lächelnd vor ihm. »So, alter Freund, jetzt habe ich noch ein Sprichwort für dich: Wer sät, der erntet auch.«

Einen Moment später bohrte sich Jonas' Stiefelspitze in Griffins Unterleib. Der Schmerz war wie eine Explosion und strahlte in jede Faser seines Körpers aus. Er taumelte und stürzte bewußtlos in den Schlamm.

Als die bösen Männer fort waren, kroch Billy aus seinem Versteck und rannte zu Griffins lebloser Gestalt hinüber. Er kniete sich hin, strich sich die Tränen aus den Augen und flüsterte: »Doktor?«

Griffin bewegte sich stöhnend auf dem nassen Boden.

Billy zog seine Jacke aus und schob sie mit zitternden Händen unter Griffins Kopf. Etwas anderes zu tun, fiel ihm nicht ein.

»P-Pferd«, murmelte Griffin, während der Regen sich mit dem Blut vermischte, das sein dunkles Haar verklebte und aus den Wunden in seinem Gesicht sickerte.

Billy schaute sich nach dem Hengst um. Auf einen leisen Pfiff hin kam das Tier aus dem Unterholz. Die Zügelenden schleiften im Schlamm. Billy ging vorsichtig auf das nervöse Pferd zu und redete beruhigend auf das Tier ein.

Tempest scheute, als Billy die Zügel dicht an der Trense ergriff. »Ruhig, Junge«, flüsterte Billy. »Ganz ruhig. Die bösen Männer sind fort.«

Als Billy sich umdrehte, sah er, wie Griffin sich auf Hände und Knie aufstützte, um gleich darauf wieder zusammenzusacken. »Ich hole Mama«, jammerte er, bestürzt über seine eigene Hilflosigkeit. »Oder Field . . .«

Griffin schüttelte den blutüberströmten Kopf. »Nein, Hilf mir, aufzustehen.«

Der Junge glaubte den Schmerz des Arztes am eigenen Leib zu spüren, als er ihm half, sich aufzurichten.

Griffin tastete nach Tempests Sattelhorn. Während er sich dort festhielt, zwang er sich, dem zunehmenden Schmerz in seinen Rippen standzuhalten und die Zügel in die rechte Hand zu nehmen. Dann band er die linke am Sattelhorn fest. »Führ Tempest nach Hause, Billy.«

Es wurde ein langer, anstrengender Weg, aber dann war Molly da. »Lieber Gott«, flüsterte sie. »Was ist geschehen?«

»Jonas«, murmelte Griffin und zuckte zusammen, als Molly seine Hand losband und versuchte, ihn zu stützen.

Trotz Billys Hilfe gelang es Molly nicht, Griffin weiter als bis in sein Arbeitszimmer und auf die Couch zu bringen. Dann forderte sie ihren Sohn auf, Field zu holen.

Als Billy das Haus verließ, holte sie Alkohol, Verbandszeug und heißes Wasser, und erst, als Dr. Fletchers Wunden versorgt waren, ließ sie ihren Tränen freien Lauf.

Rachel begann ihren ersten Arbeitstag mit tapferem Enthusiasmus, obwohl sie noch immer das unangenehme Gefühl hatte, Mr. Turnbull gegen seinen Willen aufgedrängt worden zu sein wie eine lästige Verwandte.

Gegen Mittag hatte sie erst eine Länge Satinband verkauft und einige Perlmuttknöpfe. So freundlich Rachel auch war, ihre weiblichen Kundinnen schienen ihre Anwesenheit eher als lästig zu empfinden und erkundigten sich ständig nach ›der armen Marie‹.

Ein paarmal an diesem Morgen schaute Rachel sehnsüchtig zum Hafen hinüber und bereute ihre überstürzte Flucht aus Providence. Der Traum von ihrer eigenen Pension lebte noch immer in einem kleinen Winkel ihres Herzens.

Auch ihr Ausflug zur Skid Road hatte sich nicht nur als sinnlos, sondern auch als höchst gefährlich erwiesen. Auf dem Heimweg hatte sie Schritte hinter sich gehört, und als kurz darauf eine Kutsche hielt, aus der ein sehr verärgerter Douglas Frazier stieg, war Rachel wie erstarrt vor Schreck gewesen.

Douglas hatte sie mitten auf der Straße angeschrien, dann in der Kutsche und schließlich noch vor Miss Cunninghams Tür. Und beim Frühstück war er noch immer wütend auf sie gewesen.

Es ist wahrhaftig nicht gerade meine beste Zeit, dachte Rachel.

17

»Er wird nicht sterben«, sagte Field beruhigend, als er sah, wie ängstlich Molly den verletzten Mann auf der Couch beobachtete.

Griffin bewegte sich in einer Agonie, die alle erschütterte. Als Molly mitleidig sein Gesicht berührte, begann er sich unter ihrer kühlen Hand zu beruhigen. Mollys Augen funkelten wie Smaragde in der Sonne, als sie ihren Blick zu Field erhob. »Das ist Jonas Wilkes' Werk«, sagte sie grimmig.

Seufzend schob Field die Hände in die Hosentaschen. »Das habe ich mir schon gedacht«, erwiderte er und fragte sich, wann diese sinnlose Gewalt endlich ein Ende haben würde.

»Es wird eine lange Nacht werden«, meinte Molly. »Vielleicht sollten Sie ein Feuer anzünden, während ich Tee aufbrühe.«

Froh, etwas zu tun zu haben, schichtete Field Brennholz in den Kamin. Als die Flammen hell aufloderten, legte er seine Stirn an den Sims und betete stumm, daß Griffin nicht sterben möge.

»Hoffentlich sagst du nicht nein, Herr«, murmelte er dann, den Blick flehend zum Himmel erhoben.

Kurz darauf kam Molly mit einem Tablett herein.

Ihr Blick war seltsam abwesend, als sie Tee einschenkte. Danach zog sie einen blauen Umschlag aus ihrer Schürzentasche und legte ihn auf den Tisch. »Rachel hat mir einen Brief geschrieben«, sagte sie mit fast ehrfürchtigem Unterton.

»Was schreibt sie denn?« fragte Field ohne echtes Interesse.

»Ich hatte noch keine Zeit, den Brief zu lesen.«

Field löste den Blick von der sauberen, kindlichen und irgendwie hoffnungsvollen Handschrift auf dem blauen Umschlag. »Sie ist fort, Molly ... Und trotzdem ist es noch nicht vorbei.«

Wieder schien Molly in die Ferne zu sehen, weit, weit fort, und ihr Kopf lag schräg, als lauschte sie auf etwas, das nur für ihre keltischen Ohren bestimmt war. »Nein«, stimmte sie schließlich düster zu. »Nein, Field, es ist noch lange nicht vorbei.«

Was Rachel betraf, so war für sie der Nachmittag ihres ersten Arbeitstags nicht besser als der Morgen. Es regnete stark, und im Laden herrschte eine ungemütliche Atmosphäre.

Kurz vor Ladenschluß rauschte Mrs. Turnbull herein, ihr Gesicht eine Studie schmollender Auflehnung, ihre weiten Popelinröcke naß vom Regen, der Saum schlammbespritzt. Ihre kleinen schwarzen Augen glitzerten wie schwarze Knöpfe in ihrem runden, teigigen Gesicht, als sie Rachel einen mißtrauischen Blick zuwarf und dann in das Hinterzimmer stürmte, wo ihr Mann mit Rechnungen beschäftigt war.

»Es ist mir gleich, was der Kapitän sagt«, erklang kurz darauf ihre schrille Stimme. »Du hast schon immer eine Vorliebe für hübsche Mädchen gehabt ... Was kann sie schon vom Geschäft verstehen?«

Ja, was? Rachel schloß die Augen und umklammerte den Rand der Theke.

Sie war nicht überrascht, als Mr. Turnbull etwas später in den Laden kam und bedauernd murmelte, leider könne sie nicht mehr für ihn arbeiten, und ihr den Lohn für einen Arbeitstag gab.

Draußen war es bitterkalt, und Rachel fror trotz ihres wollenen Umhangs. Die Verzweiflung schnürte ihr die Kehle zu, hinter ihren Lidern brannten Tränen. Sie hätte die Kutsche nie bemerkt, wenn Kapitän Frazier nicht ausgestiegen wäre und ihren Arm ergriffen hätte.

»Das Leben eines Ladenmädchens ist wohl anders, als Sie dachten?« fragte er überraschend sanft, als Rachel Sekunden später auf den Sitz der Kutsche sank.

Rachel wagte nichts zu sagen; sie wäre in Tränen ausgebrochen. Statt dessen starrte sie an die lederne Kutschendecke und wünschte, Providence nie verlassen zu haben.

Douglas Frazier drückte ihr ein sauberes Taschentuch in die Hand. »Es ist keine Schande zu weinen, Rachel. Es reinigt die Seele, wie man so sagt.«

Sie erwiderte nichts; es gab keine Worte, die geeignet gewesen wären, ihr Unglück zu beschreiben.

Douglas setzte sich neben sie und legte ihr brüderlich einen Arm um die Schultern. »Rachel, Rachel«, murmelte er warm, fast zärtlich. »Wann werden Sie begreifen, daß Sie alles haben könnten – alles! – wenn Sie nur die Hand danach ausstreckten!«

Alles. Nur nicht Griffin Fletcher, der für sie die Personifizierung dieses Wortes war. »Sie irren sich«, flüsterte sie, und dann war es um ihre Beherrschung geschehen. Sie gestattete Douglas Frazier, ihren Kopf an seine Schulter zu ziehen und sie im Arm zu halten, während sie sich bei ihm ausweinte.

Ihm war sie ein Rätsel. Douglas empfand Ärger, aber auch Zärtlichkeit, als sie sich schutzsuchend an ihn schmiegte, um den Verlust einer lächerlichen, schlechtbezahlten Stellung in einem ganz gewöhnlichen Laden zu beweinen.

Rachel kleidete sich wie eine Dame und sprach auch wie eine. Und doch spazierte sie an Orten wie der Skid Road herum – nachts und ohne Begleitung.

War sie vielleicht doch nur eine kleine Schlampe?

Douglas nahm ihr das Taschentuch aus der Hand und tupfte ihr sanft die Tränen ab. Wenn sie wirklich nur ein einfaches Holzfällerbalg war, dann zumindest ein ausgesprochen schönes, selbst wenn sie weinte...

Ja, dachte er, Ramirez wird sie haben wollen, trotz ihres labilen Charakters und ihrer skandalösen Neigungen. Ihre amethystfarbenen Augen und die süße Verlockung ihres Körpers würden das Geschäft entscheiden.

Während die Räder der Kutsche über die Straße rumpelten, ließ Rachels Schluchzen allmählich nach. Ob sie noch Jungfrau ist? fragte sich Douglas seufzend. Doch, bestimmt – das hoffte er zumindest.

Denn Ramirez würde nur eine Jungfrau nehmen.

Jonas verfluchte den Regen, als er über die Skid Road schlenderte, gefolgt von McKay und einem zweiten Mann.

Rachel hier zu finden, damit rechnete Jonas nicht, aber er wußte, daß kaum etwas in Seattle vorging, was sich nicht an diesem Ort herumsprach. Oft schon waren wichtige Informationen im Austausch für einen Drink zu bekommen.

Und tatsächlich war es dann noch leichter, als er angenommen hatte. Schon im ersten Saloon erfuhr Jonas von einer Prostituierten, daß eine Frau mit auffallend blauen Augen nach Ezra McKinnon gefragt hatte. Nachdem ein Geldschein seinen Besitzer gewechselt hatte, wußte Jonas auch, wo Rachel zu finden war.

»Beschaffen Sie mir einen Buggy!« fuhr er McKay an, der ihm in den Saloon gefolgt war.

Plumpe, eifrige Finger schlossen sich um Jonas' Ärmel. »Ich könnte Sie unterhalten, während Sie warten«, schlug die Dirne vor, die er gerade bezahlt hatte.

Jonas entzog ihr grob seinen Arm. »Eher würde ich Würmer essen«, versetzte er und ging, um draußen im Regen zu warten.

Die Hure schrie ihm ein obszönes Wort nach, dann eine schrille Bemerkung über Männer, die eine echte Frau nicht zu erkennen wußten, wenn sie eine sahen.

Jonas ließ die Tirade mit völlig uncharakteristischer Geduld über sich ergehen. Es gab nur eine Frau, die er sehen wollte, und die war ›echt‹ – echt wie der Regen, der ihm ins Gesicht schlug und in seinen Kragen lief.

McKay und sein Begleiter kehrten in Rekordzeit mit einem gemieteten Pferd und Buggy zurück und waren entzückt, als Jonas ihnen den Abend freigab. Sie hatten es so eilig, in den stinkenden Saloon zurückzukehren, daß sie sich dabei fast gegenseitig über den Haufen rannten.

Als Jonas den Wagen bestieg, lächelte er. Vielleicht würde die Prostituierte heute ja doch noch auf ihre Kosten kommen.

Das Glück, das ihn den ganzen Tag begleitet hatte, hielt an – kaum hatte er die Klingel betätigt, öffnete sich die Tür, und Rachel erschien auf der Schwelle. Aus geschwollenen, geröteten Augen sah sie ihn verwundert an.

Jonas zuckte es in den Händen, sie zu berühren, aber er hielt es für besser, ihr seine leidenschaftlichen Gefühle nicht zu offenbaren, bevor die Zeit reif war. »Hallo, kleine Range«, sagte er gespielt unbeschwert und heiter. »Das Picknick war sehr nett. Sie hätten bleiben sollen.«

Rachels Lippen zuckten; dann schlang sie Jonas ganz unerwartet die Arme um den Nacken.

Falls er noch Zweifel gehegt hatte, daß er verliebt war, lösten sie sich in diesem Augenblick auf. Jonas' Gefühle drohten ihn zu überwältigen, als er Rachel an sich zog und sie festhielt.

Irgendwann löste sie sich von ihm und zog ihn an beiden Händen in das Haus. »O Jonas!« flüsterte sie. »Können Sie mir verzeihen, daß ich Sie einfach so verlassen habe? Es war gedankenlos von mir ...«

Jonas umfaßte ihr Kinn und hoffte nur, daß seine Stimme fester war als seine Hand. »Schon verziehen. Aber warum haben Sie geweint, Rachel?«

Die Antwort kam in einer Sturzflut von Worten und Tränen. Sie hatte einen Job gefunden und ihn am gleichen Tag verloren. Sie verzweifelte an der Suche nach ihrem Vater und war nicht sicher, ob es überhaupt richtig gewesen war, nach Seattle zu kommen.

Jonas hörte geduldig zu, aber innerlich begann er vor Wut zu kochen. Der Anlaß ihres ganzen Leids war Griffin Fletcher; sie trug seinen Stempel im Gesicht und in jeder Linie ihres entzückenden Körpers.

Wenn Griffin sie nicht besessen hatte, dann nicht, weil sie ihn abgewiesen hatte.

Jonas bewahrte ganz bewußt den leichten, gelassenen Ton, den er für so wichtig hielt. »Waschen Sie sich das Gesicht, kleine Range, und ziehen Sie sich um. Wir essen im Seattle Hotel.«

»Im Hotel?« wiederholte sie unsicher.

Jonas lächelte. »Im Restaurant – nicht in der Hochzeitssuite.«

Ein schwaches Lächeln brachte etwas Farbe in ihre blassen Wangen. »Ich bin gleich fertig. Aber kommen Sie doch herein, dann kann ich Ihnen Miss Cunningham und Kapitän Frazier vorstellen.«

Kapitän Frazier? Der Name traf Jonas mit der Wucht eines Hammerschlags. Um Gottes willen! dachte er, bemüht, sein erzwungenes Lächeln beizubehalten. Das ist doch nicht möglich!

Aber so war es. Der große Mann am Kamin in Miss Cunninghams Salon war tatsächlich Douglas Frazier. Jonas' erster Impuls war, Rachel hinter sich zu zerren und ihr zu befehlen, zu fliehen.

»Douglas«, sagte er statt dessen höflich.

In den blauen Augen des Kapitäns blitzte Erkennen auf, die Parodie eines Lächelns erschien auf seinem Gesicht. »Jonas!« meinte er verblüfft und erhob sich aus dem Sessel am Kamin.

Rachel war verwirrt. »Sie kennen sich?«

»O ja«, erwiderte der Kapitän lächelnd.

Jonas versetzte ihr einen sanften Stoß und sagte gehetzt: »Ziehen Sie sich um – wir kommen sonst zu spät.«

Ausnahmsweise gehorchte Rachel einmal.

Jonas schluckte die Galle, die in seiner Kehle aufstieg, als er mit Douglas allein war, und konzentrierte sich auf das rhythmische Ticken der Kaminuhr.

Schließlich war es Frazier, der das Schweigen brach. »So, Sie sind also der Schuft, der dem armen Kind das Herz gebrochen hat?«

Seine Worte bestätigten Jonas' Vermutungen über Griffin

und Rachel, aber das ließ er sich nicht anmerken. »Sie gehört mir, Frazier. Ich möchte sie heiraten.«

Frazier zog spöttisch eine Braue hoch. »Tatsächlich? Das überrascht mich, Jonas, nach allem, was ich über Ihre Vergangenheit weiß.«

Jonas schloß die Augen. Warum hatte er die ›China Drifter‹ nicht im Hafen liegen sehen? Er schluckte und zwang sich, Fraziers Blick zu erwidern. »Und ich kenne Ihre, Douglas. Ich warne Sie – kommen Sie nicht auf dumme Gedanken.«

Frazier lachte. »Sie würde den doppelten Preis bringen«, sagte er, aber es klang eine Spur unsicher.

»Wieviel?« knurrte Jonas.

Der Kapitän schien zu überlegen. »Hm, das kommt ganz darauf an – schließlich sind Sie es, mit dem ich verhandele.«

»Worauf kommt es an?«

»Ob sie noch Jungfrau ist oder nicht. Meine Leute würden jedes Angebot von Ihnen überbieten, wenn sie noch unberührt ist.«

Jonas erschauerte innerlich, doch äußerlich wirkte er genauso kühl und überlegen wie Frazier. Die Lüge – und er hoffte, daß es eine Lüge war – kam ihm leicht über die Lippen. »Ich wünsche Ihnen mehr Glück beim nächsten Mal, Frazier. Sie ist nicht so unschuldig, wie sie aussieht.«

Frazier musterte ihn prüfend. »Ich glaube Ihnen nicht, Wilkes. In jedem Fall ist es etwas, was meine Leute feststellen können.«

Jonas wurde übel. »Wieviel?« wiederholte er.

Der Kapitän nannte eine schwindelerregend hohe Summe.

»Sie bekommen morgen früh einen Scheck«, erwiderte Jonas, als Rachel auch schon wie eine frische Brise in das Zimmer schwebte. »Abgemacht, Kapitän?«

Frazier lächelte gewinnend. »Abgemacht.«

Jonas packte Rachels Arm und zog sie so hastig aus dem Haus, daß es ihr schwerfiel, Schritt mit ihm zu halten.

»Was in aller Welt haben Sie von Kapitän Frazier gekauft?« fragte sie verwundert, als Jonas ihr in den wartenden Buggy half, dann selbst einstieg und die Zügel nahm.

Sein Lächeln wirkte ein bißchen aufgesetzt. »Etwas, das ich mir sehr gewünscht habe. So – was möchten Sie zu Abend essen?«

Obwohl es ein sehr schöner Abend wurde und sie nach dem Essen sogar in die Oper gingen und sich eine Aufführung von ›Hamlet‹ ansahen, hatte Rachel die ganze Zeit ein ungutes Gefühl – fast so, als ob sie krank würde.

Als der letzte Vorhang fiel, scheuchte Jonas sie fast grob aus dem Theater auf die Straße und in seinen Einspänner. Als sie dort saß, blieb er vor ihr stehen, stemmte die Hände in die Hüften und sagte hart: »Sie bleiben heute nacht in meinem Hotel, Rachel.«

Rachels Herz rutschte ihr in die Kehle. »Was?«

Jonas stieg neben ihr auf und ließ die Zügel auf den Pferderücken klatschen. »Sie haben gehört, was ich sagte.«

Rachel versteifte sich und verschränkte die Arme unter ihrem blauen Cape. Sie hatte ein seltsam unwirkliches Gefühl, und ihre Brust schmerzte. »Jonas Wilkes, wagen Sie es nicht, mich zu diesem Hotel zu fahren!«

Sein Gesicht wirkte im Schein der Straßenlaternen grimmig entschlossen. Kurz darauf hielten sie vor einem zweistöckigen Gebäude.

»Ich schreie!« drohte Rachel.

Jonas sicherte die Bremse. »Wenn Sie das tun, lege ich Sie übers Knie, Rachel, und zwar mitten auf der Straße!«

18

Rachel wußte, daß Jonas es ernst meinte, aber sie dachte trotzdem nicht daran, ihm willig wie ein Lamm in das Hotel zu folgen. Als sie die Hand hob, um ihn zu schlagen, fing er sie mühelos ab. Wie Griffin, dachte jener Teil von ihr, der den starken Händen nachtrauerte, die so unendlich sanft ihre nackten Brüste umschlossen hatten . . .

Warum dachte sie darüber nach? Aus Angst, Jonas könne die Erinnerung in ihren Augen sehen, errötete sie heftig.

Und fast schien es, als hätte er es gesehen. »Sie werden nicht in dieses Haus zurückkehren«, stellte er aufgebracht fest. »Weder heute noch überhaupt. Ich hole morgen Ihre Sachen.«

Rachel sah ihn betroffen an. Noch wenige Minuten zuvor war sie überzeugt gewesen, er sei ihr Freund. »Sie haben ja den Verstand verloren!« sagte sie schließlich.

Er ließ Rachels Hand abrupt los und maß sie mit einem drohenden Blick. »Bis die ›China Drifter‹ Segel setzt, lasse ich Sie nicht mehr aus den Augen. Und es wäre besser, wenn Sie sich jetzt damit abfinden würden, denn Sie können überhaupt nichts dagegen tun.«

»Ich kann immer noch schreien!« erinnerte Rachel ihn. Ihre

Stimme klang heiser. Der Schmerz in ihren Lungen war stärker geworden, ihr Kopf dröhnte, und es fiel ihr immer schwerer, an etwas anderes zu denken, als schlafen zu gehen.

Jonas seufzte ungeduldig. »Schreiende Frauen sind nichts Ungewöhnliches in der Nähe der Skid Road, Rachel. Kommen Sie jetzt mit oder nicht?«

»Wohl kaum.«

Er zuckte mit den Schultern. »Na schön. Vielleicht sollte ich wirklich zulassen, daß Frazier Sie an einen seiner reichen ausländischen Freunde verkauft.«

Rachel öffnete verblüfft den Mund; kaltes Entsetzen machte sich in ihr breit und schnürte ihr die Kehle zu. Sie war unfähig, auch nur ein einziges Wort zu sagen.

Aber Jonas fuhr unbeirrt fort: »Vielleicht enden Sie dann als Konkubine an einem chinesischen Fürstenhof. Aber wenn es Ihnen dort nicht gefällt, gibt es auch noch entlegene ›Ranchos‹ in Mexiko, Brasilien, Argentinien . . .«

Rachels Gedanken überschlugen sich. Kapitän Fraziers Komplimente, so nett er sie auch vorbrachte, hatten immer einen etwas zweideutigen Klang. »Viele reiche Männer würden Sie bereitwillig zur Frau nehmen, Rachel, und ich könnte Ihnen einige dieser Männer vorstellen . . .«

Aber das ist doch albern, dachte sie dann. So etwas würde Douglas doch bestimmt nie tun! Rachel faltete die Hände im Schoß, aber selbst unter dem warmen Umhang fühlten sie sich eiskalt an. »Ich weiß nicht, ob Ihre Motive edlerer Natur sind, Jonas«, sagte sie schließlich.

Auf einmal lachte er, und seine grimmige Miene entspannte sich ein wenig. »Wenn ich ganz ehrlich sein soll, kleine Range, täte ich jetzt nichts lieber, als Sie in mein Schlafzimmer zu tragen und schamlos zu vernaschen . . .« Er brach ab, wandte den Blick ab und schaute sie dann wieder an. Ein sehr eindringliches Gefühl flackerte für einen Moment in seinen lachenden Augen auf. »Aber wenn ich Sie nehme, Rachel – und das werde ich – wird es nicht gegen Ihren Willen geschehen.«

Rachel war entsetzt über die Freimütigkeit seiner Erklärung. »Sie sind . . . unbeschreiblich!«

Wieder lachte Jonas und sprang vom Wagen. Dann stand er auf Rachels Seite und schaute zu ihr auf. »Kommen Sie, meine Liebe«, sagte er in kameradschaftlichem Ton.

Rachel zitterte, richtete ihren Blick auf eine nahe Straßenlaterne und rührte sich nicht. Sie dachte daran, um Hilfe zu rufen, unterließ es aber. Ihre Kehle schmerzte, sie bekam kaum genug Luft in die Lungen, und keiner der Männer, die vorbeigingen, erinnerte auch nur entfernt an einen Kavalier.

Jonas' Ton klang gelassen und eine Spur belustigt. »Sie haben genau zwei Sekunden, kleine Range. Und denken Sie daran – falls Sie die falsche Entscheidung treffen, werden Sie wochenlang auf einem Kissen sitzen müssen!«

Rachel rutschte nervös auf dem Sitz hin und her. »Versprechen Sie mir, nicht zu ... nicht ...«

Jonas hob mit ernster Miene eine Hand. »Ich verspreche es.«

Und Rachel glaubte ihm, obwohl sie ihre Entscheidung ein wenig übereilt fand. »Na schön«, sagte sie.

Jonas umfaßte mit beiden Händen ihre Taille und hob Rachel vom Wagen. Sie zitterte jetzt, vor Angst, vor Hilflosigkeit und vor Kälte.

Jonas schlang beschützend seinen Arm um ihre schmale Taille und geleitete sie in die Eingangshalle des Hotels. Der Portier, ein dünner, gelehrt aussehender junger Mann, begrüßte Jonas mit einem schon fast unverschämten Grinsen. »Mr. Wilkes!«

Rachel fühlte sich, als sei sie plötzlich unsichtbar geworden. Der Rezeptionist schien sie jedenfalls nicht zu sehen.

Jonas lächelte gewinnend. »Guten Abend, Herbert. Was macht das Studium?«

Herbert strahlte. »Bestens, Sir. Ich mache gute Fortschritte.«

»Wunderbar! Ich nehme an, mein Zimmer steht mir zur Verfügung?«

»Immer, Mr. Wilkes«, erwiderte der Portier und reichte Jonas einen Schlüssel.

»Gut«, sagte Jonas und zog eine widerstrebende Rachel mit sich durch das Foyer zu einer Holztreppe hinüber.

»Warum halten sie ein Zimmer für Sie frei?« fragte Rachel,

von bösen Vorahnungen geplagt, als Jonas eine Tür aufschloß.

Er lächelte. »Ganz einfach. Weil es mir gehört.«

»Das Zimmer?«

»Das Hotel.«

Rachel errötete. Jonas draußen im Buggy zu glauben, was er sagte, war etwas anderes, als ihm hier, auf der Schwelle zu seinem Zimmer, zu vertrauen. Warum hatte sie nicht versucht zu entkommen?

»Warum tun Sie das? Waren Sie nur deshalb so nett zu mir – damit Sie mich hierherlocken konnten?«

Jonas legte einen Zeigefinger auf ihre Lippen. »Psst. Ich habe Sie hergebracht, damit Sie nicht als unfreiwilliger Passagier mit der ›Drifter‹ auslaufen. Ich habe nicht vor, mit Ihnen zu schlafen – nicht jetzt, jedenfalls.«

Rachel war sehr müde und fühlte sich krank. Konnte sie sich tatsächlich so sehr in Kapitän Frazier getäuscht haben? Er war ihr wie ein richtiger Gentleman erschienen.

Und Jonas Wilkes? War er der Schuft, für den Molly und Griffin ihn hielten – oder war er ihr Retter?

Wehmütig fand Rachel sich mit der Möglichkeit ab, daß er beides war.

Im Raum war es erschreckend dunkel, bis Jonas eine Reihe von Petroleumlampen anzündete. Der sanfte gelbe Lichtschein veranlaßte Rachel, den Türrahmen endlich loszulassen und einzutreten.

Es war kein elegantes Zimmer; wie die Halle war es so kärglich möbliert, daß es fast spartanisch wirkte. Nur das Bett war auffallend groß und luxuriös. Rachel starrte es an, bis sie merkte, daß Jonas' belustigter Blick auf ihr ruhte.

Er hatte seinen Regenmantel abgelegt und stand neben einem polierten Sekretär, eine Kristallflasche mit einer bernsteinfarbenen Flüssigkeit in der einen, ein Glas in der anderen Hand.

»Sie sind so unwahrscheinlich schön«, sagte er.

Unwillkürlich glitt Rachels Blick wieder zum Bett. »Bitte, Jonas – bringen Sie mich wieder zu Miss Cunningham zurück.«

»Nein.«

»Dann werde ich so viel Krach schlagen, daß Ihr Ruf für alle Zeiten ruiniert sein wird.«

Jonas lachte nur und hob in einem spöttischen Toast das Glas. »Tun Sie das ruhig, Rachel. Mein Ruf ist durch nichts mehr zu verschlechtern.«

Rachels Kopf begann zu schmerzen, ihre Glieder waren schwer vor Erschöpfung. Ein leiser Seufzer entrang sich ihren Lippen, sie ging zum Bett und ließ sich ergeben auf den Rand sinken.

Als sie wieder aufschaute, stand Jonas vor ihr und reichte ihr ein gefülltes Glas. »Hier – das wird Ihnen helfen einzuschlafen«, sagte er tröstend.

Mit zitternden Händen nahm Rachel das Glas. »Sie haben es mir versprochen.«

Er hockte sich vor sie auf den Boden und schaute zu ihr auf. »Ich weiß, meine Süße«, sagte er. »Und ich werde mein Versprechen halten. Sie nehmen das Bett, und ich schlafe auf dem Boden.«

Seine sanften Worte hatten einen beruhigenden Effekt auf Rachel, und sie trank den scharfen, wärmenden Inhalt des Glases. Danach erinnerte sie sich an nichts mehr.

Griffin bewegte sich, und sofort schoß ein zerreißender Schmerz durch seinen Brustkasten und in seinen Unterleib. Sein Magen revoltierte.

Er öffnete die Augen, ertrug den Schwindel, der ihn ergriff, und legte in Gedanken eine Liste seiner Verletzungen an. Gebrochene Rippen – vier, schätzte er – und möglicherweise ein Bruch. Abgesehen davon schien alles einigermaßen in Ordnung.

»Griffin?«

Dem Klang seiner Stimme nach zu urteilen, stand Field hinter ihm. »Verdammt, komm hierher, wo ich dich sehen kann!«

Besorgt beugte sich sein Freund über ihn. »Wie fühlst du dich?«

»Höllisch schlecht«, erwiderte Griffin rauh. »Hol mir eine Spritze aus dem Schrank und etwas Morphium.«

Field zögerte. »Hältst du das für klug? Ich meine, du...«
Griffin fluchte. »Verdammt, Field, ich bin der Arzt hier!«
Field zögerte noch immer. »Wird es dir die Schmerzen nehmen?«
Griffin lachte, und das tat weh. Sehr weh. »Nein. Aber es wird mich so glücklich machen, daß sie mir gleichgültig sind.«
Field brachte das Verlangte, aber er wirkte ängstlich. »Und nun?«
»Nun füllst du das Zeug in die Spritze und stichst mir die Nadel in den Arm.«
Field erblaßte.
Zum Glück kam Molly herein. »Geben Sie her!« sagte sie ungeduldig, und Field gehorchte erleichtert.
Griffin grinste, als er Molly die Spritze aufziehen und die Luft herauspumpen sah. Dann tupfte sie Alkohol auf seinen Arm und injizierte das schmerzstillende Mittel.
Minuten später begann die Droge schon zu wirken, und der quälende Schmerz ebbte zu einem dumpfen Pochen ab.
Aber irgend etwas stimmte nicht; Griffin hatte das unangenehme Gefühl, sich außerhalb seines eigenen Körpers zu befinden, und seine sonst so eiserne Kontrolle über sich ließ nach. Er hatte Morphium selbst noch nie benutzt und schwor sich, als er die volle Auswirkung zu spüren bekam, es auch nie wieder zu tun. Mauern – notwendige, lebensnotwendige Mauern – brachen in ihm zusammen, und Gott allein wußte, was er in den nächsten Stunden sagen oder tun würde...
Eine Weile schlief er, oder zumindest glaubte er es. In einem Augenblick lag er noch auf dem Sofa, im nächsten stand er hoch auf dem Berg, sah den mächtigen Baum stürzen und seinen Vater unter sich zerschmettern. Athena war bei ihm; dann lösten sich ihre Züge auf und setzten sich wieder zu Rachels Bild zusammen.
Schreie durchzuckten Griffins Körper wie Echos eine tiefe Höhle. Und er fragte sich, warum sie nicht dort blieben, wo sie hingehörten – tief in ihm und vor der Außenwelt verborgen.

Rachel erwachte, nackt und zu Tode erschrocken, in dem gigantischen Bett. Zu ihrer maßlosen Erleichterung schlief Jonas wirklich nicht neben ihr, sondern wie versprochen auf dem Boden.

Gedanken an Flucht schossen ihr durch den Kopf, aber sie wußte sofort, daß es unmöglich war. Eingerollt in die große Bettdecke aus Chenille, lag Jonas direkt vor der Tür. Ob er damit sie am Verlassen des Zimmers oder Kapitän Frazier am Eindringen hindern wollte, wußte sie nicht.

Ein Fenster stand offen, aber Rachel hatte nicht die Absicht, zwei Stockwerke tief auf das Pflaster der Seitenstraße zu springen.

Seltsam, dachte sie, wie müde und abgespannt ich bin. Und wie resigniert. Sie zog das Bettzeug bis unters Kinn und drehte sich auf die Seite.

Und plötzlich spürte sie einen stechenden Schmerz im unteren Teil ihrer rechten Lunge. Mit quälender Langsamkeit rollte sie sich auf den Rücken zurück, aber der Schmerz ließ nicht nach.

Das Zimmer kam ihr plötzlich zu heiß vor, dann zu kalt. Sie nieste, und die ungewollte Bewegung verursachte ihr wieder solche Schmerzen, daß sie aufstöhnte.

Jonas stand neben dem Bett, ohne Hemd und schlaftrunken und besorgt. Seine Stimme kam von ganz nahe, dann von weit fort. »Rachel ... was ist? Ruhen Sie ... Ich hole ... Arzt ... Schlafen Sie.«

Dunkelheit und Licht, Hitze und Kälte, ein Moment und eine Ewigkeit. Eine Welt der Gegensätze.

Rachel hörte Jonas' Stimme von neuem und dann eine andere, die sie nicht erkannte.

»Der Regen ...« dröhnte die fremde Stimme. »Zusammenbruch ... Zu viele Belastungen ... Rippenfellentzündung.«

Es war dunkel. Sie glitt einen glatten, vereisten Abhang hinunter. Nur das Wissen, daß unten der Tod lauerte, veranlaßte Rachel, sich mit letzter Kraft am Rand des Abgrunds festzuklammern.

Jonas war zutiefst bestürzt. Nachdem der Arzt gegangen war, schritt er wie ein eingesperrtes Tier in dem kleinen Zimmer auf und ab. Rachel atmete rasselnd, das Gesicht und die Hände waren fieberheiß. Sie konnte sterben.

Eigentlich hätte er sie für kurze Zeit alleinlassen müssen, um den Scheck zu Frazier zu bringen – aber wenn sie dann starb?

Ein eisiger Schrecken durchfuhr Jonas bei dem Gedanken, und er hielt einen Moment in seiner Wanderung inne, um seine Angst niederzukämpfen. Er mußte gehen; was auch immer geschah, er mußte zu Frazier gehen und die Schuld begleichen. Wenn nicht, war Rachels Leben keinen Pfifferling mehr wert, falls sie überlebte.

Jonas öffnete die Tür zum Korridor und bellte: »Herbert!«

Sofort erklangen Schritte auf der Treppe, aber es war nicht der Nachtportier, sondern eine rundliche Frau mit grauem Haar und müden Augen. »Mein Herbert ist morgens auf der Universität, Mr. Wilkes!« sagte sie stolz.

Jonas schloß für einen Moment die Augen und sehnte Mrs. Hammond herbei. Dann überreichte er der Frau den Zimmerschlüssel und herrschte sie an: »Bleiben Sie im Raum, bis ich zurückkomme. Schließen Sie die Tür ab und lassen Sie niemanden herein. Haben Sie verstanden? Niemanden!«

Herberts Mutter wirkte völlig entgeistert. »Und wie soll ich wissen, daß Sie es sind, wenn Sie zurückkommen?«

Jonas drängte sich bereits an ihr vorbei zur Treppe. »Unten ist ein zweiter Schlüssel – ich nehme ihn mit.«

Das Foyer war verlassen. Jonas schnappte sich den Schlüssel und rannte damit auf die Straße. Als erstes machte er sich auf den Weg zu seiner Bank. Dort brach ein wahrer Tumult aus, als er Anweisung gab, einen Scheck über die beträchtliche Geldsumme auszustellen, die Frazier ihm genannt hatte.

Als Jonas das Herumgerenne des aufgeregten Kassierers nicht mehr aushielt, stürmte er in das Büro des Direktors und verlangte, daß der Scheck in fünf Minuten bereitläge. Dann stürzte er wieder auf die Straße hinaus.

Das Telegrafenamt befand sich zwei Häuser weiter, und Jonas

überlegte nur einen Moment, bevor er hineinging und zwei Botschaften diktierte, beide für Providence bestimmt.

Die erste war sehr kurz.

Die zweite, die Jonas einen beachtlichen Teil seines Stolzes kostete, war auch nicht viel ausführlicher.

Griffin. CHINA DRIFTER im Hafen.
Beeil Dich. J. W.

Der Scheck lag bereit, als Jonas in die Bank zurückkehrte. Er riß ihn dem Direktor aus der Hand und stürmte wieder hinaus.

Dort wurde ihm plötzlich bewußt, daß er vergessen hatte, das gemietete Pferd und den Buggy aus dem Mietstall zu holen. Aber überall auf der Straße standen Pferde angebunden. Kurz entschlossen schwang er sich auf einen Pintowallach, ignorierte die Rufe des empörten Besitzers und trieb das Pferd zu einem halsbrecherischen Galopp an.

Frazier erschien selbst an der Tür, als Jonas bei Miss Cunningham Sturm klingelte.

Während Jonas sich mit einem Arm an den Türrahmen lehnte, zog er mit der anderen den Scheck aus seiner Rocktasche. »Habe ich Ihr Wort?« fragte er, nach Atem ringend.

Frazier nahm den Scheck und musterte ihn prüfend. »Sie haben mein Wort«, bestätigte er nach langem Schweigen.

Jonas wirbelte herum, lief zu dem gestohlenen Pinto und schwang sich auf dessen Rücken.

Der Ritt den steilen Hügel hinunter schien unendlich, und Jonas hatte Zeit genug, sehr viele Dinge zu bereuen. Er hätte netter zu Rachel sein können, statt sie auf diese Weise in sein Hotel zu bringen. Und er hätte auch einen besseren Augenblick wählen können, Griffin Fletcher zusammenzuschlagen.

Jonas stieß dem Pferd die Absätze in die Flanken, aber es lief kaum schneller. Als er endlich die Stadt erreichte, ließ er das Pferd an der gleichen Stelle frei, an der er es gestohlen hatte, und rannte ins Hotel.

Er war schon halb im ersten Stock, als er das schrille Heulen einer Frau hörte. Im ersten Augenblick erfaßte ihn solche

Panik, daß er wie angewurzelt stehenblieb. Dann rannte er weiter.

Lieber Gott, betete er. Laß sie nicht tot sein. Bitte, laß sie nicht gestorben sein!

Vor der weit geöffneten Tür zu seinem Zimmer blieb Jonas stehen. Das Bett war leer.

»Wo ist sie?« fragte er und hätte nicht sagen können, ob er die Frage geschrien oder geflüstert hatte.

Die Frau rappelte sich langsam vom Fußboden auf. Ein breiter Riß verunzierte ihre Stirn, und der Ärmel ihres Kattunkleids war abgerissen und zeigte eine plumpe Schulter.

Jonas mußte sich sehr zusammennehmen, um sie nicht auf die Beine zu reißen und wieder zu Boden zu schlagen. Er schloß die Augen, ließ sich gegen den Türrahmen sinken und zischte: »Was ist geschehen?«

19

Es war so heiß. So unerträglich heiß.

Rachel öffnete die Augen. Eine Chinesin mit gesenktem Blick stand schwankend in dem dichten Nebel vor ihren Augen. Ein hölzerner Löffel berührte Rachels Lippen.

»Trinken«, drängte die Frau.

Lieber Gott, es stimmt – alles, was Jonas gesagt hat, stimmt, dachte Rachel wild. Douglas hat mich nach China gebracht! Sie stöhnte und wandte den Kopf von der neben ihr sitzenden Frau ab.

»Bitte trinken«, bettelte sie. »Machen stark.«

Rachel wollte nicht stark sein. Sie wollte sterben.

Aber die Frau war auf ruhige Weise beharrlich. »Trinken.«

Rachel kostete die unbekannte, nach Kräutern schmeckende Brühe. Wie konnte sie in China sein? Die Reise dauerte sehr lange, selbst mit dem schnellsten Schiff, und es schien erst gestern nacht gewesen zu sein, daß Jonas sie zum Essen ausgeführt hatte und in die Oper – und sie danach gezwungen hatte, in seinem Hotel zu übernachten.

Aber sie war sehr krank gewesen. Vielleicht hatte sie die Seereise hinter sich gebracht, während sie diesen seltsamen Kampf auf den dunklen Klippen ihres Geists ausgefochten hatte! Vielleicht hatte sie monatelang geschlafen! Ganz vage erinnerte sie sich, bewegt worden zu sein.

Nein, aber das war eine klappernde, rumpelnde Art von Bewegung gewesen. Schiffe glitten majestätisch über die See, es sei denn, sie träfen auf schlechtes Wetter.

Sie trank noch etwas mehr von der Brühe. »Wo bin ich?«

»Seattle«, war die tonlose Antwort.

Seattle. Hätte Rachel die Kraft dazu gehabt, hätte sie einen Freudenschrei ausgestoßen. Als ein heilender Schlaf sie einzuhüllen drohte, gab sie nach und ließ sich von ihm mittragen. Diesmal würde es keinen Kampf im Dunkeln geben.

Molly Brady stand ganz still und starrte furchtsam das Telegramm in ihrer Hand an.

Dann, obwohl es an Dr. Fletcher adressiert war, nahm sie es aus dem Umschlag und überflog den Inhalt.

Griffin. CHINA DRIFTER im Hafen.
Beeil Dich. J. W.

Molly versteifte sich. J. W. – das konnte nur Jonas Wilkes bedeuten! Was fiel dem Kerl ein, Griffin nach Seattle zu rufen, obwohl Jonas selbst am besten wissen mußte, wie gefährlich eine solche Reise Griffin in seinem Zustand werden konnte?

Was hatte Griffin mit diesem Schiff, der ›China Drifter‹, zu schaffen? Molly wußte zwar, daß Griffins Haupteinkünfte sich aus dem zusammensetzten, was seine Anteile an einem halben Dutzend Segelschiffe erbrachten, und er mit dem, was er als Arzt verdiente, längst verhungert wäre. Aber war die ›China Drifter‹ überhaupt eines jener Schiffe? Und falls ja, warum sollte ausgerechnet Jonas Wilkes sich die Mühe machen, Griffin zu benachrichtigen, daß sie in Seattle vor Anker lag?

Mollys Magen zog sich plötzlich und sehr heftig zusammen. Es war eine Falle! Jonas versuchte, Griffin nach Seattle zu locken, wo ihm alle möglichen Arten von tödlichen Unfällen zustoßen konnten ...

Obwohl Molly versucht war, das Telegramm zu zerreißen und einfach fortzuwerfen, war sie zu anständig, um so etwas ernsthaft in Erwägung zu ziehen. Entschlossen straffte sie die Schultern und brachte die Botschaft zu Griffin.

Griffins Reaktion auf die Botschaft war so, wie Molly erwartet hatte. Er erblaßte, als er sie las, und ein Muskel zuckte an seiner Wange. »Frazier«, flüsterte er, und sein Ton verlieh dem Namen einen häßlichen Beiklang.

Molly rang die Hände. »Griffin, es ist eine Falle! Sehen Sie denn nicht, daß es eine Falle ist?«

Aber Griffin schlug schon die Decken zurück. »Verschwinden Sie, Molly, wenn Sie nicht zusehen wollen, wie ich mich anziehe!«

Molly rannte hinaus, um dann auf dem Korridor stehenzubleiben. Die Geräusche, die aus dem Zimmer drangen – Stöhnen, Fluchen, das Aufreißen und Zuschlagen von Schubladen – waren ihr unerträglich.

»Molly!« brüllte Griffin schon nach wenigen Minuten.

Als sie ins Zimmer zurückkehrte, lehnte Griffin mit schmerzverzerrtem Gesicht am Schreibtisch. Es war ihm irgendwie gelungen, Hosen und Stiefel anzuziehen, aber sein Hemd über der weißen Bandage für seine gebrochenen Rippen stand noch offen.

»Knöpfen Sie mir das verdammte Hemd zu!« fuhr er sie an.

Molly kannte Griffin zu gut, um sich ihr Mitgefühl anmerken zu lassen; es hätte ihn nur noch mehr gereizt. Während sie die Knöpfe schloß, murmelte sie: »Lieber Himmel, Griffin, wie wollen Sie bloß eine solche Reise machen? Sie können sich ja nicht einmal Ihr Hemd zuknöpfen! In den nächsten Stunden fährt kein Schiff, und reiten können Sie ja nun wirklich nicht!«

Griffins dunkle Augen blitzten, als Molly ihn endlich anzusehen wagte. »Jonas hatte gute Gründe, mir das Telegramm zu schicken.«

»Seit wann sind Sie Jonas Wilkes' Verbündeter?«

»Seit die ›China Drifter‹ in Seattle Anker geworfen hat«,

erwiderte Griffin scharf, während er sich mit schmerzverzerrter Miene zur Tür schleppte.

»Was könnte so wichtig sein, daß Sie ein solches Risiko eingehen?«

»Rachel«, sagte er, und dann hatte er die Treppe erreicht. Er war so blaß, daß Molly befürchtete, er könnte ohnmächtig werden.

»Nun seien Sie doch vernünftig!« schrie sie, überwältigt von ihrer Angst und Zuneigung. »Es könnte Sie umbringen, Griffin!«

Der Blick in seinen Augen war schrecklich. »Ich wäre lieber tot«, sagte er rauh, »als zuzulassen, daß Douglas Frazier Rachel einer dieser Ratten übergibt, mit denen er Geschäfte treibt!«

Molly starrte Griffin offenen Mundes an und folgte ihm, als er sich durch das Haus auf die Küche zuschleppte.

Erst dort brachte sie wieder ein Wort heraus. »Er handelt mit Menschen?«

»Speziell mit Frauen«, erklärte Griffin, während er die Küchenschublade nach dem Bargeld absuchte, das er dort hineinzulegen pflegte. »Niemand konnte es ihm bisher beweisen, aber viele junge Damen sind schon spurlos verschwunden, wenn Frazier in der Nähe war. Er ist sehr schlau – vermutlich überredet er sie auf irgendeine Weise, ihm auf sein Schiff zu folgen.«

»Und dann?«

Griffins Augen funkelten vor Grimm, als er Geldscheine in seine Hosentaschen stopfte. »Dann finden sie sich als persönlichen Besitz irgendeines alten Lustbocks in Santiago oder Hongkong oder Mexico City wieder.«

Molly wurde übel. Sanft berührte sie Griffins Arm, als er die Hintertür öffnete. »Gott schütze Sie, Griffin«, flüsterte sie.

Er küßte sie auf die Stirn, drückte beruhigend ihre Schultern und machte sich langsam und mühsam auf den Weg zur Scheune.

Kurz darauf beobachtete Molly vom Küchenfenster aus, wie Billy Griffins Hengst vor den Buggy schirrte. Molly schloß die Augen und sprach ein inständiges Gebet.

»Was ist geschehen?« wiederholte Jonas und wunderte sich über seine Geduld.

Herberts Mutter wimmerte und rang die Hände. »Sie hatten den Schlüssel . . . Ich dachte, Sie wären es . . . Einer von ihnen schlug mich nieder . . .«

Jonas atmete tief ein und bemühte sich, ganz ruhig zu bleiben. »Wie viele Männer waren es, und wie sahen sie aus?«

»Vier, Mr. Wilkes – große, starke Männer mit sonnengebräunten Gesichtern. Sie kamen hier hereingestürmt und schnappten sich das Mädchen, und ich sagte mir: ›Marlys, du kannst nichts anderes tun als schreien!‹ Also schrie ich, und einer von ihnen kam zurück und schlug mich nieder.«

Jonas erstickte beinahe an seinem Zorn. Frazier hatte ihn zum Narren gehalten – er hatte das Geld und nun auch Rachel. Vermutlich war er längst an Bord der ›Drifter‹ und lachte sich halbtot.

Und Rachel war krank – so krank.

Jonas stürzte ans Fenster und suchte das stille, glitzernde Hafenwasser ab. Da lag sie – unfaßbarerweise noch vor Anker, die ›China Drifter‹! Aber die Luft war warm und still, kein Wind blähte die weißen Segel.

Ein rauher, triumphierender Schrei entrang sich Jonas' Kehle.

Aber dann fiel ihm ein, daß es Schlepper gab, die gemietet werden konnten. Die ›Drifter‹ konnte aus der Bucht in die Meerenge von Juan de Fuca gezogen werden, und dahinter lag die offene See . . .

Ruhig verließ Jonas das Hotel und schlug die Richtung zur Skid Road ein.

Manchmal halb bewußtlos vor Schmerzen und von einem unbändigen Grimm erfüllt, fuhr Griffin nach Kingston. Dort ließ er Pferd und Wagen zurück und überredete einen Lachsfischer, ihn mit seinem Boot nach Seattle zu bringen.

Es war schon dunkel, als das kleine Boot Elliott Bay erreichte, und im schwachen Schein der Hafenbeleuchtung glaubte Griffin, die ›Merrimaker‹ zu erkennen, ein Schiff, an dem er größere Anteile besaß.

»Bitte«, sagte er flehend und meinte damit sich selbst und irgendeine höhere Macht, die vielleicht gerade zuhörte. Dann, als das kleine Boot am Kai anlegte, zahlte Griffin den vereinbarten Preis, grüßte den Fischer und sprang aufs Dock.

Ein scharfer Schmerz zuckte von seinem Unterleib durch seinen ganzen Körper, Griffin stolperte, fing sich und ging langsam weiter.

Als er den hölzernen Bürgersteig erreichte, der den Kai begrenzte, schlug Griffin die Richtung zu den bunten Lichtern der Skid Road ein. Das schrille Lachen einer Prostituierten hallte über das dunkle Wasser und durch die stillen Straßen.

Griffin dachte an die sanfte, warme Art, wie Rachel lachte, und ging schneller.

Die Chinesin versuchte schon wieder, sie zu füttern! Rachel spürte den Holzlöffel an ihrem Mund. Aber sie wollte schlafen!

Ein Mann sagte etwas in einem schnellen Dialekt, und Rachel öffnete die Augen, als er ihren Kopf vom Kissen hob. Beim Anblick seines Gesichts öffnete sie ganz unbewußt den Mund, und die Frau nutzte die Gelegenheit, um ihr den Löffel hineinzuschieben.

Rachel erstickte fast an der Brühe, dann murmelte sie: »Chang?«

Der Koch aus Tent Town schaute sie nicht an; statt dessen begann er mit der Frau zu schimpfen, die auf der anderen Seite von Rachels Lager saß. Das arme Wesen zitterte sichtlich, senkte den Blick und schlich davon, bis sie hinter einem Vorhang aus klimpernden Perlen verschwunden war.

Chang seufzte. »Missy große Schwierigkeiten«, sagte er.

Obwohl Rachel schon etwas Kraft zurückgewonnen hatte, war sie noch sehr schwach. »Chang, Sie müssen mir helfen. Wenn Sie nur Mr. Wilkes aufsuchen würden . . .«

Changs hageres Gesicht verhärtete sich. »Nicht Wilkes

suchen!« stieß er hervor. »Er sagen, Chang gehen, nicht zurückkommen!«

Tränen der Hoffnungslosigkeit sammelten sich in Rachels Augen. »Es war meine Schuld, daß Sie Ihren Job verloren haben, nicht wahr? Nur weil wir dieses Mißverständnis im Küchenzelt hatten!«

Der Chinese schien erstaunt, sagte jedoch nichts.

Rachel ergriff bittend seinen Arm. »O Chang – ich flehe Sie an – lassen Sie nicht zu, daß Kapitän Frazier mich verkauft! Bitte – Ich würde eine Fremde und eine Sklavin sein!«

Chang zuckte mit den Schultern, aber ein Schimmer von Trauer erschien in seinen Augen, eine Trauer, die besagte, daß er wußte, wie es war, ein Fremder zu sein und ein Sklave zudem. »Wenn Chang sagen, Kapitän ihn schlagen – vielleicht tot.«

»Nein! Mr. Wilkes wird Sie beschützen – Sie und Ihre Frau! Ich weiß, daß er es tun wird!«

Der Chinese schien zu überlegen. Nach einer endlos langen Zeitspanne fragte er: »Missy ist Wilkes' Frau?«

Ein Klumpen formte sich in Rachels Kehle, aber er hinderte sie nicht daran, die Lüge auszusprechen. »Ja.«

Wieder dachte Chang nach. Er überlegte noch, als Rachel längst wieder in tiefen Schlaf gesunken war.

Am Ende der Skid Road blieb Griffin stehen. Jonas mußte irgendwo hier sein, dessen war er sicher. Aber wo? Griffin hätte die ganze Nacht gebraucht, um jeden einzelnen Saloon abzusuchen, und soviel Zeit hatte er nicht.

Er zündete eine Zigarre an und nahm einen langen Zug daraus.

Eine Prostituierte schlenderte vorbei und kam zurück. »Hallo, Hübscher«, sagte sie gedehnt. »Du siehst einsam aus.«

Griffin war bemüht, sein zerschlagenes Gesicht aus dem Lichtschein zu halten; es wäre dumm gewesen, das arme Mädchen zu erschrecken, bevor er erfahren hatte, was er wissen wollte. »Ich bin geschäftlich hier«, entgegnete er gelassen.

»Na, ich auch!« kicherte das Mädchen. »Was kann Chloe für dich tun, mein Hübscher?«

Griffin zog einen Geldschein aus der Tasche und reichte ihn dem Mädchen. »Ich habe einige Fragen an dich, Chloe. Das ist alles.«

Chloe schnappte sich den Schein. »Ich liebe schnellverdientes Geld, Hübscher. Frag nur.«

»Weißt du, ob die ›China Drifter‹ noch im Hafen liegt?«

Wieder kicherte Chloe. »Ja, Süßer. Und ich sehe sie gar nicht gern auslaufen; einige aus der Mannschaft sind sehr großzügig.«

»Das kann ich mir vorstellen«, bemerkte Griffin trocken. »Eine andere Frage: Kennst du Jonas Wilkes?«

»Wer kennt den nicht? Er ist heute abend im Shanghai und spendiert jedem einen Whiskey, der sich zu ihm setzt und redet.«

»Danke«, sagte Griffin und wandte sich ab zum Shanghai Card Palace and Saloon.

Fünf Minuten später stand er Jonas gegenüber – der anscheinend versuchte, eine ganze verdammte Schiffsmannschaft betrunken zu machen.

Bei Griffins Anblick sprang er auf. »Wurde auch Zeit, daß du langsam kommst!« schrie er.

Griffin seufzte. »Wo können wir reden?«

Jonas warf einen größeren Geldschein auf den Tisch. »Draußen. Verdammt, du siehst schlecht aus.«

Griffin grinste boshaft. »Ja, ich bin unter einen Zug geraten.«

Ausgesprochen galant hielt Jonas eine Schwingtür auf, um Griffin zuerst hinauszulassen. »Verdammte Schande, Griffin! Normalerweise bist du so attraktiv – oder zumindest präsentabel.«

Griffin drückte die andere Tür auf und hielt sie stur fest. »Nach dir, Jonas. Ich bin abergläubisch.«

»Abergläubisch?« entgegnete Jonas stirnrunzelnd.

Griffin nickte. »Im allgemeinen bringt es mir kein Glück, dir den Rücken zuzudrehen.«

Jonas lachte rauh. »Das stimmt«, sagte er. »Das ist wahr.« Und dann wandte er seinem Cousin den Rücken zu und trat aus dem Saloon in die sternenklare Nacht hinaus.

20

Griffin und Jonas gingen am Kai entlang, aber keiner von beiden sagte etwas, bis sie die Skid Road weit hinter sich gelassen hatten.

»Er hat sie, Griffin«, sagte Jonas schließlich, in klagendem, gespenstischem Ton. »Frazier hat Rachel.«

Griffin war erstaunt über die innere Ruhe, die ihn beherrschte. Sogar der nagende Schmerz in seinen Rippen und in seinem Unterleib hatte nachgelassen; als hätte er ihn ganz unbewußt verdrängt und auf später verschoben.

»Warst du bei der Polizei?«

Jonas lehnte sich an ein hölzernes Geländer und starrte auf die geisterhaften Silhouetten der vor Anker liegenden Schiffe. »Natürlich war ich da!« fuhr er auf.

»Und?«

»Sie haben sich auf der ›Drifter‹ umgesehen, aber Rachel haben sie nicht gefunden.«

Griffin fluchte verhalten. »Bist du sicher, Jonas, daß Frazier sie hat? Woher weißt du, daß sie nicht von selbst gegangen ist?«

Ein langes Schweigen folgte, bevor Jonas sich zu einer Erklärung herabließ. Und als er es tat, mußte Griffin sich sehr zusammennehmen, um ihm nicht auf der Stelle den Hals umzudrehen.

Jonas schien es zu merken, denn er schloß seine Erzählung mit der Versicherung: »Ich habe nicht mit ihr geschlafen, Griffin, falls du das glaubst! Aber am Morgen, während ich Frazier den Scheck brachte, drangen seine Männer in mein Zimmer ein und nahmen sie mit. Mein Gott, Griffin, hätte ich sie doch nach Providence zurückgebracht!«

»Das hast du aber nicht.«

Jonas ließ seine geballten Fäuste auf das hölzerne Geländer fallen. »Griffin – das war noch nicht alles.«

Griffin seufzte. »Na großartig! Was gibt es denn sonst noch?«

»S-Sie ist krank. Ich vermute, daß es der Regen war – oder was immer sie durchgemacht hat. Jedenfalls meinte der Arzt, daß sie eine Rippenfellentzündung hat. Und jetzt ist sie bei Frazier... Was können wir nur tun, Griffin?«

Griffin brauchte einen Moment, um den Wirrwarr in seinen Gedanken und Gefühlen zu ordnen. Aber alles lief immer wieder auf die eine einzige harte Tatsache hinaus: Falls sie Rachel nicht fanden, bevor Frazier seinen nächsten Schachzug machte – welcher auch immer das sein mochte –, war ihr Leben nicht mehr wert, gelebt zu werden, selbst wenn sie von ihrer Rippenfellentzündung genesen sollte.

»Beschaff so viele Männer, wie du finden kannst, Jonas, und sorge dafür, daß keiner die ›Drifter‹ betreten oder verlassen kann, ohne daß du davon erfährst. Falls du hier niemanden kennst, kann ich vielleicht die Mannschaft der ›Merrimaker‹ überreden, uns zu helfen.«

»Und was machst du solange?«

»Ich finde heraus, wo Frazier seine weibliche Fracht versteckt. Wenn Rachel nicht auf der ›Drifter‹ ist, muß sie irgendwo in der Nähe sein. Aber ich vermute, daß er versuchen wird, noch vor dem Morgengrauen auszulaufen und die offene See zu erreichen.«

Jonas nickte grimmig. »Er ist clever, Griffin. Er wird sich denken, daß wir die ›Drifter‹ beobachten.«

»Natürlich, das ist ihm sicher klar.«

»Wäre es nicht möglich, daß er ein anderes Schiff benutzt? Dann könnte er ruhig lossegeln, während wir die ›Drifter‹ überwachen.«

Griffin schüttelte den Kopf. »Er ist ein Verbrecher, Jonas. Ich kann mir keinen anderen Kapitän vorstellen, der bereit wäre, mit ihm zu trinken, geschweige denn, ihn bei einem solchen Vorhaben zu unterstützen. Aber halt trotzdem die Augen offen.«

Die beiden Männer trennten sich; Jonas blieb am Kai, und Griffin kehrte in aller Eile in die Skid Road zurück.

Es dauerte über eine Stunde, bis er den Kapitän der ›Merrimaker‹ fand, aber er schaffte es. Unter einem Fenster des ›Widowmaker-Saloons‹ zischte Griffin: »Lindsay – kommen Sie raus!«

Geräusche verrieten, daß sich jemand hastig ankleidete. »Wer ist da?« rief Malachi Lindsay, Kapitän des Klippers ›Merrimaker‹.

»Griffin! Kommst du endlich raus?«

Eine Tür krächzte, und ein muskulöser Mann mittleren Alters erschien auf der Schwelle. »Verdammt«, sagte er schroff. »Du bist es! Was fällt dir ein, einen Mann bei seinem Vergnügen zu stören, nachdem er zwei Monate auf See verbracht hat?«

Die Frau, die Griffin in dem dunklen Zimmer nicht erkennen konnte, rief ihnen eine obszöne Bemerkung zu.

»Ich brauche deine Hilfe«, sagte Griffin flach.

Malachi zog fluchend sein Hemd über. »Verdammter Störenfried – das ist das beste Mädchen im Haus! Ich hoffe nur, daß es die Unterbrechung wert ist – was auch immer du von mir willst.«

Griffin war selbst am meisten überrascht über seine ehrliche Antwort. »Frazier hat die Frau, die ich liebe«, erwiderte er.

»Was? Ich dachte, der Sheriff von San Mateo hätte ihn vor zwei Jahren aus dem Geschäft gezogen, als er versuchte, diese Bankierstochter aus San Francisco an einen Pinkertonmann zu verkaufen?«

Griffin wurde ungeduldig. »Hast du die ›China Drifter‹ nicht im Hafen liegen sehen? Du wirst alt, Malachi.«

Das brachte den Seemann in Bewegung. »Klar habe ich sie gesehen! Aber ich dachte, sie hätte einen neuen Kapitän – wäre ja auch langsam an der Zeit. Was hältst du davon, wenn wir uns Frazier schnappen und ihm eine gehörige Abreibung verpassen würden?«

»Ja«, seufzte Griffin. »Aber komm jetzt endlich, sonst ist er nämlich fort!«

Eine knappe halbe Stunde später hatte Malachi seine Mannschaft auf dem Kai versammelt. »Wie wäre es, wenn wir an Bord der ›Drifter‹ gingen und dort warten würden?« schlug er Griffin vor.

Jonas schien die Idee zu gefallen, aber Griffin winkte ab. »Ich möchte sichergehen, daß der Kerl sie nicht auf dem Landweg nach Tacoma oder sonstwohin bringt. Malachi, du kennst Frazier. Wo hat er seine ›Fracht‹ versteckt, als er in San Francisco tätig war?«

Malachi rieb sich nachdenklich seinen Bart. »In China Town.«

»Gut.« Griffin wandte sich ab. »Dann laßt uns hoffen, daß der Lump seine Gewohnheiten nicht geändert hat.«

Starkes Unbehagen plagte Douglas Frazier, und er begann sich zu fragen, ob irgendeine temperamentvolle junge Frau, so bezaubernd sie auch sein mochte, das Risiko, das er einging, überhaupt wert war.

Die Kutsche ratterte über den unebenen Weg ins Chinesische Viertel, und Frazier sehnte sich nach den glatten Planken seines Schiffs.

Nachdenklich schloß er die Augen. War Rachel tatsächlich noch Jungfrau, oder hatte Wilkes die Wahrheit gesagt? Denn wenn sie nicht mehr unberührt war, würde Ramirez es merken, wenn er mit ihr allein war, und nicht den vereinbarten Preis bezahlen.

Douglas seufzte. Vielleicht war es doch besser, Chang Su vorher den wahren Stand der Dinge prüfen zu lassen ...

Die Kutsche hielt, Douglas stieg erleichtert aus und atmete

die kühle Nachtluft ein. Aber seine Zweifel verfolgten ihn wie eine Meute gieriger Spürhunde.

Rachel hatte die Nacht in Wilkes' Bett verbracht, und zur Begeisterung der Männer, die Frazier geschickt hatte, um sie zu holen, war sie splitternackt gewesen ...

Douglas Frazier fluchte. Vielleicht hätte er den Handel mit Wilkes doch respektieren und das Mädchen in Ruhe lassen sollen. Es war äußerst unsicher, ob die blauäugige Nymphe noch unschuldig war, und nun war sie auch noch krank. Es war fraglich, ob sie die Reise überhaupt überlebte.

Ärgerlich pochte er an die Tür einer Hütte. Der scharfe Geruch nach verdorbenem Fisch und anderen Speiseresten beleidigte seine Nase; er fragte sich, wie diese gelben Teufel so leben konnten. Aber sie waren ja so verdammt passiv und geduldig ...

Ein leises Pfeifen und ein scharfer Schmerz, der Fraziers Hinterkopf durchzuckte. Er fluchte noch, als seine Knie schon unter ihm nachgaben und er mit dem Kopf auf eine Stufe aufschlug.

Chang Wo zerrte den Kapitän in die Finsternis neben der Hütte; eine schwere Last, die ihn wertvolle Minuten kostete. Als er es endlich geschafft hatte, bückte er sich, um Douglas zu fesseln.

Aber da war noch der Kutscher, der Verdacht schöpfen würde, wenn der Kapitän nicht zurückkam ... Während Chang darüber nachdachte, fertigte er einen Knebel aus dem Taschentuch des Kapitäns und stopfte ihn zwischen dessen Zähne.

Der Mann war wie ein großer, roter Löwe. Seine Fesseln konnten ihn nicht lange halten, wenn er erwachte, weil sein Zorn ihm ungeahnte Kräfte verleihen würde.

Chang schlich in die Hütte zurück, wo seine Schwester Su wartete. »Du hast ihn getötet?« flüsterte sie furchtsam. »Du hast den Seelöwen getötet?«

Chang schüttelte ungeduldig den Kopf. »Ist die Missy fertig?«

»Sie ist sehr krank. Sie kann nicht laufen.«

Chang war zu weit gegangen, um jetzt noch einen Rückzieher zu machen. »Wir tragen sie«, sagte er kurzentschlossen.

Mit vereinten Kräften schleppten sie das reglose Mädchen zur Tür und drückten sich tief in die Schatten, als sie geräuschlos an der Kutsche des Kapitäns vorbeischlichen.

In einem gestohlenen Einspänner jagte Griffin den Hügel zum Chinesischen Viertel hinauf. Als er die heruntergekommenen Hütten sah und den allgemeinen Eindruck von Armut und Elend, erfaßte ihn heftiges Mitleid mit den Bewohnern dieses Viertels, das der ganzen Stadt zur Schande gereichte.

Damals, als die ersten Eisenbahnen gebaut wurden, waren sie so willkommen gewesen, diese stillen, gelbhäutigen Menschen – geschätzt für ihre Fähigkeit, vierzehn Stunden ohne Pause an einem Seil unter einem Brückengerüst zu hängen, und für die Geschicklichkeit, Dynamit an Stellen anzubringen, die andere Männer sich zu betreten weigerten.

Und all das ohne Klagen und nur für eine Schale Reis und einen lächerlich geringen Lohn.

Griffin erinnerte sich noch gut an die verbitterten Aufstände gegen die Chinesen gegen Mitte des Jahrhunderts. Denn kaum waren die Schienen verlegt, gab es nicht mehr soviel zu tun. Es entwickelte sich ein gnadenloser Kampf um Arbeitsplätze, und die Bereitwilligkeit des gelben Mannes, praktisch umsonst zu schuften, wurde nicht mehr geschätzt, sondern verachtet.

Griffin schüttelte den Kopf. Undankbarkeit war ein Teil der menschlichen Natur. ›Du hast ausgedient. Geh nach Hause . . .‹

Eine merkwürdige Spannung erfaßte ihn, als er um eine Ecke in eine andere Straße bog. Im Mondschein konnte er die Umrisse einer Kutsche sehen, und ein Mann brüllte vor Wut – seiner Stimme und Tonlage nach zu urteilen, ein weißer Mann.

Instinktiv stoppte Griffin den Buggy und hoffte, daß seine Ankunft in der Aufregung unbemerkt geblieben war.

Frazier. Der brüllende Verrückte war Frazier persönlich. Griffin hielt den Atem an.

»Ich habe keinen Wagen gesehen, sage ich doch!« winselte eine andere Stimme in der Kutsche. »Die Chinks müssen zu Fuß an mir vorbeigeschlichen sein!«

Frazier schien außer sich vor Zorn und Panik. »Und ich sage Ihnen, daß Sie lügen, Hudson! Wieviel hat Wilkes' Ihnen gezahlt?«

»Käpt'n, ich schwöre, daß niemand hier war!«

Frazier schwang sich auf den Bock und stieß den Kutscher herunter. Hudson rappelte sich auf und verschwand im nahen Gebüsch.

Der Mond schien so hell, daß Frazier Griffin sehen mußte, falls er sich umdrehte. Aber den Riesen beschäftigten andere Gedanken.

Er ergriff die Zügel, brachte die beiden erregten Pferde unter Kontrolle und wendete die Kutsche mit bewundernswerter Geschicklichkeit.

Alles in Griffin dürstete nach Fraziers Blut, aber er verhielt sich still und rührte sich nicht. Nach der vielleicht längsten Minute seines Lebens wendete auch er den Buggy und folgte der Kutsche in vorsichtigem Abstand.

Es wurde sofort ersichtlich, daß sich Frazier auf dem Weg zum Kai befand – vermutlich, um sein Schiff zu besteigen und das Weite zu suchen. Wie auch immer seine Pläne aussehen mochten, es war höchst unwahrscheinlich, daß er Rachel noch in sie einbezog.

Griffin empfand eine Mischung aus Erleichterung und Frustration. Wo mochte sie jetzt sein? Lebte sie überhaupt noch?

Eine Wolke schob sich vor den Mond, verdeckte ihn für einen Moment und gab ihn dann wieder frei.

Eine kleine, zusammengekauerte Gestalt sprang vor den Buggy und schwenkte aufgeregt die Arme. »Dr. Fletcher? Dr. Fletcher!«

Griffin zügelte das gestohlene Pferd und spähte in die Dunkelheit. Ein Streifen Mondlicht erhellte die angstverzerrten Züge des Chinesen. »Chang?« flüsterte Griffin verblüfft.

Er nickte heftig. »Sie Missy mitnehmen!« flüsterte er atemlos und verschwand in den Büschen, um gleich darauf mit einer zierlichen, völlig verängstigten Chinesin zurückzukehren, die ihm half, Rachel zu tragen.

Rachel! Griffin sprang so schnell vom Buggy, daß der schon fast vergessene Schmerz in seinen Lenden von neuem durch seinen Körper zuckte. Er holte tief Atem, straffte die Schultern und nahm das ohnmächtige Mädchen auf die Arme.

Sie bewegte sich und wisperte erstickt: »Nein . . .«

Mit geschlossenen Augen legte Griffin seine Stirn an ihre, unfähig, auch nur ein tröstendes oder beruhigendes Wort über seine Lippen zu bringen.

Chang zupfte bittend an seinem Ärmel. »Missy sagen, Chang wieder arbeiten bei Mr. Wilkes. Mr. Wilkes gibt Chang Job zurück.«

»Wenn er es nicht tut, bekommen Sie von mir Arbeit«, erwiderte Griffin sofort. »Aber Sie sollten sich verstecken, bis die ›China Drifter‹ ausläuft.«

»Chang kein Versteck!« erwiderte der Chinese mit schriller Stimme, in der all seine Panik mitschwang.

Griffin legte Rachel vorsichtig auf den Sitz des Buggy. Dann zog er ein Bündel Geldscheine aus der Tasche und überreichte sie mit Ausnahme einiger weniger, die er selbst behielt, dem zitternden Chinesen. »Damit wird es leichter sein.«

Chang starrte das Geld ungläubig an. »Pferd kaufen«, hauchte er beeindruckt. »Wagen!«

Eine Sekunde später waren Chang und die zierliche kleine Chinesin im Gebüsch verschwunden.

Griffin richtete Rachel auf, setzte sich und bettete ihren Kopf behutsam in seinen Schoß. Ihre gleichmäßigen Atemzüge klangen wie Musik in seinen Ohren.

Er berührte den Puls unter ihrem rechten Ohr und lächelte. Sie brauchte viel Ruhe und Pflege, aber sie würde wieder genesen. Bei der Erkenntnis hätte Griffin fast aufgejauchzt vor Freude.

Wenn Rachel wieder bei Kräften war, würden sie über die Nacht im Holzfällerlager sprechen, als sie sich geliebt hatten, und er würde ihr erklären, was es für ihn bedeutet hatte. Vielleicht würde sie ihn ja gar nicht haben wollen; es war möglich, daß sie die Gegend für immer verlassen oder – möge der Himmel es verhindern! – Jonas heiraten würde.

Doch was auch immer geschehen mochte, Griffin schwor sich, nie wieder so zu tun, als wäre sie ihm gleichgültig.

Da er wußte, daß seine nächtliche Aufgabe noch lange nicht erledigt war, ließ Griffin Rachel in der zuverlässigen Obhut seiner Freunde Dr. und Mrs. John Riley zurück und lenkte Pferd und Wagen wieder zum Kai.

Frazier, dachte er, als die Kampfgeräusche an sein Ohr drangen, ich will ein Stück von dir!

Der Kampf war überall – am Kai, auf den Docks, sogar an Bord der ›Drifter‹. Schreiende Gestalten stürzten ins Wasser, und aus allen Ecken erschollen Wut- und Schmerzensschreie.

Griffin schaute sich auf dem Kampffeld um und entdeckte schon bald Jonas, der mit dem Rücken zu einem Whiskeyfaß stand und Frazier einen Fausthieb gegen die mächtige Brust versetzte.

Aber Frazier zuckte nicht einmal zusammen.

Griffin sprang über das Geländer und rannte den Kai hinunter. »Rachel geht's gut«, rief er seinem Cousin zu.

Ein Lächeln erschien auf Jonas' angespannten Zügen, aber gleich darauf wurde eine Grimasse daraus, als ihn die Faust des Kapitäns hart in den Magen traf.

Griffin war versucht, den Kampf sein unvermeidliches Ende nehmen zu lassen, aber dann brachte er es doch nicht über sich. Mit Jonas konnte er später abrechnen, auf ihrem eigenen Terrain.

Als besäße es einen eigenen Willen, schoß sein Bein hoch, beschrieb einen eleganten Bogen und traf Frazier hart an der Schläfe. Der Mann taumelte, dann stürzte er wie ein Stein zu Boden.

Doch Douglas Frazier war ein großer Mann. Obwohl er leicht benommen wirkte, rappelte er sich auf und straffte die Schultern. Griffin wußte, daß Frazier weit entfernt davon war, besiegt zu sein.

Er holte zu einem rechten Haken aus, und Griffin duckte sich, was seine Rippen mit einem scharfen Schmerz quittierten.

Dann hob er erneut das Bein und stieß seinen Stiefelabsatz in Fraziers Kehle. Mit Befriedigung beobachtete er, wie sein Gegner in die Knie ging, und mit Gleichmut, wie er sich wieder aufrichtete.

Der Kapitän war jetzt wütend wie ein gereizter Stier und genauso unberechenbar. Mit ausgestreckten Händen stürzte er sich auf Griffin und umklammerte dessen Hals. Für einen Moment war Griffin so fassungslos, daß er weder atmen konnten noch zu einer Bewegung fähig war.

Jonas' eindringliche Stimme stachelte ihn an. »Er wollte Rachel verkaufen, Griffin! Frazier wollte sie als Spielzeug an irgendeinen reichen Schuft verkaufen, Griffin!«

Die Erinnerung löste eine Art Explosion in Griffin aus und beraubte ihn seiner gesamten Vernunft. Als sie wieder einsetzte, mühten Jonas und Malachi sich ab, ihn zurückzuhalten, und Frazier lag reglos auf dem nassen, schwankenden Pier.

Griffin riß sich von den Männern los, drehte sich um und stolperte davon. Die Polizei war inzwischen eingetroffen, und Malachi empfing sie mit einem detaillierten Bericht über Fraziers zahllose Verfehlungen.

Belustigt über die Ironie des Lebens, stieg Griffin in den gestohlenen Buggy und fuhr davon.

21

Rachel spürte die warmen Sonnenstrahlen, die ihr Gesicht streichelten und sie dazu verlockten, die Augen aufzuschlagen, aber sie fürchtete sich vor dem, was sie sehen würde.

Sie blieb reglos liegen, wartete darauf, die schlingernde Bewegung eines Schiffs auf See zu spüren, aber nichts war zu merken. Also war sie doch nicht auf dem Ozean und auf dem Weg zu irgendeinem ihr unbekannten Mann. Tränen der Dankbarkeit sickerten durch ihre Wimpern.

Vorsichtig bewegte sie die Hände und stellte fest, daß sie sich auch nicht mehr in Changs Hütte befand. Dort hatte sie nur eine schmale Pritsche gehabt, während sie nun zweifellos in einem richtigen Bett lag, mit kühlen, glatten Laken, die leise raschelten, wenn sie sich bewegte.

Ihre Neugier siegte schließlich über ihre Furcht, und Rachel öffnete die Augen. Eine Frau saß in einem Schaukelstuhl am Bett, strickte eifrig und summte leise ein Rachel vertrautes Lied. Sie hatte helles Haar, das im Sonnenschein fast silbern schimmerte.

Sie mußte Rachels Blick gespürt haben, weil sie von dem Pullover, an dem sie arbeitete, aufschaute. Ihr Gesicht war das einer jungen Frau, obwohl um ihre blauen Augen feine Fältchen sichtbar waren.

»Guten Morgen – ich bin Joanna O'Riley«, sagte sie freundlich. »Sie sind in Sicherheit; Sie brauchen keine Angst mehr zu haben.«

Rachel spürte, daß sie sich nicht einmal dann vor dieser Frau gefürchtet hätte, wenn diese mit erhobener Axt vor ihrem Bett gestanden hätte. »Wo . . .«

Joanna O'Riley legte ihr Strickzeug beiseite und stand auf, um neben Rachels Bett zu treten und ihre Hand zu nehmen. »Möchten Sie Griffin jetzt sehen?« erkundigte sie sich.

Das weiche Bett mit den seidenen Laken, der sonnenüberströmte Raum – und Griffin! War das ein Traum? Sie stellte die Frage laut.

Mrs. O'Riley lachte. »Mein Mann und ich sind mit Griffin befreundet. Er brachte Sie gestern nacht hierher, nachdem die schreckliche Geschichte mit Kapitän Frazier erledigt war. Aber darf ich ihn jetzt hereinschicken, bevor er uns alle mit seinem unablässigen Herumwandern und Geknurre in den Wahnsinn treibt?«

Rachel nickte errötend. »Danke, Mrs. O'Riley.«

»Joanna.«

»Joanna«, wiederholte Rachel, sehr nervös und doch glücklich wie nie zuvor in ihrem Leben.

Als Griffin kurze Zeit später vor ihrem Bett stand, war sie entsetzt.

Sein Gesicht war so schlimm zugerichtet und so angeschwollen, daß er kaum noch Ähnlichkeit mit sich selbst hatte. Seine Kleider waren schmutzig und zerrissen; durch einen Riß in seinem Hemd konnte sie den Verband um seine Rippen sehen.

»Griffin . . . Was ist geschehen?«

Doch das vertraute Grinsen war Beweis genug, daß dieser geschundene Fremde wirklich Griffin Fletcher war, der außerdem dringend eine Rasur benötigt hätte. »Das ist nicht wichtig, Elfchen. Wie fühlst du dich?«

Zum ersten Mal bemerkte Rachel jetzt, daß sie ein Nachthemd aus feinstem Satin trug. Errötend zog sie die Decke bis unters Kinn. »Viel besser.«

Griffin lachte und schüttelte den Kopf. »Bei mir bist du sicher, kleine Elfe. Was allerdings nicht heißen soll, daß ich mich nicht zu dir hingezogen fühle.«

Rachel war zutiefst verwirrt. War dies derselbe Mann, der es erst wenige Tage zuvor so eilig gehabt hatte, sie auf das Schiff nach Seattle zu bringen?

Griffin legte seine Hände auf das hölzerne Bettgestell und beugte sich leicht vor – sehr vorsichtig und steif, als schmerzte ihn jede Bewegung. »Ich habe strikte Anweisungen von unserem guten Dr. O'Riley, nicht länger als fünf Minuten bei dir zu bleiben. Sobald du etwas kräftiger bist, werden wir reden – natürlich nur, wenn du es willst.«

Rachel war neugierig, aber leider zu schwach, um etwas zu tun. »Wenn ich kräftiger bin«, wiederholte sie und ließ es wie ein Versprechen klingen. »Griffin?«

Ein zerknirschtes Lächeln. »Ja?«

»Ich weiß nicht, was geschehen ist, aber Joanna sagte, du hättest mich hergebracht, und ich . . . ich bräuchte keine Angst mehr zu haben, es sei jetzt alles gut. Kapitän Frazier wird mich doch nicht mehr holen, oder?«

Etwas Tödliches flackerte sekundenlang in Griffins dunklen Augen auf. »Nein, Elfe, das wird er nicht. Ganz sicher nicht.«

Rachels Blick glitt ganz unbewußt zu dem Verband unter seinem Hemd und dann zu seinem Gesicht. »B-bist du verletzt worden, als du mir helfen wolltest?«

Er schüttelte den Kopf. »Das war Molly Bradys Schuld. Weißt du, sie putzte gerade den Boden im Salon, und ich ging hinein, und da hat sie . . .«

Rachel kicherte. »Lügner!«

Griffin seufzte, sein Blick glitt streichelnd über Rachel – oder war das nur Einbildung? »Die fünf Minuten sind abgelaufen«, sagte er. »Ruh dich jetzt aus.« Damit wandte er sich ab und wollte hinausgehen.

Für einen Moment glaubte Rachel, die Trennung von ihm nicht ertragen zu können. »Griffin?«

Er drehte sich noch einmal um und fragte mit gespielter Ungeduld: »Ja? Was ist?«

»Danke.«

Griffin nickte nur, aber für Rachel war es so, als sei er zu ihr zurückgekommen und hätte sie berührt.

Im hellen Licht des frühen Sommertags schien es undenkbar, daß die Ereignisse der Nacht überhaupt stattgefunden hatten. Griffin seufzte, ein schwaches Lächeln spielte um seinen Mund. Rachel befand sich in Sicherheit und auf dem Wege der Besserung. Alles andere war nicht wichtig.

Aus den Ställen hinter Doktor O'Rileys elegantem Stadthaus holte Griffin das Pferd und den Wagen, die er abends zuvor in der Skid Road gestohlen hatte. Da das Pferd getränkt und gefüttert war, beabsichtigte er, es mit dem Buggy an den Ort zurückzubringen, wo er beides genommen hatte. Dann wollte er sich mit Jonas treffen und später ein Geschenk für Rachel kaufen.

In der Skid Road ließ Griffin Pferd und Wagen stehen und schlug die Richtung zu dem kleinen Hotel ein, in dem Jonas immer abstieg, wenn er in Seattle war.

Es war kein freundschaftlicher Besuch, den Griffin plante, aber auch kein Angriff. In Providence gab es ständig Streitereien zwischen ihnen, eine Gewohnheit, die vermutlich schon damit begonnen hatte, daß ihre Mütter den Fehler begingen, sie in denselben Kinderwagen zu setzen. Aber Seattle war neutrales Terrain.

Nachdem er kurz geklopft hatte, rief Griffin gereizt: »Jonas? Laß mich gefälligst rein!«

»Es ist offen«, kam die leise Antwort.

Griffin trat ein und zog die Tür hinter sich zu. Jonas lag noch im Bett, die Vorhänge waren geschlossen. Als Griffin sie aufriß, stellte er verblüfft fest, daß Mrs. Hammond, Jonas' ehemaliges Kindermädchen und jetzige Haushälterin, in einem Sessel schlief.

»Was zum Teufel . . .?«

»Sprich leiser!« meinte Jonas gereizt. »Sie ist müde.«

Griffin nickte. »Ein eigenes Zimmer war sie dir wohl nicht wert, Jonas?«

Selbst Jonas mußte lachen. »Du Schuft. Sie hätte jedes Zimmer in diesem Hotel haben können, aber sie wollte nur dasitzen und mich ansehen«

»Was nicht gerade für ihren guten Geschmack spricht«, entgegnete Griffin achselzuckend.

»Du hättest Schauspieler werden sollen, Griffin. Du bist wahnsinnig komisch.« Jonas richtete sich im Bett auf. »Aber verdammt, Griffin, sei jetzt endlich still. Es ist zu früh für Scherze.«

Kurzes Schweigen; dann schnarchte Mrs. Hammond laut, und die beiden Männer lachten. Das Geräusch weckte sie, verstimmt und hochrot im Gesicht starrte sie Griffin und Jonas an. Dann stand sie mühsam auf, murmelte etwas von Kaffee und verließ fluchtartig den Raum.

Jonas wurde ernst. »Was macht Rachel?«

»Sie wird bald wieder gesund sein.«

»Wo ist sie?«

»Bei Freunden von mir. Deshalb bin ich hergekommen.«

Jonas war sichtlich verärgert. Er ließ sich zurücksinken und starrte an die Zimmerdecke. »Laß hören.«

»Wir dürfen sie eine Zeitlang nicht sehen – beide nicht. Sie braucht Zeit und Ruhe. Wenn du dich daran hältst, werde ich es auch tun.«

»Du weißt, wo sie ist, und ich nicht. Das erschwert es mir festzustellen, ob du auch praktizierst, was du predigst, Griff.«

»Nicht, wenn wir zusammen nach Providence zurückkehren. Heute.«

Jonas schluckte und dachte nach. »Na gut – unter einer Bedingung. Wenn wir vorher dafür sorgen, daß Frazier nicht mehr an sie herankommt.«

»Einverstanden.« Griffin ging zur Tür. »Wir sehen uns in einer Stunde beim Gericht, dann sprechen wir mit der Polizei.«

»Ich werde pünktlich sein.«

Griffin öffnete die Tür. »Sie ist sicher, wo sie ist, Jonas«, sagte er.

»Das möchte ich dir auch geraten haben«, knurrte Jonas. »Und noch etwas, Griffin . . .«

»Was?«

»Es hat sich nichts geändert.«

»Ich weiß«, erwiderte Griffin und schloß die Tür.

In der nächsten halben Stunde suchte er drei verschiedene Läden auf. Im letzten, einem winzigen Juweliergeschäft im Pontiusgebäude, fand er, was er suchte, ließ es einpacken und steckte das Päckchen in seine Hemdtasche.

Dann ging er zum Telegrafenamt. Es fiel ihm nicht leicht, Rachel jetzt zu verlassen, nicht einmal für wenige Tage. Er diktierte eine Nachricht an Molly, daß alles in Ordnung war, aber das stimmte nicht. Er machte sich große Sorgen.

Angenommen, Frazier würde aus dem Gefängnis entlassen? Dann kam er vielleicht auf die Idee, Rachel zu suchen und sich an ihr für die erlittenen Demütigungen zu rächen.

Eine halbe Stunde später trafen sich Jonas und Griffin vor dem Gericht. Ohne ein Wort zu wechseln, gingen sie hinein.

Es bestünde keine Gefahr, daß Frazier freigelassen würde, versicherte ihnen ein Beamter. Er sei zwar noch immer ohnmächtig, aber falls und wenn er zu sich käme, könne er sich in seiner Zelle häuslich einrichten. In seiner Pension und in seiner Kabine auf der ›China Drifter‹ sei genügend Beweismaterial gefunden worden, um Frazier für den Rest seiner Tage hinter Gitter zu bringen.

Griffin schaute Jonas an und wußte, daß sein Cousin das gleiche dachte wie er selbst. »Ich will Frazier sehen«, sagte er.

Der Wachtmeister zuckte mit den Schultern und führte sie in den Keller des Gebäudes, wo über hundert Gefangene eingeschlossen waren. Frazier hatte eine eigene Zelle und wurde gerade von einem Arzt untersucht. Während John O'Riley seinen Arztkoffer zuklappte, drehte er sich um und wechselte einen Blick mit Griffin.

Das war Pech. Denn Jonas kannte O'Riley und wußte, daß

die beiden Ärzte trotz ihres großen Altersunterschieds eng befreundet waren.

Griffin riskierte einen verstohlenen Blick auf Jonas und sah Erkennen in dessen Augen aufleuchten. Er hatte erraten, wo Rachel sich aufhielt, ganz ohne Zweifel.

»Wie geht es ihm, Doc?« erkundigte sich der Wachtmeister, dem die plötzliche Spannung in der Luft entgangen war.

John rüttelte ungeduldig an der Tür. »Lassen Sie mich raus, Horace, dann sage ich es Ihnen.«

Horace beeilte sich, Johns Wunsch zu erfüllen, und führte die Männer wieder hinauf und in ein kleines, unordentliches Büro. Dort wischte sich John O'Riley den Schweiß von den Augenbrauen.

»Frazier liegt im Koma«, sagte er schließlich. »Ganz offen gestanden glaube ich nicht, daß er die Nacht überleben wird, geschweige denn eine Gerichtsverhandlung.«

Horace wirkte aufrichtig besorgt, während Jonas' Miene keine Gemütsregung verriet. Griffin selbst war nicht sicher, was er empfand – Haß ganz sicher, aber auch ein gewisses Schamgefühl. Was immer Frazier sonst sein mochte, er war ein Mensch, und wenn er starb, war es seine, Griffins Schuld.

Dr. O'Riley räusperte sich und war bemüht, Griffin nicht anzuschauen. »Horace, haben Ihre Leute schon den anderen Mann gefunden – den Mann, der den Kapitän gestern nacht so zugerichtet hat? Haben Sie vor, auch ihn zu verhaften?«

Horace schüttelte den Kopf. »Käpt'n Lindsay von der ›Merrimaker‹ sagte, Frazier habe den Kampf selbst provoziert.« Ein Ausdruck der Verwunderung huschte über das Gesicht des Wachtmeisters. »Ich wäre gern dabeigewesen, John. Nach allem, was ich hörte, muß es etwas gewesen sein, was Sie und ich noch nie gesehen haben.«

Griffin wurde übel. Wortlos verließ er das Gebäude, wartete draußen und betrachtete den häßlichen Glockenturm einer Kirche.

Irgendwann spürte er eine Hand auf seinem Arm. »Griffin«, begann John O'Riley mit dieser sanften Stimme, die so beruhigend auf seine Patienten wirkte. »Du hast getan, was du tun mußtest. Gräme dich deshalb nicht.«

»Ich bin Arzt«, flüsterte Griffin.

»Ja, aber in erster Linie auch ein Mann. Und Männer verlieren schon mal den Kopf, Griffin – vor allem, wenn es um eine so bezaubernde Frau wie Rachel geht.«

Griffin schloß gequält die Augen. »Ich wollte ihn umbringen ...«

Johns Seufzer verriet seine Müdigkeit, sein zunehmendes Alter. »Vermutlich wollte Old Mike dir etwas Gutes tun, als er den Franzosen einstellte, damit er dir seine besondere Kampftechnik beibrachte. Doch ich finde, daß er dir damit eher einen schlechten Dienst erwiesen hat. Aber leider war der Alte ja starrsinnig wie kein Zweiter – und er wollte dich wohl zum stärksten Mann in den Bergen machen.«

Griffin schaute den Mann an, der sein Freund war und früher der seines Vaters. »Du wirst für Frazier alles tun, was in deiner Macht steht?«

»Das weißt du, Griffin. Aber wenn er stirbt, vergiß bitte nicht, daß all das nicht geschehen wäre, wenn Frazier ein anderer Mensch gewesen wäre. Und wiege den Verlust seines Lebens gegen all die jungen Mädchen auf, die jetzt nicht mehr als seine Gefangene auf dem Weg in die Hölle enden werden.« John machte eine Pause und fügte dann hinzu: »Wenn es sich herausstellen sollte, daß du ihm das Leben genommen hast, Griffin, denk an all die Menschenleben, die du gerettet hast.«

Nach einem tiefen Atemzug nickte Griffin. »Ich gehe jetzt schlafen. Und ... vielen Dank, John.«

O'Riley lächelte. »Tu das. Und iß auch etwas.« Dann, als er Jonas auf sie zukommen sah, runzelte der alte Mann die Stirn und ging zu einem der vielen Buggys, die die Straße säumten.

Jonas grinste. »Im Gegensatz zu dir, mein Freund, war ich so vernünftig, einen Wagen zu mieten. Soll ich dich zu den O'Rileys fahren, oder bestehst du darauf zu laufen?«

Griffin fluchte. »Also gut – Rachel ist bei John und Joanna! Und Gott sei dir gnädig, Jonas, falls ich dich bei ihr erwische!«

Jonas zog eine Augenbraue hoch. »Du traust mir nicht?«

»Warum zum Teufel sollte ich?«

Jonas zuckte die Schultern, aber sein Blick war ernst. »Ich darf es dir wohl nicht verübeln, nach allem, was zwischen uns vorgefallen ist.«

»Richtig. Und was ist jetzt? Wirst du unsere Abmachung einhalten oder nicht?«

Jonas ging auf eine alte Kutsche zu, die von einem müden Pferd gezogen wurde. Er nahm die Zügel auf und lächelte säuerlich, als Griffin neben ihm auf den Bock stieg. »Ich halte mich daran, Griffin – aber ich tue es für Rachel, nicht für dich. Sobald es ihr wieder besser geht, ist unsere Abmachung null und nichtig.«

Griffin starrte auf die Straße. »Das ist fair genug«, sagte er.

Rachel hatte noch nie in ihrem Leben einen derartigen Luxus kennengelernt. Aber jetzt, dank Joanna O'Rileys Güte, war sie den ganzen Tag davon umgeben.

Das erste Wunder war eine Kanne stark gewürzten Tees, komplett mit Zucker und Sahne, und das alles wurde Rachel auf einem Tablett ins Zimmer gebracht und auf ihren Nachttisch gestellt. Sie solle trinken, soviel sie könne, riet Joanna, denn John sei der Ansicht, daß kranke Menschen sehr viel Flüssigkeit benötigten.

Mit dem Mittagessen kam das zweite Wunder – Zimtbirnen. Natürlich hatte Rachel schon Birnen gegessen – jene, die von Bäumen gepflückt wurden und noch ihre fleckige Schale hatten. Aber diese Früchte waren etwas ganz anderes; sie waren geschält und gekocht, und der mit Zimt gewürzte Sirup, in dem sie schwammen, war süß und rot wie Rubin.

Joanna lachte über ihr Entzücken. »Rachel, ich glaube, Sie könnten sich ausschließlich von süßem Tee und Birnen ernähren!«

»Hm«, erwiderte Rachel und schloß die Augen, als sie genußvoll das letzte Stückchen kaute. »Ich möchte nie wieder eine andere Art von Birnen essen.«

Joanna lachte. »Schade, denn wir haben eine ganze Speisekammer voller Pfefferminzbirnen. Sie sind in grünem Sirup eingekocht.«

Rachel starrte sie aus großen Augen an, und Joannas entzücktes Lachen klang noch durch den Raum, als Griffin hereinkam.

Joanna warf ihm einen vergnügten Blick zu und sagte: »Griffin, mein Lieber, falls du ernsthafte Absichten dieser Dame gegenüber hegen solltest, würde ich an deiner Stelle schnellstens Birnbäume pflanzen!«

Er wirkte so verblüfft, daß Rachel in Joannas Lachen einstimmte.

Griffin kratzte sich am Nacken und murmelte ironisch: »Was für eine bedrückte Atmosphäre in diesem Zimmer herrscht!«

Joanna schnitt ihm eine Grimasse, nahm Rachels leergegessenes Tablett und verließ den Raum.

Kaum war sie fort, sah Rachel Griffins bedrückte Miene und wurde ernst. Als er sich zu ihr auf die Bettkante setzte, tat er ihr so leid, daß sie die Hand hob und seine Wange streichelte. »Was hast du?« erkundigte sie sich leise.

Griffins Stimme war rauh, und obwohl er ihrer Berührung nicht auswich, wandte er den Blick ab. »Rachel, ich fahre heute nach Providence zurück.«

Langsam ließ Rachel die Hand sinken. »Oh.«

Griffin legte ihr einen Finger unter das Kinn und zwang sie sanft, ihn anzusehen. »Meine Patienten brauchen mich, Rachel.«

Sie nickte. »Ja. Ich weiß.«

Er stand ganz unvermittelt auf und wirkte für einen Moment sehr ärgerlich. Aber seine Worte straften seine Miene Lügen; sie gingen Rachel unter die Haut und schlichen sich in ihre Seele, um dort auf immer und ewig zu verweilen.

»Ich liebe dich, Rachel.«

Sie war sprachlos; ihre Lippen bewegten sich, aber es kam kein Ton heraus. Verrückte, wahnsinnige, entzückende Gefühle überwältigten sie, explodierten in einem Kaleidoskop von Farben.

Griffin legte ihr einen Finger auf den Mund. Dann zog er ein winziges Päckchen aus seiner Hemdtasche, legte es in ihre Hand und sagte: »Ich komme Ende nächster Woche wieder, Rachel. Gute Besserung.«

Er beugte sich über sie, seine Lippen streiften ihre, dann ging er hinaus, und die Schlafzimmertür schloß sich leise hinter ihm.

22

Rachel starrte eine lange Zeit auf die Tür und wagte kaum zu glauben, was sie eben gehört hatte. Griffin Fletcher liebte sie . . . Es war unfaßbar.

Dann fiel ihr das Päckchen ein, das er ihr in die Hand gedrückt hatte; und mit zitternden Fingern öffnete sie es. In braunes Seidenpapier gebettet lag ein zierlicher goldener Armreif mit einem Anhänger – einer winzigen, in allen Details perfekt dargestellten Säge.

Rachel lachte und weinte; dann streifte sie den Armreif über ihr Handgelenk und bewunderte ihn in den hellen Sonnenstrahlen, die durch das Fenster hereinfielen. Griffin liebte sie, und die Nacht im Holzfällerlager hatte genausoviel für ihn bedeutet wie für sie. In diesem winzigen, aber bedeutungsvollen Anhänger lag der Beweis.

Als sie später erwachte, war ihr erster Gedanke, daß sie allein war und alles nur geträumt hatte. Aber dann berührte sie den goldenen Armreif und wußte, daß es kein Traum gewesen war, daß Griffin sie wirklich liebte. Trotzdem kamen ihr die Tränen, und plötzlich glaubte sie, die kurze Zeit bis zu seiner Rückkehr nicht aushalten zu können.

Eine Woche. Er hatte versprochen, in einer Woche wieder bei ihr zu sein. Rachel trocknete ihre Tränen und setzte ein Lächeln auf, als Joanna ihr das Abendessen brachte.

Joanna, die Rachels Einsamkeit zu spüren schien, setzte sich zu ihr und strickte schweigend, während ihre junge Freundin aß. Dann nahm sie ein Buch aus einem Regal, schlug es auf und begann Rachel leise aus ›*Ein Mittsommernachtstraum*‹ vorzulesen.

Irgendwann schlief Rachel ein, und als sie wieder erwachte, war der Juni da und mit ihm der Sommer. Und sie begann, sich auf ihre Genesung zu konzentrieren.

Griffins Liebe und der wunderschöne Armreif schienen ein Wunder vollbracht zu haben. Am Tag darauf fühlte Rachel sich stark genug, um ihr Bett für kurze Zeit zu verlassen, und am nächsten Tag hatte sie sich schon so gut erholt, daß Doktor O'Riley ihr widerstrebend die Erlaubnis zu einer kurzen Ausfahrt mit Joanna gab.

Doch sofort verwandelte Rachels Freude sich in Verzweiflung. Sie hatte nichts Sauberes zum Anziehen. Mit leiser, unglücklicher Stimme gestand sie es Joanna.

»Das ist doch kein Problem«, beschwichtigte Joanna sie und verschwand für einen Moment im Ankleidezimmer. Als sie wieder herauskam, trug sie eine wunderschöne pink- und weißgestreifte Weste über dem Arm und einen grauen Flanellrock.

»Hier, das kannst du anziehen«, sagte sie und legte die Kleidungsstücke auf Rachels Bett.

Ich sterbe, wenn sie mir nicht passen, dachte Rachel bedrückt.

»Sie gehörten Athena«, fügte sie hinzu, und Rachel stutzte, als sie bemerkte, wie traurig Joannas Stimme auf einmal klang und wie abwesend sie wirkte.

»Athena?« fragte Rachel leise, obwohl sie nicht sicher war, ob es nicht besser wäre zu schweigen.

Aber Joanna lächelte nur und deutete auf eine Spanische Wand neben Rachels Bett. »Athena war – ist – unsere Tochter. Aber jetzt beeil dich, Rachel, bevor John es sich anders überlegt und dir verbietet, das Haus heute zu verlassen.«

Wie die Kleider, die Jonas ihr geschenkt hatte, paßten auch Athenas Flanellrock und die hübsche Weste Rachel perfekt. Und obwohl sie darüber einerseits erleichtert war, erfaßte sie andererseits ein ganz eigenartiges Unbehagen.

Ein seltsamer Blick hatte in Joannas Augen gestanden, als sie von ihrer Tochter sprach. Und sie hatte gezögert, als sei sie gar nicht sicher, ob Athena schon zur Vergangenheit gehörte oder noch in die Gegenwart.

Aber da war noch mehr; etwas, das in Rachels Gedächtnis lauerte wie eine Katze unter einem Tisch oder einem Bett, etwas, das sie nicht erklären und nicht in Worte fassen konnte.

»Wo ist Athena jetzt?« wagte sie schließlich zu fragen, als sie mit Joanna die Treppe zum Erdgeschoß hinunterging. Und warum hatte Athena ihre Kleider nicht mitgenommen?

Joanna erwiderte nichts, bis sie die Eingangshalle erreichten. Ihr Lächeln wirkte auf einmal erzwungen und die feinen Fältchen um ihre Augen irgendwie ausgeprägter als sonst. »Unsere Tochter ist in Europa, Rachel. Ich fürchte, Seattle war ihr nicht elegant genug. Aber komm.« Sie drückte Rachels Arm, und hinter ihrem aufgesetzten Lächeln stand eine stumme Bitte. »Warum wartest du nicht im Salon, während ich den Koch frage, ob er etwas aus der Stadt braucht? Vom Fenster aus hast du einen wundervollen Blick auf die Bucht.«

Rachel, die sich schämte, eine solch indiskrete Frage gestellt zu haben, nickte nur und trat ans Fenster.

Hinter den großen Glasscheiben funkelte tiefblau die Elliott Bay, und dahinter erhoben sich majestätisch die Olympic Mountains mit ihren schneebedeckten Gipfeln. Auf dem Land, das die Bucht begrenzte, wuchsen Millionen von Immergrünbäumen, so dicht beieinander, daß sie wie ein grüner Teppich wirkten.

Von dem Anblick überwältigt, schloß Rachel für einen Moment die Augen. Die Szene war genau die gleiche, die sie an jenem ersten Morgen in Tent Town im Traum gesehen hatte. Wie sie sich danach gesehnt hatte, für immer in einem solchen Haus zu leben!

Doch jetzt – o ja, jetzt hätte sie alles darum gegeben, wieder in dem rauhen, ungastlichen Providence zu sein! Nur um in Griffins Nähe sein zu dürfen ...

Rachel wandte sich vom Fenster ab und schaute sich bewundernd in dem wunderschön eingerichteten Zimmer um. Am beeindruckendsten war der Kamin, der aus ungeschliffenem Naturstein erbaut war und bis zur Zimmerdecke hochzureichen schien. Als sie vor diesen Kamin trat, um ihn noch ausgiebiger zu betrachten, sah sie das Porträt.

Es war ein beeindruckendes Werk – die Leinwand war mindestens so groß wie Rachel selbst und mit vergoldetem, geschnitztem Holz gerahmt.

Die Frau, die das Porträt darstellte, war schöner, als Rachel es bei einem bloßen Sterblichen je für möglich gehalten hätte – blondes, so helles Haar, daß es fast wie Silber wirkte, umrahmte ein Gesicht von verwirrender Schönheit. Die Augen der abgebildeten Frau waren erstaunlich blau, groß und schienen den Betrachter irgendwie zu necken, genau wie ihr Lächeln.

Aber es war der Anblick des Kleids, das sie auf dem Bild trug, der Rachel den Atem raubte und ihr die Kehle zuschnürte. Es war dasselbe rosa Taftkleid, das Jonas ihr geschenkt hatte, das Kleid, das einen solch grimmigen, wahnsinnigen Zorn in Griffin ausgelöst hatte in jener schrecklichen Nacht, als er Rachel so grob angefahren hatte, daß sie in das Haus ihrer Mutter geflohen war, um sich dort zu verstecken.

Was mochte das zu bedeuten haben? Rachel tastete nach einem Sessel und ließ sich hineinsinken, dann legte sie schützend eine Hand über ihre Augen. Aber das Porträt schien eine magische Anziehungskraft zu haben; sie mußte wieder zu ihm aufschauen.

Athena. Natürlich – dieses unfaßbar schöne Wesen mußte John und Joannas Tochter sein.

Rachel glaubte, eine gewisse Herausforderung in den von langen Wimpern umrahmten indigoblauen Augen zu erkennen – und eine Spur von Bosheit.

Mit einer gewaltigen Willensanstrengung riß Rachel ihren Blick von dem Porträt los und richtete ihn auf den goldenen Armreif an ihrem Handgelenk. Doch während sie den kleinen

Anhänger liebevoll berührte, wurde ihr klar, daß Griffin Fletcher diese Frau geliebt hatte – oder gehaßt. Aber wie auch immer, seine Gefühle mußten sehr heftiger Natur gewesen sein, sonst hätte er nie so unbeherrscht auf den Anblick des rosa Taftkleids reagiert.

Rachel hatte nicht gehört, daß Joanna wieder hereingekommen war, sie bemerkte die ältere Frau erst, als sie neben ihrem Sessel stand.

»Rachel, Liebes, bist du . . .« Joannas Stimme brach ab, als sie zum Porträt ihrer Tochter aufschaute. »Oh«, meinte sie nur nach einem langen, sehr unbehaglichen Schweigen.

Mit feuchten Augen blickte Rachel die Frau an, die so herzensgut zu ihr gewesen war. »Griffin hat sie geliebt, nicht wahr?« fragte sie leise.

Joanna hockte sich auf die Sessellehne und legte zärtlich die Hände um Rachels tränenfeuchtes Gesicht. »Ja, Rachel«, sagte sie sehr sanft. »Griffin hat Athena einmal sehr geliebt. Sie wollten sogar heiraten.«

Rachel schloß für einen Moment die Augen, dann öffnete sie sie wieder. »Und warum haben sie es nicht getan?«

Qual zeichnete sich auf Joannas schönen Zügen ab, und Scham. »Das kann ich dir nicht sagen, Rachel – es wäre nicht fair, und Griffin würde es mir vielleicht nie verzeihen. Du mußt ihn schon selber fragen.«

Gebrochen hob Rachel den Arm und zeigte Joanna den Armreif. »Er sagte . . . Er hat ihn mir geschenkt . . .«

Joanna nickte, ließ Rachel los und sagte entschieden: »Mein liebes Kind, wenn Griffin dir seine Liebe gestanden hat, hat er das auch ernst gemeint. Er und Athena haben sich immerhin schon vor zwei Jahren getrennt, und ich kann dir ruhig sagen, daß es kein romantischer Abschied war . . . So, machen wir jetzt unsere kleine Spazierfahrt, oder muß ich meine wichtigen Besorgungen auf einen anderen Tag verschieben?«

Das Geräusch, das sich Rachels Kehle entrang, lag irgendwo zwischen einem Schluchzen und einem Lachen. Sie stand auf und folgte Joanna in den hellen Sonnenschein hinaus, ohne sich noch einmal nach dem Porträt umzusehen.

Aber die Schlacht war erst halb gewonnen, denn Athenas Bild hatte sich für immer in Rachels Gedächtnis eingebrannt. Auf der ganzen Fahrt in die Stadt konnte sie an nichts anderes als an die schöne Frau auf dem Porträt denken. Athena war zweifellos ein passender Name für sie; Rachel hatte noch nie eine Frau gesehen, die einer Göttin näher gekommen wäre.

Es schien unglaublich, daß ein Mann eine solche Frau geliebt und dann vergessen haben sollte. Rachel seufzte schwer.

Griffin hatte Athena nicht vergessen, ganz sicher nicht, denn hätte er sonst so leidenschaftlich reagiert, als Rachel das Kleid dieser Frau getragen hatte! Welche Erinnerungen mochte der Anblick des Kleids in ihm heraufbeschworen haben?

In der Pike Street schien Joanna aufzufallen, wie ungewöhnlich schweigsam ihre junge Freundin war. »Du siehst so traurig aus, Liebes. Du denkst doch nicht mehr an meine Tochter, oder? Sie ist längst verheiratet, Rachel, mit einem französischen Bankier namens André Bordeau.«

Rachel schüttelte den Kopf, wagte jedoch nicht, etwas zu erwidern, da sie ihrer Stimme nicht traute.

Beide Frauen waren tief in Gedanken versunken, als die Kutsche ganz unerwartet und mit einem Ruck zum Halten kam. Eine Sekunde später erschien der Kutscher aufgeregt am Fenster.

Seine Stimme war über den Klängen einer Blaskapelle fast nicht zu hören. »Ein chinesischer Trauerzug kommt uns entgegen, Mrs. O'Riley. Soll ich versuchen, vorbeizufahren?«

»Um Gottes willen, nein«, flüsterte Joanna. »Das wäre nicht korrekt. Das Beste ist, zu warten, bis sie vorbeigezogen sind.«

Der Kutscher brummte etwas, aber er kehrte auf seinen Platz zurück und hielt die nervösen Pferde fest.

»Komm her«, sagte Joanna zu Rachel. »Sieh es dir an.«

Eine Blaskapelle führte die traurige Prozession an, hinter ihr rollte ein Leichenwagen, der ganz mit wippenden Federn bedeckt war. Ein Chinese saß neben dem Kutscher auf dem Bock und warf winzige weiße Papierfetzen in die Luft, die einen Moment im Wind tänzelten, um dann wie Schnee auf die Erde herabzusinken.

»Warum macht er das?« fragte Rachel stirnrunzelnd.

Joanna lächelte traurig. »Um die bösen Geister abzuwenden – die Chinesen glauben, daß sie zu beschäftigt damit sind, die Papierschnipsel aufzuheben, um den Verstorbenen im Auge zu behalten. Auf diese Weise kann er in das Ewige Reich eingehen, bevor sie ihn – oder sie – finden.«

Das letzte Gefährt, das der Prozession folgte, war ein Wagen, der übervoll beladen war mit allen Arten von Nahrungsmitteln; Rachel konnte Käfige mit lebendigen Hühnern sehen, ein ganzes gebratenes Schwein und riesige Säcke, die Reis enthielten.

»Das Essen ist für die Geister?«

»Ja«, bestätigte Joanna. »Wie die Indianer glauben auch die Chinesen, daß Geschenke hinterlassen werden müssen für jene Ahnen, die kommen, um den Verstorbenen abzuholen und ihn heimzugeleiten.«

»Ich finde es schön, daß sie sich solche Mühe geben«, sagte Rachel. Der Kutscher bewegte sich so unruhig auf dem Bock, daß die ganze Kutsche wackelte.

Joanna nickte. »Ja, das ist es, Rachel. Ich finde die Chinesen faszinierend. In unserem Land sind sie allerdings schlimm mißhandelt worden. Als Arbeiter waren sie lange Zeit sehr geschätzt, weil sie sich für die niedrigsten Löhne abgeschuftet haben. Aber als die Eisenbahnlinien fertig waren, wurde der ehemals beliebte Chinese zum Feind erkoren. Bis heute sind die Gesetze noch dergestalt, daß ein Chinese weder Land noch ein Haus besitzen darf.«

Rachel erinnerte sich an die Aufstände, die in den Holzfällerlagern und um sie herum in der Zeit der Debatten stattgefunden hatten. Als sie zwölf gewesen und mit ihrem Vater durch Tacoma gekommen war, hatten sie beobachtet, wie Chinesen wie Vieh in Waggons gepfercht wurden, um fortgebracht zu werden. An anderen Orten wie Seattle waren Chinesen verprügelt und aus ihren Häusern vertrieben worden. Niemand schien zu wissen, wohin sich diese stillen Ausgestoßenen wenden sollten.

Wieder einmal empfand Rachel tiefe Sympathie für jene, die

zwischen zwei Welten lebten und nie richtig irgendwohin gehörten.

Die Kutsche hatte ihre Fahrt wieder aufgenommen und hielt nun bei einem Markt, wo Joanna frisches Gemüse einkaufen wollte.

Rachel blieb in der Kutsche zurück, und wie immer, wenn sie allein war, kehrten ihre Gedanken zu Griffin zurück.

Er hatte gesagt, daß er sie liebte, und ihr einen Beweis seiner Liebe übergeben ... Und vielleicht wollte er sie ja auch tatsächlich heiraten. Aber konnte sie sich dann auch wirklich seiner Gefühle sicher sein oder wäre sie bloß ein Ersatz für die verlorene Athena?

Dann jedoch wäre sie, Rachel, genauso am falschen Ort wie Chang oder Fawn Nighthorse – dann hätte sie zwar für den Rest ihres Lebens ein festes Dach über dem Kopf, und es würde ihr an nichts mangeln –, aber sie würde niemals ein wirkliches Heim haben.

Rachel schloß die Augen und vermißte ihren Vater plötzlich mehr denn je. O Papa, wo bist du nur? dachte sie unglücklich und schrak zusammen, als Joanna plötzlich ihre Hände ergriff.

»Ich glaube, der heutige Tag war zuviel für dich, Liebes. Ich muß dich nach Hause und ins Bett bringen. Wenn du einen Rückfall erleidest, läßt John mich erschießen!«

Ihrer Niedergeschlagenheit zum Trotz mußte Rachel lächeln. »Warum bist du so gut zu mir, Joanna? Weil Griffin mich zu euch gebracht hat?«

Joanna schüttelte den Kopf und erwiderte Rachels Lächeln. »Ich gebe zu, daß John und ich dich vermutlich nie kennengelernt hätten, wenn Griffin dich nicht in jener Nacht zu uns gebracht hätte. Aber jetzt kennen wir dich eben, und wir haben dich sehr, sehr gern, Rachel.«

Rachel errötete und senkte den Kopf.

Joannas Stimme nahm einen strengen Tonfall an. »Überrascht dich das so sehr, Rachel? Daß dich jemand lieben kann, ohne dazu gezwungen worden zu sein?«

Da Rachel nicht wußte, was sie darauf erwidern sollte, blieb sie Joanna eine Antwort schuldig.

Ihre mütterliche Freundin lachte. »Nun, ich werde dir nicht die Gründe nennen, aus denen John und Griffin und ich dich so entzückend finden. Das könnte dir den Kopf verdrehen, und das wollen wir doch jetzt nicht, oder?«

Wieder antwortete Rachel nicht, doch ihre Finger tasteten nach dem bedeutungsvollen kleinen Anhänger an dem Armreif. Aber irgendwie hatte sein Zauber nachgelassen; unwillkürlich verglich sie sich immer wieder mit der atemberaubend schönen Athena.

Athena war nicht nur schön, sondern auch in den besten Schulen erzogen worden und sicher sehr welterfahren; außerdem mußte sie reichlich abenteuerlustig sein, wenn sie so fern von ihren Eltern und ihrer Heimat lebte.

Was Rachel selbst betraf, so wußte sie, daß sie zwar hübsch war, sich jedoch in keiner Hinsicht mit der geradezu überirdisch schönen Athena messen konnte.

Verzweiflung erfaßte sie und erfüllte ihr ganzes Inneres mit einer bitteren Kälte. Und es gab nichts, was sie in diesem Augenblick mehr ersehnte, als endlich ein eigenes Heim zu besitzen und eine Familie zu haben, die sie liebte.

Das Verlangen danach wurde nur noch intensiver, als sie vor dem schönen, großen Haus der O'Rileys hielten. Sie waren so nett zu ihr, so freundlich – aber sie, Rachel, gehörte nicht hierher, nicht mehr, als sie in Miss Cunninghams Pension gehört hatte, nach Tent Town oder in das bücherreiche Arbeitszimmer von Griffins Haus.

Eigentlich gehörte sie nirgendwohin.

Allein in dem sonnigen Zimmer, das sie bewohnte, zog Rachel sich aus. Ein frisches Nachthemd lag auf dem Bett, eine entzückende Kreation aus elfenbeinfarbener Seide, mit kostbaren Spitzen besetzt. Aber Rachel konnte den Gedanken, es anzuziehen, nicht ertragen. Ganz sicher gehörte es Athena.

Aufstöhnend ließ sie sich auf die Bettkante sinken. Wenn das rosa Taftkleid, das Jonas ihr geschenkt hatte, Athena gehörte, dann ganz bestimmt auch all die anderen Kleider, die in Miss Cunninghams Pension zurückgeblieben waren.

Aber warum sollte Jonas Athenas Kleider in seinem Haus aufbewahren, wenn sie Griffins Verlobte gewesen war?

Rachel verdrängte die so offensichtliche Antwort auf diese Frage, weil sie sich nicht damit auseinandersetzen wollte. Es war schlimm genug, daß sie Griffins zweite Wahl war und jedes Stückchen Stoff, jeder Faden und jeder Knopf, aus dem ihre Garderobe bestand, zuerst Athena gehört hatte – genau wie Griffin.

23

Douglas Frazier hatte das Gefühl, in einer undurchdringlichen, pochenden Masse gefangen zu sein, schwarz und dick wie Teerpaste. Er hörte nur selten Geräusche, und selbst die waren verzerrt und das eine vom anderen nicht zu unterscheiden. Für einen unbeschreiblich langen Zeitraum glaubte er, tot zu sein.

Aber er hatte Schmerzen. Schreckliche Schmerzen, die nicht nachlassen wollten.

Douglas klammerte sich an den Gedanken, daß jemand, der Schmerzen litt, nicht tot sein konnte. Er lebte. Er wollte leben.

Die Geräusche wurden klarer – Stimmen, jetzt hörte er Stimmen, und ab und zu das Klirren von Metall gegen Metall. Auch der dunkle Nebel, der ihn umgab, war nicht mehr ganz so dicht; er verlor an Intensität und war bald nur noch ein Schleier. Ruhig und gelassen kämpfte Douglas Frazier sich durch dieses seltsame Zwielicht an die Oberfläche, in die wirkliche Welt zurück.

Rachel McKinnon erwachte an jenem hellen Morgen mit der Gewißheit, daß etwas Schreckliches geschehen würde. Der vierte Juni. Sie dachte über das Datum nach und prägte es sich im Gedächtnis ein.

Das Wetter war jedoch wunderbar warm und sonnig, und Rachel spürte, wie Kraft in ihren Körper zurückkehrte und Energie in ihren Geist. Nach einem heißen Bad, das Joanna für sie vorbereitet hatte, setzte sie sich in der sonnigen Küche an den Frühstückstisch und stellte fest, daß ihr beeindruckender Appetit zurückgekehrt war.

Nach dem Essen borgte sie sich eins von Joannas vielen Büchern und ging in den Garten, um in der Sonne ihr Haar zu trocknen.

Eine Weile machte Rachel sich noch Gedanken über das seltsame Gefühl von Unbehagen, das all ihre praktischen Handlungen begleitete, und schob es schließlich auf die Aufregungen, von denen sie in letzter Zeit so viele gehabt hatte.

Aber es war mehr als das, obwohl das sanfte Wetter, der blaue Himmel und die herrliche Stille in Joannas Garten dieses Gefühl Lügen zu strafen schienen. Irgend etwas stimmte nicht. Ganz und gar nicht.

Seufzend öffnete Rachel das Buch und begann zu lesen. Und jedesmal, wenn sie eine Seite umblätterte, berührte sie die winzige Säge an ihrem goldenen Armreif.

Athena O'Riley-Bordeau verließ den Zug in Tacoma. Es war eine rauhe, laute Stadt, die sie haßte, aber irgendwie glaubte sie, die Zwanzigmeilenfahrt auf dem Dampfer zu brauchen, um sich auf die unvermeidlichen Auseinandersetzungen in Seattle vorzubereiten.

Da sie daran gewöhnt war, ignorierte sie es, wie die Arbeiter und Kulis sie anstarrten, als sie veranlaßte, daß ihr Gepäck an Bord der ›Olympia‹ gebracht wurde, und sie dann hocherhobenen Kopfes die Rampe zum Schiff hinaufschritt.

Innerlich jedoch war Athena längst nicht mehr so selbstsicher, und auch ihre alte Überzeugung, fast jedem, dem sie begegnete, unendlich überlegen zu sein, hatte sehr stark nachgelassen.

An der Reling blieb sie stehen und schaute zu, wie das Schiff den Hafen verließ.

Seattle. Athena konnte sich beim besten Willen nicht darauf freuen, obwohl jede Seemeile sie näherbrachte. Was würden Papa und Mama sagen, wenn sie plötzlich und unangemeldet vor ihrer Tür erschien? Würden sie sie fortschicken?

Athena schloß ihre Augen bei dieser Vorstellung. Sie mußten sie einfach aufnehmen; sie hatte kein Geld mehr und niemanden, zu dem sie gehen konnte.

Und was war mit Griffin? Die seltenen Briefe ihrer Mutter ließen keinen Zweifel darüber offen, daß er noch immer ein enger Freund der Familie war, ein häufiger Besucher in dem großen Backsteinhaus hoch auf dem Hügel über Seattle.

Athena seufzte. Ja, so war Griffin. In dieser wechselhaften, unbeständigen Welt war er von einer seltenen Beständigkeit. Sein Verhalten war vorausschaubar wie die Bahnen, die Sterne und Planeten am Himmel zogen.

Einst hatte Athena gerade das als aufreizend langweilig an ihm empfunden. Seine sture Weigerung, seinem Vater zu gehorchen und seine ewig niesenden Patienten aufzugeben, hatte sie furchtbar gegen ihn aufgebracht. Vieles von dem, was Jonas besaß, hätte Griffin gehören können, und er hatte es aufgegeben, um die Übel von Leuten zu bekämpfen, die ganz einfach unwichtig waren.

In letzter Zeit jedoch war ihr gerade diese Charaktereigenschaft von Griffin, diese starrsinnige Beharrlichkeit, immer reizvoller und wünschenswerter erschienen. Genauer gesagt, seit jenem Tag, als die ersten demütigenden Beweise von Andrés Untreue aufgetaucht waren.

Athena schloß die Augen und umklammerte die Reling noch fester. Griffin würde ihr nie verzeihen, nie. Und doch – irgendwie mußte sie einen Weg finden, ihn zurückzugewinnen.

Vielleicht, weil sie ohne ihn nicht leben konnte, begann Athenas angeborenes Selbstvertrauen zurückzukehren. Du bist noch immer eine der schönsten Frauen in diesem armseligen

Staat, ermahnte sie sich. Und Griffins Verlangen nach ihr war maßlos, grenzenlos gewesen.

Wenn sie einen klugen Versuch unternahm, diese Gefühle wieder in ihm wachzurufen, mußte sie doch seinen lächerlichen Stolz besiegen können?

Athena holte tief Atem und öffnete die Augen. Von der festen Überzeugung gelenkt, daß alles Schöne sich in ihr vereinte, bemerkte sie nichts von der primitiven, unberührten Schönheit des Landes, des Wassers, der Bäume und der Berge, die sie umgaben.

Nein, Athena sah nur vor sich die Party, zu der sie ihre Mutter überreden würde, die schönen neuen Kleider, die sie dazu brauchte, und die stürmische Leidenschaft, die sie von neuem in Griffin Fletcher erwecken wollte.

Der Morgen war fast verstrichen, als die ›Olympia‹ in Seattle anlegte, und obwohl Athena müde von der Reise war, belebte neue Hoffnung sie. Ein Bad, frische Kleidung, etwas zu essen – und schon würde sie wieder ganz die alte, unbesiegbare Athena sein.

Am Hafen kam ihr – wie in New York und Paris, London und Rom – ihr gutes Aussehen zugute, und sie fand mühelos eine Kutsche, obwohl selbst für Seattle ein ziemliches Gedränge am Kai herrschte.

Inzwischen war sie sich ganz sicher, mit offenen Armen aufgenommen zu werden, und sie sehnte sich nach dem Trost und der Fürsorge ihrer Mutter und der brummigen Zuneigung ihres Vaters. Wie Griffin waren sie das einzig Dauerhafte in ihrem Leben, und obwohl sie ihr sicherlich noch grollten, war ihre Liebe zu ihrer Tochter ein Teil ihrer Natur und nicht einmal durch den schlimmsten aller Skandale zu erschüttern.

Athena lächelte. Sie würden wie immer sein, Mama und Papa veränderten sich nie. Joanna, Erbin eines immensen Vermögens, würde wie stets mit ihrer langweiligen Wohltätigkeitsarbeit beschäftigt sein, ungeachtet der Tatsache, wieviel aufregender San Francisco oder New York sein konnten. Und John, ihr reizender, schwer schuftender Papa, würde noch immer seine undankbaren, ungebildeten Patienten behandeln, ohne sich daran zu stören, daß seine Bemühungen nur höchst selten etwas einbrachten.

Ja, sie waren beständig, ihre Eltern. Wieder lächelte Athena. Hatte sie nicht selbst oft gesagt, daß Griffin Fletcher sie mit seiner Halsstarrigkeit an einen Granitfelsen erinnerte? Aber falls er wirklich so war, mußte die Liebe, die überwältigende Leidenschaft, die er für sie empfunden hatte, auch heute noch in ihm weiterleben und stärker sein als sein Zorn und sein verwundeter Stolz.

Denn die Liebe war schließlich zuerst dagewesen.

Vor dem stattlichen Backsteinhaus – einer Hütte im Vergleich zu dem Pariser Stadtpalais, das sie mit André Bordeau bewohnt hatte – bezahlte Athena den Kutscher und blieb dann einen Moment auf der Straße stehen, um die behagliche, praktische Schönheit ihres Elternhauses zu bewundern.

Dann, als sie das Gatter öffnete und auf das Haus zuging, zog irgend etwas im angrenzenden Garten ihren Blick wie magisch an.

Der erste Anblick des Mädchens erschreckte sie auf unerklärliche Weise, aber was viel schlimmer war – es tat fast quälend weh, sie dort sitzen zu sehen.

Mit angezogenen Beinen saß sie auf einer Gartenbank, ein aufgeschlagenes Buch auf dem Schoß. Ihr Haar fiel ihr wie ein schimmernder Vorhang über Rücken und Schultern und kräuselte sich in bezaubernden Locken um ihr schmales Gesicht. Ihre Augen, stellte Athena mit einem seltsamen Gefühl der Angst fest, waren groß, von langen, dichten Wimpern umrahmt und hatten die Farbe wilder Veilchen. Eine Aura unschuldiger Verwunderung umgab sie, die jeden unvorsichtigen Mann verzaubern mußte, und ihre Haut war so makellos wie Athenas eigene, höchstens etwas blasser.

Athena räusperte sich sehr damenhaft und fühlte sich auf eigenartige Weise bestätigt, als die Nymphe aufschaute und ein Ausdruck unverkennbaren Entsetzens in ihre Augen trat.

»Athena?«

Athena empfand ein wildes Triumphgefühl, als hätte sie eine Herausforderung angenommen und sei als Siegerin daraus hervorgegangen. »Sie wissen leider mehr als ich«, sagte sie lächelnd und setzte sich auf die Bank dem Mädchen gegenüber.

»Rachel«, flüsterte die Kleine bedrückt. »Ich bin Rachel McKinnon.«

Mit einem theatralischen Seufzer nahm Athena ihren eleganten Hut ab, um Rachel die ganze Pracht ihres weichen platinblonden Haars vorzuführen. Jonas hatte immer gesagt, es sei wie Mondschein auf einem Silberteller und nicht für Blicke oder Berührungen gewöhnlicher Menschen bestimmt. Griffin hingegen war nicht so poetisch gewesen; Athena bezweifelte selbst heute noch, ob er den außergewöhnlichen Farbton ihres Haars je richtig gewürdigt hatte.

Aber dieses Mädchen tat es. Ihre veilchenfarbenen Augen wurden groß vor Erstaunen, und sie wirkte sehr beeindruckt.

Wieder ohne zu begreifen, warum, wurde Athena von dem Gefühl ergriffen, einen harten Sieg errungen zu haben. »Arbeiten Sie für Mama und Papa?« fragte sie leichthin, obwohl ihre Neugierde viel tiefer saß.

Ein helles Rot stieg in die zu blassen, zu schmalen Wangen. »Ich bin ein Gast in diesem Hause«, erwiderte Rachel mit schüchterner Würde.

»Ich verstehe«, sagte Athena und richtete nach einem weiteren Seufzer ihren Blick auf das amethystfarbene Vormittagskleid, das das Mädchen trug. »Das gehört mir, glaube ich.«

Die wunderschönen Augen hielten Athenas Blick gelassen stand. »So? Möchten Sie, daß ich es ausziehe?«

Athena lächelte herablassend. »Wozu? Ich würde es ja doch nicht anziehen – jetzt nicht mehr.«

Tränen des Zorns und verletzten Stolzes glitzerten plötzlich in den verwirrend schönen Augen. Doch bevor Rachel eine Antwort formulieren konnte, meldete sich eine dritte Stimme ärgerlich zu Wort.

»Athena, das war unverzeihlich von dir. Du wirst dich augenblicklich entschuldigen.«

Athena hob überrascht den Kopf und entdeckte ihre Mutter am Gartentor, die sie mit Augen beobachtete, die – von Anfang an – zuviel gesehen hatten. »Mutter!« Athena sprang auf, schlang die Arme um Joanna und rief mit weinerlicher Stimme: »O Mama, André war schrecklich zu mir! Er war so herzlos und selbstsüchtig . . .«

Athena spürte die gewohnte kalte Distanz zwischen sich und dieser Frau, selbst dann, als sie sich in den Armen hielten.

»Herzlos und selbstsüchtig«, wiederholte Joanna gedankenvoll. »Vielleicht gibt es ja doch noch so etwas wie Gerechtigkeit auf dieser schlechten Welt.«

Aufrichtig verblüfft löste Athena sich aus der steifen Umarmung ihrer Mutter. »Ich weiß, daß ich schrecklich war, Mama«, sagte sie kleinlaut. »Aber du wirst mich doch nicht fortschicken? André hat sich von mir scheiden lassen, und ich habe weder Geld noch Freunde . . .«

Aber ihre Mutter hatte ihren müden Blick schon auf Rachel gerichtet, und ihre Züge wurden weicher. »Wir sprechen unter vier Augen darüber, Athena. Und das Kleid, das Rachel trägt, gehört ihr, nicht dir.«

Athena blieb keine andere Wahl, als entschuldigend zu nicken.

Rachel blieb noch lange, nachdem Athena und ihre Mutter fort waren, im Garten sitzen. Selbst nach den bösen Vorahnungen, die sie den ganzen Tag geplagt hatten, war sie auf ein derartiges Unglück nicht vorbereitet gewesen.

Da sie sich auf das Lesen nicht mehr konzentrieren konnte, legte sie das Buch beiseite und schlang die Hände um die Knie, um über die Veränderung ihrer Lage nachzudenken.

Sie hatte das Porträt gesehen und gewußt, daß Athena schön war, doch jetzt wurde ihr klar, daß der Maler es nicht verstanden hatte, auch nur ein Zehntel von Athenas Schönheit und Anmut wiederzugeben. Weder den Glanz ihrer Haut, den Ausdruck ihrer Augen noch die unglaubliche Wirkung ihrer Persönlichkeit hatte er auf seinem Bild eingefangen.

Rachel dachte jetzt mit Schrecken an Griffins bevorstehende Rückkehr nach Seattle. Theoretisch war es zwar möglich, daß Athena kein Interesse mehr für ihn aufbrachte, aber es war schon ziemlich unwahrscheinlich. Schließlich war er ein Mann, den trotz seiner zahlreichen Fehler keine Frau so schnell vergessen würde.

Bedrückt betrachtete Rachel den Armreif an ihrem Handgelenk. Er hat mir gesagt, daß er mich liebt, ermahnte sie sich, und Joanna hat gesagt, daß man seinen Versprechen Glauben schenken darf.

Ein Schluchzen stieg in Rachels Kehle auf, sie legte den Kopf zurück und schloß die Augen, um sich Griffins Zärtlichkeiten und die wunderbar sanften Forderungen, die er an ihren Körper gestellt hatte, ins Gedächtnis zurückzurufen.

Aber sie war hoffnungslos verwirrt.

Athena nippte an ihrem Tee und beobachtete über den Rand der Tasse ihre Mutter. Sie hatte die schrecklichen Begebenheiten wiedergegeben, die ihrer Ehe den Todesstoß versetzt hatten, den Bericht mit Details gespickt, mit denen sie das Mitleid ihrer Mutter zu erregen hoffte, und eine Anzahl wehmütiger Tränen vergossen.

»Du hättest schreiben sollen«, meinte Joanna vorwurfsvoll, doch in ihren Augen blitzte schon eine Spur ihrer alten, selbstlosen Liebe auf.

Athena stieß einen tragischen Seufzer aus. »Ich wollte euch nicht beunruhigen, Mama. Ihr wart so weit fort – ihr hättet euch nur Sorgen gemacht.«

Joanna schüttelte den Kopf. »Wenn es etwas gibt, woran es dir nie gemangelt hat, Athena, dann ist es die Fähigkeit, auf dich selbst aufzupassen.«

Beleidigt schob Athena ihre Tasse fort und bemühte sich, den Ärger, der in ihr aufstieg, zurückzuhalten. Aber es gelang ihr nur zum Teil. »Wer ist diese junge Frau, Mutter? Warum lebt sie hier?«

Joannas Stimme war aufreizend liebevoll. »Rachel ist Griffins Freundin. Und ich glaube, er hat ernsthafte Absichten mit ihr.«

Diese Neuigkeit traf Athena brutal wie ein Schock. Obwohl

sie vom ersten Moment an eine heftige Abneigung gegen Rachel verspürt hatte, wäre sie nie auf den Gedanken gekommen, das naive Ding könnte eine Bedrohung für sie darstellen. »Das ist nicht möglich«, flüsterte sie, und ihre Wangen röteten sich vor Empörung.

Aber Joanna nickte. »O doch, Athena, das ist es. Er kommt am Donnerstag oder Freitag her. Jonas Wilkes zum Trotz beabsichtigt er, Rachel nach Providence mitzunehmen.«

Athena fühlte sich gleich doppelt verletzt. »Was hat das mit Jonas zu tun?« fragte sie nach einem langen, gereizten Schweigen.

Joanna lehnte sich zurück und verschränkte die Arme. »Griffin sagte mir, daß Jonas sich offenbar einbildet, er sei in Rachel verliebt. Als ob Jonas Wilkes jemanden lieben könnte!«

Athena hatte Mühe, sich unter Kontrolle zu halten. »Das ist es«, sagte sie schließlich. »Du weißt doch, daß Griffin schon immer versucht hat, jeden Plan von Jonas zu durchkreuzen. Sie sind wie Öl und Feuer, die beiden. Wenn Griffin behauptet, etwas für diese Rachel zu empfinden, dann nur, weil er Jonas so gern ärgert.«

Joannas Löffel klapperte, als sie Zitronensaft in ihre zweite Tasse Tee rührte. »Unsinn. Griffins Gefühle waren für jeden offensichtlich, der sich die Mühe machte, hinzuschauen. Dein Vater und ich haben sofort gemerkt, wie sehr er Rachel verehrt.«

»Nein«, meinte Athena und schüttelte störrisch den Kopf.

Aber Joanna bedachte sie mit einem mitleidslosen Blick. »Erzähl mir nicht, daß du die weite Reise aus Paris nur gemacht hast, um Griffin Fletcher nachzujagen – denn dann steht dir ein schlimmer Schock bevor. Ich glaube, daß er dich haßt, Athena.«

Athena klammerte sich an die Hoffnungen, die sie während der letzten Wochen in sich genährt hatte, aber ihr fehlte jetzt die Überzeugung. »Ich will Griffin haben, Mutter«, sagte sie. Sie spürte einen beharrlichen Schmerz im Nacken, der sich bis zu den Schläfen hinaufzog. »Und ich werde ihn bekommen!«

Joanna hob ihre Tasse zu einem spöttischen Toast. »Also das

Schaf umwirbt den fauchenden Panther! Oder ist es umgekehrt, Athena?«

Mit zitternden Lippen beugte Athena sich vor. »Du haßt mich, nicht wahr, Mutter? Du haßt mich, weil ich Schande über deinen kostbaren guten Namen gebracht habe, nicht wahr?«

Ohne jede Vorwarnung hob Joanna die Hand und schlug Athena hart auf die Wange. Das kalte Schweigen, das darauf folgte, erfüllte Athena mit Entsetzen. Nie, nicht einmal in ihren schlimmsten Zeiten, hatte ihre Mutter sie geschlagen.

Sie hatte sich immer noch nicht ganz von diesem Schock erholt, als Joanna schon fortfuhr: »Über dich selbst hast du Schande gebracht, Athena – nicht über deinen Vater oder mich, und schon gar nicht über Griffin. Nur über dich selbst. Im übrigen weißt du, daß ich dich nicht hasse – du bist mein einziges Kind, und ich liebe dich sehr, so wahr mir Gott helfe! Dennoch würde es dir nicht schaden, daran zu denken, daß ich – im Gegensatz zu anderen Leuten – dein Theater durchschaue, Athena.«

»Mutter!«

Aber Joannas Gesicht blieb hart und unnachgiebig. »Sei vorsichtig, Athena. Früher oder später werden wir alle gestraft für das, was wir getan haben, oder belohnt – je nachdem. Deine Strafe könnte unter Umständen sehr hart sein, meine Liebe, denn Griffin hatte nichts getan, um deine grausame Behandlung zu verdienen. Er hatte sich höchstens erlaubt, deinem so unbeugsamen Willen zuwiderzuhandeln.«

»D-das klingt ja fast, als wünschtest du, ich würde zerstört«, flüsterte Athena entsetzt.

»Im Gegenteil, ich hoffe, daß es dir erspart bleibt. Aber das halte ich für ziemlich unwahrscheinlich. Und ich muß zugeben, daß du in Rachel McKinnon eine ebenbürtige Gegnerin gefunden hast, meine Liebe.«

Athena dachte noch über diese höchst unwahrscheinliche Möglichkeit nach, als Rachel erschien; klein, zart, furchtsam und hoffnungslos unerfahren. Der Blick ihrer großen, violetten Augen war flehend auf Joanna gerichtet. »Ich glaube, ich sollte lieber wieder zu Miss Cunningham zurückkehren . . .«

Bevor ihre Mutter etwas erwidern konnte, sprang Athena auf und lächelte Rachel gewinnend an. »Aber nein, Rachel, das würde ich nie zulassen! Morgen ist mein Geburtstag, und da werden wir sicher eine Party feiern. Das möchten Sie doch sicher nicht versäumen?«

Die Verwirrung dieses unerwünschten Eindringlings war wie Balsam für Athenas Seele. O Griffin, du wunderbarer Idiot, dachte sie. Was du für diese Kindfrau empfindest, ist Mitleid, aber keine Liebe!

Joanna ergriff nun das Wort; ihr Ton war scharf, ihre Stimme kalt. »Es wird keine Party geben, Athena.«

Aber natürlich würde es das, daran zweifelte Athena nicht. Schließlich war ihr noch nie, in ihrem ganzen Leben nicht, ein Wunsch versagt geblieben, und diese Party würde keine Ausnahme darstellen.

Ruhig wandte sie sich ab und verließ den Raum, um die Vorbereitungen zu treffen. Sobald die Gäste eingeladen waren, blieb ihrer Mutter gar nichts anderes übrig, als sich so elegant wie möglich mit den Tatsachen abzufinden.

24

Es war sehr finster draußen.

Jonas schaute von den Rechnungsbüchern auf seinem Schreibtisch auf und runzelte die Stirn. Die Spitzenvorhänge am Fenster blähten sich, und einen schrecklichen Moment lang glaubte er, seinen Namen im Nachtwind zu vernehmen.

Er stand auf, ging zum Fenster und schloß es heftig. Du mußt aufhören, so abergläubisch zu sein, dachte er. Schließlich hast du nichts getan, was nicht nötig gewesen wäre.

Und doch fuhr er zusammen, als hinter ihm abrupt die Tür geöffnet wurde.

McKay stand da mit dem gleichen dummen Gesichtsausdruck wie immer und viel zu selbstzufrieden. »Ein Telegramm für Sie.«

Jonas war alarmiert und gleichzeitig froh über die Gesellschaft – sogar die von McKay. Er ließ sich das Telegramm aushändigen und las: *»5. Juni – mein Geburtstag. Komm feiern. Athena.«*

Das muß ein Irrtum sein, dachte Jonas und überflog das handgeschriebene Telegramm noch einmal. Aber nein, kein Zweifel – Athena war in Seattle.

Jonas ließ sich verblüfft in seinen Sessel fallen. Er hätte nie gedacht, daß sie die Dreistigkeit besaß, nach allem, was geschehen war, nach Seattle zurückzukommen.

Aber welch günstigen Moment hatte sie dafür gewählt! Jonas lehnte sich zurück, zog die Beine auf den Schreibtisch und lachte genüßlich. »Bringen Sie mir Brandy, McKay – und einige zusätzliche Gläser. Wenn ich mich nicht sehr täusche, bekommen wir gleich Besuch.«

Grollend, weil er sich über die Aufgabe zu ärgern schien, holte McKay, was Jonas verlangt hatte. Dann schickte Jonas ihn mit einem Kopfnicken fort, verschränkte die Hände hinter dem Kopf und wartete.

Er hatte sich nur im Zeitpunkt geirrt, und es dauerte etwas länger als vermutet, bis er die Haustür aufgehen und auf der Treppe das wütende Stampfen schwerer Stiefel hörte.

Dann stürzte Griffin in den Raum. Field Hollister folgte ihm etwas langsamer. »Was zum Teufel geht hier vor?« fuhr Griffin Jonas an und schwenkte ein Telegramm. »Wenn das jetzt wieder einer deiner Tricks ist . . .«

»Ich bin genauso überrascht wie du«, unterbrach Jonas ihn gelassen und reichte Griffin das Telegramm, das er erhalten hatte.

Griffin überflog es kurz und fluchte wütend. »Ihr fahrt doch hin?« fragte Jonas lächelnd. »Ein solch denkwürdiges Ereignis sollte man sich wirklich nicht entgehen lassen.«

»Nicht zu fassen!« fuhr Griffin auf. »Ich kann es einfach nicht glauben! Es will mir nicht in den Kopf . . .«

Jonas hätte beinahe laut gelacht. »Und du, Field? Bist du bereit, deine Schäflein für ein solch aufregendes Ereignis im Stich zu lassen?«

Field beschränkte sich auf einen vernichtenden Blick.

Grinsend wandte Jonas sich an Griffin. »Rachel wird das mit Athena schon verstehen«, sagte er tröstend. »Oder hast du unsere Abmachung etwa schon gebrochen und ihr ewige Liebe geschworen?«

In Griffins Augen flackerte ein Gefühl auf, das Jonas nicht zu deuten wagte. »Was ich Rachel gesagt oder nicht gesagt habe, geht dich nichts an«, erwiderte Griffin gefährlich ruhig. »Aber falls du etwas damit zu tun hast, drehe ich dir den Hals um, Jonas!«

»Eine unangenehme Aussicht«, gab Jonas spöttisch zu. »Aber ich kann dir versichern, daß ich diesmal unschuldig bin.«

Als Griffin den Brandy auf Jonas' Schreibtisch sah, schenkte er für sich und für Field ein Glas ein. Aber zu Jonas' Erstaunen rührte er sein Glas nicht an, sondern hockte sich auf die Schreibtischkante. »Was machst du hier, Jonas? Wieso bist du nicht längst auf dem Weg nach Seattle, um deine Frau zurückzuholen?«

»Weil ich dir versprochen habe, es nicht zu tun.« Jonas war anzusehen, welche Mühe es ihn kostete, ernst zu bleiben.

Griffin runzelte die Stirn. »Ich meinte Athena, Jonas!«

»Athena interessiert mich nicht. Ich will Rachel.«

»Wieso willst du Athena nicht? Früher war das anders.«

Jonas zuckte die Schultern. »Bei dir auch.«

Griffin stürzte seinen Brandy in einem Zug hinunter, und ein sonderbares Lächeln spielte plötzlich um seinen Mund. »Ich habe mit Rachel geschlafen«, sagte er.

Die Worte trafen Jonas genauso hart, wie Griffin es gehofft hatte. »Du lügst!« rief er entgeistert.

»Griffin, um Himmels willen!« sagte Field flehend.

Aber Griffin war nicht mehr aufzuhalten. »Sie war noch Jungfrau, Jonas.«

Es konnte nicht wahr sein, daß Rachel sich diesem Mann hingegeben hatte; die Vorstellung war Jonas unerträglich. »Du lügst, du Schuft«, antwortete er nur mühsam beherrscht. »Das sagst du doch nur, weil du damals, als du von diesem Ärztekongreß aus San Francisco zurückkamst, deine kostbare Athena in meinem Bett entdeckt hattest.«

Griffin verschloß die Augen vor der Erinnerung daran, aber Jonas konnte sehen, daß sie ihm immer noch zu schaffen machte. »Halt den Mund«, murmelte Griffin rauh.

»Hört auf, beide!« mischte Field sich ein. »Mit diesen Sticheleien ist nichts gewonnen.«

Haß pulsierte durch den Raum, als wäre er etwas Greifbares.

Schließlich war es Field, der ewige Friedensstifter, der in die Bresche sprang. »Es gibt ein ganz einfaches Mittel, die Situation zu entschärfen«, schlug er vor. »Ihr solltet Athena einfach ignorieren – beide – und so tun, als existiere sie gar nicht. Am besten haltet ihr euch der Party fern.«

Griffin schüttelte den Kopf. »Ich will verdammt sein, wenn ich Rachel von dieser Wölfin zerreißen lasse!«

Field verlor allmählich die Geduld. »Vielleicht irrst du dich ja, Griffin. Es ist gut möglich, daß Athena aus Gründen nach Seattle zurückgekehrt ist, die gar nichts mit dir zu tun haben und infolgedessen auch nicht mit Rachel!«

»Du verschwendest deine Zeit, Field«, wandte Jonas höhnisch ein. »Unser arroganter Freund hier scheint felsenfest davon überzeugt zu sein, daß er der Grund für Athenas Rückkehr ist.«

Griffin betrachtete stirnrunzelnd sein Glas und stellte es klirrend auf den Tisch. »Wir sehen uns auf der Party, Jonas«, rief er, bevor er mit großen Schritten aus dem Zimmer stürmte.

Draußen bei den Pferden mahnte Field: »Sei vorsichtig, Griffin. Du weißt, was du einmal für Athena empfunden hast. Wenn du sie jetzt wiedersiehst und feststellst, daß sich nichts geändert hat . . .«

»Ich hasse diese Frau!« unterbrach Griffin ihn schroff.

»So? Dann bedenke bitte, daß Liebe und Haß oft schwer zu trennen sind. Wenn du Rachel nicht deine ungeteilte, ehrliche Zuneigung schenken kannst, dann laß sie lieber ihrer Wege gehen!«

»Du Heuchler!« antwortete Griffin barsch. »Ausgerechnet du sprichst von ›ungeteilter, aufrichtiger‹ Zuneigung? Glaubst du etwa, das wäre es, was du der Frau gibst, die du liebst?«

Trotz dieses unerwarteten Angriffs blieb Field erstaunlich ruhig. »Ich liebe sie mehr als mein Leben, Griffin. Das weißt du.«

»So? Warum darf dann niemand etwas von eurer Beziehung wissen? Und warum heiratest du sie nicht?«

Field seufzte schwer. »Weil sie es nicht will. Wenn es bekannt würde, wäre ihr Leben ruiniert, und meins genauso.«

Griffin trieb sein Pferd zu einem halsbrecherischen Galopp an. »Du bist ja wahnsinnig, Field!« schrie er in den Wind.

Fawn Nighthorse lag still in dem verbotenen Bett und wartete. Im Mondlicht, das durch das offene Fenster hereinströmte, schimmerte ihre Haut wie reines Silber.

Sie seufzte und hielt den Atem an, als sie hörte, wie die Tür sich öffnete und wieder schloß; mit leiser, gebrochener Stimme flüsterte Fawn seinen Namen.

»Nein«, sagte er, aber es klang nicht sehr überzeugt.

Aufmunternd klopfte Fawn auf das Bett, und nach einem kurzen inneren Kampf kam er und streckte sich neben ihr aus. Ein Stöhnen entrang sich seiner Kehle, als sie sein Hemd aufknöpfte und zärtlich seine Brust zu streicheln begann.

Schließlich kniete sie sich über ihn und ließ ihre Brustspitze einladend über seine Lippen gleiten. Als sie seine warme Zunge auf ihrer Haut fühlte, preßte sie mit einem heiseren Aufschrei ihre Brust an seine Lippen.

Aber Field glitt zur Seite, richtete sich auf und sah Fawn an. Eine kleine Ewigkeit lang rührte er sich nicht, aber dann begann er mit dem Zeigefinger die Umrisse ihrer Brüste nachzuzeichnen. Fawn, die regungslos gewartet hatte, beugte ihren Oberkörper so weit zurück, daß ihre Schultern die rauhe, kühle Wand berührten.

Aufstöhnend zog Field sie in die Arme. Er küßte ihren Nacken und die zarte Haut unter ihren Brüsten. Zärtlich schloß Field seine Lippen um die rosigen Knospen.

Fawns Körper begann sich im Rhythmus ihrer lustvollen Empfindungen zu wiegen, und Field wandte sich ihrer anderen Brust zu, um auch sie zu küssen, zu necken und mit den Zähnen ganz sachte an den Spitzen zu zupfen.

Heisere, flehende Laute kamen von Fawns Lippen, als Fields Hand zu ihren Schenkeln hinunterglitt und die Stelle fand, wo die süße Qual am größten war. Während er dort eine aufreizende Liebkosung begann, hörte er nicht auf, ihre Brüste zu streicheln.

Field setzte seine sinnlichen Zärtlichkeiten fort, bis eine Welle der Ekstase durch Fawns Körper ging und sie aufstöhnend den Gipfel ihrer Empfindungen erreichte.

Eine Weile blieb Fawn liegen, bis ihr Atem wieder ruhiger geworden war, doch dann wollte sie ihm die gleiche Lust schenken, die er ihr eben gegeben hatte.

Field rollte sich auf den Rücken, und nun war sie es, die ihm süße Qualen bereitete und ihn heiser um Erlösung flehen ließ. Als Fawn sah, daß er bereit war, hockte sie sich rittlings über seine Schenkel und nahm ihn in sich auf. Ihre Körper begannen sich in einem uralten Rhythmus zu bewegen, und irgendwann spürte Fawn, daß sich ein zweiter, noch viel überwältigender Höhepunkt näherte als der erste, und mitten in ihrer eigenen Lust spürte sie, wie sich Fields Leidenschaft entlud.

Tränen glitzerten auf ihren Wangen, als sie sich neben Field niederlegte und seinen flachen Bauch streichelte. »Ich liebe dich«, flüsterte sie.

»Nein, das ist nicht wahr!« entgegnete er ungewohnt heftig.

Fawn richtete sich verwundert auf. »Doch, Field, ich . . .«

Aber sie sah, daß er den Kopf schüttelte. »Wenn es wirklich Liebe wäre, was du für mich empfindest, würdest du mich heiraten«, sagte er ohne Vorwurf oder Groll.

»Es wäre dein Ruin, wenn du mich heiraten würdest!« entgegnete sie unter Tränen.

»Nein, es wäre ein Beginn«, widersprach er ruhig. »Ich halte es nicht mehr aus, Fawn. Ich kann meine Gefühle nicht mehr vor aller Welt verbergen. Und falls du dich schämen solltest – *ich* schäme mich jedenfalls nicht!«

Fawn zündete eine Petroleumlampe an, bei deren warmem Schein sie die Verzweiflung in Fields Augen erkennen konnte. Und da kamen ihr die Tränen – weil seine Qual auch ihre war. »Ach, Field – du kannst einfach keine Indianerin heiraten!«

»Warum denn nicht? Ich *liebe* ja auch eine Indianerin.«

»Du würdest deine Pfarre verlieren!«

»Weshalb – weil ich heirate? Ich bin kein katholischer Priester. Niemand zwingt mich, im Zölibat zu leben.«

»Weil du *mich* heiraten würdest, du Narr!« schrie Fawn.

Er drehte ihr den Rücken zu. »Es ist nicht richtig, Fawn. Unsere Begegnungen hier, deine ›Besuche‹ bei Jonas, all das ist Sünde! Heirate mich, damit ich wieder zu Gott aufschauen kann.«

Erschüttert ließ Fawn sich auf die Knie fallen und schob eine Hand unter das weiche braune Haar in Fields Nacken. »Sie würden dich *Squawman* schimpfen«, flüsterte sie.

Field drehte sich um. »Das ist mir egal. Laß sie doch reden.«

»Aber wenn wir ein Kind . . .«

»Wäre es ein Halbblut, wolltest du sagen?«

»Ja!«

»Fawn, begreifst du denn nicht, daß für unsere Kinder nur ihre eigenen Ansichten Geltung haben werden und nicht die Meinung irgendwelcher Außenstehender? Wir werden ihnen soviel Liebe geben, daß sie sich sicher und stark fühlen werden. Und geliebt.«

Fawn blieb lange stumm und dachte nach. Field Hollister zu heiraten, war der Traum ihres Lebens, seit sie Field zum allerersten Mal gesehen hatte – damals, vor vielen Jahren, als seine Eltern sie hungrig und allein in Seattle auf der Straße gefunden und mit zu sich nach Hause genommen hatten.

Field hatte sie damals kaum beachtet, weil er zehn Jahre älter gewesen war und im Begriff, mit Griffin Fletcher ins ferne Schottland abzureisen. Noch Monate, nachdem er fort war, hatte Fawn jede Nacht geweint.

Und als er zurückkehrte und Priester war, hatte er Fawn noch immer wie ein Kind behandelt und ihre beharrliche Verehrung geduldig über sich ergehen lassen.

Manchmal hatte er Fawn zu Hausbesuchen mitgenommen; dann saß sie da und hörte ihm aufmerksam zu – stets von dem verzweifelten Wunsch beherrscht, er möge sie bemerken, einmal *richtig* bemerken.

Als Field dann eine Zeitlang ein eher gleichmütiges Interesse an Ruby Sheridan zeigte, der Tochter des Richters, schwor Fawn den Geistern, nie wieder etwas Böses zu tun, wenn sie ihr dafür Field Hollisters Liebe schenkten. Nicht seine brüderliche Zuneigung – die besaß sie ohnehin –, sondern die Liebe eines erwachsenen Mannes zu einer erwachsenen Frau.

Wie es so häufig im Leben geschieht, fand Fawns Wunsch Erfüllung durch die Tragödie anderer. Zuerst war es Griffin Fletchers drohender Zusammenbruch, der Fawn und Field stärker als je zuvor zusammenbrachte. Fields Mitgefühl für seinen Freund war so stark, daß er Griffins Schmerz als seinen eigenen empfand.

Dann kamen Fields Eltern beim Brand ihres Hauses ums Leben, und Field und die kleine Indianerwaise, die seine Eltern so sehr ins Herz geschlossen hatten, suchten beieinander Trost. Im Laufe der Zeit war eine tiefe Liebe zwischen ihnen entstanden, die vielen Stürmen und Prüfungen zu trotzen hatte.

Und nun war der Moment gekommen, sich zu entscheiden. Fawn war klar, daß beide Alternativen Field zerstören konnten. Wenn sie ihn heiratete, würde er in seiner Gemeinde geächtet sein und vielleicht sogar seine Pfarre verlieren. Doch wenn sie sich gegen eine Heirat mit ihm entschied, würde ihre Entscheidung ähnlich zerstörerische Konsequenzen haben . . .

»Also gut, ich heirate dich, Field«, sagte sie schließlich.

Field zog sie in die Arme. »Jetzt wird alles gut, Fawn!« versprach er.

»Ja«, erwiderte sie und hoffte, daß es zuversichtlich klang. »Aber jetzt gehe ich lieber, Field. Bevor es hell wird.«

Doch er zog sie noch fester in die Arme. »Nein. Wir heiraten morgen schon, Fawn. In Seattle.«

Fawn lächelte und flehte ihren Gott stumm um Gnade an.

Rachel war so verzweifelt an diesem heißen Mittwochmorgen, daß sie sich – bevor jemand erwachte – aus dem Haus der O'Rileys schlich, um sich auf den langen Weg in die Innenstadt zu machen.

Sie wollte sich dort neue Kleider kaufen, selbst wenn sie dafür ihr kleines Kapital angreifen mußte. Aber der Gedanke, auch weiterhin Athenas Kleider zu tragen, war ihr einfach unerträglich.

Nachdem sie einhundert Dollar von ihrem Konto abgehoben hatte, betrat Rachel ein kleines Geschäft, doch als sie die ausgestellten Kleider sah, wurde sie von einem Gefühl der Hilflosigkeit erfaßt. Was zog man eigentlich zu *Parties* an? Denn natürlich hatte Athena ihren Wunsch durchgesetzt, ein kleines Fest ›für ein halbes Dutzend guter Freunde‹ veranstalten zu dürfen.

Doch Rachel vermutete, daß halb Seattle zu Athenas Geburtstagsparty erscheinen würde, und sie befürchtete, daß vielleicht sogar Griffin unter den Gästen war.

Als der Ladeninhaber auf Rachel zukam, straffte sie die Schultern. Wie eine Landpomeranze würde sie jedenfalls nicht auf Athenas Party erscheinen!

Würdevoll erklärte Rachel, was sie sich vorgestellt hatte und ließ sich geduldig Kleider vorführen. Das apricotfarbene Abendkleid, für das sie sich schließlich entschied, war aus duftigem Batist und so glatt und schlicht geschnitten, daß Rachels wohlgeformte Brüste und ihre schmale Taille perfekt zur Geltung kamen.

Nachdem ein freundliches Mädchen Maß genommen hatte für andere Röcke, Blusen und Kleider, die Rachel bestellen wollte, bezahlte sie und schaute in ehrfürchtigem Staunen zu, wie das entzückende Batistkleid in einen Karton gepackt und ihr übergeben wurde.

In einem zweiten Geschäft kaufte sie Schuhe aus weichem Samt sowie einen elfenbeinfarbenen Spitzenschal und machte sich dann auf den Weg zurück zu den O'Rileys.

Joanna kam ihr schon an der Tür entgegen. »Rachel – wo warst du nur? Ich habe mir solche Sorgen um dich gemacht!«

Rachel errötete beschämt. »Oh, das wollte ich nicht . . . ich habe nur eingekauft . . .«

In der Küche schenkte Joanna Rachel eine Tasse Tee ein. »Es tut mir leid«, sagte sie leise. »Das mit der Party, meine ich.«

Rachel lächelte. »Warum? Es ist Athenas Geburtstag und . . .«

Sie verstummte, als Athena hereinkam. »Ja, mein Geburtstag!« rief sie heiter und naschte von dem Teig, den die Köchin anrührte. »Aber ich fühle mich eher wie hundert als wie fünfundzwanzig.«

»Du bist siebenundzwanzig«, stellte Joanna fest und zwinkerte Rachel zu.

Athena zuckte mit den Schultern. Dann sah sie den Karton, den Rachel auf einen Küchenstuhl gestellt hatte. »Du hast dir etwas *Eigenes* zum Anziehen gekauft!« rief sie, als sei der Gedanke unvorstellbar. »Was hast du da, Rachel? Laß sehen!«

Plötzlich war Rachel gar nicht mehr sicher, ob das apricotfarbene Kleid für die Party geeignet war. Neben dieser Frau wirkte es vielleicht zu schlicht, zu kindlich ... »Nun ja, ich ...«

»Sei nicht albern!« schalt Athena gutmütig, während sie noch einmal Teig naschte. »Ich lache schon nicht über dein Kleidchen.«

Rachel schaute Joanna an und sah ein aufmunterndes Lächeln in deren gütigen blauen Augen. Langsam zog sie den Karton zu sich heran, nahm den Deckel ab und packte ihr neues Kleid aus.

»Steh auf und laß sehen, wie es zu deinem wunderschönen Haar aussieht«, befahl Joanna sanft.

Rachel gehorchte, aber ihre Kehle war wie zugeschnürt vor Verlegenheit.

»Oh!« flüsterte Joanna. »Wie reizend, Rachel!«

Athenas Kommentar verriet weniger Begeisterung. »Findet ihr es nicht ein bißchen zu ... *jugendlich?«* fragte sie schmollend.

Joanna strahlte Rachel an. »Ja, ganz bezaubernd jugendlich!«

»Batist«, murmelte Athena und berührte den Stoff mit Fingern, die leise zitterten. »Nun ja, kleine Mädchen wie du können Batist ja vielleicht noch tragen.«

Joanna stellte klirrend ihre Tasse ab. »Sei still, Athena! Jeder Narr sieht, daß Rachel kein kleines Mädchen mehr ist!«

Stirnrunzelnd betrachtete Athena das recht großzügige Dekolleté. »Bist du sicher, daß du so viel ... Busen zeigen willst?«

Rachel lächelte verschmitzt. Wenn es etwas an ihr gab, von dem sie sicher sein konnte, daß es Griffin gefiel, dann ihr wohlgeformter Busen. »Ganz sicher«, erwiderte sie schon etwas zuversichtlicher.

Athena betrachtete Rachel prüfend, und ihr Stirnrunzeln vertiefte sich. Ein instinktives Wissen wurde zwischen den beiden

Frauen ausgetauscht, und Rachel stellte triumphierend fest, daß Athena blaß geworden war.

Am Nachmittag trafen die Geschenke ein, aber Athena öffnete sie nicht einmal. Bis ein Päckchen mit Griffins Absender kam, brachte sie kein Interesse für die anderen Geburtstagsgeschenke auf.

Im stillen, kühlen Salon setzte Athena sich auf einen Sessel. Ihr Telegramm hatte Griffin nicht beantwortet – ob er zu beschäftigt mit seinen Patienten war? Sie schloß gequält die Augen. Griffin mußte einfach kommen! Er durfte ihrer Party nicht fernbleiben – schon gar nicht seiner unbedeutenden Patienten wegen!

Als Athena von draußen das Rattern einer Kutsche hörte, sprang sie hastig auf und spähte durch die Gardinen.

Es war Griffin Fletcher, der die Einfahrt hinaufkam – ohne Hut, ohne Rock, und mit einem Gesichtsausdruck, der Athena erstarren ließ ... Bis sie das Päckchen in seiner Hand bemerkte.

Da raffte sie lächelnd ihre Röcke, eilte in die Halle und riß die Tür auf, bevor Griffin anklopfen konnte. »Griffin!« sagte sie, ganz heiser vor Freude.

Tödlicher Haß flackerte in seinen Augen auf, und auch sein Ton konnte nicht als freundlich bezeichnet werden – vielleicht nicht einmal als höflich. »Bist du Europa schon überdrüssig geworden! Oder wollten sie dich in Paris nicht mehr haben?«

Athena senkte den Kopf angesichts seines unfaßbaren Zorns. »Wenn wir nur reden könnten ...« stammelte sie. »N-nur ein paar Minuten ...«

»Lieber nicht«, fiel er ihr hart ins Wort.

Als Athena ihn wieder anzusehen wagte, erschrak sie vor der rücksichtslosen Härte in seinem Blick. »Griffin, sei doch nicht so stur ...«

Bevor er etwas erwidern konnte, kam Rachel die Treppe hinuntergestürmt, so hastig, daß sie mit beiden Händen ihren langen Rock raffen mußte. »Griffin!«

Unfaßbarerweiße streckte er die Arme nach diesem lärmenden, ungezogenen Mädchen aus, und der Groll, der eben noch in seinen Zügen zu erkennen gewesen war, wich einem Ausdruck sanften Begehrens. »Hallo, Elfe«, sagte er lächelnd, als Rachel zögerte – und schon warf sie sich in seine Arme.

Verblüfft und zutiefst gedemütigt, trat Athena zurück.

Rachel schaute mit strahlenden Augen zu Griffin auf. »Ich dachte nicht . . .«, sprudelte es aus ihr hervor. »Obwohl ich hoffte . . .«

Griffin lachte und hob eine Hand, um ihr freudestrahlendes Gesicht zu streicheln. Einen unerträglichen Moment lang befürchtete Athena, daß er diese Göre jetzt auch noch küssen würde . . .

Aber statt dessen musterte er lächelnd Rachels Kleid. »Was ist das? Ein in Stoff festgehaltener Sonnenuntergang?«

Rachel lächelte unsicher und flüsterte etwas, das Athena in ihrer Verblüffung nicht verstand. Also so poetisch hatte sie Griffin ja noch nie erlebt! Unmöglich – einfach unmöglich!

Athena erstickte fast an ihrem Zorn – sie ignorierten sie einfach! »Ich muß doch sehr bitten, Rachel!« rief sie, um die beiden auf sich aufmerksam zu machen. »Hör auf, den Mann zu umschlingen wie eine Kletterpflanze!«

Rachel wurde blaß und wollte sich aus Griffins Umarmung lösen, aber er zog sie nur noch fester an sich und maß Athena mit einem Blick, der abgrundtiefe Verachtung ausdrückte.

Athena wußte nicht, ob sie erleichtert oder entsetzt sein sollte, als er sich endlich wieder von ihr abwandte. Dann schob sie trotzig das Kinn vor. Da war immerhin das Päckchen – Griffin hatte wenigstens ein Geschenk für sie. Was nur bedeuten konnte, daß er sie mit dieser Charade für alte Sünden büßen lassen wollte, um sie dann um so liebevoller in die Arme zu nehmen, sobald er zu der Überzeugung gekommen war, ausreichend Rache an ihr geübt zu haben.

Aber da gab er plötzlich Rachel das Geschenk und machte auch noch ein Gesicht dabei wie ein verliebter Schuljunge!

Athena unterdrückte den Schrei, der in ihrer Kehle aufstieg. Du Lump, dachte sie empört. Dafür wirst du mir büßen!

Rachels Hände zitterten, als sie das Päckchen öffnete; eine

tiefe Röte stieg in ihre Wangen, als sie im hellen Licht die Perlen schimmern sah. »O Griffin ...« hauchte sie.

Griffin schien Athena völlig vergessen zu haben, und so bemerkte er auch ihren Zorn nicht. Seine dunklen Augen leuchteten vor Zärtlichkeit, als er die Kette um Rachels schlanken Hals legte.

Abrupt wandte Athena sich ab und suchte Zuflucht im Salon. Dort – vor dem Porträt, das ihre Eltern Griffin zur Hochzeit hatten schenken wollen – ließ sie ihren bitteren Tränen freien Lauf.

Eine Zeitlang hörte sie noch Griffins und Rachels leise Stimmen in der Halle und dann irgendwann das Schließen der Haustür. Athena sprang auf, ergriff die handbemalte Vase, die auf dem Piano stand, und schleuderte sie gegen den Kamin.

Das Klirren des zerbrochenen Kristalls schien eine Ewigkeit lang durch das Haus zu hallen.

»Athena!« fragte eine sanfte Stimme.

Athena schloß die Augen. »Geh, Mama. Bitte geh!«

»Ich hatte dich gewarnt«, sagte Joanna leise.

Außer sich vor Schmerz, Wut und dem Gefühl gedemütigt worden zu sein, wirbelte Athena zu ihr herum. *»Er hat ihr die Perlenkette geschenkt!«* kreischte sie unbeherrscht.

Joanna setzte sich auf einen Stuhl und fragte ruhig: »Welche Perlenkette?«

Athenas Enttäuschung war grenzenlos. »S-sie gehörte G-Griffins Mutter«, schluchzte sie, während sie wie ein gefangenes Tier vor dem Kamin auf- und ablief. »I-ihr Hochzeitsgeschenk von seinem V-Vater ...«

»Ich verstehe.«

»Du verstehst überhaupt nichts! Diese Perlen waren für mich bestimmt! Er hätte sie mir schenken müssen!«

Leise Ungeduld schwang nun in Joannas Stimme mit. »Quäle dich nicht unnötig, Liebes. Griffins Gefühle haben sich ganz offensichtlich geändert, und du kannst nichts dagegen tun.«

»Nein! Wenn ich ihm sage, daß es mir leid tut, daß ich einen Fehler gemacht habe ...«

»Es gibt Fehler, die man nicht berichtigen kann, Athena. Du

hast Griffin verloren – vor langer Zeit schon. Sieh es endlich ein, dir selbst zuliebe.«

Doch Athena suchte schon wieder Trost in ihren Träumen. Natürlich liebte Griffin sie – er wollte sie nur bestrafen und sie so verletzen, wie sie ihn verletzt hatte.

Athena lächelte. Griffin hatte eine große Schwäche, und niemand wußte besser als Athena, was diese Schwäche war, und wie man sie ausnutzen konnte.

»Wo sind sie – Rachel und Griffin, meine ich!« fragte sie in einem Ton, der den vorausgegangenen Wortwechsel Lügen strafte.

Joanna wirkte alarmiert – vermutlich glaubte sie, ihre Tochter hätte den Verstand verloren. »Bei einer Hochzeit, glaube ich. Ein Freund von Griffin heiratet heute.«

»Ach so«, sagte Athena unbekümmert, ging an ihrer erstaunten Mutter vorbei und über die Treppe in ihr Zimmer. Ich werde heute abend das blaue Seidenkleid tragen, dachte sie. Das Kleid, das André ihr geschenkt hatte. Das Kleid, mit dem sie in Paris solches Aufsehen erregt hatte . . .

25

Seufzend ließ Griffin sich in dem Ledersessel vor John O'Rileys Schreibtisch nieder. Die Unterhaltung war nicht zu vermeiden, das war ihm klar, aber er fürchtete sie trotzdem. Es fiel ihm schwer, seine Gefühle zu trennen – Haß auf Athena, Respekt vor John –, aber Griffin wußte, daß er nicht daran vorbeikam. John machte sich keine Illusionen über Athena, aber sie war nun einmal seine Tochter, und allein aus diesem Grund liebte er sie.

»Wenn du wissen willst, wie meine Absichten sind«, sagte Griffin sehr direkt, »muß ich dir sagen, daß ich keine habe. Jedenfalls nicht im Hinblick auf Athena.«

»Du warst schon immer sehr freimütig, Griffin«, entgegnete John und griff nach seiner Pfeife. »Das schätze ich an dir.«

Griffin war müde, trotz seiner Freude über Fields und Fawns Hochzeit; trotz des bittersüßen Gefühls, das Rachel in ihm erweckte – süß, weil er in ihrer Nähe war, bitter, weil er sie nicht berühren durfte. Auch die Begegnung mit Athena war ihm ziemlich nahegegangen; er machte sich schwere Vorwürfe, dermaßen die Kontrolle über sich verloren zu haben.

»Es gibt aber auch einiges an mir, was dir nicht gefällt, vermute ich«, antwortete er schließlich.

»Richtig«, erwiderte John. »Du bist stur, hitzköpfig und tyrannisch. Du wärst der perfekte Ehemann für meine Tochter gewesen.«

Griffin seufzte. »John ...«

»Beruhige dich. Ich werde dich nicht anflehen, zu vergeben und zu vergessen – ich weiß, daß du es nicht kannst. Ich könnte es schließlich auch nicht, wenn mir so etwas zugestoßen wäre.«

»Was denn, John?«

»Ich bitte dich nur, keine Rache an ihr zu nehmen, Griffin. Tu ihr nicht weh.«

Griffin fragte sich, ob er je eine Tochter haben würde, und wenn, ob er sie dann so lieben würde wie dieser Mann seine Tochter – uneingeschränkt und ohne Vorbehalte. Er hoffte es zumindest.

»Das werde ich nicht, John.«

»Sie war ziemlich niedergeschlagen, nachdem du fort warst.«

Griffin stand ganz unvermittelt auf und drehte seinem alten Freund den Rücken zu. »Es tut mir leid, John«, sagte er leise. »Ich werde ihr von jetzt an aus dem Weg gehen.«

Der alte Mann seufzte und zog an seiner Pfeife. »Das wäre vielleicht besser, Griffin. Aber Joanna und ich machen uns weniger Sorgen um dich und um Athena als um Rachel. Sie ist noch sehr jung und unschuldig, und falls Athena eine ihrer zerstörerischen Kampagnen plant, glaube ich nicht, daß Rachel ihr gewachsen ist.«

Griffin drehte sich langsam um. »Ist Rachel reisefähig?« fragte er mit rauher Stimme.

John nickte. »Ja. Aber wie du weißt, dauert es sehr lange, bis ein Mensch sich von einer so schweren Krankheit vollständig erholt. Rachel hat sehr viel durchgemacht in den letzten Wochen. Sie darf keine weiteren Aufregungen mehr haben, Griffin.«

Griffin nickte stumm.

»Nimm dir Zeit, Griffin. Werde dir zuerst über deine eigenen Gefühle klar. Und vor allem – laß Rachel Zeit.«

»Zeit?« schnappte Griffin. »Ich lasse mir seit zwei Jahren ›Zeit!‹ Genauer gesagt, seit jener Nacht, in der . . .«

»Du meine Tochter bei einem anderen Mann gefunden hast«, ergänzte John. »Ich weiß, Griffin. Aber selbst jetzt bist du Athena gegenüber nicht ganz gleichgültig – hast du das wirklich nicht gemerkt?«

Es war nicht abzustreiten – Griffin hätte sie am liebsten umgebracht, aber gleichgültig war sie ihm nicht. Obwohl es so hätte sein müssen. »Ich liebe sie nicht mehr«, sagte er schroff.

»Sei dir dessen ganz sicher, bevor du Rachel ein bindendes Versprechen gibst, Griffin. Sie aus Gedankenlosigkeit zu verletzen, wäre ungeheuer grausam in ihrer Situation.«

Allein die Vorstellung löste Übelkeit in Griffin aus. »Ich habe mit Rachel geschlafen«, vertraute er seinem alten Freund an. »Sie könnte schwanger sein.«

John O'Rileys Seufzer verriet unendliche Müdigkeit. »Griffin«, meinte er, und es war ein Vorwurf und eine Absolution.

Griffin senkte den Kopf. »Das schlimmste ist – ich weiß nicht, ob ich dir versprechen kann, daß es nicht wieder vorkommt.«

»Versuch zu warten – hab Geduld. Diese Dinge klären sich mit der Zeit von selbst.«

»John, ich möchte Rachel nur heiraten. Ich will nur . . .«

»Du willst . . . Fein, Griffin – dir und Rachel zuliebe hoffe ich, daß ihr heiratet. Aber vergiß einmal für einen Moment, was du willst und denk statt dessen an sie. Wenn du ihr nicht alles von dir geben kannst, betrügst du sie.«

Das stimmte – aber es gab Männer wie Jonas zu bedenken, und Männer wie Frazier. Nicht zum ersten Mal fragte Griffin sich, wieviel von der stürmischen Leidenschaft, die er für Rachel verspürte, wirkliche Liebe war, und wieviel dem Bedürfnis entsprang, Jonas herauszufordern. War es vielleicht doch möglich, daß er Rachel nur benutzte?

So wahr Gott mir helfe – ich weiß es nicht, dachte Griffin unglücklich. Ich weiß es einfach nicht!

Als er John anblickte, sah er Verständnis in seinen Augen. Dann wandte er sich ab und ging hinaus, um die Frau aufzusuchen, die ihn einst beinahe zerstört hätte.

Seltsam, wie schnell die romantische Stimmung nach Fawns und Fields Hochzeit verflogen war. Während Rachel am Fenster den blauen Himmel betrachtete, spürte sie, wie von neuem Unbehagen in ihr aufstieg.

Unten auf der Straße fuhr eine zweite Kutsche vor und hielt vor dem Eingangstor der O'Rileys. Vier Männer mit Musikinstrumenten stiegen aus.

Rachel war alarmiert.

Tanzen. Natürlich würde getanzt werden – daran hätte sie denken müssen, wenn sie nicht so dumm gewesen wäre! Das Herz klopfte ihr plötzlich bis zum Hals.

Abgesehen von einigen unbeholfenen Schritten zum Klang einer Holzfällerfiedel hatte Rachel noch nie getanzt. Was sollte sie tun, wenn Griffin unbedingt auf dieser gräßlichen Party bleiben wollte?

Wie dumm und unbeholfen sie allen erscheinen würde, während Athena in den Armen ihres Kavaliers anmutig über das Parkett glitt und weder über ihre eigenen Füße noch über ihren Rocksaum stolperte . . .

Rachel straffte die Schultern. Nein, so leicht war sie nicht einzuschüchtern. Sie würde einfach zuschauen, was die anderen machten, und es dann – so gut sie konnte – nachahmen. ›Eine McKinnon läuft vor nichts und niemandem davon!‹ hatte sie ihren Vater oft genug sagen hören.

Während Rachel wehmütig dachte, daß es ihr viel lieber gewesen wäre, wenn die McKinnons Feigheit statt Mut geschätzt hätten, bemerkte sie Griffin, der um das Haus kam und auf den Garten zuging.

Weil sie leugnen wollte, was sie längst wußte, schloß sie die Augen. Am liebsten hätte sie sich irgendwo verkrochen. Aber auch mit geschlossenen Augen sah Rachel, was sie nicht wahrhaben wollte; sah es so klar, als stünde sie selbst am Tor.

Wenn Griffin den blühenden Garten betrat, würde Athena ihn dort erwarten.

Rachel umklammerte den Fensterrahmen und zwang sich, die Augen wieder zu öffnen. Ihr Leben endete auch dann nicht, falls Griffin es sich anders überlegte. Sie würde einfach weitermachen, wie sie es auch bis jetzt immer hatte tun müssen. Nur daß leider ihre Periode in diesem Monat nicht gekommen war. Tränen strömten ihr über die Wangen. Du hast Geld, ermahnte sie sich. Und das Haus deiner Mutter in Providence . . .

Eine zweite Kutsche fuhr vor, gezogen von vier vertrauten schwarzen Pferden. Die Tür öffnete sich, und Jonas Wilkes stieg aus, wie stets sehr attraktiv und elegant gekleidet. Lächelnd schaute er zu ihrem Fenster auf.

Ungeduldig und gegen ihr besseres Wissen riß Rachel das Fenster auf und lehnte sich hinaus. »Hallo!« rief sie, froh, jemanden zu sehen, den sie kannte und der freundlich zu ihr sein würde.

Jonas machte eine angedeutete Verbeugung. »Hallo, Rachel!« meinte er lachend. »Sie werden fallen und sich ihren schönen Hals brechen!«

Froh, daß ihre Tränen aus der Entfernung nicht zu sehen waren, lächelte Rachel. »Ich falle nicht – ich glaube, ich kann fliegen!«

Jonas legte den Kopf schief. »Interessant. Aber können Sie auch tanzen, Rachel?«

Errötend schüttelte sie den Kopf.

»Kein Problem. Dann bringe ich es Ihnen bei.«

Bevor Rachel antworten konnte, erschien Griffin in ihrem Blickfeld und schaute zornig zu ihr auf. »Was soll das denn sein?« erkundigte er sich schroff. »Die Balkonszene aus *Romeo und Julia?*«

Athena, die hinter Griffin getreten war, bohrte ihre Fingernägel in ihre Handflächen. Was hatte dieses unscheinbare Ding bloß an sich, daß erwachsene Männer sich ihretwegen zum Narren machten? Griffin wirkte richtig kampflustig, und Jonas sah wie ein verliebter Schüler aus.

Früher, dachte Athena bitter, war *ich* der Anlaß ihrer Streitigkeiten.

Sie streifte Griffin ganz bewußt, als sie an ihm vorbeiging. »Hallo, Jonas«, sagte sie mit ihrem bezauberndsten Lächeln.

Für einen Moment huschte so etwas wie Bewunderung für ihre Schönheit über Jonas' Gesicht, aber das war auch alles. »Athena«, meinte er nur knapp und tippte grüßend an die Hutkrempe.

Ein rascher Blick verriet ihr, daß Griffin ihr keinerlei Beachtung schenkte – er sah nur Rachel. »Komm sofort herunter!« schrie er so laut, daß Athena und Jonas zusammenzuckten.

»Ich denke nicht daran!« entgegnete Rachel trotzig.

Athenas Lächeln verblaßte. Sie und Jonas hätten sich hier im Gras wälzen können, nackt wie Gott sie erschaffen hatte, und Griffin hätte es nicht einmal gemerkt!

Jonas hingegen schien alles zu erfassen; sein Mund war schmal, sein Blick ruhte wütend auf Griffins breitem Rücken.

Auch das versetzte Athena einen schmerzhaften Stich. Es stimmte also – Jonas Wilkes hatte sich verliebt!

»*Rachel!*«, begann Griffin in einem Ton, der Athena, wäre er an sie gerichtet gewesen, in Angst und Schrecken versetzt hätte. »Komm sofort her!«

Rachels Kopf verschwand vom Fenster, aber nur ganz kurz. »Ich lasse mir nicht vorschreiben, was ich zu tun habe!« antwortete sie ärgerlich, und schon flog ein Schuh durch die Luft, der Griffins Kopf nur um Haaresbreite verfehlte. Gleich darauf folgte der zweite.

Für einen Augenblick erfaßte Athena Bewunderung für die Holzfällertochter. Schade nur, daß sie nicht besser zielen konnte!

Griffin war wütend; ein mörderischer Glanz erschien in seinen Augen. »Also gut!« brüllte er, und dann stürmte er durch die offene Tür ins Haus.

Athena schloß die Augen und fragte sich, warum dieser Streit der Liebenden sie nicht mit Erleichterung erfüllte.

Rachel erstarrte, als sie Griffins Schritte auf der Treppe hörte. Sie mußte die Tür abschließen ... Doch schon stand Griffin drohend vor ihr.

Als Rachel gerade um ihr Leben zu fürchten begann, lachte Griffin ganz unvermittelt.

»Ich liebe dich«, sagte er, als er wieder Atem fand, dann verbeugte er sich galant vor ihr und überreichte ihr ihre Schuhe. »Ein Glück, daß der Sekretär zu schwer für dich war.«

Rachels Gefühle drohten sie zu überwältigen. »Wenn du mich liebst, Griffin Fletcher«, sagte sie tapfer, »warum warst du dann mit Athena im Garten?«

»Um festzustellen, ob ich dich wirklich liebe. Eine Zeitlang war ich mir meiner Gefühle nicht ganz sicher, Rachel, und hielt sie für Lust, mehr nicht. Oder Trotz. Also beschloß ich, daß es am vernünftigsten wäre, mit Athena zu sprechen, um zu sehen, ob ich ihr widerstehen konnte.«

Rachels Kehle war wie zugeschnürt vor Angst. »Und?«

»Und alles, was ich für sie empfand, war Mitleid.«

Rachel bückte sich, um ihre Schuhe anzuziehen. Ihre Wangen brannten vor Scham. »Ich hätte dich nicht fragen sollen, Griffin, ich hatte kein Recht dazu.«

Er nahm zärtlich ihre Hände. »Du hast jedes Recht«, antwortete er.

»Aber sag mir jetzt, ob du mich liebst, Rachel. Du hast es mir nämlich noch nie gesagt.«

Rachel schlang ihm lachend die Arme um den Nacken. »O ja, Griffin – ja! Natürlich liebe ich dich.«

»Und du wirst mich heiraten?« fragte er ungewöhnlich ernst.

»Ja«, erwiderte sie schüchtern. »Aber ich möchte, daß du ganz sicher bist, Griffin.«

»Ich bin sicher.«

Doch Rachel schüttelte den Kopf. »Bisher war Athena weit entfernt und unerreichbar für dich. Jetzt ist sie wieder hier und ... Nun ja, ich möchte, daß du mir in einem Monat sagst, wie deine Gefühle sind. Nach einem Monat, wenn du, wann immer du willst, zu ihr gehen kannst.«

Griffins Hände lagen warm auf ihrem Körper, und ihr wurde immer deutlicher bewußt, wie schwer es ihr fallen würde, sich an ihre eigene Bedingung zu halten, falls er sie noch näher an sich zog ...

Aber Griffin trat zurück und ließ die Hände sinken.

»Wenn du es so willst, Rachel, warte ich. Aber eins muß ich wissen.«

»Was?«

»Was empfindest du für Jonas Wilkes?«

Rachel war verblüfft, wie eindringlich Griffin sie auf einmal anschaute, und sie gab sich Mühe, ganz aufrichtig zu sein. »Manchmal mag ich ihn«, sagte sie. »Er kann sehr nett sein. Aber meistens ist er mir ein bißchen zu aufdringlich.«

Sie sah, wie die Spannung aus Griffins Schultern wich. »Aber du glaubst nicht, daß du ihn liebst?«

»Ich liebe *dich*, Griffin.«

Bevor er etwas erwidern konnte, kam Joanna herein.

»Griffin Fletcher, du schamloser Wüstling! Verlasse sofort das Zimmer, bevor ich dich auspeitschen lasse. Und was dich betrifft, Rachel – es wird Zeit, daß du dich umziehst.«

Griffin lachte und ging widerspruchslos hinaus.

Eine Stunde später, als sie herunterkam, wartete er schon am Fuß der Treppe und sah so phantastisch aus, daß Rachel überwältigt war. Hatte er wirklich gesagt, daß er sie liebte und heiraten wollte? Es kam ihr wie ein Traum vor.

Aber seine Blicke streichelten sie, als sie auf ihn zukam, und er reichte ihr seinen Arm. »Meine Elfe«, flüsterte er heiser. »Du läßt einen Monat wie eine endlos lange Zeit erscheinen.«

Rachel errötete und musterte ihn mit unverhohlener Bewunderung. »Du siehst wie ein Märchenprinz aus!« stellte sie ehrfürchtig fest.

Griffin lachte schallend. »Die Bemerkung wird Field freuen, Elfchen. Es ist sein Hochzeitsfrack – hast du das nicht erkannt?«

Rachel sah ihn verblüfft an. »Nein!«

Griffin lächelte und nahm ihre Hand, als die ersten Klänge eines Walzers aus dem Speisezimmer ertönten, das in einen Ballsaal verwandelt worden war. »Doch, ich habe an seine Hotelzimmertür geklopft und seinen Frack verlangt. Er hatte es so eilig, mich wieder loszuwerden, daß er ihn auf den Korridor hinauswarf.«

»Du kannst von Glück sagen, daß er dich nicht erschossen hat.«

»Das wird morgen geschehen« entgegnete Griffin lachend.

Rachels Lächeln verblaßte. Irgend etwas *würde* morgen geschehen – das spürte sie. Eine steile Falte stand zwischen ihren Brauen, als Griffin sie in den Saal geleitete.

26

Das Tanzen erwies sich leichter, als Rachel befürchtet hatte; sie brauchte nur Griffins Führung zu folgen. Es war sehr angenehm, und keine Gedanken an eine ungewisse Zukunft trübten Rachels Freude, als sie zu einem Walzer nach dem anderen über das Parkett schwebte, mit geröteten Wangen, aufgeregt und von dem Gefühl beherrscht, an diesem Abend sogar schön zu sein.

Griffin versteifte sich nur unmerklich, als Jonas sich ihnen in einer Tanzpause lächelnd näherte. Obwohl seine Worte an Griffin gerichtet waren, schaute er unablässig Rachel an.

»Vergiß deine gute Erziehung nicht, Griffin, und tanze mit der Gastgeberin«, sagte er gelassen. »Sonst macht sie dir eine Szene.«

Rachel, die das Gefühl hatte, als würde Jonas sie mit seinen Blicken hypnotisieren, riß sich zusammen und schaute lächelnd zu dem großen Mann an ihrer Seite auf.

Mach dir keine Sorgen um mich, schien ihr Blick zu sagen.

Griffin, der die Botschaft gelesen hatte, erwiderte ihr Lächeln und blickte dann Jonas an.

Etwas Unerklärliches fand zwischen den beiden Männern statt, etwas, das die warme Sommerluft gefrieren ließ. Dann drückte Griffin Rachels Hand und machte sich auf die Suche nach seiner Gastgeberin.

Ein seltsames Unbehagen verbarg sich hinter Jonas' bewunderndem Blick. Als die Musik wieder einsetzte, zog er Rachel in seine Arme, und sie spürte so etwas wie Trauer in seiner Berührung.

Während sie tanzten, plauderte Jonas angeregt, aber Rachel konnte sich nicht auf seine Worte konzentrieren. Immer wieder schaute sie zu Griffin hinüber, der ein Stück entfernt von ihnen mit Athena tanzte. Was für ein phantastisches Paar sie waren . . .

Als Rachel endlich wieder ihren Blick auf Jonas richtete, entdeckte sie in seinem Gesicht etwas, was sie verblüffte. War es Trauer? Zorn? Sie konnte es nicht sagen.

»Athena ist wunderschön, nicht wahr?« sagte sie lahm.

»Hinreißend schön«, erwiderte Jonas schroff und überhaupt nicht mehr so umgänglich wie vorhin noch. »Nimm dich in acht, kleine Range.«

Rachel empfand seine Worte als unausgesprochene Herausforderung. »Was wollen Sie damit sagen?«

Wieder hatten seine Augen diesen Ausdruck, den sie sich nicht erklären konnte. »Ich will damit sagen, daß Athena in ihrem ganzen Leben noch kein Wunsch versagt geblieben ist. Und jetzt wünscht sie sich Griffin.«

Die Musik verklang, und Rachel blieb stehen. »Jonas . . .«

Aber er legte ihr den Zeigefinger auf die Lippen. »Es ist ein gefährliches Spiel, Rachel. Ein sehr gefährliches Spiel. Vergessen Sie nur nicht, daß ich da sein werde, wenn es vorbei ist.«

Rachel zerbrach sich noch den Kopf über diese Worte, als Jonas längst gegangen war und an Athenas Seite trat.

Eine tiefe Röte überzog Athenas Gesicht, als Jonas ihr etwas zuflüsterte; sie nahm seinen Arm, und beide verschwanden durch die Terrassentüren in den Garten.

Rachel merkte, daß sie ihnen nachstarrte und errötete beschämt. Doch selbst als Griffin wieder bei ihr war, konnte sie das Unbehagen, das sie erfaßt hatte, als sie Jonas und Athena zusammen verschwinden sah, nicht mehr abschütteln.

Worüber sprachen die beiden miteinander? War es möglich, daß sie sich gemeinsam gegen sie verschworen? Aber nein, es war ja lächerlich, so etwas zu denken, und eitel war es auch.

»Warum lächelst du so?« fragte sie Griffin, um sich abzulenken.

»Weil du so schön bist«, erwiderte er. »Weil das Tanzen mit Athena tödlich langweilig war. Und weil Doktor O'Riley mir gerade gesagt hat, daß ich keinen Mann getötet habe.«

Rachel schluckte betroffen. »Keinen Mann getötet?«

Griffin hob seufzend die Schultern. »Ich weiß nicht, warum es mich so erleichtert, daß es Douglas Frazier besser geht, aber so ist es. John hat erfahren, daß er wieder bei Bewußtsein ist.«

»Bei Bewußtsein?« flüsterte Rachel. Sie hatte niemanden nach Frazier gefragt seit jener Nacht, als Griffin sie vor ihm errettet hatte, weil sie nicht darüber nachdenken wollte, ob er noch immer eine Gefahr darstellte oder nicht. »Was hast du mit ihm gemacht?«

»Ihn fast totgeschlagen«, erwiderte er, und ein wachsamer Blick trat in seine Augen, während er auf Rachels Antwort wartete.

Rachel dachte an Dobson, den Holzfäller, der Griffin sowohl seine Verletzungen wie seine Genesung zu verdanken hatte. Eine todbringende, rücksichtslose Gewalt steckte in Griffin, und diese Erkenntnis hatte einen höchst widersprüchlichen Effekt auf Rachel. Während sie einerseits Griffins Kraft bewunderte, fürchtete sie andererseits den unbeherrschten Zorn, den er entwickeln konnte.

Zu ihrem Entsetzen merkte Rachel, daß er offensichtlich ihre Gedanken erraten hatte. »Du bist bei mir in Sicherheit, Elfe«, sagte er ruhig.

Rachel schämte sich. »Ich weiß, Griffin.«

Er lächelte, aber dieses Lächeln erreichte seine Augen nicht. »Was nicht bedeutet, daß es mir nicht manchmal schwer fällt, mich zu beherrschen. Im Augenblick zum Beispiel würde ich alles dafür geben, mit dir allein zu sein.«

Was er damit meinte, war klar, und Rachel hatte das gleiche Bedürfnis wie er. Aber ein Monat war eine erträgliche Zeitspanne, und falls er sich schließlich doch für Athena entschied, wollte Rachel nichts zu bereuen haben.

»Du bist ein sehr freimütiger Mensch, Griffin«, sagte sie, im vollen Bewußtsein der Verlockung, die sie für ihn darstellte. »Aber du wirst noch etwas warten müssen.«

Seine dunklen Augen glühten, als er seinen Blick auf ihre Brüste richtete und dann auf ihr Gesicht. »Du bist der zweite Mensch an diesem Abend, der mir diesen Rat gibt«, bemerkte er gedehnt. »Aber ich lasse mir nur sehr ungern raten.«

Rachel errötete; plötzlich war es ihr, als stünde sie nackt vor ihm und allen diesen Leuten. Zu ihrer Beschämung war es jedoch gar nicht unangenehm, dieses Gefühl, und als Griffin ihre Hand nahm und sie auf den Korridor hinauszog, ging sie mit.

Als er sie küßte, vergaß sie alles, auch ihre guten Absichten, und zitterte vor Verlangen.

Die Nacht war warm und still, als Griffin sie in den Garten auf der anderen Seite des Hauses führte. Dort, zwischen den Apfelbäumen, küßte er sie von neuem, und diesmal lag ein solcher Hunger, ein solch drängendes Verlangen in dem Kuß, daß ihr Widerstand dahinschmolz wie Eis in der Sonne.

Sie stöhnte vor Entzücken, als Griffin ihre Brüste berührte, sie zärtlich streichelte, bis ihre Spitzen sich unter dem dünnen Batist ihres Kleids aufrichteten.

Aufstöhnend drückte er Rachel an den harten Stamm eines Apfelbaums und hielt sie dort fest, während seine Blicke mit unverhohlenem Begehren über ihren Körper wanderten.

Dann, entnervend langsam, legte er die Hände an ihren gewagten Ausschnitt. Eine unbändige Freude erfaßte Rachel, als er das Mieder herunterzog und ihre Brüste entblößte. Seine warmen Lippen schlossen sich um eine ihrer rosigen Knospen, und sie stieß einen lustvollen Seufzer aus. »Bitte«, flüsterte sie.

»Natürlich, meine kleine Elfe«, murmelte er, ließ seine Hand an ihr hinuntergleiten und schob sie unter ihren langen Rock. Rachel schloß aufstöhnend die Augen und überließ sich seinen sinnlichen Liebkosungen.

Doch ganz plötzlich löste er sich von ihr. »Zieh dich aus.«

Rachel zögerte nur den Bruchteil einer Sekunde. Sie haßte Griffin für seine Macht über sie und für das Verlangen, das er so mühelos in ihr auszulösen verstand. Dann drehte sie sich um. »Ich kann die Knöpfe allein nicht öffnen.«

Mit schnellen, ungeschickten Fingern löste Griffin die Knöpfe, aber er machte keine Anstalten, ihr das Kleid über die Schultern zu streifen, sondern drehte Rachel an den Schultern zu sich herum.

Rachel blieb zitternd stehen und wartete. Doch Griffin rührte sich nicht. Seine Augen befahlen ihr, sich auszuziehen, sich vor ihm zu entblößen.

Und das tat sie schließlich. Das Kleid glitt auf die Erde, bauschte sich wie eine apricotfarbene Wolke um ihre Füße. Mit zitternden Händen streifte sie auch ihre spitzenbesetzten Satinunterhosen ab.

Ich hasse dich dafür, Griffin, daß du mich dazu bringst, so etwas zu tun, dachte Rachel, während ihr Körper unter seinen Blicken erbebte. Aber das schlimmste ist, daß ich dich aus dem gleichen Grund auch liebe . . .

Sie ging auf ihn zu, eine stolze Nymphe im Mondlicht, und knöpfte lächelnd seine Hose auf. Der heisere Schrei, den er ausstieß, und seine Reaktion waren Beweis genug, daß es jetzt Rachel war, die dominierte.

Langsam ließ sie sich auf die Knie nieder und reizte Griffin so entnervend langsam und bewußt wie er es vorhin mit ihr getan hatte, und mit einem triumphierenden Lächeln nahm sie zur Kenntnis, daß er heftig und unregelmäßig atmete.

Rachel hörte nicht auf, ihn mit sinnlichen Liebkosungen zu verwöhnen, bis ein Erschauern durch seinen großen Körper ging.

»Hexe«, murmelte er rauh, ließ sich auf den Knien nieder und drückte Rachel mit den Händen auf den weichen Boden, um süße Vergeltung an ihr zu üben.

Mit geschlossenen Augen überließ Rachel sich ihren lustvollen Empfindungen. Als sie den Gipfel der Ekstase erreichte, stieß sie einen Schrei aus, der heiser durch den Garten schallte.

Jonas war dankbar für die Stille von O'Rileys Arbeitszimmer.

Athena stand an der geschlossenen Tür und verfolgte gereizt Jonas' unruhige Wanderung. Aufgebracht schritt er vor dem Kamin auf und ab.

»Ich habe dir ja gesagt, daß es ernst ist, Jonas«, stellte sie mit mühsam unterdrücktem Ärger fest.

Jonas blieb abrupt stehen. »Rachel würde so etwas nie tun!«

»Ha!« Athena blieb ungerührt. »Vielleicht nicht mit dir. Aber du glaubst doch nicht, daß sie einen Mondscheinspaziergang machen und über die Einrichtung ihres zukünftigen Wohnzimmers reden!«

Jonas wollte sterben. Eine Serie erschütternder Bilder erstand vor seinen Augen und nährte den Zorn, der in ihm wütete. Rachel und Griffin. Die Vorstellung war nicht zu ertragen. Egal, was sie auch taten – er würde es nicht zulassen. »Nur weil du am besten in der Horizontalen arbeitest, Athena«, sagte er gehässig, »muß es bei Rachel nicht auch so sein.«

Athena zuckte mit den Schultern. »Glaub, was du willst, Jonas. Aber ich weiß, daß ich etwas unternehmen muß. Und zwar schnell.«

»So? Und das wäre?« fragte er bissig.

Athena zog eine Braue hoch. »Wir brauchen nur eine Szene zu arrangieren, von der ich weiß, daß Griffin sie nicht ertragen kann.«

Jonas dachte nach. Aber sein Zorn hatte seine Vernunft doch noch nicht ganz verdrängt. »Nein«, erwiderte er.

»Warum nicht? Du wartest, bis sie eingeschlafen ist, und dann sorgen wir dafür, daß Griffin dich in ihrem Bett entdeckt...«

»Du machst mich krank, Athena.« Jonas wandte sich angeekelt ab.

»Und du so edel, Jonas. Hast du schon vergessen, wie wild er beim ersten Mal geworden ist?«

»Nein, und diesmal würde er überhaupt nicht mehr zu halten sein. Er würde mich mit bloßen Händen umbringen, Athena!«

»Du hast Angst vor ihm?«

»Da hast du verdammt recht! Natürlich fürchte ich ihn.«

»Dann ist dir Rachel auch nicht so wichtig, wie du sagst.«

»O doch – ich will Rachel haben«, knurrte Jonas. »Ich *liebe* sie. Aber selbst wenn ich deinen Plan überleben sollte, würde sie mir ins Gesicht spucken!«

Jetzt war es Athena, die eine unruhige Wanderung begann. »Wir müssen jedenfalls etwas unternehmen, Jonas. Wenn er sie heiratet, dann stehen wir beide ganz schön dumm da.«

Jonas entdeckte eine Flasche Whiskey auf dem Tisch und schenkte sich davon ein. »Er wird sie nicht heiraten«, sagte er, nachdem er den Whiskey hinuntergestürzt hatte. »Er wird sie nicht *bekommen.*«

Athena wirkte skeptisch. »Und wenn er sie schon gehabt hat, Jonas? Würde es dich stören, wenn er sie schon besessen hätte?«

»Nein«, erwiderte er, aber dennoch durchfuhr ihn bei dieser Vorstellung ein entsetzlicher Schmerz.

Plötzlich war Athena bei ihm. »Es gibt noch eine Möglichkeit«, flüsterte sie. »Wir könnten uns gegenseitig trösten.«

Jonas lachte schroff. »Trösten?« wiederholte er spöttisch.

Athenas Hände lagen auf seinem Rockaufschlag, warm und verlockend, aber Jonas' Körper reagierte nicht darauf. Eine unsinnige, verrückte Treue schien ihn in ihrem Bann zu halten. Er hatte diese Erfahrung schon bei Fawn Nighthorse gemacht und beabsichtigte nicht, sie noch einmal zu wiederholen.

»Früher warst du gern mit mir zusammen«, erinnerte Athena ihn.

Jonas entzog sich ihr und füllte erneut sein Glas. »Weißt du was, Athena? Du widerst mich an. Den ganzen Abend hast du mir erzählt, du wolltest dich mit Griffin versöhnen. Und jetzt bietest du dich mir an wie eine Hure aus der Skid Road.«

Athenas Ehering blitzte auf, als sie die Hand hob, um Jonas zu schlagen. Brutal hielt er ihr Handgelenk fest und gab vor, sich für den Diamanten an ihrem Finger zu interessieren. »Das Spielchen hast du in Frankreich wohl auch gespielt, was?« sagte er. »Nun, Hut ab vor Bordeau, daß er den Mut hatte, dich hinauszuwerfen!«

Athenas üppige Brüste hoben und senkten sich vor Erregung.

Jonas verstärkte den Druck auf ihr Handgelenk und schaute mit grimmiger Befriedigung zu, wie sie lustvoll den Kopf zurückwarf und leise keuchte.

Sie hatte sich nicht verändert. Jonas wußte, daß seine Grobheit ihre zügellose Leidenschaft viel stärker anregte als Griffins zärtliche Werbung. Jonas bezweifelte sehr, daß Griffin überhaupt je mit dieser Frau geschlafen hatte.

Ohne selbst auch nur das geringste Verlangen zu empfinden, schob Jonas eine Hand in Athenas Ausschnitt und umfaßte ihre Brust so hart, daß es schmerzen mußte. Mit seinem Daumen strich er über ihre Brustspitze, bis sie sich aufrichtete.

Athena hielt die Augen geschlossen und stieß ein lustvolles Stöhnen aus. Es war interessant, wenn auch nicht erstaunlich, daß sie sich nicht wehrte. Sie murmelte Jonas' Namen, und es klang fast wie eine Bitte.

Auch jetzt noch völlig unbewegt, zerriß er ihr Kleid und entblößte ihre Brüste. Athena öffnete die Augen, sah seine Verachtung und lächelte. »Du könntest so tun, als wäre ich Rachel«, sagte sie, legte ihre Hand zwischen seine Schenkel und begann ihn sehr geschickt zu reizen.

Es war mehr ihr Vorschlag, als das, was sie tat, was eine nicht zu zügelnde Begierde in Jonas erweckte. Rachel.

Er verspürte Erleichterung, aber auch Zorn, als sein Glied sich aufrichtete und Befriedigung forderte. Er hatte das Spiel zu weit getrieben; jetzt gab es kein Zurück mehr.

Er ließ sich in den Schaukelstuhl am Kamin sinken und wartete. Athena kniete vor ihm nieder und begann mit der Aufgabe, auf die sie sich so gut verstand.

27

Als Rachel spät am nächsten Morgen erwachte, entdeckte sie Athena am Fußende ihres Betts.

»Mutter hat ein Bad für dich bereiten lassen«, sagte Athena mürrisch.

Rachel streckte sich wohlig. »Danke. Das ist wunderbar.«

Athenas Blick fiel auf das apricotfarbene Kleid, das Rachel achtlos auf einen Stuhl geworfen hatte. Es war zerknittert, mit Grasflecken übersät, und im Stoff hatten sich Blätter von einem Apfelbaum verfangen.

Athenas Kinn zitterte, ihre Fingerknöchel traten weiß hervor, als sie das Bettgestell umklammerte. »Wie seid ihr gestern nacht ungesehen ins Haus gekommen – du und Griffin, meine ich?«

Rachel richtete sich gähnend auf. Sie waren lachend die Küchentreppe hinaufgestiegen, aber das ging Athena nichts an. »Ich weiß nicht, was du meinst«, erwiderte sie mit unschuldiger Miene.

Athenas blaue Augen blitzten jetzt vor Zorn. »Das weißt du sehr gut! Mama und Papa kannst du zum Narren halten, aber ich mache mir keine Illusionen über deine zweifelhafte Moral.«

Rachel errötete leicht, aber sie schämte sich nicht. Mag sein, daß es nicht ratsam war, mit Griffin zu schlafen, dachte sie, aber falsch war es sicher auch nicht. Ganz bestimmt nicht.

»Tut mir leid, Athena«, sagte sie, während sie aufstand. »Aber jetzt möchte ich mein Bad genießen.«

Athena schnalzte verächtlich mit der Zunge. »Du kleine Närrin! Griffin benutzt dich nur – du bist nichts als ein Spaß für ihn.«

Das Gefühl kommenden Unheils, das Rachel schon seit zwei Tagen plagte, kehrte zurück, doch es hatte weder etwas mit Athena zu tun, noch mit den Dingen, die sie sagte. Aber leider löste es einen dumpfen Schmerz in Rachels Nacken aus. Sie suchte sich eine Garnitur frischer Unterwäsche heraus und ein schlichtes Kleid, wobei sie Athena ignorierte und hoffte, daß sie fortgehen möge.

Aber Athena folgte ihr durch das Zimmer wie ein Spürhund einem Hasen. »Du glaubst also, er liebt dich?« fuhr sie höhnisch fort. »Du bildest dir ein, er würde dich heiraten, nicht wahr? Und gestern nacht, dem Zustand deines Kleids nach zu urteilen, hast du dich mit ihm auf der Erde herumgewälzt wie ein läufige Hündin!«

Rachel hielt inne und drehte sich gefährlich ruhig zu Athena um. »Ich weiß, daß er mich heiraten will«, entgegnete sie kühl. »Er hat mir einen Antrag gemacht.«

Athena wirkte sehr bestürzt, aber sie erholte sich schnell. »Tatsächlich? Aber hat er dir auch gesagt, wie er damit prahlt, dich gehabt zu haben, Rachel? Er hat es sogar Jonas erzählt.«

Gespanntes Schweigen. Rachels Kopfschmerzen wurden immer unerträglicher. »Du lügst.«

»Glaub, was du willst. Oder frag Jonas.«

Eine Welle der Übelkeit erfaßte Rachel; sie wollte etwas sagen, wollte widersprechen, und brachte doch kein Wort über ihre Lippen.

Athena lächelte triumphierend. »Er hat Jonas gesagt, daß du noch Jungfrau warst, als er mit dir geschlafen hat!«

Rachel drehte sich um und klammerte sich haltsuchend an die Kante eines Sekretärs. In Gedanken hörte sie Griffin all jene schrecklichen Dinge zu Field sagen, an jenem Tag, als sie aus dem Holzfällerlager zurückgekommen waren. An jenem Tag, an dem Griffin es so eilig gehabt hatte, sie zum Schiff nach Seattle zu bringen.

Ich wußte nicht, daß sie noch Jungfrau war – ich habe es geschafft...

Stumm schüttelte sie den Kopf, aber die Wahrheit blieb, häßlich und beschämend... Griffin *mußte* Jonas etwas von jener Nacht im Holzfällerlager erzählt haben, wie sonst hätte er über solch intime Einzelheiten Bescheid wissen können?

In ihrem verzweifelten Bedürfnis nach Trost schloß Rachels Hand sich um die Perlen, die Griffin ihr geschenkt hatte, und über den goldenen Armreif an ihrem Handgelenk.

Aber Athena, der die Geste nicht entgangen war, lachte leise. »Er hat dir Geschenke gemacht! Ach, Rachel, du glaubst doch nicht etwa, daß *das* etwas zu bedeuten hat! Du Unschuldslamm – weißt du denn wirklich nicht, daß Männer solche Geschenke machen, um gewisse Dienste zu bezahlen? Es ist viel vornehmer, als Geld zu hinterlassen, wenn sie fertig sind.«

Rachel hatte das Gefühl, sich übergeben zu müssen.

Athena erkannte ihren Vorteil und nutzte ihn. »Du hast doch nicht im Ernst geglaubt, Griffin würde sich an jemanden wie dich binden wollen?« meinte sie spöttisch. »Du liebe Güte, Rachel, Griffin ist ein reicher, gebildeter Mann – was sollte er mit einem Holzfällerbalg anfangen?«

Rachels Knie drohten unter ihr nachzugeben, sie nahm ihre letzte Kraft zusammen und sagte scharf: »Hinaus, Athena!«

Athena ging, und ihre Stimme klang fröhlich, als sie sich zuckersüß von Rachel verabschiedete. Als die Tür hinter ihr ins Schloß fiel, warf Rachel sich aufs Bett. Aber sie war zu erschüttert, um zu weinen. Lange Zeit lag sie ganz still, während etwas in ihr zerriß. Wie konnte sie so dumm gewesen sein, Griffins Liebeserklärungen zu glauben, und wie hatte sie so zügellos sein können, sich ihm auf diese Weise hinzugeben?

Im Austausch gegen eine Perlenkette und einen Armreifen...

Rachel richtete sich auf und beschloß, dieses Haus schnellstens zu verlassen, dieses Haus und ihre zerstörten Träume. Und Griffin Fletcher und seine Prahlereien.

Wenn es möglich war, würde sie in einen anderen Staat ziehen und Washington verlassen. Sie hatte Geld, sie konnte woanders einen neuen Anfang machen, wie ihre Mutter ihr geraten hatte.

Ihre Mutter. Rachel verschloß ihr Herz vor dem, was ihre Mutter gewesen war und wofür Griffin auch sie, Rachel, zu halten schien. Er *muß* ja glauben, ich sei eine Hure, dachte sie unglücklich. Ich habe ihm keinen Anlaß gegeben, etwas anderes zu glauben . . .

Nach einer Weile gewann Rachel ihre Fassung wieder. Unten erwartete sie ein heißes Bad und wahrscheinlich auch ein spätes Frühstück. Wenn sie nicht bald hinunterging, würde Joanna kommen, um sie zu holen.

Rachel zog einen Morgenrock über und ging nach unten. Zwei Uhr schon, stellte sie in der Küche fest. Die Köchin war nirgendwo zu sehen, und Joanna hielt sich vermutlich im kühlen Garten auf.

Das Baden war kein Luxus mehr – das Wasser war längst abgekühlt, und so heftig Rachel ihre Haut auch schrubbte, das Gefühl, beschmutzt zu sein, wollte nicht weichen.

Als Rachel sich anzog, kam ihr eine schreckliche Erkenntnis. *Sie war schwanger.*

Bedrückt schlich sie in ihr Zimmer im ersten Stock hinauf und weinte um das ungeborene Kind, das in einem Holzfällerlager oder unter einem Apfelbaum gezeugt worden war.

Wo mochte Griffin sein? Konnte sie überhaupt hoffen, das Haus zu verlassen, ohne ihm zu begegnen?

Sie betete, daß es so sein möge.

Aber Joanna – sie war so nett zu ihr gewesen! Von ihr konnte Rachel sich nicht trennen, ohne ein Abschiedswort zu hinterlassen. Rasch schrieb sie ihr einen kurzen Brief, in dem sie sich aufrichtig für alles bedankte, was Joanna für sie getan hatte.

Eine halbe Stunde später verließ Rachel, nur eine kleine Reisetasche in der Hand, das Haus. Hinter ihr blieb alles zurück, woran ihr Herz gehangen hatte – die Perlen, der Armreif und das apricotfarbene Abendkleid.

Athena stand am Fenster und schaute Rachel triumphierend nach. Wer hätte gedacht, daß es so leicht sein würde?

Widerstrebend verließ sie das Fenster, trat auf den Korridor hinaus und durch die offene Tür in Rachels Zimmer. Die Perlen lagen auf dem Sekretär, neben dem albernen kleinen Armreif.

Athena nahm die Schmuckstücke an sich. Was für eine lustige Vorstellung, Griffin beides in die Hand zu drücken und zuzusehen, wie er die Erkenntnis gewann, daß Rachel fort war!

Athena lächelte. Jonas würde begeistert sein.

Dann horchte sie auf – draußen fuhr eine Kutsche vor, und da wurde ihr bewußt, daß sie Jonas gar nicht sagen konnte, was sie getan hatte. Falls Rachel ein Dampfschiff bestieg und für immer verschwand, würde er furchtbar wütend werden. Und Jonas' Rache war etwas, worauf Athena verzichten konnte.

Unten ging die Haustür auf und wieder zu. Athena hörte ihren Vater dröhnend lachen und Griffin nichtsahnend auf seinen Scherz eingehen.

Wieder lächelte sie. Bald wirst du nichts mehr zu lachen haben, mein Lieber, dachte sie. Und dein Zorn wird etwas sein, woran ich gern und oft zurückdenken werde!

Athena ließ die Schmuckstücke in ihre Rocktasche gleiten und eilte hinunter. Sie war völlig außer Atem, als sie ins Arbeitszimmer ihres Vaters stürmte, wo er mit Griffin zusammensaß.

»Rachel ist fort!« keuchte sie und rang dramatisch die Hände.

Griffin sprang auf. »*Was?*«

Athena bekam plötzlich Bedenken, ob es nicht weiser gewesen wäre, ein wenig mehr Zeit verstreichen zu lassen, um ganz sicher sein zu können, daß Rachel nicht mehr aufzufinden war. »Nun ja ... vielleicht ist sie draußen bei Mutter ...«

Aber Griffin war nicht mehr zu halten. Ohne sich um die Anwesenheit ihres Vaters zu scheren, packte er Athena bei den Schultern und schüttelte sie grob. »Was hast du ihr gesagt?« herrschte er sie an.

Athena konnte nur den Kopf schütteln.

Griffin starrte sie einen schrecklichen Moment lang an, stieß sie dann fort und stürmte aus dem Arbeitszimmer. Athena zuckte zusammen, als die Haustür ins Schloß fiel.

Rachel war verwirrt, ihr Kopf dröhnte vor Schmerzen. Es war fast, als hätten Geist und Herz sich irgendwie von ihrem Körper getrennt, weil sie unfähig waren, die Qualen zu ertragen. Glocken bimmelten in einem ohrenbetäubenden Chor der Panik, aber Rachel war nicht sicher, daß sie sie wirklich hörte. Nichts schien Wirklichkeit zu sein – weder das Gras unter ihren Füßen, noch die Guernseykuh, die wenige Schritte von ihr entfernt graste, oder der merkwürdige Rauch, der den Himmel verdüsterte.

Rachel blieb stehen, um zu überlegen, in welche Richtung sie sich wenden sollte. Irgendwie war sie von der Hauptstraße abgekommen, die sie den Hügel hinunter ins Zentrum von Seattle geführt hätte. Aber dort war die Bank – sie mußte ihr Geld abholen und zur Reederei gehen, um sich eine Schiffskarte zu kaufen.

Bank. Reederei. Rachel wiederholte die Worte in Gedanken wie eine seelenrettende Litanei und änderte ihre Richtung, um zur Hauptstraße zurückzufinden.

In Einspännern, Kutschen, zu Pferd und zu Fuß hasteten Menschen an ihr vorbei; einige bergabwärts wie Rachel, andere den Berg hinauf. Eigenartig war eigentlich nur, daß alle es gleichermaßen eilig zu haben schienen.

Noch mehr Glocken stimmten in das Geläut ein, und ein ohrenbetäubendes Dröhnen wetteiferte mit ihrem Klang.

Doch Rachel ging unbeirrt weiter.

Die Luft war heiß, ihr stechender Geruch brannte in Rachels Mund und Nase. Als ein Mann mit einem wimmernden Kind an ihr vorbeihastete und sie anstieß, stolperte sie und wäre fast gestürzt.

Es brennt, dachte sie gleichmütig und ging weiter.

Als Griffin über O'Rileys Gatter sprang und den schwarzen Rauch sah, der den blauen Himmel überzog, stieß er einen Fluch aus.

John kam aus dem Haus, den Arztkoffer in der Hand und den Blick besorgt auf die dunkle Wolke gerichtet, die über dem Zentrum von Seattle hing. »Komm, Griffin«, sagte er. »Wir werden gebraucht.«

Aber das interessierte Griffin nicht; zum ersten Mal in seiner Laufbahn als Arzt scherte er sich nicht um den Eid, den er geleistet hatte, die moralische Verpflichtung, die daraus entsprang. Bis er Rachel fand, war alles andere zweitrangig.

Das ferne Läuten der Feuerglocken im Ohr stürzte er in den Stall, holte das nächstbeste Pferd aus seiner Box, streifte ihm einen Halfter über und schwang sich auf seinen bloßen Rücken.

»Griffin!« brüllte O'Riley, als sein junger Freund dem verwirrten Wallach die Stiefelabsätze in die Flanken trieb. »Warte!«

Das Koppeltor ragte vor ihnen auf, aber das Pferd – erbarmungslos von Griffin angetrieben – setzte in einem eleganten Sprung darüber hinweg.

Griffin wußte später selbst nicht, wie es ihm gelungen war, im dichten Verkehr, der die Straßen verstopfte, voranzukommen. Er sah nur, daß Rachel weder unter den Leuten war, die den Berg hinaufströmten, noch unter jenen, die ihn hinunterhasteten.

Das zweistöckige Pontiusgebäude im Mittelpunkt der Stadt war das Zentrum des allgemeinen Chaos. Flammen züngelten aus Dach und Wänden und drohten auf die angrenzenden Häuser überzugreifen.

Auf der Straße wimmelte es von Menschen. Einige gafften neugierig, andere wimmerten oder waren starr vor Entsetzen. Das Wasser, das der einzige Feuerwehrwagen durch den dünnen Schlauch verspritze, zeigte nicht mehr Wirkung als der sprichwörtliche Tropfen auf den heißen Stein.

Rachel, dachte Griffin flehend und schaute sich fieberhaft und erfolglos in der Menschenmenge um.

Die Flammen aus dem lichterloh brennenden Pontiusgebäude

griffen auf einen Getränkeladen über, und mit einem ohrenbetäubenden Knall explodierten sämtliche Whiskeyfässer, die dort lagerten. Grellrote Stichflammen schossen aus dem Gebäude und übertrugen das Feuer auf zwei angrenzende Saloons.

Es war heiß, unerträglich heiß, und der beißende Rauch drang tief in Griffins Lungen. Hustend bahnte er sich einen Weg durch die Menschenmenge.

Und da sah er sie – etwa hundert Meter weiter stolperte Rachel über die unebenen Planken des hölzernen Bürgersteigs. Ihrer geistesabwesenden Miene nach zu urteilen, schien sie das Feuer nicht einmal wahrzunehmen.

Griffin brüllte ihren Namen, versuchte alles andere zu übertönen. Aber dann verdichtete sich die Menschenmenge, und Rachel war nicht mehr zu sehen.

Die Kehle rauh vom Rauch und der versengenden Hitze, drängte Griffin sich durch die Menge. »Bitte!« flüsterte er und erhob flehend den Blick zum Himmel.

Sein Gebet wurde erhört; er fand Rachel in einer Gasse, wo sie reglos stand und ins Leere starrte. Griffin packte sie an den Schultern und schüttelte sie. »Rachel!«

Langsam erhob sie den Blick zu ihm, und was er in ihren Augen sah, ließ sein Blut gefrieren. Sie schien ihn nicht zu erkennen.

Noch einmal schüttelte er sie und rief ihren Namen.

Aber ihre schönen Augen behielten diesen leeren, ausdruckslosen Blick. »Die Bank ist geschlossen!« sagte sie fassungslos.

Griffin riß sie an sich und gab sich keine Mühe, die Tränen zurückzuhalten. »O Gott«, flüsterte er. »O mein Gott . . .«

Weitere Explosionen erschütterten die Umgebung. Aber Griffin rührte sich nicht. Er hielt Rachel weiter in den Armen und kämpfte gegen ein Entsetzen, das nichts mit dem Feuer zu tun hatte.

Und dann war plötzlich Jonas da, kühl und gelassen, als ginge ihn das Feuer, das ganz Seattle zu verschlingen drohte, überhaupt nichts an. Schweigend reichte er Griffin dessen Arzttasche.

Aber Griffin nahm sie nicht, umklammerte nur Rachel und ignorierte die Tasche, seine Verantwortung, Jonas und die ganze Welt.

»Gib mir Rachel!« sagte Jonas eindringlich. »Laß sie mich von hier fortbringen, bevor ihr etwas zustößt!«

»Nein!« Es klang wie ein heiseres Schluchzen.

»Griffin ... du hast einen Eid geleistet«, mahnte Jonas.

Das brachte Griffin nun doch zur Besinnung, und langsam lockerte er seinen Griff um die verwirrte, sprachlose Rachel.

Jonas nahm sie Griffin so behutsam ab wie einem wütenden Hund einen Knochen. »Ich passe auf sie auf, Griffin. Ich schwöre es dir bei allem, was unsere Mütter einander bedeutet haben!«

Griffin schloß für einen Moment die Augen. Als er sie wieder öffnete, waren Jonas und Rachel nicht mehr zu sehen.

Seine Tasche in der Hand, mischte Griffin sich unter die aufgeregte Menschenmenge. Es blieb ihm nichts anderes übrig, als Jonas zu vertrauen ...

Der erste Verletzte, den Griffin behandelte, war ein Feuerwehrmann, der Verbrennungen am Arm erlitten hatte. »Was ist passiert?« fragte Griffin, während er seine Tasche öffnete.

»Jemand hat Klebstoff auf einem Ofen verschüttet, Doc«, erwiderte der Mann mit schmerzverzerrter Miene. Dann lachte er ganz unerwartet. »Raten Sie mal, wo unser Feurwehrhauptmann ist? In San Francisco – um neue Feuerbekämpfungstechniken zu lernen!«

Kurz darauf hatte Griffin seine Arbeit beendet. »Gehen Sie nach Hause«, riet er. Während er sich nach weiteren Verwundeten umsah, explodierten das Opernhaus und das Colmangebäude.

In stummem Entsetzen schaute Griffin zu, wie der Wind die Flammen auf die Docks zutrieb.

28

Nachdem Griffin gegen vier Uhr nachmittags den vorläufig letzten Verwundeten behandelt hatte, kämpfte er sich zu dem Hotel durch, in dem Field und Fawn ihre Hochzeitsnacht verbracht hatten.

Hoffentlich ist ihnen nichts zugestoßen, dachte er besorgt und atmete erst erleichtert auf, als er Fawn vor dem Hotel entdeckte, wo sie Decken zu einem wartenden Pferdewagen schleppte.

»Wo ist Field?« fragte er und ergriff ihren Arm.

Fawns braune Augen waren düster vor Sorge, als sie zum Stadtzentrum hinüberschaute, wo das Feuer am schlimmsten wütete. »Irgendwo da unten.«

Griffins Angst um seinen Freund ließ seine Stimme ungewohnt schroff klingen. »Dieser Idiot – ein großartiger Moment, um auf Seelenfang zu gehen!«

Fawn Hollister warf ihm einen ärgerlichen Blick zu und lud weiter Decken auf den Wagen. »Er hilft, Griffin – genau wie du, deinem Aussehen nach zu urteilen.«

Griffin bemerkte den Ruß auf seinen Händen und seinem Rock und entschuldigte sich für seine barschen Worte.

Ein Donnern zerriß die Luft, und der Glockenturm der Dreieinigkeitskirche stürzte ein. Zahlreiche Explosionen folgten, als zwei Munitionslager Feuer fingen, und verstärkten noch die Schlachtfeldatmosphäre, die in der Stadt herrschte.

»Kommst du zurecht?« fragte Griffin Fawn besorgt.

»Ja.« Sie berührte flüchtig seine Wange. »Paß auf dich auf!«

»Du auch.«

Unzählige Wagen und ängstliche Pferde blockierten die Straßen, als Griffin zum Hauptbrandherd zurückkehrte, in Hunderte von Gesichtern schaute und Hunderte von Alpträumen sah.

Wie ein Roboter arbeitete Griffin sich durch die Reihen der Verletzten, vergaß die Zeit und alles, was nichts mit seiner Aufgabe zu tun hatte. In den folgenden Stunden begegnete er weder Field noch John O'Riley, aber er wußte, daß sie irgendwo in der Nähe sein mußten.

Gegen drei Uhr morgens fand das Feuer keine Nahrung mehr; das Bild der Zerstörung war komplett. Das ganze Gelände der Docks war niedergebrannt, und etwa fünfundzwanzig weitere Häuser und öffentliche Gebäude lagen in Schutt und Asche.

Todmüde schleppte Griffin sich den Hang zu John O'Rileys Haus hinauf, aber seine Gedanken und sein Herz eilten ihm voraus und machten den langen Weg um so frustrierender. Hatte Jonas Rachel auch wirklich zu den O'Rileys zurückgebracht?

Griffin hoffte es, und andererseits wiederum nicht, weil dort Athena war und er nicht daran zweifelte, daß sie für den Zustand, in dem er Rachel angetroffen hatte, verantwortlich zu machen war.

Ganze Familien kampierten an den Straßenecken, jeder Vorgarten beherbergte Obdachlose. Einige Leute hatten sogar schon angefangen, behelfsmäßige Unterkünfte anzulegen.

Endlich kam das stattliche Haus der O'Rileys in Sicht, und Griffin begann trotz seiner Müdigkeit zu laufen.

Bevor er anklopfen konnte, erschien Joanna auf der Schwelle, blaß vor Sorge und Erschöpfung. »Gott sei Dank«, schluchzte sie, schlang Griffin die Arme um den Hals und unklammerte ihn, als befürchtete sie, er könne sich in Luft auflösen.

Dann kam Field Hollister, und obwohl er Griffin grüßend zunickte, war sein sonst so gütiges Gesicht erstaunlich hart.

»Ist Rachel hier?« fragte Griffin rauh.

Joanna nickte, ohne ihn anzusehen, während Field seinen Freund mit zornigen Blicken maß. »Sie ist in ihrem Zimmer«, sagte er kalt.

»Ich muß sie sehen«, flüsterte Griffin und wollte an Joanna vorbeigehen, die angefangen hatte zu zittern.

Field hielt ihn zurück. »Du hast genug angerichtet!«

»Aber . . .«

Field verstärkte den Druck seiner Hand auf Griffins Brust. »Fawn ist bei Rachel. Laß sie in Frieden!«

Field und Joanna packten Griffin rechts und links am Arm und führten ihn ins Haus. Halle, Salon und Eßzimmer waren überfüllt mit Menschen, die bei dem Feuer ihr Heim verloren hatten.

In der Küche, wo Joanna ihn mit Kaffee und Sandwiches versorgte, schien Griffin sich zu beruhigen und aß und trank in eisernem Schweigen.

Dann wandte er sich an Field. »Und jetzt wirst du mir sagen, warum ich Rachel nicht sehen darf!« forderte er angriffslustig.

Wie auf ein stummes Signal hin verließ Joanna den Raum, während Field die Arme verschränkte und kühl Griffins Blick erwiderte. »Jonas hat Athena erzählt, was er von dir über deine Nacht mit Rachel erfahren hat«, erklärte er schroff. »Athena hat es natürlich sofort Rachel weiter erzählt – und wie sie es aufgenommen hat, kannst du dir ja wohl denken.«

»O Gott«, stöhnte Griffin, »sie glaubt doch nicht etwa . . .«

»Ach nein? Was soll sie denn sonst denken?«

Taumelnd vor Erschöpfung umklammerte Griffin seine Stuhllehne. »Ich muß mit ihr reden, Field! Ich werde es ihr erklären . . .«

Field rührte sich nicht von seinem Platz, aber sein Blick drückte eine stumme Warnung aus. »Du wirst sie in Ruhe lassen, Griffin«, sagte er kühl. »Sie hat einen schweren Schock erlitten.«

»*Nein!*«

»Doch. Und jetzt setz dich, bevor du auf dein dummes Gesicht fällst!«

Griffin sank auf seinen Stuhl zurück. »Wenn du Streit suchst, Field, brauchst du es nur zu sagen.«

»Rede keinen Unsinn, im Moment könntest du nicht einmal eine alte Dame besiegen. Trink deinen Kaffee, und dann suchen wir dir einen Platz zum Schlafen.«

Seine Trauer und seine Erschöpfung versetzten Griffin in einen Zustand, der dem der Trunkenheit erstaunlich nahekam. »Na schön«, murmelte er resigniert.

Am nächsten Morgen erwachte er erst spät und war im ersten Moment sehr verwirrt. Aber dann sah er seine rußgeschwärzten Kleider und erinnerte sich an alles – das Feuer, das Wortgefecht mit Field ... und Rachel.

Er richtete sich auf der Couch auf und beschattete seine Augen gegen das helle Tageslicht in Johns Arbeitszimmer. Sein Kopf dröhnte, seine Kehle war rauh und sein Magen ein schmerzender Klumpen.

Da erschien wie auf eine teuflische Verschwörung hin Athena, frisch und schön wie der junge Tag. »Guten Morgen, Griffin!«

Ihr Anblick verursachte ihm Übelkeit. »Verschwinde!«

Athena lächelte. »Es geht Rachel schon besser – sie erinnert sich wieder an alles«, sagte sie in gehässigem Ton. »An *alles*, Griffin. Und rate mal, nach wem sie fragte und wen sie sehen will?«

Als er schwieg, fuhr Athena triumphierend fort: »Jonas! *Ihn* will sie sehen, Griffin, aber dich auf keinen Fall. Das hat sie selbst gesagt.«

»Dafür darf ich mich dann wohl bei dir bedanken?«

Athena lächelte unschuldig. »Selbstverständlich.«

»Warum, Athena? Warum hast du das getan?«

»Weil ich dich liebe!« entgegnete sie trotzig.

Die Ironie, die darin lag, erzeugte eine neue Welle von Übelkeit in Griffin. »*Weil du mich liebst*«, wiederholte er tonlos. »Du bist krank, Athena. Und auf deine Liebe kann ich verzichten.«

»Ich habe das Recht, um das zu kämpfen, was ich haben will!«

Griffin schüttelte den Kopf. »Nicht einmal Jonas würde ich deine *Liebe* wünschen, Athena. Sie ist schädlich und zerstörerisch.«

Athena erschauerte. »Bitte sag das nicht, Griffin!«

»Ich bin noch nicht fertig!« schrie er, im gleichen Augenblick, als John O'Riley hereinkam. »Wenn du Rachel gegen mich aufgehetzt hast, Athena, dann bringe ich dich eigenhändig um!«

»Großer Gott!« rief der alte Mann, als seine Tochter schluchzend aus dem Zimmer flüchtete. »Bist du wahnsinnig, Griffin?«

Blind vor Wut schritt Griffin an John vorbei. »Es war mir ernst gemeint, John. Todernst!«

»Griffin!« schrie John von der Tür her, aber Griffin war nicht mehr aufzuhalten.

Bis er auf der Treppe Field Hollister begegnete, der ihm den Weg vertrat. »Du kannst nicht hinaufgehen, Griffin.«

»Verdammt, Field, ich ...«

Field faltete die Arme über der Brust. »Ich meine es ernst, Griffin. Rachel will dich nicht sehen.«

»Das wird sie aber!« schrie Griffin, vor Zorn und Panik völlig außer sich. »Geh mir aus dem Weg!«

»Nein, Griffin«, sagte Field und richtete seinen Blick auf irgend etwas oder irgend jemanden hinter Griffins Rücken. »Tut mir leid.«

Brüllend wie ein gereizter Stier stürzte er sich auf Field. Aber da packten ihn unsichtbare Hände und hielten ihn zurück.

»Vorsicht – paßt auf seine Füße auf!« warnte Field.

Griffin kämpfte verbissen, doch obwohl er fast zersprang vor Wut und Angriffslust, konnte und wollte er seine Füße nicht einsetzen. Nicht gegen Field. »Geht zur *Hölle!*« brüllte er.

Männer, die er nicht sehen konnte, bezwangen ihn und zerrten ihn rückwärts die Treppe hinunter. Bevor er sie erkennen konnte, preßte ihm jemand ein Tuch auf das Gesicht. Der Geruch war unverkennbar – Chloroform. Griffin wehrte sich verzweifelt, aber es war schon zu spät.

Tränen – er hätte schwören können, daß es Tränen waren – glitzerten auf Field Hollisters Gesicht, als er sich über ihn beugte und leise sagte: »Tut mir leid, Griffin.«

Rachel begriff nicht, warum soviel Aufhebens um sie gemacht wurde. Nachdem sie sich ausgeruht hatte, ging es ihr doch wieder gut – zumindest körperlich. Was allerdings ihre Gefühle betraf, so stand sie noch immer unsagbare Qualen aus.

Fawn saß auf der Bettkante und legte ein kühles Tuch auf Rachels Stirn. In der Ferne waren Geschrei und Geräusche zu hören, die auf einen Kampf hinwiesen.

Rachel, die sah, daß Fawn die Augen schloß, bis das Getöse im Haus vorbei war, fragte verwundert: »Was ist da los?«

Fawn runzelte die Stirn.

»Nichts, Rachel. Eine Menge Leute sind im Haus, das ist alles. Die O'Rileys müssen gestern nacht halb Seattle bei sich aufgenommen haben.«

Rachel richtete sich abrupt auf. »Griffin ... Das war Griffin!«

Field Hollisters junge Frau drückte sie sanft auf die Kissen zurück. »Vielleicht, Rachel. Aber sie werden ihm nicht weh tun.«

Rachel wandte den Kopf ab, um ihre Tränen zu verbergen. Warum sollte es sie kümmern, ob sie Griffin Schmerzen zufügten, nachdem er sie auf solch schäbige Art benutzt hatte? Aber es kümmerte sie doch, sogar sehr, und bereitete ihr große Sorgen.

»Ich hasse ihn«, flüsterte sie.

Fawn drückte ihre Hand. »Du weißt, daß das nicht stimmt, Rachel. Später werdet ihr Gelegenheit zum Reden haben, und dann wird sich alles aufklären. Jetzt mußt du ruhen.«

Rachel unterdrückte ein Schluchzen. »E-er hat damit geprahlt, daß er ...

»Unsinn. Ich kenne Griffin schon ein ganzes Leben lang; so etwas würde er nie tun.«

»Doch, das hat er«, widersprach Rachel betrübt.

»Es muß ein Mißverständnis sein«, beharrte Fawn.

Wie gern hätte Rachel ihr geglaubt! Aber das gelang ihr einfach nicht. »Ich glaube, ich bekomme ein Kind«, erzählte sie unvermittelt.

»Psst«, sagte Fawn und begann zu singen, leise, zärtlich und in einer Sprache, die Rachel nicht verstand.

Irgendwann schlief sie ein, und als sie erwachte, war es dunkel im Zimmer. Sie glaubte, Griffin neben ihrem Bett zu sehen und seine Stimme zu vernehmen. »Ich liebe dich, Rachel McKinnon. Und ich brauche dich ...«

Der Traum nahm noch realistischere Formen an, als Griffin sich bückte, um Rachel zu küssen, und sie seine rauhe Wange an ihrer spürte. Ihre Augen wurden feucht, aber sie wagte nichts zu sagen, aus Angst, den Zauber zu zerstören und eine Wirklichkeit herbeizurufen, in der Griffin Fletcher nicht vorhanden war.

Es überraschte sie nicht, daß er so plötzlich verschwand, wie er erschienen war. So waren Träume eben.

Griffin, der sich mühelos in der Dunkelheit zurechtfand, kehrte in Johns Arbeitszimmer zurück und schlüpfte wieder in die Rolle des Gefangenen. »Du bist mir ein feiner Wächter, Jonas«, sagte er, als er sich auf dem Sofa ausstreckte.

Jonas versteifte sich auf seinem Sessel und erwachte. »Was ...«

»Nichts«, sagte Griffin.

Aber nun war Jonas wach und wollte reden. Er suchte Streichhölzer und zündete die Petroleumlampe auf dem Schreibtisch an. »Wie lange bist du schon wach?« fragte er lauernd.

Griffin grinste spöttisch. »Lange genug.«

Jonas fluchte und bediente sich von Johns bestem Brandy. »Ich habe mein Wort gehalten, Griffin«, sagte er nach einer Pause.

Griffin lachte höhnisch. »Keine große Leistung, Jonas, nachdem du wußtest, daß ich dir die Gedärme herausgerissen hätte, wenn du es gebrochen hättest. Und wenn ich es so recht bedenke, werde ich es vielleicht ja doch noch tun.«

Jonas drehte Griffin den Rücken zu. »Kannst du es nicht mal für fünf Minuten gut sein lassen, du verdammter Bastard? Ich bin unserer ewigen Streitereien allmählich müde.«

Griffin schlug die Beine übereinander und tat, als entspannte er sich. »Du bist eine Schlange, Jonas. Schlangen werden nicht müde – sie wärmen nur ihr kaltes Blut in der Sonne.«

»Wir sind Cousins, Griffin«, sagte Jonas. »Unsere Mütter waren Schwestern. Was ist aus uns geworden, Griffin?«

»Schlechtes Blut«, erwiderte er. »Oder vielleicht liegt es auch daran, daß du mit einer Frau geschlafen hast, von der du wußtest, daß ich sie liebte.«

Jonas drehte sich langsam zu seinem Vetter um. »Und dafür hast du dich jetzt gerächt?«

Griffin dachte an seine dumme Prahlerei, die ihn möglicherweise Rachels Liebe gekostet hatte. »Nein«, sagte er.

Der Wunsch, Griffin zu glauben, stand deutlich auf Jonas' gequältem Gesicht geschrieben. Griffin sah, wie sein Cousin die Lüge schluckte und sie für bare Münze nahm.

29

Am Samstag morgen herrschte wieder Ruhe im Haushalt der O'Rileys. Die Obdachlosen waren zu den Ruinen ihrer Häuser zurückgekehrt und die Hollisters nach Providence. Jonas und Griffin hielten sich zwar noch in Seattle auf, aber Rachel ging ihnen aus dem Weg.

Als Joanna nachmittags eine Ausfahrt mit der Kutsche vorschlug, bekam Rachel Gelegenheit, sich persönlich von den katastrophalen Folgen des Feuers zu überzeugen. Und dabei kam ihr eine schreckliche Erkenntnis . . . Die Handelsbank, der sie ihr Geld anvertraut hatte, lag ebenso in Schutt und Asche wie alle anderen Gebäude in der Innenstadt!

Ein Schluchzen stieg in Rachels Kehle auf, als ihr bewußt wurde, daß sie über keinen Penny mehr verfügte und nicht einmal die neuen Kleider, die sie bestellt hatte, abholen konnte.

Joanna, die ihre Niedergeschlagenheit bemerkte, deutete mit ernster Miene auf die vielen Menschen, die schon dabei waren, ihre Häuser wiederaufzubauen. »Sieh dir Seattle an, Rachel«, sagte sie ruhig. »Sieh dir an, wie es sich langsam wieder aufrappelt!«

Rachels Kehle war wie zugeschnürt; eine einzelne Träne rann

über ihre Wange, die sie ungeduldig abwischte. Joanna hatte recht – das Leben ging weiter. Und selbst wenn ich jetzt kein Geld mehr habe, dachte Rachel, und vermutlich auch die Sachen verbrannt sind, die ich in Miss Cunninghams Pension zurückgelassen hatte, bleibt mir noch immer Mamas Haus ...

»Ich werde kämpfen«, erwiderte sie tapfer. »Ich kehre so schnell wie möglich nach Providence zurück!«

Joanna sagte nichts, aber ein erleichterter Blick erschien in ihren blauen Augen.

Rachel schaute aus dem Fenster und überdachte ihre Situation. Ihr Geld war genauso in Rauch aufgegangen wie ihre Aussichten, Griffin Fletschers Frau zu werden. Geblieben waren ihr nur das Haus in Providence und das winzige Leben, das in ihr heranwuchs ...

Leicht würde das Leben für sie und ihr Kind bestimmt nicht sein, aber auch nicht schlecht, denn dafür würde sie schon sorgen, so wahr sie Rachel McKinnon hieß ...

Um diesen Gedanken in Ruhe weiter nachhängen zu können, zog Rachel sich in den Garten zurück, nachdem sie mit Joanna nach Hause gekommen war. Sie war sehr überrascht, als Jonas plötzlich vor ihr auftauchte.

»Jonas«, sagte sie errötend. Was mußte er von ihr denken, nachdem Griffin vor ihm mit ihrer Liebesnacht geprahlt hatte? Doch Jonas lächelte und fragte nur ganz offen: »Ich vermute, daß Ihre Romanze mit Griffin nun vorbei ist?«

Rachel errötete noch heftiger.

»Ja«, murmelte sie bedrückt.

Ohne eine Aufforderung abzuwarten, setzte Jonas sich neben sie auf die Bank – so nahe, daß sie sein Eau de Cologne wahrnahm und die Spannung fühlte, die ihn beherrschte. »Rachel, vielleicht ist es noch zu früh dazu, aber wenn ich es Ihnen nicht endlich sage, verliere ich noch den Verstand. Ich liebe Sie – ich möchte, daß Sie meine Frau werden.«

Die Bank schien sich unter Rachel zu bewegen, die Blumen verschwammen vor ihren Augen, ihr Magen zog sich zusammen. »*Was?*« fragte sie entgeistert.

Jonas nahm Rachels Hand. »Würden Sie mich bitte ansehen,

Rachel? Ich bin dabei, Ihnen einen Heiratsantrag zu machen – aber Sie erleichtern mir die Sache nicht.«

Ihr blieb keine andere Wahl – sonst würde er sie zwingen, ihn anzusehen. Obwohl sie wußte, daß Tränen in ihren Augen schimmerten, richtete sie den Blick auf ihn. »Jonas, bitte ... Bitte nicht.«

Ein Ausdruck tiefster Qual huschte über seine Züge. »Ich muß es tun, kleine Range. Mir bleibt keine andere Wahl – entweder mache ich Sie zu meiner Frau, oder ich verliere den Verstand.«

Rachel wollte den Kopf schütteln, doch Jonas hinderte sie daran, indem er schmerzhaft hart ihr Kinn umklammerte. »Möge Gott mir beistehen, Rachel – ich weiß, daß Sie Griffin lieben und ihn begehren. Aber Sie sollten sich endlich damit abfinden, daß er Athena gehört.«

Eine überwältigende Trauer erfaßte Rachel. Sie unterdrückte ein Schluchzen und nickte nur.

Jonas ließ seine Hand sinken, und für einen Moment sah es so aus, als ob ihr eigenes Leid sich auf seinen Zügen widerspiegelte. »Trotz allem, was du über mich gehört haben magst, Rachel, wäre ich der hingebungsvollste Ehemann, den du dir nur wünschen könntest. Ich würde dich lieben, achten ...«

»Dich betrügen und alles und alle zerstören, die dir etwas bedeuten!« mischte eine dritte Stimme sich kalt in ihr Gespräch.

Griffin. Rachels Herz schlug ihr plötzlich bis zum Hals, aber sie brachte es nicht über sich, ihn anzuschauen.

Jonas sprang auf; Rachel sah, wie er die Fäuste ballte.

»Heirate ihn nur, Rachel«, sagte Griffin leise und verächtlich, »den Mann, der deinen Vater kaltblütig ermordet hat!«

Rachel schwindelte, bittere Galle stieg in ihrer Kehle auf. »Nein!« schrie sie, aber ihr Instinkt sagte ihr, daß Griffin die Wahrheit sprach. Und da stürzte sie sich wie eine Furie auf Jonas und begann mit beiden Fäusten auf ihn einzuschlagen.

Jonas ergriff ihre Handgelenke und wehrte den Angriff mühelos ab. Es schauderte Rachel, als sie sein Gesicht sah.

Jonas' Stimme klang wie fernes Donnergrollen. »Er lügt,

Rachel! Würde ich frei herumlaufen, wenn ich einen Mann getötet hätte?«

Rachel wich vor ihm zurück, und im gleichen Augenblick spürte sie, daß Griffin sich ihr von hinten näherte.

Mühelos befreite er sie aus Jonas' Griff, hob sie auf die Arme und entfernte sich mit ihr in Richtung Gartentor.

Und dann ertönte ein dumpfer Schlag, voller Entsetzen merkte Rachel, wie jeglicher Ausdruck aus Griffins Zügen wich, und sie fiel mit ihm, hilflos, als er stürzte. Sie selbst war unverletzt, aber Griffin blieb reglos auf den Steinplatten liegen. Aus einer Wunde an seinem Hinterkopf sickerte Blut. Schreie sammelten sich in Rachels Kehle, aber sie brachte keinen Ton heraus, hockte nur mit tränenüberströmtem Gesicht neben Griffin und starrte ihn in stummem Entsetzen an.

Überzeugt, daß er tot sein mußte, legte sie ihre Stirn an sein dunkles Haar.

Doch Jonas zerrte sie brutal auf die Beine und hielt ihr mit einer Hand den Mund zu. Sie sah, daß er einen harten Gegenstand fallenließ, der klappend auf die Steine fiel. Jonas' Stimme war die eines Wahnsinnigen, als er ihr zuflüsterte: »Erinnerst du dich, Rachel, was ich dir in jener Nacht, als wir in der Oper waren, gesagt habe? Ich sagte, du würdest bereit sein, wenn ich dich nähme ... Und jetzt, kleine Range, *bist* du bereit – ob du willst oder nicht!«

Angst und Entsetzen machten Rachel stark; sie wehrte sich verzweifelt und biß Jonas in die Hand.

Er fluchte zornig und schlug sie so hart ins Gesicht, daß sie gestürzt wäre, wenn er sie nicht aufgefangen hätte.

Ich muß schreien, dachte sie benommen, doch sie war nicht dazu in der Lage. Während ihr Verstand noch funktionierte, war ihr Körper wie gelähmt.

Rachel leistete keinen Widerstand mehr, als Jonas sie aus dem Garten schleppte und grob in seine Kutsche stieß. Dort wurde ihr schwarz vor Augen.

Das erste, was Griffin wahrnahm, war ein pochender Schmerz in seinem Hinterkopf. Als er stöhnte, stieg Übelkeit in ihm auf.

»Lieg still!« bat eine vertraute weibliche Stimme. »O Griffin, lieg um Himmels willen still!«

Athena. Griffin richtete sich fluchend auf, zuerst auf Hände und Knie, dann auf die Beine. Der Garten schien zu schwanken und lag in tiefster Finsternis.

Es dauerte einen Moment, bis Griffin den blutbefleckten Stein entdeckte und ihm alles wieder einfiel. Da stieß er Athenas Hand fort und stolperte an ihr vorbei auf die Ställe zu.

Die Dunkelheit lichtete sich allmählich, und zu seiner großen Erleichterung merkte Griffin, daß es noch Tag war.

Athena rief seinen Namen; es klang schrill, fast wütend, aber Griffin achtete nicht darauf. Er holte ein Pferd aus dem Stall und sattelte es.

Als er nach einem halsbrecherischen Ritt in die Stadt den Kai erreichte, stieg er ratlos aus dem Sattel.

Eine Hand berührte seinen Arm. »Griff? Was zum Teufel . . .«

Griffin wirbelte herum, bereit zu kämpfen, aber dann erkannte er den Mann. »Malachi!« murmelte er und schloß die Augen.

»Was ist mit dir, Griffin?« fragte der Kapitän der *Merrimaker* besorgt. »Du siehst gar nicht gut aus.«

Der Schmerz in Griffins Hinterkopf blendete ihn und war so stark, daß seine Knie zitterten. Doch er hielt sich mühsam aufrecht und erklärte Malachi kurz, was vorgefallen war.

»Wo mag er das Mädchen hingebracht haben?« fragte der Seemann besorgt. »Wenn es ein Ort ist, den ich mit meinem Schiff erreichen kann, dann schwöre ich dir, daß wir sie finden werden!«

Griffin nickte grimmig.

Da der Wasserstand im Hafen von Providence nicht tief genug für die *Merrimaker* war, blieb Griffin nichts anderes übrig, als in einem Rettungsboot an Land zu rudern. Die Anstrengung war fast zuviel für ihn, aber er schaffte es.

Am Kai stahl er eine graue Stute und trieb das Tier so erbarmungslos an, daß es schweißbedeckt war, als er Jonas' palastartiges Haus erreichte.

Nach einem harten Tritt gegen die Eingangstür sprang sie krachend auf.

»*Jonas!*« brüllte Griffin und wollte schon sämtliche Zimmer durchsuchen, als eine zitternde Mrs. Hammond auftauchte.

»Sie sind nicht hier, Dr. Fletcher. Und ich schwöre zu Gott, daß das die Wahrheit ist!«

Griffin schwankte vor Zorn und Erschöpfung. »Dann sagen Sie mir, wo ich sie finden kann!« fuhr er Mrs. Hammond an.

»Sie lassen sich gerade trauen«, erwiderte die Haushälterin in furchtsamem Ton. »Sie sind zu spät gekommen.«

Griffin kämpfte um Beherrschung und bemühte sich, logisch zu denken, in Providences einziger Kirche konnten sie nicht sein – Field hätte die Trauung nie vollzogen. Damit blieb nur eine Möglichkeit – Richter Sheridans Haus in der Main Street.

Wortlos wirbelte Griffin herum und schwang sich wieder auf die müde Stute. An Einzelheiten des halsbrecherischen Ritts in die Stadt konnte er sich später nicht mehr erinnern.

Die Tür von Richter Sheridans gemütlichem kleinen Haus stand wegen der Hitze des Sommerabends weit offen. Griffin hörte die Klänge von Mrs. Sheridans Orgel, als er aus dem Sattel glitt und über den niedrigen Gartenzaun sprang.

Ohne vorher anzuklopfen, stürmte er in den Salon, wo der Friedensrichter von einem kleinen schwarzen Buch aufschaute und vor Schreck zusammenzuckte.

»Griffin!«

Jonas war herumgewirbelt und musterte Griffin mit haßerfüllten Blicken. Neben ihm, in einem schlechtsitzenden weißen Kleid, das vermutlich einer von Sheridans Töchtern gehörte, stand Rachel.

Die Pupillen ihrer amethystblauen Augen waren unnatürlich groß, ihr Lächeln warm, schläfrig und verwirrt. »Du bist nicht tot«, bemerkte sie fast heiter.

Eine kalte Hand berührte Griffins Herz; er breitete die Arme aus, und Rachel kam zu ihm – wie ein folgsames Kind und noch immer mit diesem abwesenden, verwirrten Lächeln auf den Lippen.

Ein schreckliches Schweigen herrschte im Raum, nachdem auch die Orgelmusik abgebrochen war. Griffin zog Rachel an sich, musterte prüfend ihre geweiteten Pupillen und ihr gerötetes Gesicht und empfand eine maßlose Erleichterung bei der Erkenntnis, daß sie nicht freiwillig zu dieser Zeremonie erschienen war. Sie stand unter Drogen – wahrscheinlich hatte Jonas ihr Laudanum verabreicht.

Richter Sheridan fand endlich seine Stimme wieder. »Griffin, das hier ist eine rechtmäßige Trauung . . .«

Jetzt, wo er Rachel sicher in den Armen hielt, brach Griffins Zorn aus wie ein Vulkan. »Sie hochnäsiger, blinder alter Bastard – das hier ist ein Zirkus!« donnerte er. »Und die Braut steht unter Drogen!« Drohend glitt sein Blick zu Jonas. »So ist es doch, nicht wahr, Cousin?«

Jonas war sprachlos und starr vor Zorn; eine ungesunde Röte bedeckte seine Wangen, in seinen Augen stand ein teuflisches Glitzern.

Griffin machte eine herausfordernde Handbewegung. »Willst du dir nicht deine Braut zurückholen, Jonas?« reizte er seinen Cousin. »Oder hältst du wieder einen Stein bereit für den Moment, in dem ich dir den Rücken zukehre?«

Mit einem schrillen Schrei wollte Jonas sich auf Griffin stürzen. Aber Richter Sheridan, ein stattlicher Mann in den besten Jahren, packte Jonas an den Schultern und hielt ihn zurück. Dann sah er Griffin an und sprach die ersten wahren Worte in seiner langen und unrühmlichen Laufbahn als Friedensrichter aus. »Ihr Leben ist jetzt keinen Pfifferling mehr wert, Griffin. Aber das wissen Sie wohl selbst.«

Griffin verzog das Gesicht. »Ja, Sir, das ist mir klar«, entgegnete er höflich. »Aber wenn sie uns jetzt entschuldigen würden – die Vorstellung ist zu Ende.«

Jonas brüllte ein obszönes Wort und wollte Griffin nachstürzen, aber der Richter hielt ihn fest. Mrs. Sheridan, die bleich und starr vor ihrer Orgel saß, stieß einen spitzen Schrei aus.

Griffin verbeugte sich vor ihr, drehte sich um, hob Rachel auf die Arme und trug sie in die zunehmende Dämmerung hinaus. Jonas' wütende Verwünschungen klangen noch während des ganzen Weges nach Tent Town in seinen Ohren wider.

Als er die Lichter seines Hauses sah, atmete er befreit auf, und dann wurde ihm plötzlich die grimmige Komik der Lage bewußt. Während er Rachel über die Schwelle und in die Küche trug, begann er schallend zu lachen.

Molly, die am Herd stand und kochte, schlug die Hände über dem Kopf zusammen. »Der Himmel möge uns beistehen!« flüsterte sie bestürzt.

Sanft setzte Griffin die noch immer benommene Rachel auf einen Stuhl. »Das hoffe ich, Molly«, sagte er ernst. »Denn wir werden alle Hilfe brauchen, die wir kriegen können.«

30

Field Hollister gähnte, erneuerte zum dritten Mal den Knoten in seiner Krawatte und wandte sich vom Spiegel ab. Fawn saß im Schaukelstuhl, die Hände im Schoß gefaltet.

»Wünschst du, heute wäre es Sonntag?« fragte Field.

Fawn schaute auf. »Du etwa nicht?«

Field seufzte. »Sonntage waren nie meine Lieblingstage«, erklärte er mit einem schwachen Lächeln.

Fawn stand auf und schmiegte sich in Fields Arme. »Ich habe Angst«, begann sie flüsternd.

Field hielt sie fest umfangen. »Ich auch«, erwiderte er.

Fünfzehn Minuten später nahm er seinen gewohnten Platz auf der Kanzel der Presbyterianischen Kirche von Providence ein. Die Nachricht von der Hochzeit ihres Pfarrers hatte sich zweifellos herumgesprochen; die Gesichter der Gemeindeglieder waren wie versteinert vor Empörung.

Field schloß für einen Moment die Augen, und als er sie wieder öffnete, sah er Griffin im Eingang stehen. Field schluckte und verkündete stolz seine Heirat mit Fawn Nighthorse.

Ein unheilverkündendes Schweigen folgte, dann stand Richter Sheridans Frau Clovis auf. »Winfried Hollister, Sie wissen, wie der Herrgott über Weiße denkt, die Indianer ehelichen!«

Field sah, wie seine Frau sich versteifte und trotzig das Kinn vorschob. »Ich bitte um Aufklärung, Mrs. Sheridan. Wie *denkt* der Herrgott denn darüber?«

Clovis errötete. »Sie haben schon seit Monaten ein *Verhältnis* mit dieser Frau, und das ist uns allen bekannt! Es ist einfach nicht schicklich, und das ist alles!« erklärte sie nervös.

Zustimmendes Gemurmel wurde laut, und Field mußte sich streng ermahnen, daß heute Sonntag und er der Pfarrer war. Doch bevor er etwas erwidern konnte, zog Griffin seinen Blick auf sich, der jetzt mit einem großen Sack über der Schulter den Mittelgang hinaufkam.

Unmittelbar vor der Kanzel leerte er den Sack, und mindestens zwei Dutzend Steine rollten klappernd auf den Boden. Griffin nahm selbst einen Stein in die Hand und überreichte ihn Mrs. Sheridan.

»Für Sie, Clovis«, sagte er. »Werfen Sie den ersten Stein.«

Sie setzte sich. Ihr ernstes Gesicht war blaß geworden. Griffin nahm einen zweiten Stein und bot ihn dem Warenhausbesitzer an. »Henry? Wir alle wissen, daß sie kein Sünder sind.«

Henrys Schnurrbart bebte, er wandte beschämt den Blick ab.

Griffin ging jetzt vor den Bänken auf und ab. »Was – niemand ist bereit dazu? Aber das sind gute, solide Steine aus dem Puget Sound! Sie *schmerzen,* wenn sie mit Knochen und Fleisch in Berührung kommen, meine lieben Brüder und Schwestern – Sie haben mein Wort darauf!«

Bis zu diesem Augenblick hatte Field noch nie eine komplette Gemeinde erröten sehen. Aber genau das geschah nun, und es war ein Anblick, den er nie vergessen würde.

Griffin, der seinen Standpunkt auf seine übliche direkte Art klargemacht hatte, setzte sich neben Fawn, um zuzuhören.

Die Predigt verlief ohne Zwischenfälle, die Gemeinde war aufmerksam wie nie zuvor, und nach der Messe wetteiferten vier Familien um die Ehre, die Hollisters zum Abendessen einzuladen.

Der nachhaltige Effekt des Laudanums machte Rachel gleichgültig und ruhelos, erfüllte sie mit Verzweiflung und Hoffnung, machte sie wütend und apathisch. Das einzige, woran sie sich erinnern konnte, war, daß Jonas sie durch den Garten der O'Rileys gezerrt und in seine Kutsche gestoßen hatte.

Seufzend schloß sie das Buch auf ihrem Schoß und starrte in den Kamin. Sie machte sich keine Illusionen mehr über Jonas Wilkes. Er schien ganz offensichtlich genauso schlecht zu sein, wie Molly und Griffin ihn dargestellt hatten, trotz seiner Galanterie.

Rachel erschauerte beim Gedanken, daß sie, wenn Griffin nicht gewesen wäre, heute morgen in Jonas' Bett erwacht und ganz legal an ihn gebunden gewesen wäre. Ein Glück, daß er nicht in der Kutsche oder auf dem Dampfer, der sie nach Seattle gebracht haben mußte, über sie hergefallen war!

Oder hatte er es etwa doch getan?

Rachel konnte sich nicht daran erinnern, aber sie wußte instinktiv, daß es nicht zu Intimitäten gekommen war. Aus Gründen, die vermutlich nur ihm selbst bekannt waren, hatte Jonas sie nicht angerührt.

Molly kam herein und brachte ihr Tee. »Ach, der Sonntag ist ein einsamer Tag«, seufzte sie. »Gut, daß du hier bist, Rachel.«

Rachel lächelte. »Ich dachte gerade, daß ich jetzt ganz woanders sein könnte, wenn Griffin nicht gewesen wäre. Ist er wirklich ins Haus des Richters gestürmt und hat mich herausgeholt?«

Wieder seufzte Molly. »Ja, so hat er es mir erzählt.«

»Und wie soll es jetzt weitergehen?« fragte Rachel bedrückt.

Molly erschauerte, obwohl es warm im Zimmer war. »Es wird eine Menge Ärger auf uns zukommen, Rachel. Und das schon sehr bald.«

Rachel dachte an das Haus ihrer Mutter und fragte leise: »Wäre es nicht besser, wenn ich fortginge?«

»Es gab eine Zeit, da hätte ich das für besser gehalten«, gab Molly ehrlich zu. »Aber jetzt ist es zu spät dazu. Griffin oder Jonas – höchstwahrscheinlich sogar alle beide – würden dir ja doch folgen und dich zurückschleppen. Nein, diese ganze Geschichte ist erst vorbei, wenn einer von beiden dich hat, und dazu muß einer von ihnen sterben.«

Rachels Magen zog sich schmerzhaft zusammen. »Sterben?« wiederholte sie betroffen. Aber dann fiel ihr ein, daß Griffin überzeugt war, ihr Vater sei tot, was sie selbst auch glaubte, obwohl sie es nicht wahrhaben wollte. »Wenn Griffin sterben würde«, flüsterte sie, »würde ich auch nicht mehr leben wollen.«

Mollys Gesichtsausdruck war nicht zu deuten, als sie Rachel fragte: »Und Jonas? Wie würdest du seinen Tod empfinden?«

Rachel forschte in ihrem Herzen. »Wenn es stimmt, was Griffin sagt – daß Jonas meinen Vater ermordet hat –, dann soll er dafür hängen. Aber ich möchte nicht, daß er oder irgendein anderer Mann meinetwegen stirbt.«

Molly wandte abrupt den Kopf ab, aber Rachel hatte schon gesehen, wie blaß sie geworden war. »Wenn ich ein Mann wäre, brächte ich diese Ratte eigenhändig um. Leute wie er hängen nicht für Mord – sie prahlen damit und machen weiter, als wäre nichts geschehen!«

Erst nach einem langen Schweigen wagte Rachel zu fragen: »Glauben Sie wirklich, Molly, daß er noch andere Menschen getötet hat?«

Eine Träne rollte über Mollys blasse Wange. »Ja – unter anderem Patrick, meinen Mann. Wir hatten schon zwei Monate in einem Zelt gewohnt, als Jonas beschloß, uns eins der kleinen Häuser zu überlassen, mit der Erklärung, Patrick sei so ein guter Arbeiter. Natürlich wußten weder ich noch Paddy, was für einen schrecklichen Preis Jonas dafür verlangte. Und Jonas sorgte dafür, daß ich allein war – nur Billy war bei mir, als er kam, um diesen Preis zu fordern.«

Rachel weinte, weil Molly weinte und sie nur zu gut verstand, warum. Tröstend legte sie der älteren Frau eine Hand auf den Arm.

Erstaunlich ruhig setzte Molly ihre Erzählung fort: »Ich versuchte, ihm zu entkommen, aber es gelang mir nicht. Im Gegensatz zu den anderen Frauen erzählte ich Paddy jedoch alles, als er aus den Bergen zurückkam. Er geriet in Rage und machte sich auf den Weg zu Jonas – aber er ist nie wieder heimgekehrt.«

»Bist du nicht zur Polizei gegangen?« fragte Rachel entsetzt.

Molly lachte bitter. »Polizei? Wir haben hier nur einen Gesetzesvertreter, und das ist der Warenhausbesitzer – ein guter Freund von Jonas. Dumm, wie ich war, ging ich zu ihm und sagte ihm, mein Patrick sei ermordet worden und müsse irgendwo liegen.«

»Und er hat nichts unternommen?«

»O doch, das hat er. Er tätschelte mir den Arm und sagte, es würde sich schon alles aufklären. Und dann ging er zu Jonas.«

Rachel schloß die Augen, weil sie befürchtete, daß die Geschichte noch schrecklicher werden würde.

»In jener Nacht packte ich meine und Billys Sachen, um Providence zu verlassen. Wir wollten das nächste Dampfboot nehmen.«

Molly holte tief Atem. »Und da kam Jonas. Zwei Männer begleiteten ihn. Sie traten unsere Tür ein und stürmten ins Haus wie die Soldaten früher in Irland. Jonas vergewaltigte mich noch einmal, bevor alles vorbei war, aber das war nicht das Schlimmste, Rachel. Sie schlugen meinen Billy, als er mich beschützen wollte.«

Eine entsetzliche Übelkeit erfaßte Rachel. »Und deshalb . . .

»Deshalb ist der arme Junge geistig verwirrt.«

»W-wie seid ihr Jonas entkommen?«

»Durch den Lärm in unserem Haus war jemand aufmerksam geworden und zu Field Hollister gelaufen. Griffin war bei ihm, als er kam, und wie du dir sicher vorstellen kannst, entstand eine Schlägerei, wie sie die Stadt noch nie erlebt hatte. Jonas und seine Männer *krochen* förmlich aus dem Haus, Rachel, aber für Billy und mich war es zu spät, und für Patrick ohnehin.«

Wieder schwieg Molly eine Weile. »Jonas wurde verhört, aber unser Gesetzeshüter schaute lieber in die andere Richtung. Danach nahm Dr. Fletcher Billy und mich bei sich auf, wofür wir ihm natürlich unendlich dankbar waren.«

Rachel war zu erschüttert, um etwas sagen zu können, und

Molly in Erinnerungen an Erlebnisse versunken, die unerträglich gewesen sein mußten.

Sie saßen noch da, als Griffin hereinkam und Licht machte.

»Du liebe Güte«, brummte er. »Was sitzt ihr hier im Dunkeln?«

Rachel, die bisher nicht fähig gewesen war zu weinen, brach plötzlich in Tränen aus. Ihr Vater tot, Mollys Patrick tot ...

Griffin kam zu ihr und zog sie sanft in die Arme. Sein Mund berührte ihre Schläfe, seine starken Arme waren um ihre Schultern geschlungen, aber Rachel fühlte sich überhaupt nicht sicher. Und sie bezweifelte, daß sie sich je wieder sicher fühlen würde.

»Es ist meine Schuld«, sagte Molly in resigniertem Ton. »Ich habe ihr die Wahrheit über Jonas Wilkes erzählt.«

Rachel spürte an Griffins gespannter Haltung, daß er wütend war, aber seine Stimme klang trotzdem sanft, als er Molly bat, etwas zu essen zuzubereiten.

Als Molly hinausging, hob Rachel den Blick zu Griffin. »Er wird kommen, um mich zu holen, nicht wahr? Jonas wird mich holen.«

Griffin hielt ihrem forschenden Blick tapfer stand. »Ja, das wird er. Heirate mich, Rachel – jetzt, heute nacht noch.«

Rachel musterte ihn prüfend und erkannte, daß Athena gelogen hatte, daß Griffin sie liebte und sie nie benutzt hatte. Aber sie wußte auch, daß sie ihn nicht heiraten durfte. Denn dann würde Jonas ihn töten.

Sie wandte sich ab, um die Qual in ihren Augen zu verbergen. »Ich kann es nicht«, sagte sie tonlos.

Das Schweigen dehnte sich aus, dann brach Griffin es schroff. »Warum nicht?«

»Weil ich dich nicht liebe«, log sie und hoffte, daß er ihr glaubte.

Aber Griffin drehte sie unsanft zu sich herum und umfaßte hart ihr Kinn. »Sag das noch einmal, Elfe«, forderte er sie auf.

Es wäre Rachel nie gelungen, wenn sie nicht plötzlich eine Vision gehabt hätte – Griffin tot. Alles – Jonas zu heiraten, ja, sogar von Kapitän Frazier verkauft zu werden! – war besser als das. »Ich liebe dich nicht«, wiederholte sie.

Qual verzerrte sein Gesicht; für einen Moment schloß er die Augen, Rachel nutzte die Zeit, um ihre eigenen Tränen zu verdrängen.

Griffin schaute sie noch einmal an, als spürte er etwas, aber dann ließ er ganz plötzlich ihre Schultern los und ging hinaus. Das Zufallen der Haustür beendete die Täuschungsszene. Rachel ließ sich auf einen Stuhl fallen und schlug die Hände vors Gesicht.

Am liebsten hätte sie für immer so dagesessen und geweint, aber sie wußte, daß sie etwas unternehmen mußte, bevor es zu spät war. Also schluckte Rachel McKinnon ihre Trauer und floh, wieder einmal, aus Griffin Fletchers Haus.

Während sie durch den Wald stolperte und dann durch Tent Town, versuchte sie, sich mit der Erkenntnis abzufinden, daß Griffin ihr nicht folgen würde. Diesmal nicht.

Es war spät, als Griffin nach Hause kam, aber Molly saß noch am Kamin und wartete auf ihn.

Griffins Gesicht wirkte hager im schwachen Lampenlicht, und seine Augen wirkten, als wäre etwas in ihm zerbrochen.

»Wo ist Rachel?« fragte Molly leise.

Griffin trat vor den Kamin und ließ den Kopf hängen. »Im Haus ihrer Mutter.«

Molly stand auf. Ihn anzufassen, wagte sie nicht, aber sie mußte ihn irgendwie trösten. »Ich habe zufällig alles mit angehört«, gestand sie. »Ich war gerade im Korridor.«

Griffin antwortete nicht.

Jetzt kamen Molly die Tränen, aber sie schämte sich ihrer nicht. »O Griffin, Sie Narr – wissen Sie nicht, daß Rachel Sie belogen hat? Begreifen Sie denn nicht, was sie damit beabsichtigt?«

Griffin schnaubte verächtlich. »O doch, das weiß ich schon.«

Mollys Bedürfnis, ihn zu trösten, war verflogen; am liebsten hätte sie mit ihren Fäusten gegen seinen starren, unbeugsamen Rücken gehämmert. »Rachel will Sie doch nur schützen!«

Griffins Gesicht war eine Maske, eine so schreckliche Maske, als er sich umdrehte, daß Molly unwillkürlich vor ihm zurückwich.

»Rachel macht da weiter, wo ihre Mutter aufgehört hat!« stieß er hervor. Und dann ging er an seiner fassungslosen Haushälterin vorbei und verließ das Zimmer.

31

Rachel war ein bißchen erstaunt, als sie im Bett ihrer Mutter erwachte, aber sie erholte sich schnell von ihrer Verwirrung. Heute würde sie die Mädchen entlassen, den Barkeeper, alle – mit Ausnahme von Mamie, der Köchin.

Während sie sich wusch und anzog, beschloß sie festzustellen, wieviel Geld während ihrer Abwesenheit eingenommen worden war. Mit etwas Glück war genug vorhanden, um einige Meter Stoff für ein neues Kleid zu kaufen.

Es war nicht leicht für Rachel, die Barmädchen fortzuschicken, und Tom Rawlins, der Barkeeper, lachte sie aus. »Beckys Tochter und eine Pension führen? Soll das ein Witz sein?«

Rachel ließ sich nicht einschüchtern. »Sie mögen das witzig finden, Mr. Rawlins, aber Tatsache ist, daß das Haus jetzt mir gehört, und ich habe nicht die Absicht, Alkohol auszuschenken oder . . . oder . . .«

Eine der Frauen, eine große Blondine mit der strengen Miene einer Lehrerin, warf lächelnd ein: »Sie sollten sich zuerst die Geschäftsbücher ansehen. Miss McKinnon. Es würde mich nicht wundern, wenn Sie dann feststellen müßten, daß Sie Jonas Wilkes' Geschäftspartnerin sind.«

Rachel straffte die Schultern, obwohl die Vorstellung, mit diesem hassenswerten Mann etwas zu tun haben zu müssen, sie innerlich erschauern ließ. Aber sie nahm den Stapel schwarzer Bücher, den Tom Rawlins ihr überreicht hatte, und ging damit in die Küche, um sie dort in Ruhe durchzusehen.

Eine knappe halbe Stunde später stand sie vor einer niederschmetternden Erkenntnis; obwohl die eigentliche Partnerschaft schon vor Jahren aufgelöst worden war, schuldete Rebecca McKinnon – und damit sie, Rachel – Jonas Wilkes noch immer Geld. Eine ansehnliche Summe.

Hilfesuchend schaute Rachel die schwarze Köchin an, die ihr gerade Rühreier brachte. »Ich verstehe nicht viel von solchen Dingen, Mamie, aber ich glaube, der könnte mir das Haus abnehmen.«

Mamie setzte sich zu Rachel und dachte lange nach, bevor sie sich zu einer Antwort entschloß. »Mr. Wilkes wird nicht zulassen, daß Sie das Haus in eine Pension verwandeln, Rachel. Nicht, wenn meilenweit kein anderer Saloon zur Verfügung steht. Seine Männer wären darüber sehr verärgert und würden sich woanders Arbeit suchen.«

Rachel schluckte, weil sie wußte, daß Mamie recht hatte. »Meine Mutter scheint ihr Geld nicht sehr klug verwaltet zu haben.«

Mamie lächelte. »Nein. Sie hat Mr. Wilkes so viel gegeben, wie sie konnte. Aber immer wieder wurde das eine oder andere Mädchen krank oder mußte Geld nach Hause schicken, und ihre Mutter war stets bereit zu helfen. Ich weiß nicht, wie vielen Holzfällern sie Kredit gegeben hat, die dann weitergezogen sind, ohne ihre Schulden zu bezahlen.«

Rachel dachte an das Kind, das in ihr heranwuchs, und schwor, das Problem irgendwie zu lösen. Sie konnte kein Bordell weiterführen; nicht einmal einen einzigen Tag lang würde sie die Vermarktung menschlichen Fleisches unterstützen. Aber es sah ganz so aus, als wäre ›Beckys Saloon‹ kampflos nicht zu schließen.

»Gehen Sie zu Dr. Fletcher«, riet Mamie ganz unerwartet. »Er hat Geld und wird Ihnen helfen.«

Rachel errötete heftig. »Lieber sterbe ich.«

»Was wollten Sie dann machen? Niemand sonst, außer Jonas Wilkes, hat genug Geld, um Ihnen etwas zu leihen.«

Rachel stand auf. »Ich gehe jetzt zu Mr. Wilkes und versuche, ihn zur Vernunft zu bringen.«

So unglaublich es auch schien, aber Mamies schwarze Haut schien ein wenig zu erblassen. »Nein! Beckys Geist würde mir keine Ruhe mehr lassen, wenn ich Sie allein zu diesem Mann gehen ließe!«

»Ich gehe aber, Mamie«, beharrte Rachel. »Ich muß es tun!«

»Jetzt hören Sie mal, Kind!« rief Mamie aufgeregt. »Es ist kein Geheimnis, was bei Richter Sheridan geschehen ist, und ich vermute, daß Jonas Wilkes wütender ist als je zuvor in seinem Leben. Und er ist ungemein gefährlich, wenn er wütend ist!«

»Wenn überhaupt, Mamie, dann ist er höchstens auf Griffin wütend . . .«

Rachel brach ab, als lautes Getöse aus dem Saloon erklang. Und rein instinktiv wußte Rachel, daß sie sich den Weg zu Jonas ersparen konnte.

Draußen brüllte er ihren Namen.

Rachel erschauerte, schaute Mamie an und ging hinaus, um dem Drachen gegenüberzutreten.

Die Prostituierten waren geflohen, und sogar Tom Rawlins hatte seinen Posten hinter der Bar verlassen.

Obwohl Jonas erstaunlich beherrscht wirkte, stellte Rachel mit bitterer Belustigung fest, daß er sich sehr hastig angezogen haben mußte. Er trug keinen Rock, keine Krawatte, und sein Hemd stand am Hals weit offen.

»Was glaubst du eigentlich, was du tust?« fuhr er Rachel an.

Sie ging nicht in seine Nähe, hielt sichere Distanz zu ihm. »Was glauben *Sie* denn, was ich tue?« entgegnete sie kühl.

»Ich habe keine Ahnung«, schnappte er. »Aber falls du beabsichtigst, das Familiengeschäft weiterzuführen, habe ich eine Überraschung für dich – du wirst es nicht tun.«

»Das ist keine Überraschung, Mr. Wilkes. Wenn ich es irgendwie regeln kann, wird dieser Saloon sich noch vor Ende der Woche in eine Pension verwandeln.«

Etwas in Jonas' Gesicht entspannte sich; ganz unvermittelt begann er zu lachen. »Eine *Pension*? Stimmt – das hattest du ja schon einmal erwähnt, nicht wahr?«

Da ihr nichts anderes darauf einfiel, nickte Rachel nur.

Jonas wirkte plötzlich noch bedrohlicher als zuvor. Etwas an seinem aufgesetzten Lächeln und seiner Haltung ließ Rachel um ihr Leben fürchten. »Wo sollen meine Männer denn dann ihren Trost finden, wenn aus diesem Haus eine Pension würde?«

Rachel hob trotzig das Kinn. »Ihr ›Trost‹ ist nicht meine Sache, Jonas Wilkes. Es sind ihre Frauen und ihre Kinder, die mir wichtig sind.«

Jonas zog eine Augenbraue hoch. »Wie edel. Du redest wie Field Hollister, Rachel – oder schlimmer noch, wie Griffin.«

Nur ihr gerechter Zorn hinderte Rachel daran, die Flucht vor diesem Mann und seinem kontrollierten Wahnsinn zu ergreifen. »Ich weiß, wie es sich in diesen Zelten lebt. Flohbisse, Regen, und man kann nicht einmal ein Bad nehmen . . .«

Jonas' Grinsen wirkte bedrohlicher als seine Worte. »Und du liebst Bäder, nicht wahr, Rachel?« Bevor sie ihrer Verachtung Ausdruck verleihen konnte, setzte er scharf hinzu: »Geh nach oben und pack deine Sachen, Rachel. Wir gehen.«

Sie schüttelte den Kopf. »Nein.«

Jonas seufzte. »Du bist ein aufmüpfiges kleines Ding, was? Nun, Rachel, es gibt gewisse Eigenschaften, die ich von einer Ehefrau verlange, und dazu gehört Gehorsam. *Geh!*«

»Ich bin nicht Ihre Frau, Mr. Wilkes, und habe auch nicht die Absicht, es je zu werden!«

Wieder seufzte Jonas und schaute an die Zimmerdecke, als erwartete er von dort Erleuchtung. Rachel war so verwirrt über diese Geste, daß sie nur mit Verblüffung reagierte, als er mit zwei Schritten bei ihr war und brutal ihre Oberarme umklammerte.

Rachel wollte schreien, aber der Ton erstarb in ihrer Kehle.

»Lektion Nummer eins«, sagte er, setzte sich auf einen Stuhl und zerrte Rachel mit sich, dann warf er sie wie ein Kind über seine Knie und begann ihr den Po zu versohlen.

Außer sich vor Empörung strampelte Rachel und zappelte wie verrückt, und endlich fand sie auch ihre Stimme wieder und kreischte wütend. Noch nie in ihrem Leben war sie wütender gewesen, hatte sie sich dermaßen gedemütigt gefühlt.

Aber gegen Jonas' Kraft kam sie nicht an; er hielt sie unbarmherzig fest. Und seine Handfläche prallte mit schmerzhafter Regelmäßigkeit auf ihren Po.

Ein klickendes Geräusch erklang, und gleichzeitig gingen die Saloontüren auf.

Rachel schaute zur Tür, aber wahrscheinlich nur, weil ihre Angst vor weiteren Demütigungen größer war als ihre Neugierde. Wenn Griffin sie so sah, wollte sie sterben.

Aber es war Athena Bordeau, die mit einem belustigten Lächeln in der Tür stand und ihre Glacéhandschuhe auszog.

»Du solltest die Kleine lieber loslassen, Jonas. Denn sonst schießt die Negerin dir vielleicht den Kopf ab.«

Die Schläge hörten auf, und Rachel war frei. Mit schamrotem Gesicht richtete sie sich auf und sah Mamie mit einer Schrotflinte in der Hand in der Saloontür stehen. Der Lauf der Flinte zielte auf Jonas' Kopf.

Er sprang so plötzlich auf, daß er Rachel, die noch immer in seiner Nähe stand, fast umgetoßen hätte. Sein Blick war mörderisch, und ein Muskel in seinem Gesicht zuckte unkontrolliert.

Mamie schien unbeeindruckt. »Verschwinden Sie, Wilkes«, sagte sie kalt. »Wenn nicht, jage ich Ihnen ein Kugel in den Kopf.«

Athena lachte. »Ich glaube, es ist ihr Ernst, Jonas.«

Sehr gelassen, wenn man die Umstände bedachte, rollte Jonas die Hemdsärmel herunter und befestigte die Manschetten. Dann maß er Rachel mit einem besitzergreifenden Blick. »Du schuldest mir eine Menge Geld«, sagte er gefährlich leise. »Auf die eine oder andere Art, kleine Range, wirst du die Schuld begleichen müssen.«

Rachel hob die Hand und schlug ihm hart ins Gesicht.

Angesichts Mamies Flinte versuchte Jonas nicht, Vergeltung

zu üben, aber seine Worte trafen Rachel härter als ein Schlag. »Du hast mich schon einmal geschlagen, Rachel, und das war ein schwerer Fehler. Diesmal jedoch war es ein nicht wiedergutzumachender.«

»Hinaus!« zischte Rachel.

Aber Jonas seufzte nur. »Du hast vierundzwanzig Stunden Zeit, Rachel. Dann stehst du entweder vor meiner Tür, oder du wirst dir wünschen, vernünftig gewesen zu sein.«

Was er meinte, war Rachel klar. »Und wenn ich *vernünftig* bin?«

Seine Antwort bestätigte ihre Befürchtungen.

»Dann werden gewisse Leute, die wir beide kennen und lieben, weiteratmen. Du hast einen Tag, um dich zu entscheiden, Rachel.«

Des Wartens müde, feuerte Mamie die Flinte ab. Der Spiegel über der Bar zerbrach in tausend Stücke, und als sich der Rauch klärte, war Jonas auf dem Weg nach draußen und zog eine erschütterte Athena mit sich.

Rachel sank in einen Sessel, und nach und nach tauchten die verängstigten Prostituierten wieder auf – aber nur, um sich endgültig zu verabschieden. Das Klima in Beckys Saloon war ihnen nun anscheinend doch zu gefährlich.

Zum Schluß blieb nur noch eine übrig – die große Blondine, die Rachel gelassen mitteilte, daß sie gern bleiben würde, falls niemand etwas dagegen hatte. Sie habe etwas gespart, und wenn Rachel sich endlich besänne und zu Mr. Wilkes ginge, würde sie Beckys Saloon innerhalb kürzester Zeit in ein gewinnbringendes Geschäft verwandeln.

»So schlimm ist Jonas gar nicht«, meinte Elisa tröstend. »Was machen so ein paar Schläge schon und ein, zwei unangenehme Stunden im Bett, verglichen mit all dem Geld?«

Rachel brach in Tränen aus.

Die Nacht verging mit entnervender Langsamkeit für Rachel, die sich ruhelos im Bett ihrer Mutter wälzte und bei ihren Überlegungen immer wieder zu demselben Ergebnis kam.

Wenn sie Griffins Leben retten wollte, mußte sie zu Jonas Wilkes gehen und sich ihm bedingungslos ergeben.

Als es Morgen war, hörte Rachel noch ein anderes Geräusch als das ständige Kreischen der Möwen. Es klang fast wie das Klopfen von Hämmern . . .

Rachel sprang auf und trat ans Fenster. Keine zweihundert Meter von ihrem Haus entfernt waren Zimmermänner bei der Arbeit und bauten ein Gerüst für ein recht großes Gebäude.

Auch Jonas Wilkes war da und gab lautstark Anweisungen.

Impulsiv riß Rachel das Fenster auf und rief: »Was machen Sie da?«

Jonas lächelte und zog galant seinen Hut. »Es stört dich doch hoffentlich nicht, einen Saloon in der Nähe deiner Pension zu haben?«

Rachel schluckte. »Meiner Pension?«

Jonas nickte. »Sie gehört dir, kleine Range. Und was mein unmögliches Benehmen von gestern betrifft, so bitte ich dafür um Verzeihung. Für das meiste jedenfalls.«

Was bezweckt er damit? fragte Rachel sich verblüfft. »Wofür genau bitten Sie mich um Verzeihung, Mr. Wilkes?«

»Für das Ultimatum«, erwiderte er. »Das war unvernünftig.«

Unvernünftig. Was für ein unpassendes Wort für das, was er von ihr verlangt hatte!

»Und das . . . das andere?«

Jonas lachte. »Ich muß zugeben, kleine Range, daß mir das unsagbares Vergnügen bereitet hat und ich es nicht bereue.«

Rachel errötete, trat zurück und schlug das Fenster so hart zu, daß das Glas zerbrach und klirrend aus dem Rahmen sprang.

32

Stirnrunzelnd klappte Griffin seine Arzttasche zu und zauste seinem jungen Patienten das blonde Haar, bevor er das Zelt verließ.

Draußen wartete Field Hollister. »Grippe?« fragte er leise.

Griffin nickte.

»Gibt es noch andere Fälle?«

Wieder nickte Griffin. »Zwei.«

Field ergriff seinen Arm und schob Griffin auf das Kantinenzelt zu. »Bis jetzt«, sagte er, als sie an einem Tisch saßen und Changs ungenießbaren Kaffee tranken, »hätte ich geschworen, daß du vernünftig genug bist, um nicht im Regen herumzustehen!«

Griffin bemühte sich zu lächeln, aber es wurde eine Grimasse daraus. »Beruhige dich, Field. Ärzte werden nicht krank.«

Der Regen hämmerte auf das Zeltdach. »Wer weiß ... Du siehst furchtbar aus, Griffin! Wann hast du zum letzten Mal geschlafen?«

»Ich schlafe nicht, Field. Es ist Zeitverschwendung.«

»Du machst also weiter, bis du zusammenbrichst?« meinte Field gereizt.

Griffin runzelte die Stirn. »Meinen letzten Zusammenbruch hatte ich dir, deinen Freunden und eurem Chloroform zu verdanken. Wir hatten zwar bisher keine Gelegenheit, darüber zu sprechen, aber du kannst dir wohl denken, daß ich nicht begeistert war.«

Field bedachte ihn mit einem herausfordernden Blick. »Das hatte ich auch nicht erwartet«, sagte er. »Aber das ist jetzt nicht wichtig. Meinst du, es könnte zu einer Grippeepidemie kommen?«

Griffin hob die müden Schultern. »Möglich. Diese Zeltstadt ist eine ideale Brutstätte für Krankheiten. Es ist ein Wunder, daß wir bisher von Typhus und Cholera verschont geblieben sind.«

Der Reverend erblaßte. »Dann muß etwas getan werden!«

Wieder zuckte Griffin die Schultern. »Sag das Jonas. Diese feuchten Zelte und offenen Kloaken sind sein Gebiet, nicht meins.«

»Apropos Jonas«, sagte Field, und ein belustigtes Funkeln erschien in seinem Blick. »Und Rachel . . .«

Griffin schaute seinen Freund verärgert an. »Was ist mit ihr?«

»Hast du es wirklich noch nicht gehört?«

»Was ist mit ihr?« wiederholte Griffin gereizt.

Field lachte. »Sie hat Jonas Wilkes getrotzt, Griffin – mit ein bißchen Hilfe von Mamie und deren Schrotflinte.«

Jetzt war Griffin ganz Ohr. »Was?«

»Sie hat Beckys Saloon geschlossen, Griffin. Morgen ist Neueröffnung als McKinnons Pension.«

Ungeduldig winkte Griffin ab. »Unwichtig – aber was hast du da von Jonas und Mamie und einer Schrotflinte gesagt?«

Als Field die Geschichte kurz erzählte, hätte Griffin fast gelacht. Obwohl es ihn natürlich sehr verärgerte, daß Jonas Hand an Rachel gelegt hatte, fand er die Vorstellung andererseits ausgesprochen komisch. »Und ich dachte, Jonas wäre nur schlecht«, sagte er grinsend.

Field lachte. »Kannst du dir Mamie vorstellen, wie sie den Spiegel zerschoß, den Becky sich extra aus San Francisco hat bringen lassen?«

»Ja«, murmelte Griffin und schaute seinem Freund prüfend in die Augen. »Aber ich habe das Gefühl, daß du mir etwas verschweigst. Was ist es?«

»Mamie hatte den Eindruck, daß Jonas beabsichtigte, jemanden umzubringen, falls Rachel nicht innerhalb von vierundzwanzig Stunden vor seiner Tür erschiene.«

Griffin sprang so plötzlich auf, daß die Bank, auf der er gesessen hatte, umkippte.

»Dieser verdammte Lump! Ich ...«

Doch Field schüttelte schon den Kopf. »Setz dich, Griffin.«

»Dieser ...«

»Hör mir zu! Jonas hat einen Rückzieher gemacht, und ich finde, das solltest du auch tun. Wenn du keinen Ärger machst, wird er es auch nicht tun, schätze ich.«

Griffin achtete kaum auf seinen Freund. Er konnte nur daran denken, was für ein Narr er war und wie dumm es von ihm gewesen war, Rachel zu glauben, als sie sagte, sie liebte ihn nicht. Denn ihr Körper hatte ihm schließlich zweimal mehr als eindeutig das Gegenteil bewiesen ...

Mit beiden Händen umklammerte er die Tischkante und fluchte laut. Molly hatte recht gehabt; Rachel hatte ihn nur schützen wollen. Und er hegte sogar den Verdacht, daß sie zu Jonas gegangen wäre, wenn es nötig gewesen wäre, um seine Haut zu retten.

Griffin wirbelte urplötzlich herum, ließ seinen Freund sitzen. Draußen hämmerte der Regen auf die Erde, als wollte er die Welt von Übeln wie Tent Town reinwaschen.

Im Hemd, so wie er war, rannte Griffin zu Beckys ehemaligem Saloon. Die Tür war verschlossen, aber Griffin hämmerte so lange mit beiden Fäusten dagegen, bis sie einen Spalt geöffnet wurde.

Rachel stand vor ihm mit großen Augen und trotzig vorgeschobenem Kinn.

»Du hast gelogen!« rief er triumphierend. »Du dachtest, Jonas würde mich umbringen, wenn wir heiraten, und da hast du *gelogen!*«

Rachels Unterlippe zitterte. »Ich glaube noch immer, daß er

es tun würde, Griffin. Und nichts auf der Welt könnte mich dazu bewegen, dieses Risiko einzugehen.«

Behutsam legte er ihr die Hände auf die Schultern. »Du machst nur einen Fehler in deinen Überlegungen, Elfchen. Ich werde mit Jonas fertig.«

Eine Träne löste sich aus Rachels Wimpern, und sie schüttelte den Kopf. »Nein. Jonas ist nicht so anständig wie du, Griffin. Er würde dir irgendwo auflauern und dich angreifen, wenn du nicht damit rechnest – wie in Seattle, im Garten der O'Rileys.«

»Na schön«, gab Griffin zu. »Das mag ja sein. Im allgemeinen macht er es auf diese Weise. Aber eins weiß ich: Ich gehe lieber ein Risiko ein, als ohne dich zu leben.«

Rachel legte ihr tränenfeuchtes Gesicht an seine Hand. »Ich liebe dich, Griffin. Aber ich heirate dich nicht, bis ich weiß, daß ich nicht als Witwe enden werde wie Molly Brady.«

In diesem Augenblick war Griffin bereit, sich auf fast alles einzulassen. »Ich muß zu meinen Patienten zurück, Elfchen«, sagte er seufzend. »Würdest du mir einen Gefallen tun?«

Rachel lächelte unsicher. »Was?«

»Hör auf, dich zu sorgen, was Jonas mir antun könnte. Es wird alles gut werden, du wirst schon sehen.«

Rachel wirkte gar nicht überzeugt, aber das war Griffin egal. Sie liebte ihn, und nur das war von Bedeutung. Er bückte sich, küßte sie und wollte gehen.

Aber Rachel hielt ihn am Arm zurück. »Griffin?«

»Ja?«

»Es ist eigentlich nichts, aber ... Könntest du nicht heute abend zum Essen kommen und Molly und Billy mitbringen?«

»Natürlich, Rachel, ich ...«

Aber sie war schon im Haus verschwunden. »Sieben Uhr!« rief sie ihm durch die Tür zu.

Griffin ging langsam nach Tent Town zurück, ohne den Regen zu beachten oder die Wagen zu sehen, die sich durch die aufgeweichte Erde quälten – oder die schöne, silberblonde Frau, die ihn von der Veranda von Richter Sheridans Haus beobachtete.

Athena wäre lieber bei Jonas geblieben, wie in der Nacht zuvor, aber das wagte sie nicht. Denn falls Griffin erfuhr, daß sie unter diesem Dach geschlafen hatte, waren ihre Chancen, ihn für sich zurückzugewinnen, gleich Null.

Seufzend nippte sie an ihrem Tee und beobachtete Griffin sehnsüchtig. Ich liebe dich, schrie sie ihm stumm nach.

Aber gerade, als Athena schon im Begriff war, aufzuspringen und Griffin nachzulaufen wie eine Dirne, erschien Clovis. Und wie immer war sie viel zu scharfsichtig.

»Ich begreife wirklich nicht, was du an diesem dreisten, ungehobelten jungen Mann findest, Athena«, sagte sie gereizt. »Wenn du gesehen hättest, wie er die Trauung des armen Mr. Wilkes ruiniert und was er sich dann in der Kirche geleistet hat . . .«

Athena hielt eine Hand vor ihren Mund und hüstelte, um ihre Belustigung zu verbergen.

Aber Clovis, die vier Töchter aufgezogen hatte, ließ sich nicht irreführen. »Lach nur, aber wenn es irgend jemanden in dieser Stadt gibt, der sündiger ist als dieser Griffin Fletcher, dann würde ich es gern erfahren!«

»Sündig?« Athena konnte sich kaum noch beherrschen. »*Griffin?*«

Clovis nickte weise. »Er hat eine dieser Tent-Town-Frauen umworben, Athena. Und stell dir vor, sie ist auch noch Becky McKinnons Tochter!«

Er hat mehr getan, als sie zu *umwerben*, dachte Athena, und auf einmal sah sie gar keinen Grund mehr, ihr Lächeln zu verbergen. Im Gegenteil, allmählich verlor sie die Geduld. »Ach, Clovis, sei doch nicht so biestig! Du ärgerst dich doch nur, weil er nicht eine deiner Töchter geheiratet hat!«

Clovis errötete und stieß hervor: »Das war sehr impertinent von dir, Athena! Ist das der Ton, der in Frankreich zwischen Damen herrscht?«

Athena ermahnte sich, daß es keine Hotels in Providence gab, und mäßigte ihren Ton, um ihre Gastgeberin zu besänftigen. »Nein«, sagte sie. »So spricht eine Dame nirgendwo. Entschuldige bitte.«

Erfreut drückte Clovis ihre Hand. »Ach, Unsinn, Kind. Und wenn du Griffin Fletcher haben willst, gibt es nur einen Weg. Wir werden eine Gesellschaft geben!«

Die Aussicht war nicht besonders ermutigend. »Griffin haßt Gesellschaften«, murmelte Athena. Wahrscheinlich ist er sowieso nicht von diesen schäbigen Zelten fortzukriegen, fügte sie im stillen hinzu.

Clovis zuckte mit den Schultern. »Ja, zu meinen ist er nie erschienen«, gab sie zu. Aber dann hellte sich ihre Miene auf, und sie sagte: »Du mußt krank werden!«

Ein Lächeln spielte um Athenas volle Lippen. Ja, Krankheit war das einzige, dem Griffin nicht widerstehen konnte. »Hm, wenn ich es recht bedenke, fühle ich mich gar nicht wohl«, meinte sie nachdenklich.

Eine halbe Stunde später lag Athena in Clovis Gästebett und sah erstaunlich krank aus.

Brummend zog Griffin seine Uhr aus seiner Westentasche und warf einen gereizten Blick auf das Zifferblatt. Fast halb sieben, und er hatte noch keine Gelegenheit gehabt, Molly von Rachels Einladung zu unterrichten.

Er straffte die Schultern. Nun gut, er würde eben sehen, was bei den Sheridans los war, und dann nach Hause gehen, um sich umzuziehen. Mit etwas Glück konnte er noch vor sieben bei Rachel sein.

»Was ist?« fragte er unfreundlich, als Clovis ihn einließ.

»Unser Gast«, erwiderte sie steif. »Sie ist krank.«

Griffin rieb sich die Augen und sagte seufzend: »Gehen Sie voran, Clovis. Ich habe nicht die ganze Nacht Zeit.«

Die Frau des Richters maß ihn mit einem düsteren Blick und zeigte auf die Treppe. »Im Gästezimmer, Dr. Fletcher – wo meine Ruby lag, als mein Gatte Sie nachts zu uns rufen mußte.«

Griffin schmunzelte bei der Erinnerung daran, wie Richter Sheridan ihn damals mitten in einer kalten Winternacht gerufen hatte, weil sein armes dreiunddreißigjähriges ›Kind‹ eines entsetzlichen Todes zu sterben drohte. In Wirklichkeit, stellte

Griffin fest, hatte Ruby zwei Apfelkuchen verschlungen – ganz allein – und brauchte nichts weiter als eine Strafpredigt und ein Brechmittel.

Er lächelte noch, als er an die Tür zum Schlafzimmer klopfte.

»Kommen Sie herein, Doktor«, sagte eine zaghafte Stimme – eine unangenehm vertraute Stimme.

Griffin blieb wie angewurzelt stehen, als er Athena im Bett erblickte. Ein durchaus gesundes Glitzern stand in ihren blauen Augen, und auch im Zimmer roch es nicht nach Krankheit.

»Du«, sagte er nur.

Athena senkte den Blick. »Ich bin krank, Griffin«, beharrte sie.

Griffin stellte seine Arzttasche ab und verschränkte die Arme. »Zweifellos«, stellte er fest, machte jedoch keine Anstalten, sich dem Bett zu nähern.

Athenas Unterlippe zitterte. »Du glaubst mir nicht!« sagte sie anklagend.

Griffin dachte an die drei Kinder in Tent Town, die ihn jeden Augenblick benötigen könnten, und an Rachel, die ihn zum Essen erwartete. Sein Ärger schnürte ihm fast die Kehle zu. »Natürlich glaube ich dir nicht. Was willst du wirklich, Athena?«

Sie richtete sich auf, und die Bettdecke glitt herab, um Athenas makellose weiße Schultern zu enthüllen. »Na schön, ich hätte mir denken sollen, daß ich dir nichts vormachen kann. Aber du bist ja so stur, Griffin, daß ich wirklich nicht wußte, wie ich dich einen Augenblick allein erwischen konnte.«

Mechanisch zog Griffin seine Uhr und schaute darauf. Noch fünfzehn Minuten – Rachel erwartete ihn in fünfzehn Minuten. »Ich verstehe nicht, was du noch von mir willst, Athena. Wenn meine Erinnerung mich nicht trügt, habe ich immer die letzte Stelle auf der Liste deiner Interessen eingenommen.«

Athena schloß die Augen und wirkte zum ersten Mal aufrichtig. Die Farbe war aus ihrem Gesicht gewichen, ihre Lippen waren schmal geworden. »Ach, Griffin, ich war eine Närrin, daß weiß ich jetzt. Kannst du mir nicht verzeihen?«

Griffin seufzte. »Es ist nicht mehr eine Frage des Verzeihens,

Athena – vielleicht war es das nie. Ich empfinde einfach nichts mehr für dich.«

Die dunklen Augen blitzten plötzlich wütend. »Wegen Rachel McKinnon!«

Griffin nahm seine Tasche auf. »Du hast deine Wahl getroffen, Athena. Du wolltest Jonas haben. Und das geschah lange, bevor ich wußte, daß Rachel überhaupt existierte.«

Griffins ruhiger Tonfall konnte Athena nicht besänftigen. »Ich *wollte* Jonas nicht!« schrie sie frustriert. »Ich wollte dich – einen Ehemann, und nicht einen menschenfreundlichen Narren, der ein ganzes Holzimperium aufgab, um Krankenschwester für einen Haufen unbedeutender Arbeiter zu spielen!«

Die Gleichgültigkeit, die Griffin empfand, überraschte ihn selbst. Er lachte rauh, lachte über Athena, über Jonas, über sich selbst. »Du wolltest mich also bestrafen, weil ich das großzügige Angebot meines Vaters ausgeschlagen hatte? Du bist mit Jonas ins Bett gegangen, weil ich die Medizin nicht aufgeben wollte, um dich auf deinen Reisen durch Europa zu begleiten!«

Athena schlug die Bettdecke zurück und schrie hysterisch: »Du Narr! Du hättest reich sein können!«

Griffin ließ seinen Blick über ihren zitternden Körper gleiten, dessen Nacktheit ihn völlig ungerührt ließ. Wenn überhaupt, erzeugte er höchstens so etwas wie Langeweile in ihm. Wieder lachte er. »Auf Wiedersehen, Athena«, sagte er. Dann ging er hinaus und schloß die Tür.

Etwas zerschellte am Rahmen und fiel klirrend auf den Boden. Griffin lachte noch, als er in den strömenden Regen hinaustrat.

33

Mary Louisa Clifford, einer der Frauen aus Tent Town, wartete geduldig vor dem Tor der Sheridans. »Doktor . . .« begann sie schüchtern, »ich komme wegen meiner Tochter. Sie hat so hohes Fieber, daß sie mich nicht erkennt.«

Griffin vergaß Athena, und er vergaß Rachel. Er nahm Mary Louisas Arm und begleitete sie nach Tent Town zurück. Auf dem Weg befragte er sie nach den Symptomen des kleinen Mädchens.

Fawn Hollister saß schon neben dem Lager des Kindes, als Griffin und Mary Louisa das Zelt betraten. Der Blick in Fawns tapferen braunen Augen ließ beide abrupt verstummen.

»Es ist zu spät«, sagte sie.

Mary Louisa schrie auf vor Schmerz, und der Ton brachte Griffin in Bewegung. »Tu etwas«, flüsterte er, obwohl Fawn bereits auf die erschütterte Frau zuging und sie in die Arme zog.

Griffin kniete neben dem Bett nieder und legte den Kopf auf die Brust des kleinen Mädchens. Nichts. Kein Herzschlag mehr.

Er fluchte, drehte den Kopf des Mädchens und versuchte, es mit künstlicher Beatmung wiederzubeleben. Hinter ihm weinte die Mutter.

Griffin preßte die Handballen auf die winzige Brust und versuchte dem Herzen des Kindes seinen Willen aufzuzwingen. Einige Minuten lang setzte er die Behandlung fort, dann wurde seine Mühe belohnt. Ein leises Flattern in der Brust, ein fast unmerklicher Atemzug.

»Wie heißt sie?« fragte er die Mutter, die verstummt war.

»Alice«, flüsterte sie tonlos.

Griffin legte seinen Kopf wieder auf Alices Brust und hörte ein zaghaftes Klopfen. Hoffnungsvoll schaute er auf. »Alice!« sagte er streng. »Hör mir zu! Deine Mama steht hier und sie will, daß du zurückkommst – Alice, *komm zurück!«*

Das Kind gab einen kleinen Seufzer von sich, und ein bißchen Farbe zeigte sich auf den Wangen. »Zurück . . .« murmelte sie.

»Richtig«, drängte Griffin, nun schon sanfter. »Bitte komm zurück, Alice.«

Alices Lider flatterten; der Kampf, der sich in ihr abspielte, malte sich deutlich auf ihrem Gesicht ab.

Griffin legte eine Hand auf ihre Stirn. »So ist es gut.«

Für den Augenblick war Mary Louisa Cliffords kleines Mädchen wieder zu Hause. Griffin richtete sich auf und schaute zu dem nassen, tropfenden Zeltdach auf.

Alice war noch lange nicht außer Gefahr, und es gab keine Garantie, daß sie genesen würde – schon gar nicht unter den ungünstigen Umständen in dem feuchten Zelt.

»Sie ist sehr krank«, sagte Griffin nachdenklich zu der Mutter. »Und dieses Zelt . . .«

»Griffin?« unterbrach Fawn ihn leise. »Sie hätte es bei uns zu Hause wärmer.«

»Nein«, erwiderte er scharf. »Nein, Fawn. Diese Art Grippe ist äußerst ansteckend. Wenn möglich, sollten wir die Epidemie auf Tent Town beschränken.«

In Fawns Kehle zuckte es; ihre braunen Augen verdunkelten sich vor Qual. »Mein früheres Haus dann. Wo ich lebte, als . . .«

Um ihr den Rest zu ersparen, wandte Griffin den Blick ab und sagte rasch: »Ja. Das ist eine gute Idee. Wenn du hinaufgehst und Feuer machst, bringe ich Alice im Buggy hin.«

Fawn beeilte sich, seinem Wunsch Folge zu leisten, während Mary Louisa vergeblich eine warme Decke suchte. Griffin fand schließlich eine unter dem Buggysitz und wickelte sie dann um das kranke Kind.

An der Tür des Cliffordzelts begegnete er einem äußerst verstörten Field. »Die Robertsons sind alle krank, Griffin«, sagte er. »Und Lucas geht es schlechter.«

Griffin fluchte verhalten und drückte Field das kleine Mädchen in die Arme. »Bring sie in Fawns ehemaliges Haus«, sagte er und schaute Field dabei beschwörend an. »Sie ist schon da und bereitet alles vor.«

Ein Muskel zuckte an Fields Wange, aber das war seine einzige Reaktion auf die Erwähnung des Orts, den zu hassen er allen Grund hatte. »Soll ich danach noch etwas anderes für dich tun?«

Griffin war schon auf dem Weg zum Zelt der Robertsons. »Ja«, rief er. »Ich habe Chinin zu Hause – Molly weiß wo. Bring es her.«

Die Lage im nächsten Zelt war bitter ernst. Mrs. Robertson war bereits tot, und ihre vier Kinder nicht mehr weit davon entfernt. Das kleinste, ein Baby, war auch nicht mehr zu retten, als Field mit dem Chinin eintraf.

Griffin verabreichte den anderen drei Kindern die Medizin, von der er wußte, daß sie oft gar keine Wirkung zeigte, und fluchte unaufhörlich vor sich hin. Es gab nichts, was er für sie tun konnte, außer Chinin und der relativen Wärme von Jonas' leerem Haus.

Rachel stand am Fenster des Saloons und starrte in die Dunkelheit hinaus, während heiße Tränen der Enttäuschung über ihre Wangen strömten. Sie konnte Mamie nicht ansehen, als die mütterliche Frau ihr eine Hand auf den Arm legte.

»Sie wissen doch, wie es mit Ärzten ist«, sagte die Köchin tröstend. »Er ist bestimmt zu einem Patienten gerufen worden.«

Rachel schluckte, aber der Klumpen saß zu fest; er ließ sich nicht verdrängen und hinderte sie am Reden.

»Essen Sie etwas, bevor es kalt wird«, drängte Mamie sanft.

Rachel schüttelte den Kopf. »Ich habe keinen Hunger.«

»Unsinn, Kind. Kommen Sie jetzt mit mir in die Küche und essen Sie etwas Warmes.«

Gerade als Rachel erneut ablehnen wollte, sah sie eine dunkle Gestalt durch den Regen auf das Haus zukommen. Es war Field Hollister, der vor ihr stand, als sie die Tür aufriß.

»Rachel, Griffin sagte . . .«

Rachel zog Field in den leeren, stillen Saloon. »Wie sehen Sie aus!« rief sie entsetzt und zog ihm einfach seinen nassen Mantel aus. »Sie werden sich eine Lungenentzündung holen, Field!«

»Ich hole heißen Kaffee«, schlug Mamie vor.

Field mußte gelaufen sein, denn er keuchte heftig, und seine Wangen waren stark gerötet. Als Mamie ihm einen Becher Kaffee reichte, erstickte er fast am ersten Schluck.

Rachel war zutiefst verängstigt. »Field, was ist passiert?«

Plötzlich trat ein Lächeln in seine müden Augen. »Griffin kann nicht zum Essen kommen«, sagt er.

»Das sieht ein Blinder«, bemerkte Mamie trocken. »Es ist fast Mitternacht.«

Field holte tief Luft. »Es ist eine Grippeepidemie in Tent Town ausgebrochen«, erklärte er endlich. »Griffin konnte nicht fort.«

Rachel vergaß ihre Enttäuschung und fragte besorgt: »Wie schlimm ist es, Field?«

»Sehr schlimm, Rachel. Eine Frau und ihr Baby sind gestorben, und Griffin meint, auch andere würden die Nacht nicht überleben.«

»Ich laufe hin!« rief Rachel und schaute sich schon nach einem Umhang um.

Aber Field hielt sie zurück. »Nein«, sagte er flach. »Griffin sagte, daß Sie sich von den Zelten fernhalten sollen.«

Rachel riß sich los. »Griffin sagte, Griffin sagte?« rief sie hitzig. »Griffin Fletcher ist nicht Gott, und mir ist es egal, was er sagt!«

»O nein!« schrie Field zornig. »Wenn Sie hinübergehen, riskieren Sie angesteckt zu werden. Und wenn es eins gibt, was Griffin jetzt nicht brauchen kann, ist es ein neuer Patient!«

Rachel sah ein, daß er recht hatte – und dachte an das Kind unter ihrem Herzen, das sie schützen mußte. »Aber irgend etwas muß ich doch tun können, um zu helfen.«

Field nickte. »Ja. Sie können uns alle Decken geben, die Sie nicht brauchen, und Sie können beten.«

Es tat gut, beschäftigt zu sein, die Decken von den Betten abzuziehen, sie zu falten und Mamie beim Gemüseschneiden für einen nahrhaften Suppentopf zu helfen. Und doch wäre Rachel lieber an Griffins Seite gewesen, um ihn zu unterstützen.

»Er schafft es nicht allein«, flüsterte sie, als Field mit einem Wagen zurückgekehrt war, um die Decken abzuholen.

Mamie rührte in der Suppe, die Field später holen wollte. »Dr. Fletcher? Der ist aus Granit, mein Kind. Ich habe ihn tagelang ohne Ruhepause schuften sehen.«

Das beruhigte Rachel nicht. Griffin war keineswegs aus Stein, obwohl er oft genug den Eindruck machte, und Rachel hoffte nur, daß er nicht unter der Last seiner eigenen Hingabe zusammenbrach.

Mamie war entschlossen, optimistisch zu sein. »Nichts ist für ewig, Rachel. Auch das wird vorbeigehen.«

Dann schien es jedoch so, als würde die Epidemie doch nie wieder enden. Zwei ganze Wochen lang wurde es immer schlimmer und näherte sich der Krise.

In dieser Zeit schaffte es Rachel nur vernünftig zu bleiben, indem sie sämtliche Bücher verschlang, die Molly Brady ihr gebracht hatte, und die Kleider nähte, die sie so dringend brauchte.

Eines Nachts, gegen Morgen, erwachte sie von Schmerzen, die ihren Unterleib durchbohrten und sie innerlich zu zerreißen schienen.

Etwas Warmes, Feuchtes breitete sich zwischen ihren Beinen aus, sie hörte Stimmen, und verspürte einen anderen, noch viel entsetzlicheren Schmerz, der sie für einen Moment in eine gnädige Ohnmacht tauchte.

Mein Baby, schrie eine Stimme in ihrem Unterbewußtsein, als sie zwischen den quälenden Schmerzen das Bewußtsein wiedererlangte.

Starke Hände drückten sie auf die Kissen zurück. Mamie? Sie hätte es nicht sagen können. »Mein Baby!« schrie sie laut auf.

Die Stimme, die ihr antwortete, war müde, schroff und verriet tiefste Erschütterung. *Griffin.* »Schon gut, Liebling – es wird alles gut.«

»O Griffin, ich . . . ich habe ein Kind erwartet . . .«

Sie fühlte seine sanfte Hand auf ihrem Gesicht und hörte die stille Trauer in seiner Stimme. »Ich weiß. Wir reden ein andermal darüber.«

Ein leiser Einstich in ihrem Arm und dann ein angenehm schwebendes Gefühl und Erleichterung von ihren Schmerzen. Leise Stimmen an ihrem Bett, und dann ein französisches Wort, das im Gedächtnis zu behalten Rachel sich große Mühe gab.

»Curettage«, murmelte sie.

»Psst«, beschwichtigte Molly.

Jonas haßte den Regen. Er erschwerte ihm das Warten und gab ihm das Gefühl, ein Gefangener zu sein. Mehr als zwei Wochen waren vergangen, seit er Rachel gesehen hatte, und das machte sich bemerkbar.

Athenas Stimme klang ein wenig schrill. »Setz dich endlich hin, Jonas! Das Wetter ist schon schlimm genug, ohne daß du am Fenster stehst und brütest.«

Er drehte sich um und musterte wütend die Frau, die an seinem Tisch saß und Kekse aß. »Irgend etwas ist nicht in Ordnung. Das spüre ich.«

Athena strich Blaubeermarmelade auf einen Keks. »Klar. Sie haben eine Quarantäne über Tent Town verhängt. Und wir verlieren unser Spiel, du und ich.«

Jonas wollte widersprechen, doch bevor er ein Wort über die Lippen brachte, klopfte es an der Haustür, und dann war Mrs. Hammonds schriller Protest zu vernehmen.

Jonas schloß die Augen. Wieder einer von Griffins dramatischen Auftritten, dachte er mit Schrecken. Aber als er aufschaute, war es Elsa Mayhugh, die beste Hure, die Becky je gehabt hatte, die mit geröteten Wangen und zornigen Augen vor ihm stand. »Wenn Sie wollen, daß ich weiter aufpasse«, sagte sie wütend, »dann sagen Sie Ihrer hochnäsigen Haushälterin, daß ich bei *niemandem* durch den Hintereingang gehe!«

Jonas unterdrückte ein Lachen. »Schon gut, Elsa. Setzen Sie sich.«

Die empörte Röte, die Athenas schönes, hochmütiges Gesicht bei diesem Vorschlag überzog, entzückte ihn. Wie ironisch war es doch, daß Athena nicht am gleichen Tisch mit einer Hure sitzen wollte, wenn die beiden Frauen im Grunde doch so ähnlich waren!

»Danke«, sagte Elsa kalt, blieb aber stehen. »Ich wollte Ihnen nur sagen, daß es heute morgen bei Becky irgendwelche Probleme gegeben hat. Die Kleine wachte auf und kreischte wie ein Fischweib, und Mamie schickte mich nach Tent Town, um Dr. Fletcher zu holen.«

Jonas spürte, wie sein Magen sich vor Angst zusammenkrampfte. »Was ist geschehen?«

Elsa zuckte die Schultern. »Ich habe gelauscht, aber sie hielten die Tür fest geschlossen, der Doc und die Frau, die bei ihm saubermacht. Ich konnte nichts sehen.«

»Was haben Sie denn gehört?«

»Eigentlich nur das Geschrei der Kleinen. Und eine Menge unverständlicher Wörter, die nur Ärzte benutzen.«

»*Was denn zum Beispiel?*«

»Kratrog oder so ähnlich.«

Jonas schaute zu Athena hinüber und sah seine eigene furchtbare Erkenntnis in ihren Augen widergespiegelt. »Curettage?« fragte er und hoffte, daß man ihm das Zittern äußerlich nicht anmerkte.

»Genau – das war es«, sagte Elsa erfreut.

Jonas tastete nach seinem Sessel und ließ sich hineinfallen. »O Gott«, flüsterte er.

»Ich sollte zehn Dollar dafür bekommen«, erinnerte Elsa ihn.

Jonas war zu erschüttert, um zu antworten; er hatte schon Mühe mit dem Atmen. Er war sehr erleichtert, als Athena die Hure bezahlte und sie fortschickte.

Während er eher wie gelähmt war, platzte Athena fast vor Erregung. »Curettage!« rief sie.

»Bitte ...« murmelte Jonas, als er wieder sprechen konnte. »Sag mir nicht, was es ist. Ich weiß es selbst.«

Entweder hatte Athena ihn nicht gehört, oder sie war nicht geneigt, ihn zu verschonen. »Entweder hatte Rachel eine Fehlgeburt«, zischte sie, »oder Griffin Fletcher hat sein eigenes Kind abgetrieben!«

Jonas spürte, wie seine Vernunft ihm entglitt, aber er war machtlos, sie zurückzuholen. »Ich bringe ihn um!« schwor er. »Ich schwöre bei allem, was mir heilig ist, daß er ein toter Mann ist!«

Athenas Gestalt verschwamm vor seinen Augen. »Nein! *Nein,* Jonas – ich tue alles – *alles!* Aber an einem Mord beteilige ich mich nicht!«

Er holte aus, um sie zu schlagen, aber sie war wie ein Zerrbild, er fand keinen Kontakt zu ihr. Dann hob sie mit beiden Händen etwas hoch, und er spürte einen zerreißenden Schmerz in seinem Schädel. Er taumelte und sank zu Boden. Es schien unendlich lange zu dauern, bis er die kühlen Marmorplatten an seiner Wange spürte.

Griffin war an diesem grimmigen Morgen dankbar für die Müdigkeit, die seinen Verstand benebelte und seine Emotionen einschläferte. Molly kam ins Zimmer, reichte ihm eine Tasse Kaffee und fragte leise: »Wie geht es ihr heute morgen?«

Griffin konnte das Mädchen, das still und gebrochen im Bett lag, nicht ansehen – wenn er es tat, konnte ihn nicht einmal seine Müdigkeit vor einem Zusammenbruch bewahren. »Sie war schwanger«, murmelte er. »Mein Gott, sie war schwanger, und sie hat mir nichts davon gesagt!«

Molly legte ihm sanft eine Hand auf den Arm. »Es war noch früh. Vielleicht hat sie es gar nicht gewußt, Griffin.«

Er schüttelte den Kopf. »Sie wußte es. Sie hat es gesagt.«

»Na schön. Aber Griffin – Sie glauben doch nicht etwa, daß das Kind nicht von Ihnen war?«

»Es war von mir. Mein Gott, warum habe ich sie nur allein gelassen?«

»Es nützt nichts, wenn Sie sich jetzt quälen, Griffin. Sie haben alle Hände voll zu tun mit der Epidemie, und Sie sind der einzige Arzt im Umkreis von vielen Meilen.«

Griffin trank einen Schluck von dem heißen Kaffee. »Field hat O'Riley gestern abend telegrafiert.«

»Das ist gut. Dann werden Sie endlich etwas Schlaf bekommen.«

»Nein. Nicht einmal mit Johns Hilfe werde ich Zeit dafür haben. Und Rachel . . .«

»Rachel ist bei mir bestens aufgehoben«, fiel Molly ihm ins Wort. »Sie braucht Ruhe und den Trost einer anderen Frau. Ich . . .«

Griffin unterbrach sie mit einem Fluch, als er eine Kutsche vorfahren und Athena aussteigen sah.

Er schloß die Augen, aber es nützte nichts. Athena klopfte, gelangte mühelos an Billy vorbei und stürmte zornig die Treppe hinauf.

»Verschwinde«, sagte Griffin, als sie in der Tür erschien.

Aber ihr Blick ruhte auf Rachel, die in dem großen Bett lag und schlief. »Griffin, du *Ungeheuer*!« fauchte sie. »Damit kommst du nicht durch – ich ruiniere dich, darauf kannst du dich verlassen.«

Griffin zuckte die Schultern. »Bitte.«

Athena erblaßte, ihre Augen verdunkelten sich. »Griffin, du hast doch nicht . . . Sag mir, daß du keine Abtreibung vorgenommen hast . . .«

»*Abtreibung?*« stieß Griffin bestürzt hervor. »Du glaubst doch nicht, daß ich mein eigenes Kind abtreiben würde?«

Athena hob den Kopf, und Griffin sah eine Art boshafter Erleichterung in ihren Augen. »Nein«, sagte sie ruhig. »Ich nicht. Aber ich glaube, Richter Sheridan wäre leicht davon zu überzeugen. Und das bedeutet, daß du noch vor Sonnenuntergang im Gefängnis bist, Griffin.«

Der Gleichmut, den Griffin so geschätzt hatte, verließ ihn; es kribbelte ihm plötzlich in den Händen, sie um Athenas Hals zu legen und zuzudrücken. »Das würdest du nicht wagen!« sagte er.

Athena lachte. »Wieso denn nicht? Du hast mich zerstört – jetzt zerstöre ich dich. Mit Freuden, Griffin.«

Zitternd stellte Molly sich zwischen sie. »Schluß jetzt«, zischte sie. »Beide. Ich kann bezeugen, daß keine Abtreibung stattgefunden hat – ich war hier.«

»Niemand würde Ihnen glauben, Molly«, sagte Athena gehässig. »Jeder in Providence denkt, Sie wären Griffins irisches Betthäschen. Und deshalb würden Sie natürlich zu seinen Gunsten aussagen, nicht?«

Die Worte, die Griffin jetzt aussprach, konnten nicht mehr zurückgenommen werden und nicht mehr abgestritten. »Tu es, Athena. Aber bedenke eins: Und wenn es mein ganzes Leben dauert, ich werde dich finden. Und dann bringe ich dich eigenhändig um.«

»Das meinst du doch nicht ernst«, erwiderte sie unbekümmert, zog die Perlen und den Armreif, die er Rachel geschenkt hatte, aus ihrer Tasche und schleuderte sie ihm entgegen. »Hier. Da hat sie etwas, was sie an dich erinnern wird!«

34

Jonas öffnete die Augen – und sah, daß er in seinem eigenen Bett lag. Im Zimmer war es dunkel, und zunächst konnte er nicht feststellen, ob es Nacht war oder nicht – vielleicht hatte Mrs. Hammond die Vorhänge zugezogen.

Ein dumpfer Schmerz pochte in seinem Hinterkopf und brachte die Erinnerung zurück. An Athena. Und an Griffin ... Zorn erfaßte Jonas, stieg von seinem Magen in seine Kehle auf und gab ihm neue Energie.

Jonas schlug die Decken zurück und richtete sich auf – nur um festzustellen, daß die Bewegung mit großen Schmerzen verbunden war. Er stöhnte, als ihn ein Schwindelgefühl erfaßte. Der Schmerz in seinem Oberkopf wurde immer schlimmer – was hatte dieses Biest benutzt, um ihn niederzuschlagen?

Mit langsamen, gemessenen Bewegungen suchte er Hosen, Hemd und Stiefel zusammen. Das Zimmer drehte sich um ihn, als er sie mühsam überstreifte.

Als er aufstand, brachte das neue Schmerzen mit sich, einen neuen Schwindelanfall, aber sein Zorn stärkte ihn und hielt ihn aufrecht. Er taumelte zum Fenster, zog die Vorhänge beiseite und sah, daß er fast den ganzen Tag verloren hatte. Der Regen war schwächer geworden, und die Dämmerung setzte schon ein.

Wieder dachte Jonas an Athena und Griffin und empfand einen solchen Haß, daß er mit beiden Händen die Fensterbank umklammern mußte, um nicht den Halt zu verlieren. Dann kam ihm Rachel in den Sinn, und ein leiser gequälter Schrei entrang sich ihm.

Rachel. Es war eine Lüge, was sie über sie erzählten – es mußte einfach eine Lüge sein! Es hatte kein Baby gegeben, keine Fehlgeburt, keine Curettage. Jonas schloß die Augen und stellte sich Rachel vor, wie sie am Tag des Picknicks aus dem Teich aufgetaucht war, die Seidenbluse naß und durchsichtig. Blätter in ihrem langen Haar. So klar, als hätte sie sich vor ihm ausgezogen, hatte er ihre vollen Brüste gesehen, die rosigen Spitzen und sogar ein winziges Muttermal in Form eines Diamanten neben ihrer Brustwarze. Und dann jene Nacht in Seattle, die Nacht, in der sie krank geworden war und er sie behutsam ausgezogen hatte. Wie erschüttert er von ihrer Schönheit gewesen war . . .

Er holte tief Luft und öffnete die Augen. Nein, er würde sie nicht verlieren, egal, was er dafür tun mußte.

Eine Flasche Brandy stand auf seinem Sekretär, und Jonas ging hin und schenkte sich eine beachtliche Portion davon ein, die er in einem Zug herunterstürzte. Es stärkte ihn ein wenig, und er schenkte sich noch einmal nach.

Die Schlafzimmertür ächzte leise, und Mrs. Hammonds Silhouette erschien in der Tür. »Jonas, diese Frau ist unten. Ich wollte sie nicht hereinlassen, aber . . .«

»Welche Frau?« schnappte Jonas, während er sich zum dritten Mal Brandy einschenkte.

»Mrs. Bordeau«, erwiderte die Haushälterin. »Sie behauptet, Sie wollten Mr. Fletcher verhaften lassen.«

Verhaften. Jonas dachte darüber nach, legte den Kopf in den Nacken und seufzte ungeduldig. »Hat sie gesagt, aus welchem Grund?«

»Weil er Miss McKinnons Baby abgetrieben haben soll«, antwortete Mrs. Hammond betrübt.

Jonas versteifte sich. Wenn das geschah, würde die Lüge überall bekannt werden – alle würden glauben, Rachel wäre schwanger gewesen.

»Nein!« fuhr er auf. »Verdammt, nein! Schicken Sie dieses ... Schicken Sie sie zu mir herauf.«

»Ich glaube nicht, daß sie kommen würde, Jonas. Sie ist nervös wie eine Katze. Kein Wunder – wo sie doch diejenige ist, die verhaftet werden sollte, wenn Sie mich fragen! Als ich Sie auf dem Fußboden fand ...«

»Sagen Sie ihr, ich käme sofort«, unterbrach Jonas sie scharf.

Athena schien tatsächlich sehr nervös, und ihr Gesicht war leichenblaß. Jonas merkte auch, daß sie bemüht war, Abstand zwischen ihnen zu halten.

»Ich lasse nicht zu, daß du Griffin anzeigst«, sagte er.

Athenas tiefblaue Augen blitzten; sie brach ihre nervöse Wanderung durch das Zimmer abrupt ab. »Wieso denn nicht? Dann stünde er dir nicht mehr im Wege, ein für allemal nicht mehr ...«

»Ich sagte nein. Vergiß es.«

Athena starrte ihn verblüfft an.

»Jonas, das Mädchen liegt in diesem Augenblick in seinem Haus – in seinem Bett – und erholt sich von einer illegalen Abtreibung!«

Jonas schloß die Augen und fühlte, wie sich der Alkohol mit dem Zorn vermischte, der in ihm wütete, und wie der Schmerz in seinem Kopf ein wenig schwächer wurde. »Nein«, wiederholte er schroff. »Nein.«

»Ich kann einfach nicht glauben, daß du das Griffin durchgehen läßt!«

Jonas' Zunge schien sich auf einmal selbständig gemacht zu haben, schien unabhängig zu sein von seinem Verstand. Er plapperte etwas über Griffin und über Rachels Vater, Ezra McKinnon. Es war ein merkwürdiges Gefühl, seine eigenen Worte nicht verstehen zu können – fast so, als lauschte man an einer verschlossenen Tür.

Athena starrte ihn aus weitaufgerissenen Augen an, wich ängstlich vor ihm zurück und streckte bittend die Arme aus, während sie unablässig den Kopf schüttelte und immer wieder seinen Namen murmelte.

Langsam und unerbittlich ging Jonas auf sie zu.

John O'Riley traf am frühen Nachmittag mit der *Statehood* ein und brachte das Chinin mit, das er in einem noch immer chaotischen Seattle hatte auftreiben können. Zusammen bekämpften er und Griffin die um sich greifende Epidemie, ohne jedoch miteinander zu sprechen oder sich anzusehen. Griffin vermutete, daß auch John, genau wie er selbst, nicht die Hoffnungslosigkeit der Lage in den Augen des anderen Arztes widergespiegelt sehen wollte.

Während einer kurzen Pause am frühen Abend zogen sie sich in das Kantinenzelt zurück, wo Chang ihnen bitteren, heißen Kaffee servierte.

Als sie sich im Halbdunkel des Zelts gegenübersaßen, war John auffällig bemüht, Griffin nicht direkt anzuschauen.

»Was ist?« fragte Griffin, als er das unbehagliche Schweigen nicht mehr ertrug.

Zum ersten Mal sah John ihm in die Augen. »Douglas Frazier ist heute morgen gestorben«, sagte er.

Griffin senkte den Kopf.

»Mein Gott«, flüsterte er.

Johns Stimme klang schroff vor Zorn. »Griffin, der Kerl war ein Ungeheuer! Er hat Frauen in die Sklaverei verkauft, und Gott weiß, was sonst noch alles . . .«

Griffin schluckte. »Er war trotz allem ein Mensch, John. Und jetzt ist er tot.«

Danach schien es nichts mehr zu sagen zu geben. Griffin trank Changs ungenießbaren Kaffee, weil er ihn dazu befähigte, weiterzumachen, weiterzuarbeiten.

Irgendwo im Hintergrund seines Bewußtseins hatte er den Polizeichef von Providence den ganzen Tag erwartet, und so war es keine wirkliche Überraschung für ihn, als Henry ihn am Eingang des Kantinenzelts erwartete.

Auch Richter Sheridan war da, und beide trugen Waffen. Die

Griffe ihrer Pistolen blitzten im Licht der Fackeln, die den Zelteingang erhellten.

Griffin blieb stehen, auf grimmige Weise belustigt darüber, daß sie einen mutmaßlichen Abtreiber mit derart schwerer Bewaffnung abholten. Anscheinend halten sie mich für gefährlich, dachte er

Henrys Schnurrbart zitterte wie an jenem Sonntag in der Kirche, als Griffin ihm einen Stein angeboten hatte, damit er ihn auf Field Hollister warf. »Es wäre besser, wenn Sie keinen Widerstand leisteten, Doc«, sagte er mit unsicherer Stimme.

Griffin richtete seinen Blick auf die Pistole in Henrys Hand. »Das sehe ich.«

John O'Riley schien erst jetzt seine Stimme wiederzufinden.

»Was soll das denn heißen, Edward?« wandte er sich an Richter Sheridan.

Henry und der Richter wechselten einen besorgten Blick, dann murmelte Sheridan: »Es war nicht geplant, es Ihnen auf diese Weise beizubringen, John. Aber jetzt bleibt uns nichts anderes übrig – der Gerechtigkeit muß Genüge getan werden.«

Griffin fand das Wort ›Gerechtigkeit‹ sehr komisch und lachte laut. »Es hat nichts mit Gerechtigkeit zu tun, Richter Sheridan, das wissen Sie selbst«, sagte er. »Athena hat sich diese Geschichte ausgedacht, um ihren verletzten Stolz zu rächen.«

Sheridans Gesichtsausdruck blieb kalt, aber seine Augen blitzten vor Empörung. »Athena Bordeau ist tot«, erwiderte er. »Und niemand weiß das besser als Sie, Fletcher.«

John wurde leichenblaß und hob eine Hand an seine Brust. »Nein . . .«

Griffin war so betroffen, daß er seinem Freund nicht helfen konnte. »Was soll der Unsinn?« fuhr er Sheridan an.

»Sie ist schon seit einigen Stunden tot, wie uns der Leichenbestatter versicherte«, warf Henry ein. »Sie haben sie umgebracht, Griffin, und in meiner Stadt kommen Sie nicht ungeschoren mit einem Mord davon!«

Griffins Starre löste sich; er drehte sich langsam zu John O'Riley um. Der Ausdruck in den Augen seines Freundes durchfuhr ihn wie die Klinge eines scharfen Schwerts.

»Du hast gesagt, du würdest sie umbringen«, sagte der alte Mann gebrochen. »An jenem Tag in meinem Arbeitszimmer hast du gesagt, du würdest sie eigenhändig umbringen . . .«

»Sie wurde erwürgt«, bestätigte Henry triumphierend. »Ihr Kehlkopf wurde eingedrückt.«

»Halt den Mund!« herrschte Richter Sheridan ihn an, um John O'Riley zu schonen. »Wir sprechen schließlich über Doktor O'Rileys Tochter!«

John hatte sich jedoch schon abgewandt und taumelte ins Zeltinnere zurück. Griffin, der ihm folgen wollte, wurde von Richter Sheridan zurückgehalten.

Er entzog ihm seinen Arm, weil Johns unnatürliche Blässe und der blaue Schimmer um seine Lippen ihn sehr besorgten. »Verdammt, lassen Sie mich nachsehen, ob er in Ordnung ist!«

Henry richtete seine Pistole auf Griffins Brust. »Sie haben schon genug Unheil angerichtet, Doktor. Und nach allem, was Sie dieser armen Frau angetan haben, würde ich Sie sowieso am liebsten erschießen – also bleiben Sie gefälligst, wo Sie sind!«

Griffin fluchte verhalten.»Ich habe sie nicht umgebracht, Sie unfähiger, lächerlicher Narr – ich war den ganzen Tag im Lager!«

»O doch, Sie haben es getan«, gab Henry ungerührt zurück. »Wir haben neben der Leiche etwas von Ihnen gefunden. Außerdem weiß jeder, daß sie Sie zurückhaben wollte, während Sie nichts anderes im Kopf hatten als Becky McKinnons Tochter . . .«

Griffin schluckte die Wut, die in ihm aufstieg, herunter und schloß die Augen. »Ich habe sie nicht umgebracht«, beharrte er.

Richter Sheridan zog einen kleinen Gegenstand aus seiner Tasche und zeigte ihn Griffin. »Das – unter anderem – hat uns davon überzeugt, daß Sie es waren!«

Die Taschenuhr lag kühl in Griffins Hand und bestätigte ihm, was er schon die ganze Zeit vermutet hatte. »Sie gehört Jonas«, sagte er, bevor er sie zurückgab.

Henry runzelte die Stirn. »Sie wollen uns einreden . . .«

Griffin zog seine eigene Uhr aus seiner Westentasche und ließ sie an zwei Fingern von der Kette baumeln. »Das ist meine Uhr,

Gentlemen«, meinte er mit einem harten Lächeln. »Schauen Sie sie sich genau an – sie ist identisch mit Jonas' Uhr. Und dafür gibt es einen guten Grund.«

»Was für einen Grund?« entgegnete Henry, und wieder zuckte sein Schnurrbart nervös.

»Was für einen Grund?« wiederholte Griffin spöttisch. »Fragen Sie den Richter. Warum sagen Sie es ihm nicht, Sheridan? Sie müßten es doch wissen.«

Zum ersten Mal wirkte Sheridan unsicher. »Jonas' Mutter war die Zwillingsschwester von Dr. Fletchers Mutter. Da die beiden Frauen immer hofften, daß ihre Söhne sich verstehen würden, gaben sie eines Tages eine große Geburtstagsparty für die zwei und schenkten ihnen identische Taschenuhren.«

»Na und?« meinte Henry herausfordernd.

»Also ist es möglich, daß Dr. Fletcher die Wahrheit sagt. Er hat seine Uhr; sie ist ziemlich ungewöhnlich – die einzige andere, die so aussieht, gehört Jonas Wilkes.«

Henry wirkte sehr enttäuscht. »So ungewöhnlich ist sie nicht!« protestierte er.

Griffin öffnete den Deckel der Taschenuhr und drückte auf einen winzigen Knopf. Eine leise Melodie ertönte. »Meine Tante – Jonas' Mutter – hat dieses Lied komponiert«, sagte er.

Henry seufzte. »Da ist noch immer Dr. O'Rileys Aussage – er scheint gehört zu haben, wie Sie Mrs. Bordeau bedrohten.«

Der Richter nickte zustimmend. »Mr. Wilkes war ihr Freund – warum hätte er sie umbringen sollen?«

»Haben Sie es gesagt? Haben Sie gesagt, sie würden sie eigenhändig umbringen?« fragte Henry, dessen Pistolenlauf noch immer auf Griffins Brust zeigte.

»Ja«, erwiderte Griffin ruhig.

»Dann sind Sie verhaftet«, erklärte der Richter flach.

»Lassen Sie mich nur nach John sehen – bitte!«

Sheridan nickte brüsk. »Aber versuchen Sie keine Dummheiten Griffin. Henry hätte das Recht, Sie zu erschießen.«

Griffin wandte sich ab und ging in das Kantinenzelt. John saß stocksteif auf einer der Bänke und starrte vor sich hin auf den Tisch.

Mit Erleichterung stellte Griffin fest, daß sein Freund nicht mehr so blaß war und ruhiger atmete. »Ich habe deine Tochter nicht ermordet, John«, sagt er.

Tränen strömten über John O'Rileys Gesicht. »Mein Gott, ich wünschte, ich könnte dir glauben, Griffin. Ich wünschte, ich könnte es!«

Henry und der Richter wurden ungeduldig.

»Strecken Sie die Hände aus, Griffin«, drängte Sheridan, aber seine Stimme klang schon etwas sanfter.

»Sollten wir ihm nicht auch seine Füße binden?« murmelte Henry.

Richter Sheridan schaute Griffin forschend an. »Nicht nötig«, antwortete er, dann richtete er seinen Blick auf John. »Es tut mir leid, daß Ihre Tochter tot ist. Soll ich Ihre Frau benachrichtigen?«

John schüttelte den Kopf. »Das tue ich selbst«, sagte er.

Rachel richtete sich im Bett auf und schaute Molly Brady, die ungewöhnlich blaß und schweigsam war, mißtrauisch an. »Was ist?« fragte sie besorgt.

»Athena Bordeau«, sagte Molly flach. »Sie ist tot. Und sie haben Dr. Fletcher wegen Mordes an ihr verhaftet.«

Das Tablett, das Molly Rachel aufs Bett gestellt hatte, rutschte klappernd auf den Boden, als Rachel die Decken zurückschlug und aufsprang. *»Nein!«*

Molly bückte sich, um die Scherben aufzuheben. »Jetzt schau nur, was du angestellt hast, Rachel! All das gute Essen, und unser bestes Porzellan ...«

Rachels Stimme war schrill vor Ungeduld und Empörung. »Wie kannst du dir um Porzellan Gedanken machen, wenn Griffin soviel Ärger hat!«

Molly schaute auf, und Rachel sah, daß Tränen über ihr blasses Gesicht strömten. »Ach, Rachel«, schluchzte sie, »er hat gesagt, er würde sie umbringen! Ich habe mit eigenen Ohren gehört, wie er es sagte – hier, in diesem Zimmer!«

Rachels Knie zitterten und drohten, unter ihr nachzugeben,

aber sie hatte nicht vor, ins Bett zurückzugehen und untätig zu bleiben. »Wo sind meine Kleider – ich gehe zu ihm ...«

Molly ließ die aufgesammelten Scherben fallen und richtete sich abrupt auf. »Du gehst nirgendwohin, Rachel! Mein Billy ist schon zu Field Hollister gelaufen – ihn braucht der Doktor jetzt, nicht dich!«

Rachel schob sich an Molly vorbei. »Ich werde schon ein Kleid finden!« schrie sie trotzig.

Aber Molly hielt Rachel mühelos fest und schob sie zum Bett zurück.

»Wie willst du Griffin helfen, wenn du unterwegs verblutest?« herrschte sie die junge Frau wütend an.

Jetzt war es Rachel, der die Tränen kamen. »Er würde so etwas nicht tun, Molly ... Nie würde er so etwas tun!«

Mollys Blick war seltsam geistesabwesend. »Sie hat ihn zerstört – das ist sicher wie das Amen in der Kirche!«

Bevor Rachel etwas erwidern konnte, klappte eine Tür in der Eingangshalle, gefolgt von leichten Schritten auf der Treppe. Dann kam Fawn Hollister herein und ging sofort zu Rachels Bett. Während sie sich neben ihr auf die Kante hockte, legte sie ihren Arm um Rachels Schultern.

»Field ist bei ihm«, sagte sie sanft. »Er ist bei Griffin.«

Rachel versuchte, ihre Tränen zurückzudrängen. »Ich glaube, Molly hält Griffin für schuldig.«

Fawn erhob ihre braunen Augen zu Molly, aber weder Anklage noch Ärger verrieten sich in ihrem Blick. »Dann irrt Molly sich eben«, sagte sie nur.

Molly trat ans Fenster. »Ich hoffe, daß es so ist«, erwiderte sie mit leiser, hoffnungsloser Stimme. »Ich bete zu Gott, daß ich mich geirrt habe.«

Dann hob sie das Tablett auf und verließ das Zimmer.

»Jonas«, sagte Rachel tonlos. »Jonas hat sie umgebracht.«

»Wahrscheinlich«, stimmte Fawn zu, doch ihre Stimme klang genauso hoffnungslos wie Mollys. »Doch nichts auf der Welt wird ihn dazu bringen, es zuzugeben.«

»Aber sie werden Griffin aufhängen!«

»Es wird uns schon etwas einfallen, um es zu verhindern«,

versprach Fawn und drückte Rachel sanft auf die Kissen zurück. »Aber du mußt stark sein, wenn du helfen willst. Schlaf jetzt, und morgen früh können wir Pläne machen.«

Rachel fand keine Ruhe, doch ihrer Freundin zuliebe tat sie so, als schliefe sie. Und während sie in dem dunklen Zimmer im Bett lag, formte sich ein Plan in ihr. Ein wilder, verzweifelter Plan, aber die einzige Möglichkeit, die Rachel sah, um Griffin zu retten.

Griffin Fletcher zeichnete mit den Stiefelspitzen ein Muster auf den sägemehlbestreuten Boden der Zelle. Dann flog plötzlich die Tür auf, und Field stand vor ihm, erschreckt, grimmig und leichenblaß.

»Du warst in Tent Town, als es geschah!« sagte er ohne jede Einleitung. »Oder?«

»Natürlich war ich da«, entgegnete Griffin knapp. Dann fügte er schroff hinzu: »Ich habe es nicht getan, Field.«

Zum ersten Mal, seit Griffin ihn kannte, fluchte Field. »Das weiß ich – aber Henry und eine Menge anderer Leute hier würden dich gern hängen sehen, Griffin! Verdammt, warum mußtest du dir auch so viele Feinde machen?«

»Alte Gewohnheit«, erwiderte Griffin schulterzuckend.

Bevor Field etwas erwidern konnte, ging die Tür erneut auf. Diesmal war der Besucher Jonas.

Der Ausdruck in den Augen seines Cousins ließ Griffin Angst empfinden – nicht um sich, aber um Rachel. Ganz bewußt bemühte er sich, ruhig zu sprechen. »Sag nichts, Jonas – laß mich raten. Du bist gekommen, um meine Kaution zu zahlen.«

Jonas lachte, es klang heiser und irgendwie völlig unzusammenhängend. Griffins Angst vertiefte sich.

»Ich möchte der Justiz keine Steine in den Weg legen«, erklärte Jonas. Aber dann fiel sein Blick auf die Zeichnung auf dem Boden, und ein schreckliches Zucken erfaßte sein gutgeschnittenes Gesicht. »Das Muttermal«, flüsterte er gebrochen. »Das *Muttermal!*«

Dann wandte er sich abrupt ab und stürzte aus dem Raum.

»Was zum . . .« begann Field, der Jonas verblüfft nachstarrte.

Aber Griffin wußte Bescheid. Er schaute auf die Zeichnung, die er im Sägemehl angefertigt hatte, und stöhnte laut auf. Es war die Form eines Diamanten.

Unwissentlich hatte er etwas dargestellt, von dem Jonas nicht wahrhaben wollte, daß Griffin es kannte.

35

Fawns braune Augen weiteten sich, als sie Rachel ein schlichtes Kattunkleid überstreifen sah. »Du mußt den Verstand verloren haben, Rachel!« sagte sie bestürzt. »Jonas würde nie auf einen solchen Trick hereinfallen!«

Rachel kämpfte gegen einen drohenden Schwächeanfall an und zwang sich, stark zu sein. »Fällt dir etwas Besseres ein?« entgegnete sie, während sie ihre Schuhe anzog.

Die schöne Indianerin senkte den Kopf. »Nein«, gab sie kleinlaut zu. Aber als sie den Blick wieder hob, stand eine böse Vorahnung darin. »Ich glaube, du kennst Jonas Wilkes gar nicht richtig, Rachel. Aber ich schon, und ich kann dir sagen, daß dieser Mann sogar unter den günstigsten Umständen ausgesprochen böse ist. Und nachdem er Athena umgebracht hat, dürfte er längst den Punkt erreicht haben, wo sein Wahnsinn stärker ist als seine Vernunft!«

Rachel wandte sich ab und trat vor den Spiegel, um ihr Haar zu bürsten. »Mir ist es egal, wie gefährlich er ist, Fawn. Ich werde jedenfalls nicht zuschauen, wie Griffin für eine Tat gehängt wird, die Jonas begangen hat!«

»Er ist *wahnsinnig,* Rachel!«

Rachel nickte grimmig. »Darauf baue ich!«

Fawn seufzte, aber ihr Widerstand war unbedeutend. Es war klar, daß sie beabsichtigte, Rachel bei ihrem mutigen Plan zu unterstützen.

Richter Edward Sheridan dachte über Athena Bordeau und die Umstände ihres Todes nach. Es war ein Wunder, daß die Frau nach allem, was sie vor zwei Jahren angerichtet hatte, nicht schon viel eher tot aufgefunden worden war.

Sheridan setzte sich hinter seinen Schreibtisch, zündete seine Pfeife an und zog nachdenklich daran. Er hatte Griffin Fletcher in jener Nacht gesehen und war erschrocken gewesen über die kalte Mordlust in seinen Augen. Griffin hatte an Becky McKinnons Bar gestanden und mehr Whiskey konsumiert, als der stärkste Mann vertragen konnte, und es hatte ihn nicht umgehauen.

Griffin hatte nicht darüber gesprochen, daß er seine Verlobte in Jonas Wilkes' Bett erwischt hatte, aber er sprach ja nie viel, wenn er nicht gerade dazu gezwungen wurde. Nein, er hatte einfach dagestanden und versucht, den Whiskeyvorrat zu erschöpfen, und welche Dämonen ihn auch im Griff gehabt haben mochten, sie waren still gewesen. Es muß die Hölle für ihn gewesen sein, dachte Richter Sheridan, so etwas zu wissen und zu ahnen, daß die ganze Stadt darüber informiert war.

Clovis kam herein und versetzte den Kaffee, den sie dem Richter brachte, mit einem Schuß Brandy aus der Flasche auf seinem Schreibtisch. »Louisa Fletcher würde sich im Grabe umdrehen, wenn sie wüßte, was geschehen ist«, sagte sie in einem Ton, der genußvolles Entsetzen verriet. »Wann findet der Prozeß statt, Edward?«

Der Richter griff nach seinem Kaffee und rührte mit gereizter Miene Zucker herein. »Ich glaube, du würdest den jungen Fletcher am liebsten noch vor Sonnenuntergang hängen sehen, nicht wahr, meine Liebe?« versetzte er grimmig.

»Er hat die arme Athena umgebracht!«

»Die arme Athena«, spottete der Richter. Dann, nach einem

nachdenklichen Schweigen, fügte er hinzu: »Weißt du, Clovis, dieser junge Mann ist frech, dreist und ungezogen, und deshalb gefällt er mir nicht einen Deut besser als dir. Aber ich glaube nicht, daß er diese Frau getötet hat.«

Die bloße Vorstellung, Griffin Fletcher könne unschuldig sein, hatte einen besorgniserregenden Effekt auf Clovis Sheridan. Sie wurde blaß und sank auf einen Stuhl, doch ihre Augen sprühten Feuer.

»Selbstverständlich hat er es getan, Edward! Nach diesem Skandal vor zwei Jahren . . .«

»Genau«, fiel der Richter ihr ins Wort. »Das liegt schon zwei Jahre zurück. Warum hat er Wilkes und die Frau nicht damals schon ermordet? Viele Männer hätten es getan.«

Sheridan machte eine kurze Pause. »Das macht mir Sogen, Clovis – das und einige andere Dinge. Wie die Uhr und die Tatsache, daß die Leiche im Wald zwischen Tent Town und Fletchers Haus gefunden wurde. Kommt mir zu einfach vor. Griffin Fletcher ist ein kluger Mann, Clovis, und er liebt dieses McKinnon-Mädchen. Wenn er Athena umgebracht hätte, dann hätte er doch nicht so viele Spuren hinterlassen!«

»Also wirklich, Edward! Du verteidigst diesen Schuft doch nur, weil du in Louisa verliebt warst!«

Louisa. Der Name rührte noch immer eine Saite in Richter Edward Sheridans Herzen an. »Mike und Louisa Fletcher waren Freunde von mir, Clovis, und ich will verdammt sein, wenn ich ihren Sohn aufhänge, nur weil er mich ärgert oder dir auf die Nerven geht!«

»Er ist schuldig wie die Sünde, Edward!« sagte Clovis schmollend.

Der Richter zündete seine Pfeife an. »Vielleicht. Und vielleicht auch nicht. Aber er wird nicht hängen, wenn er diese Frau nicht getötet hat, Clovis, und es wäre besser, wenn du und seine anderen Feinde in Providence sich damit abfinden würden!« Er seufzte schwer. »Und jetzt laß mich allein. Ich muß nachdenken.«

Richter Sheridan dachte noch nach, als Clovis um sieben Uhr abends ins Arbeitszimmer kam, um ihm anzukündigen, daß

Mr. Wilkes' Haushälterin, Mrs. Hammond, in der Halle wartete, um mit ihm zu reden.

Fawn riß erstaunt die Augen auf, als sie das Kleid sah. »Woher hast du das?«

Rachel drehte das weiße Spitzenkleid in den Händen, obwohl sie Athenas Gegenwart in seinen Falten spürte. »Mamie hat es irgendwie vom Leichenbestatter bekommen. Ich habe Jonas bereits benachrichtigen lassen – es ist alles vorbereitet.«

»Wenn Jonas uns nicht umbringt«, meinte Fawn, »dann tun es Griffin und Hollister! Mein Gott, Rachel, du bist mindestens so verrückt wie Jonas selbst!«

Rachel hatte den Tag damit verbracht, aus Federn und Bettlaken eine Puppe herzustellen. Jetzt zog sie ihr vorsichtig Athenas Kleid an. »Billy hat nachgesehen«, sagte sie, ohne auf Fawns Bemerkung einzugehen. »Es ist niemand in der Nähe von Jonas' Scheune – die meisten seiner Männer sind wohl an der Grippe erkrankt. Billy hat versprochen, diese Puppe für mich aufzustellen, und dann, wenn es richtig dunkel ist . . .«

Fawns Blick glitt zum Fenster. Der Regen hatte aufgehört; aber der Himmel war noch bedeckt, und die Nacht würde früher als sonst hereinbrechen. Sie stand auf und strich ihr Kleid glatt. »Ich tue, was du willst«, sagte sie entschlossen. »Aber es gibt noch etwas anderes, was ich vorher zu erledigen habe.«

»Sag es mir nicht!« warnte Rachel.

Fawn Hollister versprach nichts, als sie das Schlafzimmer verließ, weder in einer Hinsicht noch in anderer.

Jonas stand am Schlafzimmerfenster und starrte auf die rasch dahingekritzelte Nachricht in seinen Händen. Hält Rachel mich für so dumm? fragte er sich ärgerlich. Glaubte sie wirklich, daß er blind in ihre Falle laufen würde?

Er lehnte den Kopf an den Fensterrahmen und schloß die Augen. Er machte sich keine Illusionen mehr; er wußte, daß

Rachel ihn mit Griffin betrogen hatte, und er wußte, daß er sie nicht am Leben lassen konnte.

In Gedanken sah er Griffin wieder das diamantförmige Muttermal auf den sägemehlbestreuten Boden des Gefängnisses zeichnen – es war der Beweis, daß er der erste gewesen war, der Rachel besessen hatte.

Ein gequältes Stöhnen kam aus Jonas' Kehle. Er hatte Rachel geliebt, sie so sehr geliebt, gegen jegliche Vernunft und gegen seinen Willen. Und trotzdem war sie mit Griffin im Bett gewesen ...

Während Jonas wartete, wurde ihm immer deutlicher bewußt, daß er dieses Wissen nicht ertragen konnte.

Griffin schritt verzweifelt in der kleinen Zelle auf und ab. Und bei jedem Schritt schrie er ein stummes Gebet zum Himmel – zu einem Gott, den er noch nie in Anspruch genommen hatte. Aber heute, angesichts seiner verzweifelten Lage, war er fast sicher, daß Er ihn anhören würde.

Das leise Quietschen der Tür überraschte ihn, er verhielt seinen Schritt, Field kam herein, besorgt und gleichzeitig erleichtert blickend, und hinter ihm folgte Richter Sheridan.

Griffin wagte nicht zu hoffen und fürchtete sich zu sprechen.

Aber Richter Sheridan hielt einen Schlüssel in der Hand und schloß mit entnervender Langsamkeit die Zellentür auf. »Sie sind frei, Griffin«, sagte er. »Eliza Hammond hat gesehen, wie Jonas die Frau umbrachte. Henry ist auf dem Weg, um ihn zu verhaften.«

Die verschiedensten Empfindungen überwältigten Griffin, Zorn, Erleichterung, dennoch entging ihm nicht der seltsame Ausdruck auf Hollisters Gesicht.

»Was ist, Field?« fragte er, während er seinen Mantel überzog.

»Ich habe eine Nachricht auf meinem Küchentisch gefunden«, sagte Field. »Fawn und Rachel sind auf dem Weg zu Jonas – falls sie nicht längst dort sind.«

Griffin begann zu laufen. »Was zum Teufel tun sie da?« rief

er draußen auf der Straße, während er und Field und Richter Sheridan die wartenden Pferde bestiegen.

Doch Field ersparte sich eine Antwort.

Es war dunkel in Jonas' Scheune; Rachel hatte nicht gewagt, eine Laterne anzuzünden. Ihre Angst unterdrückend, wartete sie geduldig.

Die Puppe war an ihrem Platz, Fawn wartete an der Hintertür der Scheune, und alles würde so ablaufen, wie es geplant war.

In den zahlreichen Boxen wieherten Pferde, die in der Finsternis nicht zu sehen waren. Aber ein Einspänner wartete einsatzbereit, und das konnte nur bedeuten, daß Jonas ihre Nachricht für bare Münze genommen hatte und ihr glaubte, daß sie mit ihm durchbrennen wollte.

Rachel schloß die Augen und lauschte auf ihr eigenes aufgeregtes Herzklopfen.

Und dann, ganz unvermittelt, erhellte eine Laterne den dunklen Stall. »Rachel?«

Sie schluckte. »Ich bin hier, Jonas.«

Er näherte sich ihr, und im flackernden Schein der Laterne konnte sie seine verzerrten Gesichtszüge sehen. »Du hast es dir also anders überlegt«, sagte er in einem merkwürdigen Tonfall.

Rachel hob das Kinn. »Ja. Griffin ist ein Mörder – ich habe einen Fehler gemacht.«

Jonas kam näher, und obwohl er aufrecht ging, schien er zu schleichen wie ein wildes Tier, bereit zum Angriff. Rachel unterdrückte einen Schrei, als er die Hand ausstreckte und das Mieder ihres schlichten Kleids zerriß.

Sanft glitt sein Finger über das Muttermal neben ihrer linken Brustspitze, während sein Blick über ihre entblößten Brüste glitt, Rachel schloß die Augen und zwang sich stillzuhalten.

»Du bist eine Lügnerin, Rachel«, sagte Jonas freundlich. »Ich wäre dir der ergebenste Ehemann gewesen, den du dir wünschen konntest. Aber du wolltest Griffin haben.«

Rachel blieb reglos stehen, wie gelähmt vor Angst. Komm, Fawn, flehte sie stumm. Komm endlich – jetzt!

Aber Jonas' Wahnsinn schien ihm Einsicht in ihre Gedanken zu verleihen. »Fawn wird dir nicht helfen. Sie sitzt gefesselt und geknebelt in der Küche. Ich hatte keine Zeit, sie zu töten, aber sobald es möglich ist, werde ich es natürlich tun.«

Langsam hob Rachel die Arme, um ihre nackten Brüste zu verbergen. Sie hatte hoch gespielt, und sie hatte verloren. Aber schlimmer war, daß auch Fawn und Griffin verlieren würden.

»Was war mit meinem Vater?« flüsterte sie. »Und mit Molly Bradys Mann?«

Jonas zog eine Augenbraue hoch. »Sie standen mir im Weg.«

Von Übelkeit erfaßt, schloß Rachel die Augen.

Sie öffnete sie wieder, als leise eine Tür knarrte und Jonas herumwirbelte. Die Laterne schwankte gefährlich in seiner Hand. »Wer ist da?« schrie er.

Die Pferde, die vor den wartenden Buggy gespannt waren, erschraken und brachen aus, rissen den Wagen auf die halboffenen Türen der Scheune zu.

Ein lautes, splitterndes Geräusch erklang, als der Buggy zwischen den Türen hängen blieb und die Pferde vor Panik wieherten. Im Buggy hüpfte die Puppe wie eine Erscheinung aus einem Alptraum, entsetzlich anzusehen in ihrer Bewegung, an der ihre Glieder keinen Anteil nahmen.

Rachels Herz stieg ihr in die Kehle und blieb dort hängen. Für einen Moment glaubte sie wirklich, daß Athena zurückgekehrt war, um Rache zu nehmen.

In Jonas' Kehle zuckte es, als er den Beweis seiner Schuld anstarrte, und dann schrie er laut auf und schleuderte die Laterne fort, ein häßliches Zischen und Knistern war zu hören, als das Stroh auf dem Scheunenboden aufloderte und die Flammen nach dem Buggy züngelten.

Hinter den Scheunentüren wieherten schrill die verängstigten Pferde, und die Tiere in den Boxen fielen ein.

Rachel starrte Jonas verängstigt an, doch er schien nur den brennenden Wagen zu sehen.

Wir alle werden hier verbrennen, dachte Rachel, aber sie war trotzdem zu keiner Bewegung fähig.

Stimmen erklangen draußen vor der Scheune – schrien Befehle und stießen derbe Flüche aus. Und dann flogen die Türen auf, und der brennende Buggy wurde hinausgezogen.

Griffin und Field stürmten herein und wichen dem Feuer aus, das ihnen den Weg versperrte.

Griffin zerrte Rachel zur Tür und stieß sie hinaus, bevor er umkehrte und wieder in die brennende Scheune lief. Rachel kauerte neben einem Baum, als Field den taumelnden Jonas in Sicherheit brachte und zurückging, um Griffin zu helfen.

Die Pferde schrien vor Angst und Schmerzen. Nur drei konnten aus der Scheune befreit werden, bevor Griffin und Field gezwungen waren, selbst die Flucht zu ergreifen, weil das brennende Dach einzustürzen drohte.

Und plötzlich schrie Jonas Rachels Namen und stürzte an Field und Griffin vorbei in das Inferno, das in der Scheune wütete. Im gleichen Augenblick trat ein stattlicher Mann aus dem Haus, der die benommene, halb bewußtlose Fawn stützte.

Mit brennendem Haar und brennenden Kleidern taumelte Jonas aus der Scheune. Er schrie noch immer Rachels Namen, als Griffin und Field ihn ergriffen und ihn auf dem Boden rollten, um die Flammen zu ersticken.

Rachel stand ganz still, bis Griffin aufsah und ihr zuwinkte, zu ihm zu kommen.

Hastig eilte sie zu ihm und kniete sich neben Jonas auf den Boden, während Field zu seiner Frau ging.

»O Jonas . . .« flüsterte Rachel. Er war auf entsetzliche Weise verbrannt, schien jedoch keine Schmerzen mehr zu empfinden.

»Rachel«, flüsterte er. »Es tut mir leid.«

Und dann starb er.

Griffin zog seinen Rock aus und legte ihn sanft über den reglosen Körper seines Cousins. »Gott«, sagte er nur. »O Gott . . .«

Rachel war nicht überrascht, als sie die Tränen auf seinen Wangen glitzern sah. Sie stand auf, trat zu Griffin und zog ihn in ihre Arme.

»Es ist vorbei«, flüsterte sie. »Es ist vorbei, Griffin.«

»Ja«, sagte er, weil es nichts anderes zu sagen gab.

Field erschien und gab Rachel seinen Mantel.

Molly kam und führte auch Rachel von Jonas' Leiche fort.

»Du warst hier!« sagte Rachel erstaunt, als sie Mollys rußgeschwärztes Kleid sah. »Dann warst du es also, die die Scheunentür so hat knarren lassen . . .«

»Richtig«, stimmte Molly zu. »Und ich habe auch die Puppe in den Buggy gesetzt. Ich hörte, wie du mit Fawn darüber gesprochen hast, und beschloß, euch zu folgen.« In sicherer Entfernung von der brennenden Scheune blieb sie stehen und schaute Rachel vorwurfsvoll an. »Ich möchte nicht in deiner Haut stecken, wenn der Doktor davon erfährt!« sagte sie und schüttelte ärgerlich den Kopf.

Rachel senkte den Blick; es stimmte schon, nichts war nach Plan verlaufen. Die Puppe hätte vom Dachboden fallen sollen, während Fawn mit geisterhafter Stimme Jonas' Namen rief. Und Jonas sollte nur den Mord gestehen und nicht sterben.

»Er hat zugegeben, meinen Vater getötet zu haben, Molly. Und Patrick.«

»Und es ist ein Wunder, daß er dich nicht auch getötet hat!« entgegnete Molly. »Oder Field Hollisters Frau!«

Rachel schaute auf, um Griffin zu suchen. Er lehnte an einem Baum, nicht weit entfernt, und seine Schultern zuckten. Field stand neben ihm und legte ihm tröstend eine Hand auf die Schulter.

Der kommende Monat war grimmig.

Zahllose Beerdigungen fanden statt, zuerst Athenas, dann die von Jonas, und außerdem wurden die Opfer der Grippeepidemie beerdigt.

Es blieb keine Zeit zu reden, und schon gar nicht, um Zukunftspläne zu schmieden. Griffins Arbeit beanspruchte seine gesamte Zeit, und Rachel folgte ihm stur von einem Zelt zum nächsten.

Dann, endlich, ließ die Epidemie nach.

Der zwanzigste Juli dämmerte hell und klar herauf, und

Rachel wußte ganz instinktiv, daß es ein denkwürdiger Tag sein würde.

Zwei versiegelte Gläser mit Zimtbirnen standen auf dem Küchentisch, zusammen mit einem kleinen Päckchen, auf dem Rachels Name stand. Sie öffnete das Päckchen und lächelte unwillkürlich, als sie den Inhalt sah; ganz eindeutig kam dieses Geschenk, wie die Birnen, von Joanna.

Griffin war im Hof, wo er emsig ein Loch aushob.

»Was machst du da?« fragte Rachel vom Eingang her.

Griffin grinste und steckte einen kleinen Baum in das Loch, das er gebuddelt hatte. »Ich pflanze mein Hochzeitsgeschenk von Joanna ein. Aber wieso hat sie mir einen Birnbaum geschenkt?«

Rachel zog eine Augenbraue hoch. »Und warum solltest du überhaupt ein Hochzeitsgeschenk bekommen?« entgegnete sie. »Gibt es vielleicht etwas, was ich noch nicht weiß. Griffin?«

Er lachte. »Elfchen, es gibt eine Menge Dinge, die du noch nicht weißt – wie man mit dem ganzen Berg voller Holz umgeht, den du von meinem Cousin geerbt hast, zum Beispiel.«

»Das lerne ich schon«, erwiderte Rachel lächelnd. »Und Tent Town wird auch neu aufgebaut – mit Hütten statt Zelten.«

Griffins Augen strahlten vor Belustigung und Liebe, als er Erde auf die Wurzeln des kleinen Baums schaufelte. »Meine zukünftige Frau, die Holzbaronin – die überall Erneuerungen schafft.«

Rachel trat zu ihm und schaute zu ihm auf. »Wie weit ist diese Zukunft denn noch entfernt, Griffin?«

»Was hältst du von fünf Minuten? Denn länger brauche ich nicht, um dich in Fields Kirche zu bringen.«

Rachel schlang ihre Arme um seinen Nacken und lachte glücklich.

Eine Stunde später, als sie sich in Griffins Buggy von der Kirche entfernten, schaute er schmunzelnd auf Rachel herab. »So, Mrs. Fletcher, jetzt können wir etwas ganz Neues genießen – uns in einem richtigen Bett zu lieben.«

Rachel lächelte und öffnete – zum wiederholten Male – das kleine Päckchen, das Joanna O'Riley ihr geschickt hatte. Sie nahm zwei Handvoll der winzigen Papierstückchen, die darin lagen und warf sie in den Wind, wo sie aufstiegen und tänzelten wie Schneeflocken.

Rachel Fletcher klatschte in die Hände und schaute sich um. *Das* würde die Dämonen schon eine Weile beschäftigen ...

ENDE

Band 18 111

Sandra Brown

Ungezähmte Träume

Deutsche Erstveröffentlichung

Noch begreift Sage Tyler nicht, daß es hauptsächlich ihr Stolz war, der verletzt wurde, als Travis Belcher ihr erklärte, daß er sie nicht heiraten könne. Schließlich hat sie geglaubt, ihn wirklich zu lieben.
In ihrem Elend hat ihr ein Mann wie Arlan Boyd gerade noch gefehlt. Nicht nur, daß er die demütigende Szene belauscht hat, er erklärte Sage auch noch unverblümt, daß ihr nichts Besseres passieren konnte. Eine so wilde, ungezähmte Frau wie sie braucht keinen Schwächling, sondern einen ganzen Mann. Einen Mann wie ihn!

Band 18 109

Sandra Brown

Verlorene Hoffnungen

Deutsche Erstveröffentlichung

Chase Tyler hat alles, was ein Mann sich nur wünschen kann. Eine junge, bildhübsche Frau, die er über alles liebt, und bald werden sie ein Baby bekommen. Doch dann passiert ein schrecklicher, sinnloser Unfall. Tanya stirbt, und mit ihr das ungeborene Kind.
Wofür soll ein Mann ohne Hoffnung noch leben? Chase unternimmt alles, um sich selbst zu zerstören, und es scheint, als ob ihm das gelänge.
Doch eine Frau ist entschlossen, ihn wieder dem Leben zuzuführen: Marcie Johns, auch wenn sie die denkbar schlechteste Ausgangsposition dafür hat. Denn sie war es, die am Steuer jenes Unglückswagens saß, in dem Tanya Tyler starb . . .

BASTEI LÜBBE

Sie erhalten diesen Band im Buchhandel, bei Ihrem Zeitschriftenhändler sowie im Bahnhofsbuchhandel.

Band 13 493

Robert Tine

Forever Young

Das Buch zum Film

Deutsche Erstveröffentlichung

1939

Der liebeskranke Testpilot Daniel McCormick willigt ein, an einem streng geheimen Experiment teilzunehmen.
Sein Körper – und seine gesamten qualvollen Erinnerungen – sollen für genau ein Jahr eingefroren werden.

1992

Beim Spielen in einem alten Lagerschuppen der Army finden der zehnjährige Nat und sein bester Freund Felix unter morschen Kisten einen sonderbaren Behälter. Darin liegt der tiefgefrorene Körper eines jungen Mannes – und dieser Mann lebt noch ...
Was ist aus dem Leben geworden, das Daniel früher kannte? Nat muß seinem neuen Freund helfen, sich in einer fremden Welt zurechtzufinden, und es beginnt ein unvergeßliches Abenteuer.
Doch die Zeit ist gegen Daniel. Er beginnt auf einmal, unkontrolliert zu altern. Wird ihm genügend Zeit bleiben, um die Geheimnisse aus seiner Vergangenheit zu lösen? Und um Helen zu finden – seine große Liebe, die er dort zurückgelassen hat, wie er glaubt ... für immer?

BASTEI LÜBBE

Sie erhalten diesen Band im Buchhandel, bei Ihrem Zeitschriftenhändler sowie im Bahnhofsbuchhandel.

PARK
AVENUE
Lorayne Ashton
PARK
AVENUE
Roman
AFFÄREN
Roman
GEHEIMNISSE
Roman
DIE BETROGENEN
Roman
DAS MILLIONEN TAGEBUCH
Roman
RIVALEN
Roman
Park Avenue 777 ist die vornehmste Adresse Manhattans
aber hinter der glanzvollen Fassade bestimmen
Machtgier und Leidenschaft das Leben der Menschen